Romain Gary veröffentlichte am Ende des zweiten Weltkrieges seinen Résistance-Roman „Europäische Erziehung“, in dem schon die Grundthematik seines Schaffens anklingt: das Bemühen, in einer Welt der Auflösung die Würde des Menschen zu verteidigen. Auch zehn Jahre später, in den „Wurzeln des Himmels“, geht es ihm um die Menschenwürde, um die Freiheit, im Sinne einer höheren Sittlichkeit tätig zu werden; der Held des Romans will – ein „Abenteurer der Menschlichkeit“ – die Elefanten im afrikanischen Busch vor der Vernichtung durch Jäger, Geschäftemacher und sensationslüsterne Touristen bewahren. Garys Aufforderung zur befreienden Tat gründet sich auf die Hoffnung, daß der Mensch am Ende sein wahres Antlitz wiederfinden werde, und auf die Erkenntnis, „daß man vom Leben keinen Sinn verlangen, sondern ihm nur einen geben kann; daß die Leere um uns nur Weigerung ist, sie auszufüllen; und daß die ganze Größe unseres Abenteuers in diesem Leben liegt, das uns mit leeren Händen entgegentritt, aber bereichert und verwandelt von uns gehen kann“.

Garys letzter Roman, „Gedächtnis mit Flügeln“, hat wiederum die Résistance zum Thema. Der junge Ludovic Fleury, sein drachenbauender Onkel Ambroise Fleury und Meisterkoch Marcellin Duprat repräsentieren unter der deutschen Okkupation die Werte und Würde der französischen

Nation. In einer Zeit, in der es vernünftig scheint, sich anzupassen, um zu überleben, leisten sie – jeder auf seine „unvernünftige" Weise – Widerstand: Ludo mit seiner Liebe, der Onkel mit seinen Drachen, Duprat mit seiner französischen Küche.

Gary hat dieses Buch in dem von skurril-naiver Menschlichkeit geprägten Stil geschrieben, der auch seinen unter dem Pseudonym Emile Ajar veröffentlichten Roman „Du hast das Leben noch vor dir" auszeichnet. Poesie und Humor lassen die „wissende" Naivität der handelnden Figuren zu einer Art Volksweisheit werden.

Romain Gary

Gedächtnis mit Flügeln

Deutsch
von Jeanne Pachnicke

Aufbau-Verlag

Titel der französischen Originalausgabe
Les Cerfs-volants

1. Auflage 1989

Einbandgestaltung Margot Prust/Regine Schmidt
Lichtsatz Karl-Marx-Werk, Graphischer Großbetrieb, Pößneck V 15/30
Druck und Binden
III/9/1 Grafischer Großbetrieb Völkerfreundschaft Dresden
Printed in the German Democratic Republic
Lizenznummer 301. 120/192/89
Bestellnummer 614 405 0
00375

ISBN 3-351-01500-3

Der Erinnerung gewidmet

I

Das kleine, den Werken Ambroise Fleurys gewidmete Museum in Cléry ist heute nur noch eine zweitrangige touristische Attraktion. Die meisten Besucher begeben sich dorthin, nachdem sie im Clos Joli gespeist haben, das alle Reiseführer Frankreichs übereinstimmend als eine der bedeutendsten Stätten des Landes rühmen. Allerdings signalisieren die Reiseführer die Existenz des Museums mit dem Hinweis „Ein Abstecher lohnt sich". In seinen fünf Räumen befinden sich die meisten Werke meines Onkels, die den Krieg überstanden haben, die Okkupation und die Kämpfe in der Zeit der Befreiung sowie all die anderen Widrigkeiten und Momente des Überdrusses, die unser Volk durchlebt hat.

Alle Papierdrachen, welches auch ihr Ursprungsland sei, entstammen der volkstümlichen Bilderwelt, was ihnen immer einen etwas naiven Anstrich gibt. Die von Ambroise Fleury machen da keine Ausnahme; selbst seine letzten, im hohen Alter angefertigten Stücke tragen dieses Merkmal von Seelenreinheit und Unschuld. Trotz des geringen Interesses, das das Museum hervorruft, und der bescheidenen Subventionen, die es von der Gemeinde erhält, besteht keine Gefahr, daß es seine Pforten schließen könnte, dafür ist es allzu sehr mit unserer Geschichte verbunden. Doch meist sind die Säle leer, denn wir leben in einer Zeit, wo die Franzosen nicht gerade darauf aus sind, sich zu erinnern, sondern lieber vergessen wollen.

Das beste Foto von Ambroise Fleury befindet sich am Eingang des Museums. Man sieht ihn darauf in seiner Landbriefträgertracht – mit seinem Käppi, seiner Uniform und seinen Knobelbechern, auf dem Bauch die lederne Umhängetasche – zwischen einem Mariechenkäfer-Drachen und dem von Gambetta, dessen Gesicht und Körper den Ballon und die Gondel darstellen, mit denen er bekanntermaßen während der Belagerung von Paris aufstieg und wegflog. Es gibt noch eine Menge anderer Fotos von dem, den man lange „den leicht behämmerten Briefträger" von Cléry nannte, denn die meisten Besucher seines Ateliers von La Motte hatten ihn geknipst, einfach aus Spaß. Mein Onkel machte bereitwillig mit. Er hatte keine Angst, lächerlich zu wirken, und beklagte sich nicht über den Spitznamen „leicht behämmerter Briefträger", ebensowenig über den „sanftmütigen Sonderling", und wenn er auch wußte, daß die Einheimischen ihn den „alten Irren" nannten, so schien er darin sehr viel eher ein Zeichen von Achtung als von Verachtung zu sehen. In den dreißiger Jahren, als das Ansehen meines Onkels größer zu werden begann, kam der Inhaber des Clos Joli, Marcellin Duprat, auf die Idee, Postkarten drucken zu lassen, die meinen Vormund in Uniform inmitten seiner Drachen zeigten und mit der Aufschrift „Cléry. Der berühmte Landbriefträger Ambroise Fleury und seine Drachen" versehen waren. Leider sind diese Karten alle in Schwarz-Weiß, und man kann auf ihnen nicht die Farben- und Formenfreudigkeit erkennen, nicht die lächelnde Gutmütigkeit und nicht, was ich die Augenwinke nennen würde, die der alte Normanne gen Himmel schickte.

Mein Vater war im ersten Weltkrieg gefallen,

und meine Mutter starb wenig später. Der Krieg kostete auch dem zweiten der drei Fleury-Brüder, Robert, das Leben; mein Onkel Ambroise kehrte aus diesem Krieg heim, nachdem eine Kugel seine Brust durchschlagen hatte. Im Interesse der Verständlichkeit der Geschichte muß ich hinzufügen, daß mein Urgroßvater Antoine auf den Barrikaden der Commune umgekommen war, und ich glaube, daß dieses kleine Aperçu unserer Vergangenheit und vor allem die Namen der beiden Fleurys auf den Gedenksteinen für die Gefallenen von Cléry eine entscheidende Rolle im Leben meines Vormundes gespielt haben. Er war sehr anders geworden als jener Mann, der er vor 14/18 gewesen war und von dem man hier in der Gegend sagte, er habe eine lockere Hand gehabt. Man wunderte sich darüber, daß ein Kriegsteilnehmer, der die militärische Verdienstmedaille erhalten hatte, keine Gelegenheit ausließ, seine pazifistischen Ansichten zu bekunden, die Kriegsdienstverweigerer verteidigte und alle Formen der Gewalt verurteilte, und zwar mit einer Flamme im Blick, die letzten Endes vielleicht nur der Widerschein derjenigen war, die auf dem Grab des unbekannten Soldaten brennt. Rein äußerlich hatte er gar nichts Sanftmütiges. Ausgeprägte Gesichtszüge, hart und eigensinnig, zu einer Bürste geschnittenes graues Haar und einen jener dichten und langen Schnurrbärte, die man als „Gallier-Schnurrbart" bezeichnet, denn die Franzosen haben, Gott sei Dank, noch die Fähigkeit, sich an ihre historischen Erinnerungen zu klammern, selbst wenn es nur mehr die ihrer Behaarung sind. Seine Augen waren schwermütig, was immer einen guten Hintergrund für Heiterkeit abgibt. Allgemein ging man davon aus, daß er „bekloppt" aus dem Krieg heimgekehrt sei; so erklärte man sich seinen Pazifismus und auch diese Marotte, seine gesamte Freizeit mit seinen Drachen zu verbringen: mit seinen „gnamas", wie er sie nannte. Dieses Wort hatte er in einem Buch über Äquatorial-Afrika gefunden, wo es angeblich all das bezeichnet, was von einem Lebensfunken beseelt ist: Menschen, Fliegen, Löwen, Gedanken oder Elefanten. Er hatte den Beruf eines Landbriefträgers zweifellos gewählt, weil seine militärische Verdienstmedaille und die beiden Auszeichnungen mit dem Kriegskreuz ihn zu einem Vorzugsposten berechtigten, vielleicht sah er darin aber auch eine Tätigkeit, die einem Friedfertigen gut ansteht. Er sagte oft zu mir: „Mit einem bißchen Glück, mein kleiner Ludo, und wenn du gut lernst, wirst auch du vielleicht eines Tages einen Beamtenposten bei der Post ergattern können."

Ich brauchte eine Menge Jahre, um mich zurechtzufinden in dem, was bei ihm feierlicher Ernst und tiefe Ehrlichkeit war und was eine schalkhafte Ader, die jenem gemeinschaftlichen Fonds zu entspringen schien, wo die Franzosen nach sich suchen, wenn sie sich verirrt haben.

Mein Onkel sagte, daß „die Drachen das Fliegen lernen müssen wie jeder andere auch", und vom siebenten Lebensjahr an begleitete ich ihn nach der Schule mit einem „gnama", der noch herrlich nach frischem Klebstoff duftete, bald auf die Wiese vor La Motte, bald ein bißchen weiter ans Ufer der Rigole.

„Man muß sie gut festhalten", erklärte er mir, „denn die zerren ganz schön, und manchmal reißen sie sich los, sie steigen zu hoch in den Himmel, sie machen sich auf, dem Blau nachzujagen, und dann siehst du sie nie wieder, außer wenn Leute sie zerschellt hierher zurückbringen."

„Und wenn ich sie zu sehr festhalte, werde ich dann nicht mit ihnen fortfliegen?"

Er lächelte, was seinen dicken Schnurrbart noch gütiger werden ließ.

„Das könnte schon passieren“, sagte er. „Man darf sich nicht fortreißen lassen.“

Mein Onkel gab seinen Drachen liebevolle Namen: KNABBERCHEN, SPRINGINSFELD, HUMPELBEIN, DICKERCHEN, BRUDER LUSTIG, ZITTERBACKE, NETTES KERLCHEN, und ich wußte nie, weshalb es ausgerechnet dieser ganz bestimmte Name sein mußte und nicht irgendein anderer, warum ein lustiger Frosch mit Pfoten, die einem im Wind zuwinkten, TAUMLER hieß und nicht eher PLATSCH, was wiederum ein breit lächelnder Fisch war, der in den Lüften mit seinen silbrigen Schuppen und seinen rosafarbenen Flossen rauschend hin und her wogte, oder warum er über den Wiesen von La Motte sein POPOCHEN häufiger aufsteigen ließ als seinen MIMILE, einen Marsmenschen, den ich äußerst nett fand mit seinen runden Augen und den ohrenförmigen Flügeln, die anfingen zu wedeln, wenn er sich in die Lüfte erhob; ich übte mich darin, diese Bewegungen nachzuahmen – mit Erfolg, so daß ich bei Wettstreiten alle meine Klassenkameraden schlug. Wenn mein Onkel einen „gnama“ aufließ, dessen Formen ich nicht verstand, erklärte er mir:

„Man muß welche zu machen versuchen, die anders sind als alle, die man je gesehen und kennen gelernt hat. Etwas wirklich Neues. Aber gerade die muß man noch fester an der Strippe halten, denn wenn man sie losläßt, jagen sie dem Blau nach und können dann unter Umständen großen Schaden anrichten, wenn sie wieder herunterfallen.“

Manchmal schien mir, daß die Drachen Ambroise Fleury an der Strippe hielten.

Lange Zeit war das nette DICKERCHEN mein Liebling; sein Bauch blähte sich erstaunlich auf, wenn er an Höhe gewann, und er vollführte, sobald auch nur ein Lüftchen wehte, Kapriolen, wobei er mit den Pfoten ganz komisch seinen Wanst schlug, wenn mein Onkel die Schnur anzog und wieder locker ließ.

Ich gestattete DICKERCHEN, bei mir zu schlafen, auf der Erde braucht ein Drachen nämlich sehr viel Freundlichkeit, denn da verliert er an Form und Leben und verzweifelt leicht. Er braucht Höhe, freie Lüfte und viel Himmel drumrum, um sich in voller Schönheit entfalten zu können.

Mein Vormund verbrachte seine Tage damit, in Ausübung seines Berufes die Landschaft zu durchqueren, und brachte den Einheimischen die Post, die er morgens im Postamt abholte. Doch wenn ich nach einem Fußmarsch von fünf Kilometern aus der Schule kam, traf ich ihn fast immer auf der Wiese von La Motte – denn bei uns zu Hause sind die Luftströmungen am späten Nachmittag immer günstiger –, in seiner Briefträgeruniform, die Augen zu einem seiner „Kumpelchen" erhoben, die zitternd über der Erde schwebten.

Und doch: als wir eines Tages unseren VIERMEERLING mit seinen zwölf Segeln verloren, den der Wind, die Segel auf einen Schlag blähend, mir samt der Haspel aus der Hand riß, und ich zu heulen anfing, sagte mein Onkel, mit dem Blick sein sich ins Blaue verlierendes Werk verfolgend: „Weine nicht. Dazu sind sie ja da. Er ist glücklich da oben."

Am nächsten Morgen brachte uns ein Landwirt aus der Nachbarschaft in seinem Heuwagen einen Haufen Holz und Papier, das war alles, was von VIERMEERLING übriggeblieben war.

Ich war zehn Jahre alt, als die „Gazette" von Honfleur „unserem Mitbürger Ambroise Fleury, Briefträger in Cléry, ein sympathischer Sonderling, dessen Drachen unweigerlich eines Tages die Berühmtheit dieses Ortes ausmachen werden, so wie die Spitzen den Ruhm von Valenciennes, das Porzellan den von Limoges und die Pfefferminzkissen den von Cambrai begründeten", einen ironisch geschriebenen Artikel widmete. Mein Onkel schnitt ihn aus und hängte ihn unter Glas an die Wand seiner Werkstatt.

„Ich bin ein bißchen eitel, wie du siehst", sagte er mit verschmitztem Augenzwinkern.

Der Bericht der „Gazette" mit dem beigestellten Foto wurde von einer Pariser Zeitung nachgedruckt, und bald bekam unsere Scheune, von da an „Atelier" betitelt, nicht nur Besucher, sondern auch Aufträge. Der Chef des Clos Joli, der ein alter Freund meines Onkels war, empfahl seinen Kunden diese „lokale Sehenswürdigkeit". Eines Tages hielt ein Automobil vor unserem Hof, und es entstieg ihm ein sehr eleganter Herr. Mich beeindruckte vor allem sein Schnurrbart, der sich bis zu den Ohren rankte, mit dem Backenbart vermischte und auf diese Weise das Gesicht in zwei Hälften zerteilte. Später erfuhr ich, daß es sich um Lord Howe, einen großen englischen Sammler, handelte; er war von einem Diener und einem Koffer begleitet; als dieser geöffnet wurde, entdeckte ich – sorgfältig auf einem speziell dafür eingerichteten Samtboden gelagert – herrliche Drachen aus verschiedenen Ländern, aus Burma, Japan, China und Siam. Mein Onkel wurde eingeladen, sie zu bewundern, was er mit aller Aufrichtigkeit tat, denn er hatte keinerlei chauvinistische Ader. Seine einzige kleine Manie in dieser Hinsicht war es, zu behaupten, daß der Drachen seinen Adelsbrief erst in Frankreich errang, im Jahre 1789. Nachdem er die von dem englischen Sammler vorgeführten Stücke gebührend gewürdigt hatte, zeigte er Lord Howe seinerseits einige eigene Schöpfungen, darunter einen durch das berühmte Nadar-Foto angeregten, von Wolken getragenen VICTOR HUGO, der durchaus Gottvater ähnlich war, wenn er sich in die Lüfte erhob. Nach ein oder zwei Stunden Besichtigung und gegenseitigem Loben begaben sich die beiden Männer auf die Wiese und boten – jeder aus Höflichkeit den Drachen des anderen wählend – dem normannischen Himmel Unterhaltung, bis daß alle Rangen der Umgebung herbeieilten, um an dem Fest teilzuhaben.

Die Berühmtheit Ambroise Fleurys wuchs kontinuierlich, stieg ihm aber nicht zu Kopfe, nicht einmal, als seine GRANDE DEMOISELLE MIT JAKOBINERMÜTZE – er war durch und durch Republikaner – beim Treffen in Nogent den ersten Preis erhielt und als er von Lord Howe nach London eingeladen wurde, wo er einige seiner Werke während einer Kundgebung im Hyde Park vorführte. Das politische Klima Europas begann sich damals, nach Hitlers Machtergreifung und der Besetzung des Rheinlandes, einzutrüben, und es handelte sich um eine der damals zahlreichen Manifestationen des britisch-französischen Bündnisses. Ich habe das Foto aus der „Illustrated London News" aufgehoben, auf dem man Ambroise Fleury mit seiner die Welt erleuchtenden FREIHEIT zwischen Lord Howe und dem Prinzen von Wales stehen sieht. Nach dieser quasi offiziellen Konsekration wurde Ambroise Fleury zunächst zum Mitglied, dann zum Ehrenpräsidenten der Französischen Drachen gewählt. Die Besuche der Schaulustigen wurden immer zahlreicher. Elegante Damen und feine Herren, die mit dem Auto aus Paris kamen, um im Clos Joli zu essen, begaben sich im Anschluß daran zu uns und baten den „Meister", ihnen einige seiner Stücke vorzuführen. Die eleganten Damen setzten sich ins Gras, die feinen Herren gaben sich

– Zigarre im Mundwinkel – alle Mühe, ernst zu bleiben, und man ergötzte sich daran, den „leicht behämmerten Briefträger“ zu beobachten, der seinen MONTAIGNE oder seinen WELTFRIEDEN an der Strippe hielt und das Himmelsblau mit dem durchdringenden Blick der großen Seefahrer fixierte. Mir wurde schließlich bewußt, wie beleidigend dieses Kichern der eleganten Damen, die überlegenen Mienen der feinen Herren waren, und es kam vor, daß ich eine bald kränkende, bald mitleidige Bemerkung aufschnappte. „Der soll nicht ganz richtig im Kopf sein, seit er 14/18 eine Granate an den Nüschel gekriegt hat.“ – „Er nennt sich Pazifist und Kriegsdienstverweigerer, aber ich glaube, daß er einfach ein ganz gerissener Bursche ist, der unheimlich gut Reklame für sich zu machen weiß.“ – „Zum Totlachen!“ – „Marcellin Duprat hatte schon recht, das lohnt den Abstecher!“ – „Finden Sie nicht, daß er mit seinem grauen Bürstenschnitt und seinem Schnurrbart aussieht wie Marschall Lyautey?“ – „Er hat was Irres im Blick.“ – „Aber natürlich, meine Teuerste, das ist die Leidenschaft.“ Dann kauften sie einen Drachen, so wie man eine Eintrittskarte für eine Vorstellung erwirbt, und warfen ihn achtlos in den Kofferraum ihres Autos. Das war um so peinlicher, als mein Onkel, wenn er sich so seiner Leidenschaft hingab, gleichgültig allem gegenüber wurde, was um ihn herum passierte, und nicht merkte, daß einige unserer Besucher sich auf seine Kosten lustig machten. Eines Tages konnte ich auf dem Heimweg meine Empörung nicht zurückhalten vor lauter Wut über die Bemerkungen, die ich aufgeschnappt hatte, während mein Vormund seinen absoluten Liebling – einen JEAN-JACQUES ROUSSEAU mit Flügeln in Form aufgeschlagener Bücher, deren Seiten im Wind flatterten – aufsteigen ließ. Ich lief mit ausladenden Schritten hinter ihm her, die Brauen gerunzelt, Fäuste in den Taschen, so hart aufstampfend, daß meine Strümpfe auf die Fersen rutschten.

„Onkel, diese Pariser haben sich über Sie lustig gemacht: sie haben gesagt, Sie seien übergeschnappt."

Ambroise Fleury blieb stehen. Nicht im entferntesten beleidigt, schien er sogar eher zufrieden.

„Ach ja? Das haben sie gesagt?"

Da schleuderte ich ihm aus der Höhe meiner ein Meter vierzig diesen Satz entgegen, den Marcellin Duprat einmal über ein Kundenpaar des Clos Joli fallenließ, das sich über die Rechnung beschwert hatte:

„Das sind Leute niederer Herkunft!"

„Es gibt keine Menschen niederer Herkunft", sagte mein Onkel.

Er beugte sich vor, legte vorsichtig JEAN-JACQUES ROUSSEAU ins Gras und setzte sich hin. Ich ließ mich neben ihm nieder.

„Sie haben mich also für verrückt erklärt. Tja, stell dir vor, diese feinen Herren und Damen haben recht. Es liegt doch auf der Hand, daß ein Mann, der sein ganzes Leben den Drachen widmet, irgendwie einen kleinen Spleen haben muß. Nur stellt sich hier die Frage der Interpretation. Manche nennen das einen ‚Spleen', andere sprechen vom ‚göttlichen Funken'. Manchmal ist es sehr schwer, das eine vom anderen zu unterscheiden. Doch wenn du jemand oder irgend etwas wirklich liebst, dann gib ihm alles, was du hast, ja sogar alles, was du bist, und kümmere dich nicht darum, was andere dazu sagen . . ."

Heiterkeit huschte über seinen dicken Schnurrbart.

„Das ist es, was du wissen mußt, wenn du ein guter Postbeamter werden willst, Ludo."

II

Unser Hof befand sich in Familienbesitz, seit einer der Fleurys ihn aufgebaut hatte, kurz nach dem, was man zu Lebzeiten meiner Großeltern bei uns noch „die Ereignisse“ nannte. Als sich eines Tages in mir die Neugier regte, zu erfahren, welches die besagten „Ereignisse“ gewesen seien, erklärte mein Onkel mir, daß es sich um die Revolution von 1789 handle. Auf diese Weise erfuhr ich, daß unsere Leute ein ausgesprochenes Langzeitgedächtnis hatten.

„Tja, ich weiß nicht, ob das ein Ergebnis der allgemeinen Schulpflicht ist, jedenfalls hatten die Fleurys schon immer ein erstaunliches historisches Gedächtnis. Ich glaube, daß keiner der Unseren je etwas von dem vergaß, was er einmal gelernt hatte. Mein Großvater ließ uns manchmal die Erklärung der Menschenrechte vortragen. Mir ist das so zur Gewohnheit geworden, daß es mir noch heute unterläuft.“

Damals – ich war gerade zehn geworden – machte ich die Erfahrung, daß mein eigenes Gedächtnis, obgleich es noch nicht diesen „historischen“ Charakter angenommen hatte, für meinen Lehrer, den im Chor von Cléry Baß singenden Herrn Herbier, zu einer Quelle des Erstaunens und schließlich sogar der Besorgnis wurde. Die Mühelosigkeit, mit der ich mir alles merkte, was ich irgendwann lernte, wie ich nach ein- bis zweimaligem Lesen mehrere Seiten meines Lehrbuches auswendig aufsagen konnte, sowie meine einmalige Begabung fürs Kopfrechnen schienen ihm eher von irgendeiner Mißbildung des Hirns herzurühren als von den Fähigkeiten eines guten Schülers, und seien diese noch so außergewöhnlich. Er neigte um so mehr dazu, dem zu mißtrauen, was er nie meine Talente, sondern immer nur meine „Veranlagung“ nannte – und da er dieses Wort mit ziemlich düsterer Betonung aussprach, fühlte ich mich beinahe schuldig –, als ich angesichts des von allen als solchen anerkannten „Spleens“ meines Onkels ebenfalls von irgendeiner erblichen Belastung gezeichnet schien, die sich als verhängnisvoll erweisen konnte. Die Äußerung, die ich aus Herrn Herbiers Mund am häufigsten hörte, war: „Mäßigung ist oberstes Gebot“, und während er diese veritable Warnung aussprach, sah er mich gewichtig an. Als meine Veranlagungen sich mit solcher Evidenz manifestierten, daß ein Freund mich verpetzte, weil ich eine Wette gewonnen und ein hübsches Sümmchen dafür kassiert hatte, daß ich zehn Seiten des Kursbuches der Eisenbahn auswendig hersagte, hinterbrachte man mir, Herr Herbier habe in bezug auf mich den Ausdruck „kleines Ungeheuer“ gebraucht. Ich verschlimmerte meinen Fall, indem ich mich dem Quadratwurzelziehen im Kopf und dem blitzschnellen Multiplizieren von mächtig langen Zahlen widmete. Herr Herbier begab sich nach La Motte, sprach lange mit meinem Vormund und riet ihm, mich nach Paris zu bringen, um mich von einem Spezialisten untersuchen zu lassen. Das Ohr an die Tür gepreßt, entging mir kein Wort von dieser Unterredung.

„Ambroise, es handelt sich da um eine nicht ganz normale Fähigkeit. Man hat schon erlebt, daß die im Kopfrechnen erstaunlich talentierten Kinder später geistig zurückblieben. Sie wurden auf

Varieté-Bühnen zur Schau gestellt, und das war's dann. Ein Teil ihres Gehirns entwickelt sich ungeheuer schnell, aber ansonsten werden sie richtige Kretins. In seinem jetzigen Zustand könnte Ludovic fast die Aufnahmeprüfung der Ecole Polytechnique machen."

„Das ist in der Tat seltsam", sagte mein Onkel. „In der Fleury-Familie hat man sonst eher Talent fürs historische Gedächtnis. Einer von uns ist während der Pariser Commune sogar füsiliert worden."

„Ich sehe da keinen Zusammenhang."

„Auch so einer, der sich erinnert hat."

„Woran erinnert?"

Mein Onkel schwieg einen Moment lang.

„An alles, wahrscheinlich", sagte er schließlich.

„Sie werden doch nicht behaupten wollen, daß der Grund für die Erschießung Ihres Vorfahren ein Gedächtnisüberschuß war?"

„Doch, genau das behaupte ich. Wahrscheinlich wußte er in- und auswendig, was das französische Volk im Laufe der Jahrhunderte durchgemacht hat."

„Ambroise, Sie sind hier bekannt als ein – entschuldigen Sie, wenn ich Ihnen das sage – nun ja, ein Erleuchteter, aber ich komme nicht her, um mit Ihnen über Ihre Drachen zu sprechen."

„Tja, was soll's, ich bin eben auch geistig zurückgeblieben."

„Ich komme einfach, um Ihnen mitzuteilen, daß der kleine Ludovic Gedächtnisfähigkeiten hat, die weder seinem noch übrigens irgendeinem Alter gemäß sind. Er hat das Kursbuch auswendig aufgesagt. Zehn Seiten. Er hat im Kopf eine vierzehnstellige Zahl mit einer ebenso langen multipliziert."

„Na gut, bei ihm ist es eben auf die Zahlen geschlagen. Er scheint nicht von historischem Gedächtnis befallen zu sein. Das wird ihn vielleicht davor bewahren, beim nächsten Mal füsiliert zu werden."

„Welches nächste Mal?"

„Was weiß ich? Irgendeins gibt's immer."

„Sie müßten ihn ärztlich untersuchen lassen."

„Hören Sie, Herbier, Sie kotzen mich langsam an. Wäre mein Neffe wirklich normal, wär er ein Kretin. Auf Wiedersehen und danke für Ihren Besuch. Ich weiß ja, daß Sie es gut meinen. Ist er in Geschichte auch so begabt wie im Rechnen?"

„Nochmals, Ambroise, man kann hier nicht von Begabung sprechen. Nicht mal von Intelligenz. Intelligenz setzt *Urteilskraft* voraus. Ich betone ausdrücklich: *Urteilskraft*. Und in dieser Beziehung ist er weder besser noch schlechter als andere Kinder seines Alters. Was nun die französische Geschichte betrifft, so ist er in der Lage, sie von A bis Z herzusagen."

Es trat eine noch längere Pause ein, dann hörte ich plötzlich meinen Onkel brüllen:

„Bis Z? Was denn für ein Z? Weil da wohl auch schon ein Z in Sicht ist, was?"

Herrn Herbier fiel keine Erwiderung ein. Später dann, nach der Niederlage von 1940, als das Z sich klar am Horizont abzeichnete, mußte ich oft an diese Unterhaltung denken.

Der einzige Lehrer, den meine „Veranlagungen" überhaupt nicht beunruhigten, war mein Französischlehrer, Herr Pinder. Nur einmal schien er verärgert, als ich – in meinem Wunsch, mich selbst zu übertreffen – das Gedicht „Les Conquistadors" verkehrt herum aufsagen wollte, beginnend mit dem letzten Vers. Herr Pinder unterbrach mich und drohte mir mit dem Zeigefinger.

„Mein kleiner Ludovic, ich weiß nicht, ob du dich auf diese Weise auf das vorbereitest, was uns alle zu bedrohen scheint, das heißt ein verkehrtes Leben in einer verkehrten Welt, aber ich bitte dich, wenigstens die Lyrik zu verschonen."

Es war derselbe Herr Pinder, der uns wenig später ein Aufsatzthema stellte, dessen ich mich oft erinnerte und das eine gewisse Rolle in meinem Leben spielen sollte: „Untersucht und vergleicht die beiden Redensarten: *bei Sinnen bleiben* und *den Sinn seines Lebens bewahren.* Sagt, ob für euch zwischen diesen beiden Gedanken ein Widerspruch besteht."

Man muß aber gerechterweise anerkennen, daß Herr Herbier nicht ganz unrecht hatte, als er meinem Onkel seine mich betreffenden Besorgnisse mitteilte: er befürchtete, daß die Mühelosigkeit, mit der ich mir alles merkte, nicht von Fortschritten der geistigen Reife, der Ausgeglichenheit und des gesunden Menschenverstandes begleitet würde. Vielleicht ist das bei all denen ein bißchen so, die an Gedächtnisüberschuß leiden, wofür man ja einige Jahre später den Beweis erhielt, als so viele Franzosen in den Lagern zugrunde gingen oder hingerichtet wurden.

III

Unser Hof befand sich im Hinterland des Weilers Clos, am Rande des Waldes von Voigny, wo sich Farne und Ginster, Buchen und Eichen vermischten und wo es Hirsche und Wildschweine gab. Weiter hinten begannen die Sümpfe, wo Knäkenten, Fischotter, Libellen und Schwäne in Frieden lebten.

La Motte lag ziemlich isoliert. Unsere nächsten Nachbarn, die Cailleux, wohnten eine gute halbe Stunde Fußmarsch von uns entfernt; der kleine Jeannot Cailleux war zwei Jahre jünger als ich, und ich war für ihn der „große Bruder"; seine Eltern hatten einen Milchladen in der Stadt; der Großvater Gaston, der bei einem Sägeunfall ein Bein verloren hatte, züchtete Bienen. Weiter weg gab es die Magnards: verschlossen, gleichgültig allem gegenüber, was nicht Kuh war, Butter oder Feld; Vater, Sohn und die beiden alten Jungfern sprachen nie mit irgend jemand.

„Außer, um Preise zu nennen oder zu erfragen", murmelte Gaston Cailleux.

Darüber hinaus gab es zwischen La Motte und Cléry nur noch die Höfe der Monniers und der Simons, deren Kinder in meine Klasse gingen.

Ich kannte die Wälder der Umgebung bis in ihre geheimsten Winkel. Mein Onkel hatte mir geholfen, am Ende eines Hohlwegs, der den Flurnamen Vieille-Source trug, einen Indianer-Wigwam zu bauen, eine mit Wachstuch bedeckte Hütte aus

Zweigen, in die ich mich mit Büchern von James Oliver Curwood und von Fenimore Cooper flüchtete, um von Apachen und Sioux zu träumen oder um mich bis zur letzten Patrone zu verteidigen, wenn ich von feindlichen Mächten belagert wurde, die immer „zahlenmäßig überlegen" waren, wie es die Tradition verlangt. Mitte Juni, ich hatte mich überfressen und döste vor mich hin, erblickte ich, als ich die Augen öffnete, vor mir ein sehr blondes Mädchen unter einem großen Strohhut, das mich streng ansah. Unter den Zweigen war Schatten und Sonne, und noch heute, nach so vielen Jahren, will mir scheinen, daß dieses Helldunkel niemals aufgehört hat, Lila zu umspielen, und daß ich in diesem kurzen Moment der Erregung, deren Ursache und Wesen ich damals nicht verstand, in gewisser Weise erfahren hatte, was mich erwartete. Instinktiv, unter der Wirkung irgendeiner inneren Stärke oder Schwäche, vollführte ich eine Geste, deren endgültigen und unwiderruflichen Charakter ich auch nicht annähernd ahnte: ich reichte dieser blonden und strengen Erscheinung eine Handvoll Erdbeeren. So billig kam ich aber nicht davon. Das Mädchen setzte sich neben mich und bemächtigte sich, ohne meiner Opfergabe auch nur die geringste Aufmerksamkeit zu schenken, des ganzen Korbes. Damit waren die Rollen ein für allemal verteilt. Als nur noch wenige Erdbeeren auf dem Boden des Korbes lagen, gab sie ihn mir zurück und ließ mich, nicht ohne Vorwurf, wissen:

„Mit Zucker schmeckt's besser."

Da gab es nur eines zu tun, und ich zögerte nicht einen Augenblick. Mit einem Satz aufspringend, stürmte ich, die Fäuste an den Körper gepreßt, durch Wald und Feld bis La Motte, schnellte in die Küche wie eine Kanonenkugel, bemächtigte mich einer Tüte Zucker und legte im selben Tempo den Weg in entgegengesetzter Richtung zurück. Sie war noch da; im Gras sitzend, den Hut neben sich, beobachtete sie einen Mariechenkäfer auf ihrem Handrücken. Ich reichte ihr den Zucker.

„Ich will jetzt keinen mehr. Aber du bist nett."

„Wir werden den Zucker hierlassen und morgen wiederkommen", sagte ich mit der Eingebung des Verzweifelten.

„Vielleicht. Wie heißt du?"

„Ludo. Und du?"

Der Mariechenkäfer flog davon.

„Wir kennen uns noch nicht gut genug. Vielleicht werde ich dir eines Tages meinen Namen sagen. Ich bin ziemlich rätselhaft, weißt du. Du wirst mich sehr wahrscheinlich niemals wiedersehen. Was machen deine Eltern?"

„Ich habe keine Eltern. Ich lebe bei meinem Onkel."

„Was macht er?"

Ich spürte unbestimmt, daß „Landbriefträger" jetzt nicht gerade angebracht war.

„Er ist Herr über die Drachen."

Sie schien beeindruckt.

„Was ist denn das?"

„Das ist wie ein großer Kapitän, aber am Himmel."

Sie dachte noch einen Augenblick nach und erhob sich dann.

„Vielleicht komme ich morgen wieder", sagte sie. „Ich weiß noch nicht. Ich bin sehr unberechenbar. Wie alt bist du?"

„Ich werde bald zehn."

„Oh, da bist du viel zu jung für mich. Ich bin schon elfeinhalb. Aber ich mag Walderdbeeren. Warte hier morgen um dieselbe Zeit auf mich. Ich werde wiederkommen, falls ich nichts Besseres zu tun habe."

Nachdem sie mir einen letzten strengen Blick zugeworfen hatte, verließ sie mich.

Am darauffolgenden Morgen muß ich so mindestens drei Kilo Erdbeeren gepflückt haben. Alle paar Minuten rannte ich los, um zu sehen, ob sie da war. Sie kam nicht. Ebensowenig am nächsten Tag, und auch nicht tags darauf.

Ich wartete den ganzen Juni jeden Tag auf sie, den ganzen Juli, August und September. Ich setzte zunächst auf die Erdbeeren, dann auf die Blaubeeren, später auf die Brombeeren und schließlich auf die Pilze. Ähnlich schmerzlich-angstvolles Warten sollte ich erst wieder von 1940 bis 1944 erleben, als ich während der Okkupation auf die Rückkehr Frankreichs lauerte. Als auch die Pilze mich im Stich ließen, ging ich trotzdem weiterhin in den Wald, an den Ort unserer Begegnung. Das Jahr verging, dann ein weiteres und noch eines, und ich entdeckte, daß Herr Herbier nicht so ganz unrecht gehabt hatte, als er meinen Onkel warnte, mein Gedächtnis habe etwas Beunruhigendes. Bei den Fleurys mußte doch so etwas wie eine angeborene Behinderung existieren: ihnen war die lindernde Fähigkeit des Vergessens nicht gegeben. Ich lernte, half meinem Vormund im Atelier, doch selten waren die Tage, an denen mir nicht ein kleines blondes Mädchen in einem weißen Kleid, mit seinem Strohhut in der Hand, Gesellschaft leistete. Es handelte sich wirklich um einen „Gedächtnisüberschuß", wie Herr Herbier ganz richtig festgestellt hatte und an dem er selbst wohl kaum litt, denn er hielt sich sorgsam von all dem fern, was sich unter den Nazis so inbrünstig und gefährlich auf das Erinnern berief. Noch drei, vier Jahre nach unserer Begegnung kam es vor, daß ich, sobald die ersten

Erdbeeren reif waren, meinen Korb vollpflückte und, mit den Händen im Nacken unter den Buchen liegend, die Augen schloß, um sie zu ermutigen, mich zu überraschen. Ich vergaß nicht mal den Zucker. Natürlich war da auf die Dauer auch ein Augenzwinkern im Spiel. Ich begann zu begreifen, was mein Onkel „dem Blau nachjagen" nannte, und ich lernte, mich über mich selbst und meinen Gedächtnisüberschuß lustig zu machen.

IV

Mit vierzehn machte ich mein Abi, nachdem ich mit Hilfe einer vom Gemeindeschreiber „nachgebesserten“ Geburtsurkunde, laut der ich nun fünfzehn war, dazu die Erlaubnis erhalten hatte. Ich wußte noch nicht, was ich aus meinem Leben machen würde. Inzwischen hatten meine Mathematik-Talente Marcellin Duprat angeregt, mir die Buchhaltung des Clos Joli anzuvertrauen, wohin ich mich zweimal wöchentlich begab. Ich las alles, was mir unter die Finger kam, von den Fabliaux des Mittelalters bis zu Romanen wie „Das Feuer“ von Barbusse oder „Im Westen nichts Neues“ von Erich Maria Remarque, die mein Onkel mir geschenkt hatte, obwohl er mir in bezug auf meine Lektüre selten Ratschläge erteilte, denn er hatte volles Vertrauen in die „allgemeine Schulpflicht“, vor allem aber in das, was zuvor, später und seitdem immer wieder heftig diskutiert worden ist, was Ambroise Fleury aber für ganz sicher zu halten schien: die Erblichkeit der erworbenen Anlagen, insbesondere, so fügte er hinzu, „bei unsereins“.

Er hatte sein Amt schon vor mehreren Jahren aufgegeben, doch Marcellin Duprat riet ihm lebhaft, seine alte Landbriefträgerkleidung anzulegen, wenn er Gäste empfing. Der Chef des Clos Joli hatte, was man heute einen ausgeprägten Sinn für „public relations“ nennen würde.

„Verstehst du, Ambroise, um dich gibt es jetzt eine Legende, und diese Legende mußt du heil bewahren. Ich weiß ja, daß du darauf pfeifst, aber du schuldest das einfach unserem Landstrich. Die Kunden fragen mich oft: ‚Und dieser berühmte Briefträger Fleury mit seinen Drachen, ist der noch da? Kann man ihn besuchen?‘ Schließlich verkaufst du deine ulkigen Dinger ja und lebst davon. Also mußt du dein Markenzeichen beibehalten. Eines Tages wird man vom ‚Briefträger Fleury‘ sprechen, wie man vom ‚Zöllner Rousseau‘ spricht. Wenn ich zu meinen Kunden gehe, um mit ihnen zu reden, behalte ich meine Mütze auf und meine Kochjacke an, genau so will man mich sehen.“

Marcellin mochte ein noch so alter Freund sein – der kleine Kuhhandel, den er meinem Onkel da vorschlug, gefiel diesem ganz und gar nicht. Es hagelte ein paar zünftige Beschimpfungen. Der Chef des Clos Joli betrachtete sich ein wenig als eine nationale Glorie und anerkannte als seinesgleichen nur Point in Vienne, Pic in Valence und Dumaine in Saulieu. Er war eine stattliche Erscheinung, sein Schädel war schon ein wenig abgeräumt, die Augen hell, von stahlfarbenem Blau; ein kleiner Schnurrbart verlieh ihm einen autoritären Zug. Er hatte etwas Militärisches in seiner Haltung, was vielleicht von den Jahren herrührte, die er 14 bis 18 im Schützengraben verbracht hatte. In den dreißiger Jahren hatte Frankreich noch nicht vor, sich auf seine kulinarische Größe zurückzuziehen, und Marcellin Duprat hatte das Gefühl, verkannt zu werden.

„Der einzige, der mich versteht, ist Edouard Herriot. Neulich hat er mir im Weggehen gesagt: ‚Jedesmal, wenn ich hierherkomme, bin ich beruhigt. Ich weiß nicht, was die Zukunft für uns bereithält, doch ich bin sicher, daß das Clos Joli alles überleben wird. Nur auf deine Ehrenlegion, Marcellin, wirst du noch ein bißchen warten müssen. Frankreich erfreut sich heute noch eines Überflusses an kulturellen Reichtümern, und das macht, daß einige unserer bescheideneren Werte vernachlässigt werden.‘ Das genau hat Herriot mir gesagt. Also, Ambroise, tu mir den Gefallen. In dieser ganzen Ecke hier sind nur wir beide berühmt. Ich versichere dir, wenn du für die Kundschaft hin und wieder deine Briefträgertracht anziehst, wird das ganz anders was hermachen als deine Kuhbauernkordhose.“

Mein Onkel lachte schließlich doch. Ich war immer glücklich, wenn ich auf seinem Gesicht diese lieben Fältchen erscheinen sah, die sich von Fröhlichkeit nähren.

„Der gute Marcellin! Es ist schon eine schwere Last, Größe tragen zu müssen. Aber was soll's! er hat nicht ganz unrecht, und außerdem lohnt es ein kleines Opfer an Eigenstolz, wenn es darum geht, die friedliche Drachenkunst populärer zu machen.“

Dabei glaube ich, daß mein Onkel seine alte Briefträgertracht gelegentlich nicht ungern wieder anzog, um auf die Wiesen zu gehen, umringt von Kindern, die zu zweit oder zu dritt nach der Schule oft nach La Motte kamen, um „Übungs“-Stunden zu nehmen.

Wie ich schon sagte, wurde Ambroise Fleury zum Ehrenpräsidenten der Französischen Drachen gewählt, eine Vereinigung, aus der er, Gott weiß warum, in dem Moment austrat, als München passierte. Ich habe nie ganz verstanden, wie ein überzeugter Pazifist so entrüstet hatte sein können, so niedergeschlagen, als der Frieden – wenn auch manche ihn als „Schandfrieden“ bezeichneten – in München gerettet worden war. Zweifellos war es wieder dieses verfluchte historische Gedächtnis der Fleurys, das ihm da Streiche spielte.

Auch mein Gedächtnis ließ nicht locker. Jeden Sommer ging ich wieder in den Wald der Erinnerung. Ich hatte mich bei den Leuten aus der Gegend erkundigt und wußte deshalb, daß ich nicht einer „Erscheinung“ zum Opfer gefallen war, wie ich gelegentlich glauben wollte. Elisabeth de Bronicka existierte wahrlich und wahrhaftig; ihre Eltern waren die Besitzer des Sommersitzes Les Jars, der die Straße von Clos nach Cléry säumte, an dessen Mauern ich jeden Tag auf dem Schulweg entlangging. Sie waren seit mehreren Sommern nicht mehr in die Normandie gekommen; mein Onkel teilte mir mit, daß man ihnen die Post nach Polen nachsandte, wo sie an der Ostsee, nahe der Freien Stadt Gdańsk – damals bekannter unter dem Namen Danzig –, ein Landgut besaßen. Niemand wußte, ob sie je wiederkommen würden.

„Das ist weder der erste noch der letzte Drachen, der dir in deinem Leben abhanden kommen wird, Ludo“, sagte mein Onkel, als er mich mit meinem leider nach wie vor vollen Erdbeerkorb aus dem Wald kommen sah.

Ich erhoffte nichts mehr, und wenn dieses Spiel für einen vierzehnjährigen Jungen auch ein wenig kindisch wurde, so hatte ich doch das Beispiel eines reifen Mannes vor Augen, der in sich jene Portion Naivität zu bewahren gewußt hatte, die nur dann zur Weisheit wird, wenn sie mit dem Altern ihre Schwierigkeiten hat.

Fast vier Jahre waren vergangen, seit ich „meine kleine Polin“, wie ich sie nannte, nicht wiedergesehen hatte, aber mein Gedächtnis hatte kein bißchen versagt. Ihr Gesicht war so fein gezeichnet und zart, daß man immer das Bedürfnis hatte, es in den Händen zu bergen. Der harmonischen Lebhaftigkeit, die in jeder ihrer Bewegungen lag, verdankte ich sogar ein „Sehr gut“ in meinem Philosophie-Abi. Ich hatte im Mündlichen Ästhetik gewählt, und der Prüfer, nach einem vollen Arbeitstag völlig erschöpft und überreizt, hatte gesagt:

„Ich werde Ihnen nur eine Frage stellen, und ich bitte Sie, mir mit einem einzigen Wort zu antworten. Was kennzeichnet die Anmut?“

Ich dachte an die kleine Polin, an ihren Hals, ihre Arme und daran, wie ihr Haar sich bauschte, und antwortete ohne Zögern:

„Bewegung.“

Ich bekam neunzehn von zwanzig Punkten. Ich verdanke mein Abi der Liebe.

Außer an Jeannot Cailleux, der manchmal kam, um sich in eine Ecke zu setzen und mich ein bißchen traurig anzugucken – „Du hast wenigstens jemanden“, hatte er eines Tages sehnsüchtig zu mir gesagt –, schloß ich mich niemandem an. Ich war all dem gegenüber, was mich umgab, schon fast so gleichgültig geworden wie die Magnards. Zuweilen kreuzte ich ihren Weg, wenn sie – der Vater, der Sohn und die zwei Töchter – mit ihren Hürden im Kippkarren dahinrumpelten, um sich zum Markt zu begeben. Jedesmal sagte ich ihnen guten Tag, sie antworteten mir nie.

Anfang Juli 1936 saß ich neben meinem Erdbeerkorb im Gras. Ich las Gedichte von José Maria de Heredia, der mir – auch heute noch – sehr zu Unrecht vergessen scheint. Vor mir, zwischen den Buchen, lag ein Tunnel aus Helligkeit, wo das Licht sich am Boden wälzte wie eine wollüstige Katze. Aus einem benachbarten Sumpf stiegen hin und wieder fliehende Meisen auf.

Ich schaute hoch. Sie war da, stand vor mir, ein junges Mädchen, das von den vergangenen vier Jahren mit einer Ehrerbietung behandelt worden war, die gleichsam eine Huldigung an mein Gedächtnis darstellte. Ich erstarrte – nachdem mein Herz in der Brust einen Sprung vollführt hatte, der mir die Kehle zuschnürte. Dann verging die Aufregung, und ich legte in aller Ruhe mein Buch zur Seite. Sie war mit leichter Verspätung zurückgekommen, das war alles.

„Du sollst angeblich seit vier Jahren auf mich warten ...“

Sie lachte.

„Und du hast nicht mal den Zucker vergessen!“

„Ich vergesse nie irgend etwas.“

„Ich dagegen vergesse alles sehr leicht. Ich erinnere mich nicht mal an deinen Namen.“

Ich ließ ihr ihr Spielchen. Da sie wußte, daß ich sie überall gesucht hatte, mußte sie auch wissen, wer ich war.

„Warte, laß mich überlegen ... Ach ja, Ludovic, das war's. Ludo. Du bist der Sohn des berühmten Briefträgers Ambroise Fleury.“

„Sein Neffe.“

Ich reichte ihr den Erdbeerkorb. Sie kostete eine Beere, setzte sich neben mich und nahm mein Buch.

„Mein Gott! José Maria de Heredia! Aber das ist doch ganz unmodern! Du solltest Rimbaud lesen und Apollinaire.“

Da gab's nur eines. Ich rezitierte:

„Von der, die Engelslieb er zärtlich hat genannt,
Irrt stets, wenn Liebesleid sein wehes Herz umspannt,
Die göttlich Seel' umher im Saitenbeben.

Dies Lied, das einst er schrieb für einen Ackersmann,
Gibt er dem Wind nun preis, der weit es trägt und dann
Liebkosend könnt' das treulos' Weib umweben.“

Sie schien geschmeichelt und zufrieden mit sich.

„Unsere Gärtner haben mir gesagt, daß du sie ausgefragt hast, ob ich wiederkommen würde. Das ist Liebe, leidenschaftliche Liebe."

Mir war klar, daß ich verloren war, wenn ich mich jetzt nicht wehrte.

„Weißt du, manchmal ist ein Wiedersehen das beste Mittel, jemanden zu vergessen."

„Meine Güte! Sei doch nicht gleich beleidigt. Ich mach doch nur Spaß. Ist es übrigens wahr, was man sagt, daß sie alle so sind?"

„Wie: so?"

„Daß sie nicht vergessen?"

„Mein Onkel Ambroise behauptet, die Fleurys hätten ein so gutes Gedächtnis, daß einige daran gestorben sind."

„Wie kann man an Gedächtnis sterben? Das ist doch idiotisch."

„Das findet er auch, und deshalb ist er Landbriefträger geworden und verabscheut den Krieg. Er interessiert sich nur noch für seine Drachen. Sie sind sehr schön anzusehen, wenn sie am Himmel fliegen, aber denen kann man wenigstens eine Schnur an den Hintern kleben: und selbst wenn sie sich losreißen und herunterfallen, ist das doch immer nur Papier und Holz."

„Ich möchte, daß du mir erklärst, wie man an Gedächtnis sterben kann."

„Das ist ziemlich kompliziert."

„Ich bin ja nicht völlig blöd. Vielleicht könnte ich es verstehen."

„Ich meine ja nur, daß es ziemlich kompliziert zu erklären ist. Angeblich waren alle Fleurys Opfer der allgemeinen Schulpflicht."

„Wovon?"

„Der allgemeinen Schulpflicht. Man hat ihnen zu viele schöne Sachen beigebracht, die sie sich zu gut gemerkt haben, an die sie voll geglaubt haben, die sie, vom Vater zum Sohn, weitervermittelt haben, von wegen der Erblichkeit erworbener Anlagen und ..."

Ich merkte genau, daß ich die Sache nicht meisterte, und ich wollte hinzufügen, daß bei all dem ein kleiner Spleen im Spiel sei, den man auch den göttlichen Funken nennt, aber unter diesem blauen, auf mich gerichteten strengen Blick verrannte ich mich nur immer mehr und beschränkte mich dann darauf, stur zu wiederholen:

„Man hat ihnen zu viele schöne Sachen beigebracht, an die sie geglaubt haben; für die haben sie sich sogar umbringen lassen. Deshalb ist mein Onkel Pazifist geworden und Kriegsdienstverweigerer."

Sie schüttelte den Kopf und machte „pfff".

„Ich versteh kein Wort. Was dein Onkel dir erzählt, ist doch glatter Unsinn."

Da hatte ich eine Idee, die mir nicht ungeschickt zu sein schien.

„Komm uns in La Motte besuchen, dann wird er es dir selbst erklären."

„Ich habe nicht die Absicht, meine Zeit damit zu verschwenden, mir Ammenmärchen anzuhören. Ich lese Rilke und Thomas Mann und nicht José Maria de Heredia. Im übrigen lebst du mit ihm zusammen, und offenbar hat er nicht einmal dir erklären können, was er meint."

„Man muß Franzose sein, um das zu verstehen."

Sie war eingeschnappt.

„Verdammt nochmal, etwa weil die Franzosen ein besseres Gedächtnis haben als die Polen?"

Ich kam aus dem Konzept. Das war absolut nicht die Art von Unterhaltung, die ich nach einer tragischen Trennung von vier Jahren erwartet hatte. Andererseits wollte ich auf keinen Fall eine lächerliche Figur abgeben, ob ich auch gleich weder Rilke noch Thomas Mann gelesen hatte.

„Es handelt sich um das historische Gedächtnis", sagte ich. „Da sind massig Sachen drin, an die sich die Franzosen erinnern und die sie einfach nicht vergessen können, und das geht das ganze Leben so, außer bei denen, die Gedächtnislücken haben. Ich habe dir ja schon erklärt, daß das die Auswirkung der allgemeinen Schulpflicht ist. Ich begreife überhaupt nicht, was du da nicht verstehst."

Sie erhob sich und warf mir einen mitleidigen Blick zu.

„Du denkst wohl, daß nur ihr Franzosen dieses ‚historische Gedächtnis' habt? Daß wir Polen keins haben? Ich hab noch nie so einen Esel gesehen. Allein im Verlaufe der letzten fünf Jahrhunderte sind 160 Bronickis umgebracht worden, die Mehrzahl unter heroischen Bedingungen, und wir haben Dokumente, die das beweisen. Adieu. Du wirst mich nie mehr wiedersehen. Oder vielmehr doch, du wirst mich wiedersehen. Du tust mir leid. Seit vier Jahren kommst du hierher, um auf mich zu warten, und statt einfach zuzugeben, daß du unsterblich in mich verliebt bist – wie alle –, machst du mein Land schlecht. Was weißt du überhaupt von Polen? Na, schieß los, ich höre."

Sie kreuzte die Arme über der Brust und wartete.

Das war so maßlos anders als alles, was ich erhofft und ersonnen hatte, wenn ich von ihr träumte, daß mir Tränen in die Augen stiegen. Schuld daran war nur mein Onkel, dieser alte Irre, der mir den Kopf mit einer Menge Kram vollgestopft hatte, statt sich zu begnügen, seine Papiertäubchen daraus zu basteln. Ich unternahm derartige Anstrengungen, um nicht loszuheulen, daß sie plötzlich beunruhigt war.

„Was hast du? Du bist ja ganz grün geworden."

„Ich liebe dich!" murmelte ich.

„Das ist doch kein Grund, grün zu werden, zumindest noch nicht. Dazu mußt du mich erst besser kennen. Auf Wiedersehen. Bis bald. Aber komm mir nie wieder mit Lehren für uns Polen in bezug auf das historische Gedächtnis. Versprochen?"

„Ich schwöre dir, ich hatte überhaupt nicht die Absicht . . . Ich denke nur Gutes über Polen, es ist berühmt für . . ."

„Wofür?"

Ich schwieg. Ich stellte mit Grauen fest, daß das einzige, was mir zu Polen einfiel, die Redewendung „voll wie ein Pole" war.

Sie lachte.

„Schon gut. Vier Jahre, das ist nicht übel. Es ist selbstverständlich zu überbieten, aber dazu braucht man Zeit."

Und mit dieser in ernstem Ton vorgetragenen Binsenweisheit verließ sie mich, eine lebhafte weiße Silhouette, die sich zwischen den Buchen quer durch Helligkeiten und Schatten entfernte.

Ich schleppte mich bis La Motte und legte mich – Gesicht zur Wand – ins Bett. Ich hatte den Eindruck, mein Leben verpfuscht zu haben. Ich verstand einfach nicht, warum und wieso ich, statt ihr meine Liebe zu gestehen, mich hatte hinreißen lassen zu dieser sinnlosen Diskussion über Frankreich, Polen und deren jeweiliges historisches Gedächtnis, das mich nicht die Bohne interessierte. Daran war nur mein Onkel schuld, mit all seinen regenbogenflügeligen JAURÉS und seinem Knirps ARCOLE, von dem heute, so erklärte er mir, zu Recht oder zu Unrecht, nur noch der Name einer Brücke geblieben ist.

Am Abend kam er zu mir hoch.

„Was hast du?"
„Sie ist zurückgekommen."
Er lächelte voll Zuneigung.
„Und ich wette, es ist gar nicht mehr sie", sagte er. „Es ist immer sicherer, sie sich selber zu basteln, aus schönen Farben, Strippe und Papier."

V

Tags darauf, so gegen vier Uhr nachmittags, als ich mir gerade sagte, daß alles verloren sei und daß ich diesen übermenschlichsten aller Kraftakte bewerkstelligen müsse, der im Vergessenkönnen besteht, hielt vor unserem Haus ein riesiger blauer Wagen ohne Verdeck. Der vornehme Chauffeur in grauer Uniform teilte uns mit, daß ich eingeladen sei, im „Sommersitz" zu vespern. Ich beeilte mich, meine Botten zu putzen, zog meinen einzigen, zu klein gewordenen Anzug an und nahm neben dem Chauffeur Platz, der sich als Engländer erwies. Er informierte mich, daß Stanislas de Bronicki, der Vater von „Mademoiselle", ein genialer Financier sei; seine Frau sei eine der größten Schauspielerinnen Warschaus gewesen, die sich über ihren Weggang vom Theater hinwegtröste, indem sie ständig Szenen mache.

„Sie haben riesige Ländereien in Polen und ein Schloß, wo der Herr Graf Staatschefs und Berühmtheiten aus aller Welt empfängt. Oh, ja, der ist wer, das kannst du mir glauben, *my boy*. Wenn er sich für dich interessiert, wirst du nicht ewig bei der Post bleiben."

Der Sommersitz Les Jars war eine große dreistöckige Holzbaracke mit Türmchen, spalierversehenen Balkons und Veranden mit geschnitzten Balustraden; sie hatte keine Ähnlichkeit mit irgendwas von uns zu Hause. Es war die genaue Kopie des Hauses, das die Ostrorogs – Vettern der Bronickis – am Bosporus in Istanbul besaßen. Tief in einen Park gebaut, von dem man durch die Gittertore nur die Alleen ausmachen konnte, nahm sie einen günstigen Platz unter den Postkarten ein, die im Petit-Gris, dem Tabakladen der Rue du Mail in Cléry, verkauft wurden. Das Haus war 1902 vom Vater Stanislas de Bronickis im damals unheimlich modernen türkischen Stil errichtet worden, und zwar als Hommage an seinen Freund Pierre Loti, der sich häufig dort aufgehalten hatte. Die Jahre und die Feuchtigkeit hatten den Brettern eine schwärzliche Patina verliehen, die anzutasten Bronicki in dem Bemühen um Authentizität verbot. Mein Onkel kannte den Sommersitz gut und hatte mir oft davon erzählt. Als er noch seinen Briefträgerberuf ausübte, war er fast täglich dorthin gegangen, denn die Bronickis erhielten mehr Post als ganz Clos und Cléry zusammen.

„Die Reichen wissen nicht mehr, was sie zuerst tun sollen“, brummelte er. „Sie haben ein türkisches Haus in der Normandie gebaut, und ich wette, daß sie in der Türkei einen normannischen Landsitz errichtet haben.“

Wir hatten Ende Juni, und der Park erschien in voller Pracht. Ich kannte die Natur vor allem in ihrer ursprünglichen Schlichtheit, nie hatte ich sie so gepflegt gesehen. Die Blumen sahen so wohlgenährt aus, als kämen sie geradewegs aus dem Clos Joli Marcellin Duprats.

„Sie haben fünf ganztags beschäftigte Gärtner“, sagte der Chauffeur. Vor der Veranda ließ er mich allein.

Ich nahm meine Baskenmütze ab, befeuchtete meine Haare mit Spucke und stieg die Treppen hoch. Sobald ich geklingelt hatte und die Tür mir von einem höchst aufgeregten Dienstmädchen geöffnet wurde, begriff ich, daß ich nicht ungelegener hätte kommen können. Eine blonde Dame, bekleidet mit etwas, was mir eine Verwicklung von blauen und rosafarbenen Seidenstoffen zu sein schien, lag halb ausgestreckt in einem Sessel und schluchzte; mit seiner großen Zwiebel von Uhr in der Hand, fühlte Doktor Gardieu besorgt ihren Puls; ein eher kleiner, aber kräftig gebauter Mann in einem Morgenmantel, der wie eine silberne Rüstung glänzte, spazierte kreuz und quer durch den Salon, ihm folgte bei diesem Hin und Her Schritt für Schritt ein Butler mit einem Tablett voller Getränke. Stas de Bronicki hatte übermäßig viele babyblonde Locken und einen Backenbart, der bis zur Hälfte die Wangen bedeckte – ein Gesicht, dem es an Adel mangelte, sofern dieser sich mit bloßem Auge und ohne Rückgriff auf beweiskräftige Dokumente ausmachen ließe. Es war ein rundes, wangenschweres Gesicht mit einem leicht schinkenrosigen Teint; man konnte es sich sehr gut über einen Fleischerstand gebeugt vorstellen; ein dünner Schnurrbart, besser ein Flaum zierte die Lippen eines hühnerstietzförmigen Schmollmundes, der machte, daß er ständig verstimmt aussah, was ganz besonders in dem Moment der Fall zu sein schien, als ich ankam. Er hatte große, leicht vorquellende Augen von ausgewaschenem Blau, starr und glänzend wie die Flaschen auf dem Tablett des Butlers, was auch irgendeinen Zusammenhang mit deren Inhalt haben mußte. Lila saß ganz ruhig in einer Ecke und wartete, daß ein Zwergpudel sich bequemte, auf die Hinterbeine zu gehen, um sich ein Zuckerchen zu verdienen. Ein raubvogelähnliches, völlig schwarz gekleidetes Individuum saß an einem Schreibtisch über einen Stapel Papier gebeugt, den er mit seiner langen, schnüfflerischen Nase zu durchwühlen schien.

Ich wartete schüchtern, die Baskenmütze in der

Hand, daß jemand sich freundlicherweise für mich interessieren wolle. Lila, die mir zunächst einen zerstreuten Blick zugeworfen hatte, belohnte endlich den Pudel, kam zu mir und nahm mich an die Hand. Just in diesem Moment wurde die schöne Dame von noch herzzerreißenderen Schluchzern überwältigt, was übrigens die anwesenden Personen mit völliger Gleichgültigkeit aufnahmen. Und Lila sagte zu mir:

„Es ist nichts, es ist wieder mal die Baumwolle."

Und da mein Blick offenbar von Unverständnis strotzte, fügte sie als Erklärung hinzu:

„Papa hat sich schon wieder auf Baumwolle eingelassen. Er kommt einfach nicht davon los."

Und mit einem leichten Schulterzucken fügte sie hinzu:

„Dabei standen wir im Kaffee viel besser da."

Damals wußte ich nicht, daß Stanislas de Bronicki an der Börse mit derartiger Geschwindigkeit ganze Vermögen gewann und verlor, daß niemand mit Sicherheit sagen konnte, ob er gerade reich war oder ruiniert.

Stanislas de Bronicki – Stas für seine Freunde aus Spielkasinos und von Rennbahnen sowie für die Damen des „Chabanais" und des „Sphinx" – war damals fünfundvierzig Jahre alt. Ich war jedesmal überrascht und ein wenig unangenehm berührt von dem Kontrast zwischen seinem massiven, schweren Gesicht und dessen Zügen von solcher Kleinheit, daß man sie – einem Ausdruck der Comtesse de Noailles zufolge – „suchen mußte". Auch in seinem babyblonden Lockenhaar, dem rosigen Teint und dem porzellanblauen Blick war irgend etwas Unpassendes – die ganze Familie Bronicki, ausgenommen der Sohn Tadée, schien aus Blau, Blond und Rosa gemacht. Bronicki war Spekulant und Spieler, der das Geld mit ebensolcher Ungeniertheit auf den Spieltisch warf wie seine Vorfahren die Soldaten auf das Schlachtfeld – das einzige, was er im Spiel noch nicht verloren hatte, war sein Adelsbrief: er gehörte einer der vier oder fünf großen aristokratischen Linien Polens an wie die Sapiehas, die Radziwiłłs und die Czartoryskis, die lange Zeit Polen unter sich aufgeteilt hatten, bis daß das Land in andere Hände überging und andere Teilungen erlitt. Ich hatte bemerkt, daß seine Augen häufig von einem leichten Rollen erfaßt wurden, so als hätten sich die Bewegungen all der Kugeln, die sie auf dem Roulette verfolgt hatten, auf sie übertragen.

Lila führte mich erst zu ihrem Vater, doch da dieser – die Hand vor der Stirn und den Blick zur Zimmerdecke gerichtet, von der augenscheinlich der Ruin herabgefallen war – mir nicht die geringste Aufmerksamkeit schenkte, wurde ich zu Madame de Bronicka geschleppt. Man hörte auf zu weinen, man warf mir einen Blick zu, wo ich mehr Wimpern sah, als mir je um ein menschliches Auge herum begegnet waren, man entfernte das Seufzertuch ein Stück von den Lippen und fragte mit leiser, noch ganz schmerzerfüllter Stimme:

„Wo kommt denn der her?“

„Ich habe ihn im Wald getroffen“, sagte Lila.

„Im Wald? Mein Gott, wie schrecklich! Hoffentlich hat er nicht die Tollwut. Alle Tiere haben zur Zeit die Tollwut. Das habe ich in der Zeitung gelesen. Wer gebissen wird, muß eine sehr schmerzhafte Behandlung über sich ergehen lassen. Da muß man aufpassen . . .“

Sie beugte sich vor, nahm den Pudel und preßte ihn an sich, wobei sie mich argwöhnisch ansah.

„Ich bitte Sie, Maman, beruhigen Sie sich“, sagte Lila.

Auf diese Weise begegnete ich der Familie Bronicki zum ersten Mal in ihrem natürlichen Element, das heißt: mitten in einem Drama. Genia de Bronicka – später erfuhr ich, daß das „de" verschwand, sobald die Familie nach Polen zurückkehrte, wo diese Partikel nicht üblich war, um in Frankreich wieder aufzutauchen, wo man weniger bekannt war – Genia also war von einer Schönheit, die verheerend wirkte, wie man früher sagte; heute ist diese Redewendung unmodern geworden, wohl wegen der Inflation von Verheerungen, die die Welt seither erlebt hat. Sehr schlank, aber von jener Schlankheit, die einen respektvollen Bogen um Hüften und Brust macht, war sie eine dieser Frauen, die nicht mehr wissen, was tun vor lauter Schönheit.

Ich wurde endgültig durch eine Bewegung mit dem Taschentuch beiseite geschoben, und Lila, die mich noch immer bei der Hand hielt, ließ mich einen Korridor durchqueren und ging die Treppe hoch. Zwischen der großen Eingangshalle, wo das Baumwolldrama seinen Lauf nahm, und dem Dachboden lagen drei Etagen, aber ich glaube, daß ich während dieses kurzen Aufstiegs mehr Einzelheiten über gewisse seltsame Dinge, die sich zwischen Frauen und Männern abspielen, erfahren habe als in meinem gesamten bisherigen Dasein. Wir hatten gerade ein paar Stufen hinter uns gelassen, als Lila mir mitteilte, der erste Ehemann Genias habe sich in der Hochzeitsnacht das Leben genommen, noch bevor er das Brautzimmer betrat.

„Er hatte Lampenfieber", erklärte Lila mir, wobei sie mich weiter fest an der Hand hielt, vielleicht weil sie Angst hatte, ich könnte die Flucht ergreifen.

Der zweite Mann dagegen war an zu großem Selbstbewußtsein zugrunde gegangen.

„An Erschöpfung", teilte Lila mir mit, wobei sie

mir voll in die Augen sah, wie um mich zu warnen, und ich fragte mich, was sie damit wohl meinen könnte.

„Meine Mutter war einmal die größte Schauspielerin Polens; es wurde ein spezieller Diener benötigt, um die Blumen in Empfang zu nehmen, die immerzu ankamen. Sie wurde von König Alfons XIII. und von König Carol von Rumänien ausgehalten, aber sie hat in ihrem ganzen Leben immer nur einen Mann geliebt. Dessen Namen kann ich dir nicht sagen, es ist ein Geheimnis ..."

„Rudolf Valentino", sagte eine Stimme.

Wir waren gerade auf dem Boden angelangt, und als ich mich in die Richtung umdrehte, aus der diese Bemerkung mit sarkastischem Unterton kam, sah ich einen Jungen, der mit gekreuzten Beinen, einen aufgeschlagenen Atlas auf den Knien, neben einem Erdglobus unter dem Dachfenster auf der Erde saß. Er hatte das Profil eines jungen Adlers, mit einer Nase, die das ganze übrige Gesicht – einem Hausherrn gleich – dominierte; die Haare waren schwarz, die Augen braun, und obwohl er nur ein oder zwei Jahre älter war als ich, schien bereits Ironie die Schmalheit seiner Lippen geprägt zu haben; man wußte nicht einmal, ob er lächelte oder ob er so geboren war.

„Hör gut zu, was meine kleine Schwester dir erzählt, denn da ist nie ein einziges Wort wahr dran, das schult die Phantasie. Lila braucht das Lügen so sehr, daß man ihr nicht böse sein kann. Das ist ihre Berufung. Ich selbst bin von wissenschaftlicher und rationalistischer Denkungsart, was in dieser Familie absolut einmalig ist. Ich heiße Tad."

Er erhob sich, und wir drückten uns die Hand. Ganz hinten auf dem Dachboden war ein roter Vorhang, dahinter spielte jemand Klavier.

Lila schien von den Äußerungen ihres Bruders

in keiner Weise aus der Fassung gebracht und beobachtete mich mit leicht amüsiertem Gesichtsausdruck.

„Glaubst du mir oder nicht?“ fragte sie.

Ich zögerte keinen Augenblick.

„Ich glaube dir.“

Sie warf ihrem Bruder einen triumphierenden Blick zu und setzte sich in einen großen zerfledderten Sessel.

„Na gut, ich sehe, es ist schon Liebe“, stellte Tad fest. „In solchen Fällen hat die Vernunft nichts mehr zu sagen. Ich bin umgeben von einer völlig verrückten Mutter, einem Vater, der Polen verspielen würde, wenn man ihm die Gelegenheit dazu gäbe, und einer Schwester, die die Wahrheit als persönliche Feindin betrachtet. Kennt ihr euch schon lange?“

Ich wollte gerade antworten, doch er hob die Hand.

„Warte, warte . . . seit gestern?“

Ich nickte.

Ihm zu gestehen, daß ich Lila vor vier Jahren ein einziges Mal gesehen und seitdem nie aufgehört hatte, an sie zu denken, hätte mich unweigerlich bissiger Ironie ausgesetzt.

„Das dachte ich mir“, sagte Tad. „Gestern hat sie ihren Pudel Mirliton verloren, und sie hat sich beeilt, Ersatz für ihn zu finden.“

„Mirliton ist heute früh zurückgekommen“, verkündete Lila.

Bruder und Schwester waren sichtlich an diese kleinen Gefechte gewöhnt.

„Na gut, ich hoffe, sie wird dir jetzt nicht kündigen. Und wenn sie dich zum Narren hält, komm zu mir. Ich bin sehr begabt fürs Reale, wo zwei plus zwei vier ergibt. Aber wenn du einen guten Rat willst: Hau ab!“

Er ging in seine Ecke zurück, setzte sich wieder auf die Erde und vertiefte sich erneut in seinen Atlas. Lila hatte den Kopf an die Rückenpolster des Sessels gelehnt und guckte gleichgültig in die Luft. Ich zögerte ein wenig, ging dann aber zu ihr und setzte mich ihr zu Füßen auf ein Kissen. Sie zog ihre Knie unters Kinn und betrachtete mich nachdenklich, als fragte sie sich, welchen Nutzen sie aus ihrer Neuerwerbung ziehen könnte. Diese Prüfung machte mich verlegen, während Tad auf dem Globus stirnrunzelnd den Verlauf des Niger, der Wolga, des Orinoko oder was weiß ich welchen Flusses mit dem Finger verfolgte. Zuweilen hob ich die Augen und schlug sie sogleich nieder, wenn ich Lilas meditativem Blick begegnete, immer in der Befürchtung, sie würde zu mir sagen: „Nein, du bist doch nicht der Richtige für mich, ich habe mich geirrt." Ich fühlte, daß ich mich an einem entscheidenden Wendepunkt meines Lebens befand und daß die Welt ein ganz anderes Gravitationszentrum hatte, als man mir in der Schule beigebracht hatte. Ich war gespalten zwischen dem Bedürfnis, bis ans Ende meiner Tage ihr zu Füßen zu verharren, und dem Drang zu fliehen; heute noch weiß ich nicht, ob ich mein Leben gepackt habe, weil ich nicht geflohen bin, oder ob ich es verpatzt habe, weil ich dablieb.

Lila lachte und berührte leise meine Nase mit den Fingerspitzen.

„Du siehst ganz verwirrt aus, mein armer Junge", sagte sie. „Tad, er hat mich in den vier Jahren nur zweimal gesehen, und schon hat er den Kopf verloren. Was hab ich denn nur an mir! Warum verlieben sie sich alle unsterblich in mich? Sie sehen mich an, und schon ist es unmöglich, eine vernünftige Unterhaltung zu führen. Sie schauen mich unentwegt an und machen nur ab und zu muh und mäh."

Tad warf seiner Schwester einen kalten Blick zu, wobei er den Finger auf dem Globus beließ, um in der Wüste Gobi oder in der Sahara, die er gerade erforschte, nicht in die Irre zu gehen und zu verdursten. Tad Bronicki schien mit sechzehn Jahren die Welt schon so gut zu kennen, daß er selbst die Geschichte und die Geographie des Planeten nur mehr geringfügig zu berichtigen hatte.

„Die Kleine leidet an einem Überschuß ihrer selbst", sagte er.

Während der ganzen Zeit spielte hinter dem Vorhang das Klavier; der unsichtbare Musiker mußte wohl meilenweit weg von hier sein, fortgetragen von seiner Melodie in Fernen, die weder unsere Stimmen noch irgendein anderes Echo der Dinge dieser Welt erreichen konnten. Dann hörte die Musik auf, der Vorhang öffnete sich ein wenig, und ich sah ein sehr sanftes Gesicht unter einem strubbligen Haarschopf und einen Blick, der noch den in wer weiß welche unbekannten Regionen entschwundenen Tönen nachzuhängen schien. Der Rest war ein großer gebeugter Körper eines fünfzehn oder sechzehn Jahre alten Jungen, der aussah, als würde seine Größe ihn behindern. Ich glaubte zunächst, er beobachte mich, doch Bruno sah nichts und niemanden, sosehr er einen anzusehen schien; die materielle Realität der Welt, „dieses lebensnotwendige Gut", wie Tad sagte, flößte ihm nur eine mit Erstaunen vermengte Gleichgültigkeit ein.

„Das da ist Bruno", gab Lila bekannt, und dieses „das da" hatte einen Klang, in dem sich eine gewisse Zärtlichkeit und Besitzerstolz vermischten. „Er wird eines Tages im Klavierspiel den ersten Preis des Konservatoriums bekommen. Er hat es mir versprochen. Er wird berühmt werden. Übrigens werden wir in einigen Jahren alle berühmt sein. Tad wird ein großer Forschungsreisender sein, Bruno wird man in allen Konzertsälen umjubeln, ich werde die neue Garbo sein, und du ..."

Sie sah mich einen Augenblick forschend an. Ich errötete.

„Nun gut, macht nichts", sagte sie.

Ich senkte den Kopf. Die Anstrengungen, die ich unternahm, um meine Erniedrigung zu verbergen, müssen wohl vergeblich gewesen sein, denn Tad sprang auf, näherte sich seiner Schwester, und nun wechselten die beiden auf polnisch eine Flut von Beschimpfungen, wie ich vermute, wobei sie meine Existenz vollständig vergaßen, was mir ermöglichte, mich ein wenig zu beruhigen. Daraufhin hielten ein weißbejackter Diener, in welchem ich Monsieur Julien, den Ober des Clos Joli, erkannte, und ein Dienstmädchen Einzug in den Boden, sie trugen zwei schwer mit Kuchen, Tellern, Tassen und Teekannen beladene Tabletts; nachdem sie auf den Dielen eine Tischdecke ausgebreitet hatten, servierten sie uns dort den Tee, was ich zunächst für einen polnischen Brauch hielt, während es doch nur, so erklärte mir Tad, mit der Absicht geschah, „ein bißchen Einfachheit in dieses Haus zu bringen, dessen Luxus-Gewohnheiten unerträglich sind".

„Übrigens bin ich Marxist", fügte er hinzu, und ich bezog das Wort, das ich zum ersten Mal hörte, auf diese Art, sich zum Essen auf die Erde zu setzen.

Ich erfuhr während dieser Vesper, daß Tad überhaupt nicht die Absicht hatte, Forschungsreisender zu werden, wie seine Schwester forderte, sondern daß er sich zum Ziel gesetzt hatte, „den Menschen zu helfen, die Welt zu verändern" – und er machte, mir dies erklärend, eine Handbewegung in Richtung des am Fenster stehenden Globus. Bruno war der Sohn eines dahingeschiedenen italienischen Butlers, den die Bronickis in Polen in ihren Diensten gehabt hatten; der Graf, der bei dem Kind außergewöhnliche musikalische Anlagen entdeckte, hatte ihn adoptiert, ihm seinen Namen gegeben und half ihm nun, „ein neuer Rubinstein“ zu werden.

„Das ist nur eine weitere Investition“, warf Tad mir zu. „Mein Vater hat vor, sein Impresario zu werden und viel Geld zu verdienen.“

Ich erfuhr auch, daß die ganze Familie zum Sommerende die Normandie verlassen würde.

„Das heißt, wenn die Gläubiger Papa gehen lassen und wenn er unsere Besitzung in Polen nicht verkauft hat“, kommentierte Lila. „Und im übrigen ist das alles ganz unwichtig. Maman wird uns wieder mal aus der Patsche helfen. Sie treibt immer einen sehr reichen Liebhaber auf, der im letzten Moment alles rettet. Vor drei Jahren war es Basil Zaharoff, der Welt größter Waffenhändler, und im letzten Jahr war es Herr Gulbenkian, den man ‚Mister fünf Prozent‘ nennt, weil er fünf Prozent von allen Gewinnen der englischen Ölgesellschaften Arabiens kassiert. Maman vergöttert meinen Vater, und jedesmal, wenn er bankrott macht und droht, sich das Leben zu nehmen, geht sie . . . na ja . . . wie soll ich sagen?“

„Geht sie Kohlen holen“, faßte Tad kurz zusammen. Ich hatte noch nie Kinder so über ihre Eltern sprechen hören, und die Verblüffung war mir wohl anzusehen, denn Tad gab mir einen freundschaftlichen Schlag auf die Schulter:

„Na, was denn, du bist ja rot wie eine Tomate. Nun ja, was willst du, unsereins ist ein bißchen dekadent, wir, die Bronickis. Weißt du, was das ist, Dekadenz?“

Ich nickte stumm. Doch ich mochte noch so sehr in dem berühmten „historischen Gedächtnis“ der Fleurys kramen, dieses Wort fand ich darin nicht.

VI

Ich ging nach Hause, entschlossen, „jemand" zu werden, und dies in kürzester Frist, am liebsten noch vor der Abreise meiner neuen Freunde, was in hohem Fieber zum Ausdruck kam: ich mußte mehrere Tage das Bett hüten. In meinem Fieberwahn entdeckte ich in mir die Macht, Galaxien zu erobern, und empfing als Dankeschön einen Kuß von Lilas Lippen. Bei der Rückkehr von einem besonders feindlichen Planeten, nach einer Expedition, auf der ich hunderttausend nubische Gefangene machte – mir war der Sinn des Wortes „nubisch" völlig unbekannt, aber es schien mir prächtig zu diesen interstellaren Feinden zu passen –, hatte ich, um Lila mein neues Königreich als Ehrerbietung zum Geschenk zu machen, einen derart mit Edelsteinen beladenen Anzug angelegt, daß unter den glitzerndsten Sternen plötzlich richtige Panik ausbrach, als sie dieses intensive Strahlen von der Erde aufsteigen sahen, hatte die doch bislang nur einen sehr bescheidenen Platz unter den Lichtjahren eingenommen.

Meine Krankheit fand auf sanfteste Weise ihr Ende. In meinem Zimmer war es sehr dunkel; die Fensterläden waren geschlossen, die Vorhänge zugezogen, denn man befürchtete, daß nach tagelangem Zögern plötzlich die Masern ausbrechen würden, und damals bestand ein Aspekt der Behandlung darin, den Kranken im Dunkeln zu halten, um seine Augen zu schützen. Doktor Gardieu zeigte sich um so besorgter, als ich bereits vierzehn Jahre alt war und die Masern Verspätung hatten. Es muß so zwölf Uhr mittags gewesen sein – dem Licht nach zu urteilen, das in das Zimmer strömte –, als die Tür aufging und Lila erschien, gefolgt von dem Chauffeur, Mr. Jones, dessen Arme mit einem riesigen Obstkorb beladen waren; mein Onkel kam ihr nachgelaufen und warnte Mademoiselle ununterbrochen vor der Gefahr einer unweigerlichen Ansteckung. Lila blieb einen Moment an der Tür stehen, und trotz meiner extremen Erregung konnte ich nicht umhin zu empfinden, wie ausgedacht diese Pose war, in der sie plötzlich verharrte: vor lichtem Hintergrund mit einer Hand in ihrem Haar spielend. Wenn es auch um mich ging bei diesem Besuch, so war doch da vor allem ein theatralisches Moment – ein verliebtes junges Mädchen kommt, um sich über das Krankenlager eines Sterbenden zu beugen –, das Liebe und Tod zwar nicht wirklich ausschloß, aber doch in den Rang von Requisiten verwies. Während der Chauffeur den Korb mit exotischen Früchten auf dem Tisch abstellte, behielt Lila ihre Pose noch einige Augenblicke bei und durchquerte dann rasch das Zimmer, beugte sich über mich und streifte meine Wange sanft mit einem Kuß, indes mein Onkel Mademoiselle noch einmal an die durchdringende und unheilvolle Macht der Bakterien erinnerte, die mein Körper vielleicht in sich trug.

„Du wirst doch nicht etwa an Krankheit sterben?“ fragte sie, als erwartete sie von mir irgendeine ganz andere und bewundernswürdige Art und Weise, von Erden zu gehen.

„Berühr mich nicht, sonst steckst du dich vielleicht an.“

Sie setzte sich aufs Bett.

„Welchen Sinn hat es, jemanden zu lieben, wenn man Angst hat, daß er einen ansteckt?"

Eine Welle angenehmer Hitze stieg mir in den Kopf. Mein Onkel strich sich den Schnurrbart glatt, Mr. Jones hielt Wache neben dem exotischen Obstkorb, wo die Litchies, die Papayas und die Guaven eher ein „Paris de luxe" als tropische Landschaften heraufbeschworen. Ambroise Fleury brachte in ausgewählten Worten die Dankbarkeit zum Ausdruck, die selbst zu manifestieren seiner Meinung nach mein Schwächezustand mich hinderte. Lila ging die Vorhänge aufziehen, öffnete die Fensterläden und wurde ganz Licht. Sie beugte sich in ihrer Haarflut, wo die Sonne mit genießerischem Sinn für alles Schöne sich freimütig bediente, über mich.

„Ich will nicht, daß du krank bist, ich mag Krankheit nicht, ich hoffe, du gewöhnst dir das nicht an. Ab und zu einen kleinen Schnupfen kannst du dir erlauben, aber mehr nicht. Es gibt auch ohne dich genug kranke Menschen. Manche sterben sogar, und zwar gar nicht an Liebe, sondern wegen irgendwelchem abscheulichen Mist. Daß man aus Liebe stirbt, verstehe ich, denn manchmal ist es so stark, daß das Leben nicht durchzuhalten vermag, es bricht seelisch zusammen. Du wirst sehen, ich werde dir Bücher geben, wo das passiert."

Mein Onkel, auf die Einhaltung der slawischen Bräuche bedacht, schlug vor, eine Tasse Tee zu trinken; Mr. Jones warf diskrete Blicke auf seine Uhr und erlaubte sich, „Mademoiselle daran zu erinnern, daß sie zum Musikunterricht erwartet würde"; doch Lila hatte es nicht eilig; es war ihr angenehm, sich in meinem stumm anbetenden Blick zu spiegeln; sie herrschte; ich war ihr Königreich; auf dem Bettrand sitzend, zärtlich mir zugeneigt, ließ sie sich lieben; wohingegen ich erst wirklich zu mir kam, nachdem sie gegangen war: diese duftende kleine halbe Stunde sinnlicher Nähe, wo zum ersten Mal in meinem Leben ein Hauch von Weiblichkeit mein Gesicht berührte, wurde mir, kaum daß sie zu Ende war, viel stärker bewußt, als während sie andauerte. Nachdem Lila mich verlassen hatte, wartete ich eine Viertelstunde, stand dann auf und stieg rückwärts aus dem Bett, damit mein Onkel nicht mitbekam, in welch gereiztem Zustand ich mich befand. Das ging den ganzen Tag so. Ich zog mich an und lief den ganzen Nachmittag querfeldein, doch nichts half, bis in der Nacht darauf, während ich schlief, die gütige Natur selbst es übernahm, mich zu erleichtern.

Der himmelblaue Packard Cabriolet holte mich jeden Tag ab, und mein Onkel begann zu murren.

„Diese Leute laden dich ein, um zu beweisen, daß sie keine Vorurteile haben, daß sie nicht engstirnig sind und ihrer Tochter erlauben, mit einem Bauernjungen befreundet zu sein. Neulich habe ich Madame Bronicka in Cléry getroffen. Weißt du, was sie machte? Sie stattete den Armen Besuche ab, wie im Mittelalter. Du bist ein kluger Junge, aber hüte dich, zu hoch hinaus zu wollen. Ein Glück, daß sie fortgehen, denn du würdest sonst noch schlechte Gewohnheiten annehmen."

Ich schob meinen Teller weg.

„Jedenfalls will ich kein Postbeamter werden", sagte ich. „Ich will ganz was anderes sein. Ich weiß überhaupt nicht, was ich mal machen will, weil das, wozu ich Lust habe, viel zu mächtig in mir ist, das gibt es vielleicht noch gar nicht, ich werde es erfinden müssen."

Ich sprach mit lauter, sicherer Stimme, den Kopf stolz erhoben. Ich dachte nicht an Lila. Ich wußte selbst nicht, daß es bei dem, was ich da sagte, bei diesem Willen, über mich hinauszuwachsen, mich sehr hoch aufzuschwingen und mich selbst zu verwirklichen, um ein junges Mädchen ging, um ihren Atem auf meinen Lippen und die Berührung meiner Wange durch ihre Hand.

Ich machte mich wieder an meine Suppe.

Mein Onkel schien zufrieden. Er kniff ein Auge leicht zu und strich sich den Bart glatt, um sein Lächeln zu verbergen.

VII

Einige Kilometer von La Motte entfernt gab es einen Hohlweg mitten durch Eschen und Birken, jenseits des Weihers von Maze. Dieser Wald, wo früher für die Colbertsche Marine Holz geschlagen wurde, war verwildert; wo einst die Axt ihr Werk tat, gab es viele rote Eichen und einen Wirrwarr von Sträuchern und Farnen. Hier, am Ende dieses Hohlwegs, hatte mein Onkel mir geholfen, mein Wigwam zu bauen, neben einer Quelle, die auf Grund ihres hohen Alters kraft- und stimmlos geworden war. Durch irgendwelche Strömungsverhältnisse gewannen die von den Rändern des Hohlwegs aufgelassenen Drachen mit einer Leichtigkeit an Höhe, die ich – wenngleich mein Vormund mir die sachlichen Gründe dafür erklärte – doch eher für die Folge einer gütigen Freundlichkeit des Himmels meiner Person gegenüber hielt. Etwa vierzehn Tage vor der Abreise der Bronickis war ich wieder einmal dort, die Nase zur neuesten Schöpfung Ambroise Fleurys erhoben, die den Namen Bastoche erhalten hatte, eine auseinandergebrochene Bastille mit einer zappelnden und wimmelnden Menschenmenge, die ins Innere einzudringen schien. Ich gab dem Drachen noch ein bißchen mehr Freiheit da oben, wo er zu Hause war, indem ich die Strippe weiter abspulte, als ich plötzlich geschubst wurde und geschlagen und mich – ohne die Haspel loszulassen – auf dem Boden wiederfand, währenddessen der Angreifer mit seinem ganzen Gewicht auf mir lastete. Ich bemerkte ziemlich schnell, daß er weder die nötige Kraft noch die erforderliche Gewandtheit für seine kriegerischen Absichten hatte, und obwohl ich nur eine Faust frei hatte, bereitete es mir keinerlei Schwierigkeiten, mich aus der Affäre zu ziehen. Er schlug sich tapfer, mit heftigen, blindlings ausgeteilten Faustschlägen, und als ich mich auf seiner Brust niederließ, einen seiner Arme mit dem Knie, den anderen mit der Hand festnagelnd, versuchte er angestrengt, mir mit dem Kopf Stöße zu versetzen, was bei mir lediglich Erstaunen hervorrief, denn es war wirklich das erste Mal, daß ich bei jemandem so starke Gefühle provozierte. Er hatte zarte Züge, ein fast feminines Gesicht, lange blonde Haare, und er wehrte sich mit einer Energie, der es gleichwohl nicht gelang, die Schmalheit seiner Schultern und die Schwäche seiner Hände zu kompensieren. Schließlich erschöpft, blieb er reglos liegen, sammelte wieder Kraft und fing erneut an zu strampeln, während ich mir Mühe gab, ihn am Boden zu halten, ohne meinen Drachen loszulassen.

„Was willst du von mir? Welcher Teufel hat dich denn geritten?"

Er versuchte, mir mit dem Kopf in den Bauch zu schlagen, stieß sich aber nur den Nacken an einem Stein.

„Wo kommst du her?"

Er antwortete nicht. Ich begann, mich von diesem blauen Blick beeindruckt zu fühlen, der mich mit einer Art heller Wut musterte.

„Was hab ich dir getan?"

Noch immer Schweigen. Seine Nase blutete. Ich wußte mit meinem Sieg nichts anzufangen, und wie immer, wenn ich mich in der Position des Stärkeren fühlte, hatte ich eher das Bedürfnis, den anderen zu schonen, ja, ihm zu helfen. Ich sprang mit einem Satz auf und trat einen Schritt zurück.

Er blieb noch einen Moment am Boden liegen und erhob sich dann.

„Morgen um dieselbe Zeit", sagte er.

Daraufhin drehte er mir den Rücken zu und entfernte sich.

„He, hör mal!" rief ich. „Was hab ich dir denn getan?"

Er blieb stehen. Sein weißes Hemd und seine schöne Golfhose waren mit Erde beschmiert.

„Morgen um dieselbe Zeit", wiederholte er, und erstmals registrierte ich seinen seltsamen gutturalen Akzent. „Wenn du nicht kommst, bist du ein Feigling."

„Ich will wissen, was ich dir getan habe?"

Er sagte nichts und ging weg, die eine Hand steckte in der Tasche, der andere Arm war angewinkelt und berührte mit dem Ellenbogen den Körper, eine Haltung, die mir von extremer Eleganz schien. Ich folgte ihm mit den Blicken, bis er zwischen den Farnen verschwunden war, holte meinen BASTOCHE auf die Erde zurück und verbrachte den Rest des Tages damit, mir den Kopf zu zerbrechen, um zu versuchen, die Gründe dieses Angriffs von seiten eines Jungen zu begreifen, den ich nie zuvor gesehen hatte. Mein Onkel, dem ich mein Abenteuer anvertraute, äußerte die Ansicht, mein Angreifer hätte – unfähig, dem Anblick dieses Meisterwerkes zu widerstehen – sich unseres Drachens bemächtigen wollen.

„Nein, ich glaube, das galt mir."

„Wo du ihm doch aber nichts getan hast?"

„Ich habe ihm vielleicht etwas getan, ohne es zu wissen."

Ich begann tatsächlich, mich der allergrausamsten Verfehlung schuldig zu fühlen, die man begehen kann: jene, von der man nicht weiß, worin sie besteht. Ich konnte mein Hirn noch so martern – das einzige, was ich mir vorzuwerfen fand, war, daß ich einige Tage zuvor Lilas Einflüsterungen gefolgt war, während der Messe eine Ringelnatter auszusetzen, was eine völlig zufriedenstellende Wirkung auf die Anwesenden gehabt hatte. Ich erwartete ungeduldig den Augenblick, in dem ich meinen Gegner wiedertreffen und ihn zwingen würde, mir zu sagen, woher seine Rachsucht kam und welches Unrecht ich ihm angetan hatte.

Tags darauf war ich kaum am Wigwam angekommen, als er auftauchte. Ich glaube, er hatte hinter dem Brombeergestrüpp am Rande des Hohlwegs auf mich gewartet. Er trug eine blau-weiß-gestreifte Jacke – einen Blazer, wie ich lernte, als der Umgang mit der feinen Gesellschaft mir zur Gewohnheit geworden war –, dazu eine Hose aus weißem Flanell, und statt sich auf mich zu stürzen, setzte er diesmal einen Fuß nach vorn, hob die Fäuste und brachte sich so in englische Boxstellung. Ich war beeindruckt. Ich hatte keine Ahnung vom Boxen, aber genau dieselbe Haltung hatte ich schon auf einem Foto des Champions Marcel Thil gesehen. Er machte einen Schritt auf mich zu, dann noch einen, wobei er die Fäuste bewegte, als würde er schon im voraus den vernichtenden Schlag auskosten, den er mir beibringen würde. Als er ganz dicht vor mir stand, fing er an, um mich herumzuhüpfen und zu tänzeln, wobei er ab und zu mit der Faust seine Wange berührte, mal nah an mich herankam, mal einen kleinen Sprung nach hinten oder seitwärts vollführte. So tanzte er einen Augenblick, dann fiel er über mich her und prallte auf diese Weise gegen meine Faust, die er voll ins Gesicht bekam. Er fand sich auf dem Hintern wieder, stand jedoch sofort wieder auf und begann erneut zu tänzeln, wobei er manchmal den Arm ausstreckte und mich ein-, zweimal am Körper traf, was ich kaum merkte. Schließlich hatte ich es satt und verpaßte ihm eine zünftige normannische Schelle mit dem Handrücken. Ich muß wohl, ohne es zu wollen, ziemlich heftig zugeschlagen haben, denn er fiel aufs neue hin, diesmal an den Lippen blutend. Ich hatte noch nie ein so zierliches Kerlchen gesehen. Er wollte aufstehen, doch ich hielt ihn am Boden fest.

„Wirst du jetzt endlich sagen, was du willst, ja?"

Er schwieg und schaute mir herausfordernd in die Augen. Ich saß in der Klemme. Ich konnte ihn nicht verprügeln: er war wirklich zu schwach. Mir blieb nur die Möglichkeit, ihn mürbe zu machen. Ich hielt ihn also eine halbe Stunde lang am Boden, doch es war nichts zu machen. Er redete nicht. Ich konnte doch schließlich nicht den ganzen Tag auf ihm sitzen bleiben. Ich hatte Angst, ihm weh zu tun. Mut und Willensstärke hatte er, dieser Esel. Als ich ihm endlich seine Freiheit wiedergab, stand er auf, brachte seine Kleidung und sein langes blondes Haar in Ordnung und wandte sich mir zu.

„Morgen um dieselbe Zeit."

„Scher dich zum Teufel."

Ich legte nochmals eine Gewissensprüfung ab; und nichts findend, was ich mir, wem auch immer gegenüber, vorzuwerfen hätte, beschloß ich, daß mein zäher Gegner mich für jemand andern hielt.

Am Nachmittag wurde ich von der vertrauten Hupe des vor dem Haus stehenden Packards aus der Lektüre des Rimbaud-Bandes gerissen, den Lila mir geschenkt hatte, und lief schnell hinaus. Mr. Jones zwinkerte mir zu, und ich hörte seinen rituellen und freundschaftlich spottenden Vers:

„Monsieur ist zum Tee eingeladen."

Ich stieg in mein Zimmer hinauf, um mir das Gesicht zu waschen, zog ein sauberes Hemd an, befeuchtete die Haare, und da ich das Resultat wenig befriedigend fand, holte ich Kleber aus der Werkstatt, den ich als Pomade benutzte. Nachdem ich würdevoll auf dem Rücksitz Platz genommen hatte, ein Plaid auf den Knien, sprang ich – sehr zum Ärger von Mr. Jones – aus dem gerade anfahrenden Wagen und rannte im Galopp wieder in mein Zimmer hoch: ich hatte vergessen, meine Botten zu putzen.

VIII

Im Salon der Bronickis waren viele Leute versammelt, und die erste Person, die mir ins Auge fiel, war mein geheimnisvoller Angreifer. Er war in Begleitung Lilas und zeigte mir gegenüber nicht die geringste Feindseligkeit, als meine Freundin ihn am Arm nahm und ihn zu mir führte.

„Ich stelle dir meinen Cousin Hans vor“, sagte sie.

Er verbeugte sich leicht.

„Angenehm“, sagte er. „Ich glaube, daß wir uns schon begegnet sind und Gelegenheit haben werden, uns wiederzusehen.“

Er entfernte sich gelassen.

„Was ist los?“ wunderte sich Lila. „Du machst so ein komisches Gesicht. Ich hoffe, ihr werdet Freunde. Eines habt ihr zumindest gemeinsam: ihr liebt mich beide.“

Madame Bronicka hatte sich mit einer Migräne hingelegt, und Lila spielte – mich zu allen Gästen führend – zwanglos die Rolle der Hausherrin.

„Ich stelle Ihnen unseren Freund Ludo vor, den Neffen des berühmten Ambroise Fleury.“

Die Mehrzahl der anwesenden Pariser Persönlichkeiten wußten nicht das geringste über meinen Onkel, setzten aber eine Kennermiene auf, um nicht in flagranti bei irgendeiner ungeheuerlichen Ignoranz erwischt zu werden. Sie waren alle mit einer Eleganz gekleidet, die mich in Erstaunen versetzte, ein beeindruckendes Gepränge von

Schmuck, Hüten, Westen, Gamaschen und Anzügen, wie ich Vergleichbares nur auf dem Leibe der Kundschaft des Clos Joli gesehen hatte; ich fühlte mich darin nicht wohl mit meinen schiefgetretenen Schuhen, den speckig glänzenden Ärmeln meines Sakkos und dem aus der Tasche lugenden Zipfel meiner Baskenmütze. Ich kämpfte tapfer gegen mein Minderwertigkeitsgefühl an, indem ich mir diesen oder jenen Gast vorstellte, wie er mit seiner steifen Hose, seinem karierten Sakko und seiner gelben Krawatte an einer von mir gehaltenen Strippe in den Lüften schwebt und ich ihn je nach Laune mal hier- und mal dorthin schubse. Es war dies das erste Mal, daß ich die Phantasie als Verteidigungswaffe benutzte, und nichts sollte mir später im Leben nützlicher sein. Ich war zwar weit entfernt auch nur von den Ansätzen einer gesellschaftlichen Bewußtwerdung, doch ich warf mich mit aller Kraft in eine Art Demonstration, die – den Verhältnissen entsprechend – durchaus einen kleinen, wenn schon nicht revolutionären, so doch wenigstens irgendwie subversiven Aspekt hatte. Eine korpulente Person, deren haarloses und mächtig feistes Gesicht eine puppenhafte Nase über fleischigen Lippen beherbergte – der Mann hieß Oustric und erfuhr seinerseits von Lila, daß ich der Neffe des „berühmten Ambroise Fleury" sei –, sagte mir, indem er mir die Hand drückte:

„Ich gratuliere Ihnen. Frankreich bräuchte viele solcher Männer wie Ihren Onkel."

Ich nahm auf Lilas Gesicht ein listiges Aufblitzen wahr, das ich ganz gut zu kennen begann.

„Wissen Sie", sagte sie, „daß die Rede davon ist, ihn zum Postminister der nächsten Regierung zu machen?"

„Ein großer Mann! Ein großer Mann!" beeilte sich Monsieur Oustric zu bestätigen, indem er seinen Oberkörper leicht dem Petit four zuneigte, der sich schon in Reichweite seiner Lippen befand.

Ich hatte plötzlich das Bedürfnis, den Petit four vor dem Schicksal zu bewahren, das ihn erwartete. Angesichts all dieser vornehmen Leute, die mir das Gefühl gaben, zu einem winzigen Staubkörnchen geschrumpft zu sein, hatte ich den Eindruck, daß die einzige Möglichkeit, meine Existenz in den Augen Lilas zu behaupten, darin bestand, mich in irgendeine aufsehenerregende Aktion zu stürzen.

Ich nahm vorsichtig den Petit four aus der molligen Hand Monsieur Oustrics und führte ihn an meine Lippen. Das kostete mich eine große Überwindung, mein Herz schlug heftig; ich war noch nicht in der Lage, es meinem Ahnen Fleury gleichzutun, der 1870 auf den Barrikaden gestorben war, und mir war es auch noch nicht möglich, an der Spitze meiner Truppen in Berlin einzumarschieren und Hitler festzunehmen, um Lila in bewunderndes Erstaunen zu versetzen, doch ich konnte ihr wenigstens zeigen, aus welchem Holz ich geschnitzt war.

Als Monsieur Oustric den Petit four in meinem Mund verschwinden sah, erschien auf seinem Gesicht eine solche Bestürzung, daß ich plötzlich die ganze Kühnheit meiner Heldentat ermessen konnte. Mehr tot als lebendig, denn ich hatte noch nicht die Charakterstärke der richtigen Revolutionäre, drehte ich mich zu Lila um. Ich hoffte auf einen Anflug belustigter Zärtlichkeit in ihrem Gesicht. Sie nahm meine Hand, zog mich hinter einen Paravent und küßte mich.

„Das ist sehr polnisch, was du da gerade gemacht hast, weißt du. Wir sind ein draufgängerisches Volk. Du hättest unter Napoleon einen guten leichten Reiter abgegeben und es bis zum Marschall gebracht. Ich bin sicher, daß du in deinem

Leben Großes vollbringen wirst. Ich werde dir helfen."

Ich beschloß, sie auf die Probe zu stellen. Ich wollte wissen, ob sie mich um meiner selbst willen küßte oder nur wegen all der Heldentaten, die ich für sie vollbringen würde.

„Weißt du, sobald ich das entsprechende Alter dazu habe, hoffe ich, eine nette kleine Anstellung als Beamter der Postverwaltung zu ergattern."

Sie schüttelte den Kopf und streichelte mir mit einer fast mütterlichen Geste die Wange.

„Da kennst du mich aber schlecht", sagte sie, als hätte ich von ihrem Leben gesprochen und nicht von meinem, „komm mit."

An diesem Tag waren bei den Bronickis einige der schillerndsten Persönlichkeiten der mondänen Gesellschaft jener Zeit versammelt, doch ihre Namen waren mir ebenso unbekannt wie ihnen der Name meines Onkels. Ein einziger Mensch unter ihnen bezeugte ein freundschaftliches Interesse für mich. Es war ein berühmter Flieger, Corniglion-Molinier, der gerade bei seinem Versuch, mit dem Engländer Molisson von Paris nach Australien zu fliegen, sehr mutig gescheitert war. Die „Gazette" hatte dieses Scheitern mit folgendem Kommentar bedacht: „Molisson und Molinier werden eine solche Distanz nie bewältigen." Er war ein kleiner Südländer mit schmachtenden, von langen, fast femininen Wimpern umsäumten Augen, und als Lila mich vorstellte – wobei sie nicht vergaß hinzuzufügen: „Das ist der Neffe des berühmten Ambroise Fleury" –, sagte er belustigt:

„Ihr Onkel hat mir nach meinem Mißerfolg einen seiner Drachen geschenkt, und mir ist nicht ganz klar, ob er mich damit vielleicht zum Umschulen anregen wollte . . ."

Nachdem ich den Rundgang durch den Salon

absolviert hatte, konnte ich mich endlich zu den anderen jungen Leuten im Nebenzimmer gesellen, wo wir um einen Tisch herum saßen und ein Kellner mit weißen Handschuhen sich um uns kümmerte. Ich rührte das Eis, die Kuchen, Cremes und exotischen Früchte kaum an, die uns auf silbernen Tabletts gereicht wurden, welche das Zeichen der Bronickis, eine feuervergoldete Wölfin, trugen. Ich fühlte mich in dieser Atmosphäre des Luxus und der Eleganz um so unwohler, als Lilas Cousin mir gegenübersaß, mein zerbrechlicher und doch so mutiger Angreifer aus dem Wald. Hans von Schwede hielt sich sehr aufrecht; Ellenbogen am Körper, die Beine übereinandergeschlagen, hob er seine Teetasse zum Mund; sein Gesicht – er hatte fast so blondes und fast so langes Haar wie Lila – war von einer Feinheit, die ich in jener Etappe meines Lebens noch nicht als aristokratisch hätte bezeichnen können, weil mir die Beziehung dieses Wortes zur Ästhetik noch unbekannt war. Er zeigte keinerlei Feindseligkeit und versuchte zu keinem Zeitpunkt, irgendeinen spöttischen Nutzen aus der Verschiedenheit unserer Kleidung zu ziehen, dem Unterschied zwischen seinem Blazer mit den versilberten Knöpfen, seiner Hose aus weißem Flanell und meinem zu engen alten Anzug, der so schlecht wie nur irgend möglich zu der Gesellschaft paßte, in der ich mich befand. Er tat einfach so, als würde ich nicht existieren, und ich tröstete mich darüber hinweg, indem ich die unbestreitbaren Zeichen meiner Existenz auf seinem Gesicht registrierte: eine leicht geschwollene Lippe und ein blaues Auge. Er bearbeitete geistesabwesend seinen Cassis-Sorbet mit dem Kaffeelöffel, um ihm die Form einer Rose zu geben. Tad warf kalte Blicke auf die Gäste dieses „mondänen Festes“, ein Begriff, der damals im Französischen die letzten

Jahre seines Daseins fristete. Die Schmalheit seiner Lippen eignete sich vorzüglich zur Komplizenschaft mit dem, was ich viele Jahre später als „terroristische Ironie“ bezeichnet habe und dessen Spuren ich auf der berühmten Plastik Houdons in den Zügen Voltaires wiederfinden sollte. Einen Arm hinter der Stuhllehne, beobachtete er die Tische, an denen die Gäste der Bronickis perfekt den „guten Ton“ der dreißiger Jahre verkörperten, als die Côte d’Azur im Sommer noch nicht existierte, weil ihre Hotels nur in der Wintersaison geöffnet waren, und als Cabourg noch nicht jenen „altmodischen Charme“ erlangt hatte, der dem schlechten Geschmack vergangener Zeiten den Adelsbrief verleiht. Was Bruno betraf, so saß er seelenruhig da, immer ein wenig gebeugt, ein wenig abwesend unter dem Busch seiner wirren Locken, wo sich, obgleich er erst sechzehn Jahre alt war, bereits einige graue Fäden zeigten. Es gibt sehr sanfte Gesichter, die wie gemacht scheinen, Reife auszudrücken und sich schon im Frühling auf Schneefall einzurichten. Die drei Jungen waren aufgestanden, als Lila kam, die mir den Platz neben sich zuwies. Ich weiß noch, daß mir meine zu kurze Hose, die meine oberhalb der Strümpfe nackten Knöchel entblößte, fürchterlich bewußt war. Auf diese Weise fanden wir uns an diesem denkwürdigen Nachmittag in den letzten Tagen des Juli 1936 zum ersten Mal alle vereint, und die Tuttifruttis, Patisserien und Belle-Hélène-Birnen sollten in meinem Gedächtnis nie mehr zergehen oder altbacken werden.

„Beobachtet mal“, sagte Tad, „mit welcher Verzweiflung die Modemacher, Schneider, Maskenbildner und Friseure gegen die Abwesenheit jeglichen Ausdrucks kämpfen, gegen Gewöhnlichkeit und geistige Armut dieser Creme der Gesellschaft. Und das Geplapper entspricht dem Gefieder, denn der Henker soll mich holen, wenn sie über anderes reden als über die Börse, über Pferderennen und Galas, während der Bürgerkrieg in Spanien sich ausweitet, Mussolini Gas gegen die äthiopische Bevölkerung einsetzt und Hitler Anspruch auf Österreich und das Sudetenland erhebt ... Dieser sehr schlanke Herr, Glatzenbesitzer, dessen Kopf an ein Straußenei erinnern würde, wenn Greco ihn nicht in seinem ‚Begräbnis des Grafen d'Orgaz' veredelt hätte, ist kein spanischer Grande, sondern ein Wucherer, der meinem Vater Geld zu einem Zinssatz von zwanzig Prozent leiht ... Der Mann da mit grauer Jacke und Weste ist ein Anwalt, der Zutritt zu allen Ministern hat, wobei er seine Frau als Visitenkarte benutzt. Was unsere lieben Eltern betrifft, so schaudert einem bei dem Gedanken, was aus ihnen werden würde, wenn sie sich nicht so gut in ihrem Stammbaum verstecken könnten. Mein Vater hätte nicht mehr das Aussehen eines Aristokraten, sondern sähe wie ein Fleischer aus; und meine Mutter, könnte sie nicht mehr Mademoiselle Chanel, den Friseur Antoine, den Masseur Julien, die Kosmetikerin Fernande und den Gigolo Nino bezahlen, würde langsam einem kurzsichtigen Dienstmädchen ähneln, das nicht weiß, wo es sein Bügeleisen hingeräumt hat ..."

Lila knabberte an einem Eclair.

„Tad ist Anarchist", erklärte sie mir.

„Was bedeutet, daß er ein elitäres Wesen hat", bemerkte Hans.

Ich war glücklich festzustellen, daß er einen deutschen Akzent hatte. Da Frankreich und Deutschland Erbfeinde waren, fühlte ich, daß ich – was immer das Motiv seines Angriffs gewesen sein mag – gut daran getan hatte, ihn zu verprügeln.

Bruno schien betrübt.

„Tad, ich glaube, du betrachtest all diese Leute mit mindestens so vielen Vorurteilen, wie du ihnen unterstellst. Man kann es mit der Natur genauso machen und finden, daß die Vögel dumm aussehen, daß die Hunde widerlich sind, weil sie sich den Hintern ablecken, daß es nichts Idiotischeres gibt als die Bienen, weil sie schon seit so langer Zeit Honig für andere machen. Hüte dich. Erst ist es nur eine Sichtweise, und später dann wird es zur Lebensweise. Wenn man immer alles verdreht, sieht man schließlich zwangsläufig alles verdreht."

Tad wandte sich zu mir.

„Mein junger Freund, Sie hörten soeben die Stimme einer saftigen Birne, deren Berufung es ist, aufgegessen zu werden. Das nennt man einen Idealisten."

„Ich möchte wissen, warum du plötzlich ‚Sie' zu unserem Freund sagst", fragte Lila.

„Weil er noch nicht mein Freund ist, wenn er es überhaupt je werden wird. Mit siebzehn Jahren stürze ich mich nicht mehr blindlings in Freundschaften oder irgendwas anderes. Wenn ich auch Pole bin, das ‚blindlings' ist nicht meine Stärke. Das war höchstens etwas für unsere Vorfahren, die leichten Reiter, die die nötige heilige Dämlichkeit besaßen."

„Ich bitte dich, diese Art Sprache nicht in Anwesenheit eines jungen Mädchens zu benutzen", schleuderte Hans ihm entgegen.

„Und da haben wir jetzt den preußischen Junker", seufzte Tad. „Apropos, wer hat dir denn dein Gesicht so übel zugerichtet? Ein Duell?"

„Sie haben sich wegen meiner schönen Augen geschlagen", erklärte Lila. „Sie sind beide wahnsinnig verliebt in mich, und statt zu begreifen, daß darin eine brüderliche Verbundenheit besteht, die sie einen müßte, schlagen sie sich. Doch das wird sich legen, wenn sie begreifen werden, daß ich sie alle beide liebe und daß ich deshalb auch keinen eifersüchtig machen werde."

Ich hatte noch kein Wort gesagt. Ich spürte allerdings, daß jetzt der Moment gekommen war, wo ich mich auf irgendeine Weise äußern mußte, denn ich hatte nicht das Recht, zu vergessen, daß ich der Neffe von Ambroise Fleury und also erblich belastet war. Mir fehlte es an jeglichem Wissen über die Kunst, in Gesellschaft zu glänzen, während ich doch inbrünstig wünschte, an Ort und Stelle vor Lilas Augen den Beweis irgendeiner eklatanten Überlegenheit anzutreten, der sie alle verblüffen würde. Wenn es eine Gerechtigkeit gäbe, hätte ich in jenem Moment die Fähigkeit erhalten, mich in die Lüfte zu erheben, einem Löwen, dem ich mich gegenübergestellt fände, ein unheilvolles Los zu bescheren oder in einem Boxring, an dessen Rand Lila säße, den Titel eines Meisters aller Klassen zu gewinnen. Doch alles, was ich tun konnte, war zu fragen:

„Welches ist die Quadratwurzel aus 273678?"

Ich muß sagen, daß es mir zumindest gelungen war, sie in Erstaunen zu versetzen. Die drei Jungen starrten mich an und wechselten dann ein paar Blicke. Lila schien entzückt. Sie hatte eine heilige Abscheu vor der Mathematik, denn sie fand, daß die Zahlen die unangenehme Tendenz hatten, zu verkünden, daß zwei plus zwei vier sei, worin sie etwas dem Geiste Polens als solchem diametral Entgegengesetztes zu sehen schien.

„Na gut, da ihr es nicht wißt, werde ich es euch sagen", deklarierte ich. „Das macht 523,14242!"

„Ich nehme an, daß Sie das auswendig gelernt haben, bevor Sie herkamen", sagte Hans verächtlich. „Das nenne ich Vorkehrungen treffen. Ich habe übrigens nichts gegen Gaukler, die Frauen zersägen und Kaninchen aus dem Hut ziehen, das ist eine Art und Weise, seinen Lebensunterhalt zu verdienen, wie jede andere ... wenn man es nötig hat."

„Na gut, dann wählen Sie selbst eine Zahl", sagte ich, „und ich werde Ihnen sofort die Quadratwurzel nennen. Oder irgendeine beliebige andere Multiplikation. Oder sprechen Sie mir eine Liste von hundert Zahlen vor, und ich werde sie in der Reihenfolge wiederholen, in der Sie sie mir angegeben haben."

„Wie lautet die Quadratwurzel von 7198489?" fragte Tad.

Ich brauchte einige Sekunden länger als gewöhnlich, weil ich aufgeregt war und weil es hier um Tod oder Leben ging.

„2683", erklärte ich.

Hans zuckte mit den Schultern.

„Wozu soll das gut sein? Man kann es ja nicht überprüfen."

Doch Tad hatte einen Block und einen Bleistift aus seiner Tasche gezogen und rechnete nach.

„Stimmt genau", sagte er.

Lila klatschte Beifall.

„Ich hatte euch doch gesagt, daß er ein Genie ist", erklärte sie. „Das war übrigens selbstverständlich, auch ohne diese völlig überflüssige Kopfrechenübung. Ich nehme doch nicht irgendwen."

„Man müßte sich das trotzdem ein wenig genauer ansehen", murmelte Tad. „Aber ich gebe zu, daß es mich interessiert. Vielleicht ist er bereit, sich weiteren Prüfungen zu unterziehen ..."

Es war hart, aber ich kam ohne den geringsten Fehler davon. Eine halbe Stunde lang schleuderte ich Zahlenreihen aus meinem Gedächtnis, die man mir vorgesprochen hatte, zog Quadratwurzeln aus endlosen Zahlen und widmete mich der Multiplizierung einer derartigen numerischen Größe, daß sie den stellaren Raum vor Neid hätte erblassen lassen. Schließlich gelang es mir nicht nur, meine Zuhörer von dem zu überzeugen, was meine Freundin sogleich meine „Fähigkeiten" nannte, sondern Lila stand sogar vom Tisch auf, ging zu ihrem Vater und informierte ihn, daß ich ein mathematisches Wunderkind sei, das seine Aufmerksamkeit verdiene. Graf Bronicki kam sofort zu mir; er sagte sich wahrscheinlich, daß irgendwo tief in meinem Hirn sicher ein ausgeklügeltes System schlummere, das man nur ans Tageslicht bringen mußte, um beim Roulette, beim Bakkarat und an der Börse zu gewinnen. Er war ein Mann, der zutiefst an Wunder in der Gestalt von Geld glaubte. So kam es, daß ich eingeladen wurde, mich in die Mitte des Salons zu stellen, vor ein Publikum, zu dem einige der tollsten Geschäftemacher jener Zeit zählten, auf die Zahlen eine unwiderstehliche Anziehungskraft ausübten. Ich hatte mich noch nie mit so verzweifeltem Siegeswillen dem Kopfrechnen gewidmet. Sicher, niemand in dieser Familie hatte mich als Bauer bezeichnet oder mich meine soziale Unterlegenheit spüren lassen. Die Bronickis waren von so altem Adel, daß sie sich schließlich zum Volkstümlichen hingezogen fühlten, jene traurige Sehnsucht danach empfanden, die das Unerreichbare uns einflößt. Aber man stelle sich einen fünfzehnjährigen Jungen vor, aufgewachsen auf dem normannischen Lande, bekleidet mit einer zu kurzen Hose und einem ausgewaschenen Hemd und mit einer Baskenmütze in der Tasche, wie er von etwa fünfzig Damen und Herren umstanden wird, deren Kleiderpracht ihre Zugehörigkeit zu einer Welt signalisierte, zu der man

– nach den Worten des Anarchisten Ravachol, den ich damals übrigens nicht kannte – „Zugang allein dadurch findet, daß man ihr ein Ende bereitet“, und man wird verstehen, mit welch wütendem Eifer, mit welcher Beklemmung ich diesen Kampf um die Ehre lieferte. Ich mußte ziemlich lange leben, um mich in einer Welt wiederzufinden, wo der Begriff „Kampf um die Ehre“ nur noch an irgendwelche absurden Federbüsche aus einer anderen Zeit erinnert, die allerhöchstens des Spottes würdig sind; doch das bedeutet nur, daß die Welt in die eine Richtung gegangen ist und ich in die andere, und es ist nicht an mir, zu entscheiden, wer von uns beiden sich im Weg geirrt hat.

Auf dem glänzenden Parkett stehend, einen Fuß nach vorn gesetzt, die Arme über der Brust verschränkt, mit brennenden Wangen multiplizierte, dividierte ich, zog Quadratwurzeln aus riesigen Zahlen, sagte aus dem Gedächtnis etwa hundert Telefonnummern auf, die man mir aus dem Telefonbuch vorlas, erhobenen Hauptes unter dem Artilleriefeuer der Zahlen ausharrend, bis Lila mich besorgt rettete, meine Hand ergriff und mit zornbebender Stimme der Zuhörerschaft entgegenschleuderte:

„Das reicht! Sonst erschöpfen Sie ihn.“

Sie zog mich in den hinter dem Buffet liegenden Vorratsraum, wo die Bediensteten der Bronickis sich eilig um den neuerlichen Nachschub an Baumkuchen, Sorbets und Eis bemühten, der gerade aus dem Clos Joli eingetroffen war. Ich weiß nicht warum, aber obwohl ich siegreich aus meinem Zusammenstoß mit dem Feind hervorgegangen war, fühlte ich mich geschlagen und erniedrigt. Es war Tad, der, als er mit Bruno erschien und den uns von der feinen Gesellschaft trennenden

Samtvorhang wegzog, mir die Gründe meines Bestürztseins erklärte.

„Ich bitte dich, uns zu verzeihen", sagte er. „Meine kleine Schwester hätte wissen müssen, daß unser Vater sich diese Gelegenheit, das Publikum zu unterhalten, nicht entgehen lassen würde. Du hast da ein ziemlich erstaunliches Talent. Aber laß dich nicht zum dressierten Zirkushund machen."

„Hör nicht auf Tad", sagte Lila, die zu meinem Entsetzen eine Zigarette rauchte. „Wie alle ausgesprochen intelligenten Jungs kann er Genie nicht ertragen. Das ist Neid. Mit deiner Denkungsart, mein lieber Bruder, solltest du eigentlich Badejunge werden: du verpaßt doch anderen so gern kalte Duschen!"

Tad küßte sie auf die Stirn.

„Ich liebe dich. Schade, daß du meine Schwester bist!"

„Ich bin zum Glück nur ihr Cousin, also habe ich vielleicht eine Chance!" versetzte eine Stimme, deren germanischen Akzent ich augenblicklich erkannte.

Hans stand mit einer Flasche Portwein in der Hand da. Ich fand nur schwer aus meinem Zustand geistiger und nervlicher Spannung heraus, doch der Anblick dieses schönen Gesichts in seiner Feinheit und Blondheit half mir, wieder völlig zu mir zu kommen. Ich wußte schon, daß die Frage stand: er oder ich. Und da er getrunken hatte und mich von oben herab herausfordernd ansah, wünschte ich plötzlich einen sofortigen Krieg zwischen Frankreich und Deutschland herbei, damit das Schicksal zwischen uns entscheide. Ich verabscheute die affektierte Eleganz, die Steifheit – eine Hand in der Tasche, der Ellenbogen am Körper – dieses eingebildeten Fatzken, der vielleicht von teutonischen Eroberern und baltischen Baronen abstammte, den ich aber mit einer Hand hatte verprügeln können.

„Schöne Nummer“, sagte er zu mir. „Sie haben eine große Zukunft vor sich.“

„Rede ihn nicht mit ‚Sie‘ an“, protestierte Lila. „Wir wollen doch alle Freunde sein.“

„Sie haben eine tolle Karriere vor sich, Monsieur Fleury“, beharrte Hans, „denn unzweifelhaft gehört die Zukunft den Zahlen. Seit dem Ende des Rittertums hat die Welt gelernt zu rechnen, und das wird immer schlimmer. Wir werden noch das Verschwinden all dessen erleben, was nicht beziffert werden kann, wie die Ehre zum Beispiel.“

Tad beobachtete ihn amüsiert. Lilas Bruder hatte eine fast physische Begabung für Nonchalance: es war, als suche er alles Exzessive und Leidenschaftliche in seinem Wesen durch ein gelöstes und ein wenig müdes Auftreten zu beschwichtigen. Ich spürte, daß er eine schneidende Erwiderung auf den Lippen hatte, doch Hans war, wie ich bereits selbst anläßlich unserer zwei Kämpfe festgestellt hatte, ein Junge, den man unweigerlich schonen wollte. Mit vierzehn Jahren war er der jüngste von uns allen und auch der zarteste. Dabei bereitete er sich auf eine Militärlaufbahn vor, wie alle von Schwedes. Ich erfuhr von Lila, daß es zwischen seinem und meinem Schicksal eine gewisse Analogie gab, obwohl mir niemals in den Sinn gekommen wäre, in bezug auf die Fleurys von „Schicksal“ zu reden, hatte ich doch immer nur das Wort „Los“ gehört, wenn es um die Meinen ging. Sein Vater war im Krieg von 14/18 getötet worden, und seine Mutter war, wie die meine, kurz nach seiner Geburt gestorben; er war von einer Tante in Schloß Kremnitz in Ostpreußen aufgezogen worden, wenige Kilometer von der Besitzung der Bronickis in Polen entfernt.

Während wir so mehr oder weniger höfliche Bemerkungen austauschten, hielt Bruno sich abseits und klimperte eine imaginäre Melodie auf die Tischkante.

„Kommt, wir machen eine Bootsfahrt", schlug Lila vor. „Es wird regnen. Vielleicht wird es auch Sturm geben, Blitze ... Ein *Ereignis*!"

Sie hob den Blick zum Himmel, der wie nur allzuoft eine Zimmerdecke war.

„Oh, mein Gott", rief sie aus, „gib uns ein schönes Gewitter, und wenn es in deiner Macht liegt, einen Vulkan, der dieser ganzen normannischen Sanftheit mit einem Schlag ein Ende bereitet!"

Tad legte ihr lieb den Arm um die Schultern.

„Schwesterchen, obwohl es der Erde nicht an Vulkanen mit exotischen Namen mangelt, sind doch die Brandherde, die in Europa schwelen, viel gefährlicher, und sie sind in keiner Weise dem Inneren der Erde geschuldet, sondern ganz allein den Menschen."

Als wir den Teich erreichten, fielen ein paar Regentropfen. Der Teich war eine Schöpfung des englischen Landschaftsgestalters Sanders, dessen florale Triumphe in Europa sich nicht mehr zählen ließen. Lilas Vater hatte Millionen für die Verschönerung der Besitzung ausgegeben, in der Hoffnung, sie fünf- oder sechsmal teurer an irgendwelche geblendeten Parvenus zu verkaufen. Die Bronickis schwebten ständig am Rande der „endgültigen" finanziellen Katastrophe, wie Tad irgendwie hoffnungsvoll verkündete; die Opulenz ihres Lebensstils verbarg Desaster und quasi hoffnungslose Situationen von der Art, wie sie nur die äußeren Zeichen des Reichtums zu verschleiern vermögen.

Wir setzten uns an die Ruder; hingebungsvoll

machte es sich Lila auf Kissen bequem. Es fielen gerade so viel Regentropfen wie nötig, um uns das Wohlwollen des Himmels zu bezeugen, der uns einen Platzregen ersparte. Die Wolken hatten jene Schwere, der ein leichter Galopp gut zu Gesicht gestanden hätte, doch der Wind beeilte sich nicht übermäßig. Die den Regen ankündenden Vögel machten es sich träge bequem. Von sehr weit her war das Pfeifen eines Zuges zu hören, nicht allzu sehnsuchtsvoll, denn es war nur der Paris–Deauville, und der weckte keine Erinnerungen an große Reisen. Man mußte vorsichtig rudern, um nicht die Seerosen durcheinanderzubringen. Das Wasser roch gut nach Frische und Moder, und die Insekten fielen genau an der richtigen Stelle hinein, um ein paar Kräuselungen in Bewegung zu setzen. Es war nicht die Zeit meiner Freunde, der Libellen. Ab und zu kam eine dumme dicke Hummel und machte Faxen. Lila, im weißen Kleid zwischen ihren Ruderern lagernd, sang leise ein polnisches Klagelied vor sich hin und blickte zum Himmel hoch, der ganz schönes Glück hatte. Ich war der stärkste Ruderer, doch sie kümmerte sich nicht darum, und außerdem war ich dem Rhythmus der anderen unterworfen. Man mußte den so überaus gepflegten Zweigen ausweichen, weil sie sonst ein paar Blüten hätten lassen müssen. Da war – selbstverständlich – auch eine kleine Brücke, bewunderungswürdig entworfen und voller weißer Laternen, die extra aus Asien herangeschafft wurden. Doch das war die einzige eingestandene Spur von Vorsätzlichkeit, denn alles andere an diesen floralen Massiven hatte man sorgfältig durchdacht, damit es urwüchsig aussah.

Lila hatte aufgehört zu singen; sie spielte mit ihrem Haar, und ihre Augen, die so blau waren, daß es den Himmel ganz schön schwer ankommen mußte, hatten diesen ernsthaften Ausdruck angenommen, der bei ihr so etwas wie eine Hommage an den Traum war.

„Ich bin nicht sicher, eine zweite Garbo werden zu wollen, ich will überhaupt nicht irgendeine zweite sein. Ich weiß noch nicht, was ich mache, aber ich werde *einmalig* sein. Ich gebe zu, wir leben heute nicht mehr in einer Zeit, in der eine Frau die Weltkarte verändern kann, aber man muß wohl wirklich ein Mann sein, ein armer Mann, um die Weltkarte verändern zu wollen. Schauspielerin will ich nicht werden, denn eine Komödiantin ist nur für die Dauer eines Abends jemand anderes, und ich muß mich ununterbrochen verwandeln, von morgens bis in die Nacht; es gibt nichts Traurigeres als nur zu sein, was man ist, ein von den Umständen geformtes kleines Produkt ... Mir graut vor dem, was ein für allemal so ist, wie es ist ..."

Ich ruderte, während ich Lila andächtig zuhörte, wie sie „von sich selbst träumte", wie Tad es ausdrückte; Lila, allein an Bord den Atlantik überquerend wie Alain Gerbault; Lila, in *alle* Sprachen übersetzte Romane schreibend. Lila, Anwalt geworden und durch Wunder an Eloquenz menschliche Leben rettend. Und dieses Blondschöpfchen, wie es so zwischen ihren vier Ruderern auf orientalischen Kissen lag, ahnte nicht einmal, daß sie für mich längst eine sehr viel außergewöhnlichere und umwerfendere Schöpfung war als alles, was sie in Unkenntnis ihrer selbst beschwor.

Die schweren Düfte der stehenden Wasser stiegen bei jedem Ruderschlag um uns auf; haarige Gräser streichelten mein Gesicht; zuweilen erschienen zwischen den Sträuchern Imitationen eines so perfekt erfundenen Dschungels, daß man schon einen ziemlich nüchternen Blick haben mußte, um sich daran zu erinnern, daß es sich nur um einen englischen Park handelte.

„Mir kann noch alles mißlingen", sagte Lila. „Ich bin noch jung genug dafür. Wenn man alt wird, hat man weniger Chancen, alles zu verpatzen, denn man hat dann keine Zeit mehr dazu, man lebt in aller Ruhe sein Leben und begnügt sich mit dem, was man schon verpatzt hat. Das ist es, was man unter ‚Seelenfrieden' versteht. Aber wenn man erst sechzehn ist und noch alles wagen und alles verpatzen kann, nennt man das dann im allgemeinen ‚eine Zukunft haben' . . ."

Ihre Stimme bebte.

„Hört zu, ich will euch ja nicht erschrecken, aber es gibt Augenblicke, da scheint mir, daß ich für gar nichts Talent habe . . ."

Wir protestierten lauthals. Ich sage „wir", aber es waren vor allem Tad und Bruno, die ihr eine außergewöhnliche Zukunft vorhersagten. Sie würde eine neue Madame Curie werden oder noch mehr, auf einem ganz anderen Gebiet, das vielleicht erst noch erfunden werden müßte. Was mich betraf, so hoffte ich – selbstverständlich ein wenig beschämt –, daß Lila recht hätte: wenn sie für nichts Talent besaß, hatte ich eine Chance. Doch Lila blieb untröstbar, eine Träne glitt langsam über ihre Wange und blieb genau da hängen, wo sie effektvoll glänzen konnte. Lila wischte sie wohlweislich nicht ab.

„Ich möchte doch so gern auch jemand sein", murmelte sie. „Um mich herum sind lauter Genies. Bruno werden die Massen zu Füßen liegen; niemand zweifelt daran, daß Tad ein berühmterer Forschungsreisender sein wird als Sven Hedin; und sogar Ludo hat ein erstaunliches Talent, sich Dinge zu merken . . ."

Ich schluckte das „sogar Ludo" ohne allzu großen Kummer. Ich hatte guten Grund, Befriedigung zu verspüren: Hans schwieg. Er hatte den Kopf weggedreht, und ich konnte sein Gesicht nicht sehen, doch heimlich triumphierte ich. Ich konnte mir schlecht vorstellen, wie er Lila erklären würde, auch er sei zu einer brillanten Zukunft aufgerufen und werde in eine deutsche Militärakademie eintreten, weil er eine Polin liebte. Ich spürte, daß ich auf dem richtigen Dampfer war, wie man bei uns sagt, und ich war nicht bereit, ihn zu verlassen. Ich gestattete mir sogar den Luxus, ein wenig Mitleid für meinen Feind zu empfinden. Es war eben kein günstiges Jahrhundert für teutonische Ritter. Im übrigen mußte man zugeben, daß es immer schwieriger wurde, einer Frau zu gefallen: Amerika war schon entdeckt worden, die Quellen des Nil ebenso, Lindbergh hatte bereits den Atlantik überquert und Leigh Mallory den Mount Everest erklommen.

Wir waren alle fünf noch nicht völlig der kindlichen Naivität entwachsen – dieser Naivität, die vielleicht das Fruchtbarste ist, was das Leben uns gibt, um es uns dann wieder wegzunehmen.

IX

Gleich tags darauf suchte Stas Bronicki meinen Onkel auf. Sein Erscheinen war gebührend eindrucksvoll, denn er war ein Mann, der nie die Geschmacklosigkeit begangen hätte, seine Sachen zu wechseln und sich schlicht zu kleiden, um einfache Leute besuchen zu gehen. Der blaue Packard funkelte, der Chauffeur, Mr. Jones, öffnete den Schlag und nahm gleichzeitig seine Schirmmütze ab, mit jener Feierlichkeit, die sowohl die Bedeutung des Herrn wie die des Dieners zum Ausdruck bringt, und der Soldat der leichten Kavallerie der Finanzen, wie man ihn an der Pariser Börse nannte, erschien in seiner ganzen Kleiderpracht: rosenholzfarbener Anzug, Krawatte in den Farben des besten Londoner Clubs, Handschuhe von der Farbe frischer Butter, Spazierstock, Nelke im Knopfloch – und immer mit diesem etwas unruhigen Blick eines Mannes, dem Börse, Bakkarat und Roulette ständig einen tückischen Strich durch die ausgeklügeltsten Spielsysteme machen.

Wir waren gerade dabei, rustikal zu frühstücken, und unser Gast, der einen interessierten Blick auf die Jesus-Wurst, das Landbrot und den Butterklumpen geworfen hatte, wurde eingeladen, sich zu uns zu gesellen, was er sofort tat, das große Küchenmesser elegant handhabend und einige Gläser unseres kratzigen Pujol-Weins leerend, ohne übermäßig zu husten. Danach machte er meinem Onkel einen unerwarteten Vorschlag. Ich sei, so behauptete er mit diesem polnischen Akzent, an dem ich die singenden Vokale und die ein wenig abrupten Konsonanten der Stimme Lilas wiedererkannte, ich sei, behauptete er also, ein Kopfrechen- und Gedächtnisgenie; meine Zukunft verdiene, daß ihr in jeder Weise Aufmerksamkeit gewidmet werde. Er bot sich an, meine Schritte zu lenken und mich nach und nach in die Geheimnisse der Börsenoperationen einzuführen, denn es würde kriminell sein, meine Anlagen zu vernachlässigen und sie vielleicht aus Mangel an einem ihrer Entfaltung förderlichen Milieu verschwinden zu sehen. Da mein geringes Alter mir nicht erlaube, mich auf den Prüfungsausscheid der Finanzwissenschaften vorzubereiten oder gar mich ganz allein in eine Tätigkeit zu stürzen, wo das Zahlengenie gepaart sein muß mit geistiger Reife und unverzichtbaren Kenntnissen, schlug er mir vor, unterdessen jeweils im Sommer bei ihm die Stelle eines Sekretärs einzunehmen.

„Ihr Neffe und ich, verstehen Sie, werter Herr, verfügen in gewisser Weise über sich ergänzende Talente. Ich beherrsche in höchstem Grade die Wissenschaft, alle Börsenschwankungen vorauszusehen, und Ludovic vermag meine Voraussagen und Theorien augenblicklich in der Zahlensprache zu formulieren. In Warschau, Paris und London verfüge ich über einschlägige Büros, aber unsere Sommer verbringen wir hier, und ich kann nicht den ganzen Tag am Telefon hängen. Ihr Neffe hat gestern eine Schnelligkeit im Rechnen und ein Gedächtnis bewiesen, die mir erlauben werden, wertvolle Zeit zu gewinnen, und das in einer Branche, wo Zeit Geld ist, wie man so treffend sagt. Wenn Sie einverstanden sind, wird mein Chauffeur ihn jeden Morgen abholen und jeden Abend zurückbringen. Er wird hundert Francs Gehalt im Monat bekommen, wovon er einen Teil bei günstigen Börsenlagen, auf die ich ihn dann hinweise, wird investieren können."

Die Aussicht, ganze Tage bei Lila verbringen zu können, fand ich derart überwältigend, daß ich darin schon den Einfluß des Drachen ALBATROS sehen wollte, der sich tags zuvor im Himmel verirrt und dort vielleicht zu meinen Gunsten interveniert hatte. Was aber meinen Onkel betraf, so hatte der seine Pfeife angezündet und beobachtete den Polen mit nachdenklichem Blick. Schließlich schob er ihm die Wurst und die Flasche hin; Stas Bronicki bemächtigte sich ihrer, ohne diesmal im geringsten auf Eleganz zu achten, und biß herzhaft in die Jesus-Wurst. Dann ließ er aus vollem Munde starke Knoblauchgerüche entweichen und brachte uns einen wahren Herzensschrei zu Gehör.

„Sie nehmen sicher an, daß ich mich zu viel mit Finanzen beschäftige, und da Sie auf Ihre besondere Art und Weise in höhere geflügelte Dinge verliebt sind, scheint Ihnen das sicher nicht erhaben genug. Dabei, Monsieur Fleury, sei Ihnen gesagt, daß ich einen wahren Kampf um die Ehre führe. Meine Vorfahren haben alle Feinde besiegt, die versucht haben, uns zu unterwerfen, und ich habe vor, das Geld, diesen neuerlichen Eindringling und natürlichen Feind des Adels, auf seinem eigenen Terrain zu besiegen. Glauben Sie ja nicht, daß ich meine überkommenen Privilegien verteidigen will, ich bin Demokrat genug, um mich in dieser Hinsicht bereitwillig enteignen zu lassen, aber nicht durch das Geld und . . ."

Er unterbrach sich und fixierte plötzlich, die Brauen erstaunt hochziehend, einen Punkt im Raum. Wir erlebten damals die letzten Tage der Volksfront, und mein Onkel, der doch keine Partei hatte, wie er es ausdrückte, hatte sich nichtsdestoweniger von diesem historischen Augenblick inspirieren lassen und einen LÉON BLUM aus Papier, Strippe, Pappe und einem lenkbaren Schweif zusammengebastelt, der im Himmel sehr gut aussah mit seinem schwarzen Hut und seinen beredt erhobenen Armen, der jedoch im Moment mit dem Kopf nach unten an einem Balken hing, und zwar – ohne große Sorge um Chronologie – neben einem MUSSET mit Leier.

„Was soll denn das sein?“ fragte Stas Bronicki, wobei er die Wurst hinlegte.

„Das ist meine historische Serie“, sagte Ambroise Fleury.

„Es sieht aus wie Léon Blum.“

„Ich halte mich auf dem laufenden, das ist alles“, erklärte mein Onkel.

Bronicki machte eine unbestimmte Handbewegung und wandte sich ab.

„Nun gut, lassen wir das. Wie ich Ihnen also bereits sagte, könnten mir die Talente Ihres Neffen sehr nützlich sein, denn es gibt keine Maschine, die in der Lage wäre, Rechnungen so schnell auszuführen wie er. Und in der Hochfinanz kommt es – ganz wie beim Fechten – auf die Schnelligkeit an. Es geht darum, den anderen zuvorzukommen.“

Er warf noch einen besorgten Blick auf Léon Blum, nahm sein Taschentuch und tupfte sich die Stirn ab. Im Lavendel-Blau seiner Augen lag irgendwie ein verzweifeltes Glänzen: ein zur Eroberung des Grals aufgebrochener Ritter, den die Umstände gezwungen hatten, Pferd, Rüstung und Lanze in die Pfandleihe zu bringen.

Ich brauchte eine ganze Weile, um herauszufinden, daß Bronicki wirklich ein Finanzgenie war. Er hatte in der Tat als einer der ersten eine Methode ausgearbeitet, die seitdem üblich geworden ist und dank der die Banken es ihm an Unterstützung nicht fehlen ließen: er war bei ihnen so hoch verschuldet, daß die stillen Teilhaber es sich nicht leisten konnten, ihn dem Bankrott preiszugeben.

Mein Onkel erwies sich als vorsichtig. Ohne jegliche Spur von Ironie, auf die er in solchen höchst ironischen Augenblicken völlig verzichtete, informierte er meinen zukünftigen Gönner, daß mein Lebensweg sozusagen vorgezeichnet sei und daß er nicht über Höhen führen werde.

„Ein schöner kleiner Posten als Postbeamter mit gesicherter Rente, das schwebt mir für ihn vor."

„Aber mein Gott, Monsieur Fleury, Ihr Neffe ist von Natur aus gedächtnismäßig hoch begabt!" donnerte Stas Bronicki und schlug mit der Faust auf den Tisch. „Und alles, was Sie für ihn erstreben, ist eine Anstellung als kleiner Schalterbeamter?"

„Mein Herr", erwiderte mein Onkel, „in den jetzt auf uns zukommenden Zeiten werden die kleinen Schalterbeamten vielleicht die edelste Rolle überhaupt spielen. Sie werden sagen können: ‚Ich habe wenigstens nichts getan!'"

Es wurde allerdings vereinbart, daß ich mich in den Sommermonaten den Bronickis als „Rechnungsvorsteher" zur Verfügung stellen würde. Daraufhin griffen mein Onkel und Mr. Jones dem Grafen unter die Arme, denn die Wurst hatte ihre Wirkung getan – die zwei Flaschen Wein können hier aus Gründen der Diskretion nicht erwähnt werden –, und begleiteten ihn zum Wagen. Am Steuer sitzend, drehte sich der gleichmütige Mr. Jones, den ich bis dahin für die Inkarnation britischer Tugenden wie Gelassenheit und Diskretion gehalten hatte, zu meinem Vormund um und erklärte mit einem sehr starken englischen Akzent, doch in einem Französisch, das eindeutig darauf schließen ließ, daß er ganz andere Zeiten erlebt hatte als die eines Herren-Chauffeurs:

„Armer Typ. So ’n Versager is mir noch nich untergekommen. Der is wie gemacht zum Ausnehmen.“

Woraufhin er, nachdem er seine Handschuhe angezogen und wieder zu seinem unerschütterlichen Gesichtsausdruck gefunden hatte, den Packard in Bewegung setzte und uns verblüfft zurückließ, verblüfft über die plötzliche Offenbarung seiner sprachlichen Fähigkeiten.

„Na“, sagte mein Onkel, „da bist du ja nun endlich lanciert worden. Du hast einen mächtigen Beschützer gefunden. Ich bitte dich nur um eines . . .“

Er sah mich ernst an, und da ich ihn gut kannte, fing ich schon immer mal zu lachen an.

„Leihe ihm niemals Geld.“

X

Während der drei folgenden Jahre, von 1936 bis 1939, gab es für mich nur zwei Jahreszeiten: den Sommer, wenn die Bronickis im Juni aus Polen hierherkamen, und den Winter, der sofort nach ihrer Abreise Ende August begann und bis zu ihrer Rückkehr andauerte. Die endlosen Monate, die ich ohne Lila verbrachte, waren ausschließlich dem Erinnern gewidmet, und ich glaube, daß die Zeiten der Abwesenheit meiner Freundin mich auf immer zum Vergessen unfähig machten. Sie schrieb mir nicht oft, aber ihre Briefe waren lang und ähnelten Tagebuchblättern; und wenn ich einen Gruß von Tad bekam, teilte er mir mit, daß seine Schwester weiterhin „von sich selbst träumt, im Moment denkt sie daran, Leprakranke zu pflegen". Sicher, in ihren Briefen gab es zärtliche Worte und selbst Worte der Liebe, doch sie machten auf mich einen seltsam unpersönlichen, rein literarischen Eindruck, so daß ich gar nicht überrascht war, als sie mir einmal schrieb, das, was sie mir da schickte, seien Passagen aus einem größeren Werk, an dem sie arbeite. Und doch warf sie sich, wenn die Bronickis in die Normandie zurückkehrten, mit ausgebreiteten Armen mir entgegen und bedeckte mich mit Küssen, lachend und manchmal auch ein wenig weinend; mir genügten diese wenigen Augenblicke, um zu spüren, daß das Leben alle seine Versprechen hält und daß es nicht erlaubt ist, daran zu zweifeln. Was meine Aufgaben als „Rechnungssekretär" betrifft – so nannte mich Podlowski, das „Mädchen für alles" meines Arbeitgebers, ein glattes, nur aus Kinn und Kiefer bestehendes, immer zu Verbeugungen bereites Individuum mit Mittelscheitel und feuchten Händen –, so war die von mir geforderte Arbeit nicht gerade aufreibend. Wenn Bronicki irgendeinen Bankier, Wechselmakler oder Spekulationskumpan empfing und sie sich miteinander weisen Berechnungen von Zinsen, Kurssteigerungen und Gewinnspannen hingaben, wohnte ich den Zusammenkünften bei; ich jonglierte mit Millionen und aber Millionen, nahm riesige Vermögen ein, brachte die Bankprovisionen und Anleihen in Abzug, multiplizierte dann die Tageskurse jener Aktien, die mit den theoretischen Gewinnen des Vormittags gekauft werden würden, machte darauf aufmerksam, daß – hielte die Hausse an, wie es die Intuition des genialen leichten Reiters der Finanzen besagte – so und so viele Tonnen Zucker oder Kaffee, multipliziert mit dem Tageskurs, diese oder jene Summe in Pfund Sterling, Francs, Dollars ergäben, und gewöhnte mich so schnell an die Millionen, daß ich seither nie wieder das Gefühl gehabt habe, arm zu sein. Während ich diese Luftnummern hoher Gedankenakrobatik vollführte, lauerte ich durch die leicht geöffnete Tür auf Lilas Erscheinen, die nie versäumte, sich zu zeigen, damit ich den Kopf verlor und irgendwelche groben Fehler machte, so daß ich im Handumdrehen ihren Vater ruinierte, die Baumwollkurse in den Keller fallen ließ, dividierte, statt zu multiplizieren, was den leichten Reiter total verwirrte und seine Tochter laut auflachen ließ. Als ich mich nach und nach an ihre Manöver gewöhnt hatte, die – o wie unnötig! – dazu dienten, die Stärke ihres Einflusses auf mich zu messen, und ich es schaffte, meine Geister beisammenzuhalten und Fehler zu vermeiden, zog sie einen unwilligen Flunsch und verschwand, nicht ohne eine gewisse Wut. Und ich hatte dann den Eindruck, einen enormen Verlust erlitten zu haben, der ungleich größer war als alle Börsenpleiten.

Jeden Tag um fünf Uhr trafen wir uns am anderen Ende des Parks hinter dem Teich in der Hütte, in die der Gärtner alle Blumen warf, die „die Altersgrenze erreicht" hatten, wie Lila sagte; sie hatten ihren Glanz verloren und ihre Frische und gerade ihren letzten Duft ausgehaucht. Wir wateten in den Blütenblättern, im Rot, im Blau, im Gelb, im Grün, im Mauve und in jenen Gräsern, die man zu ihren Lebzeiten Unkraut nennt, weil sie immer nur machen, was sie wollen. Das war die Zeit, als Lila, die Gitarre spielen gelernt hatte, mit einem Lied auf den Lippen „von sich träumte". Zwischen Pflanzen sitzend, den Rock auf den Knien geschürzt, erzählte sie mir von ihren zukünftigen triumphalen Tourneen durch Amerika, von ihrer Vergötterung durch die Massen, und sie war so überzeugend in ihren Traumbildern, oder vielmehr: ich himmelte sie in einem Maße an, daß all die Blumen ihr zu Füßen mir schon von glühenden Verehrern dorthin geworfen schienen; ich konnte ihre Schenkel sehen; ich starb vor Verlangen, ich traute mich nichts, rührte mich nicht, ich starb eines langsamen Todes, das war alles. Sie stimmte mit unsicherer Stimme irgendein Lied an, zu dem sie selbst den Text und Bruno die Musik geschrieben hatte, doch entsetzt von ihrer alten Feindin, der Wirklichkeit, die ihren Stimmbändern jenen göttlichen Ausdruck verwehrte, den Lila von ihnen forderte, warf sie die Gitarre hin und begann zu weinen.

„Ich habe zu gar nichts Talent, das ist es."

Ich tröstete sie. Nichts gefiel mir so sehr wie diese Augenblicke der Verzweiflung, die mir die Möglichkeit gaben, sie in meine Arme zu nehmen, ihre Brüste mit meiner Hand und ihre Lippen mit den meinen zart zu berühren; und dann eines Tages, als ich, den Kopf verlierend, meine Lippen ihrer verrückten Eingebung folgen ließ, ohne auf Widerstand zu treffen, hörte ich eine mir unbekannte Stimme Lilas, die kein Vokalgenie je übertreffen kann; ich verharrte kniend, während die Stimme mich trunken machte und mich weit über alles hinaustrug, was ich bisher im Leben an Glück und an mir selbst kennengelernt hatte. Der Schrei stieg so hoch, daß ich, der ich bis dahin niemals gläubig gewesen war, mich fühlte, als hätte ich gerade Gott gegeben, was ihm gebührt. Sie blieb danach regungslos auf ihrem Blumenbett hingestreckt, ihre Hände lagen noch auf meinem Kopf.

„Ludo, ach, Ludo, was haben wir getan?"

Alles, was ich wahrheitsgemäß darauf sagen konnte, war:

„Ich weiß nicht."

„Wie konntest du nur?"

Und da sagte ich diesen – bedenkt man die sonstigen Arten, dem Glauben zu begegnen – höchst komischen Satz:

„Das war nicht ich, das war Gott."

Sie richtete sich leicht auf, setzte sich hin, wischte sich die Tränen ab.

„Weine nicht, Lila, ich wollte dich nicht unglücklich machen."

Sie seufzte und schob mich mit einer Handbewegung weg.

„Idiot, ich weine, weil es so überwältigend war."

Sie schaute mich streng an.

„Wo hast du das gelernt?"

„Was?“

„Scheiße“, sagte sie. „So ein Blödian ist mir auch noch nicht über den Weg gelaufen.“

„Lila ...“

„Sei still.“

Sie ließ sich auf den Rücken fallen. Ich legte mich neben sie. Ich nahm ihre Hand. Sie zog sie weg.

„So“, sagte sie, „jetzt bin ich eine Hure geworden.“

„Aber mein Gott, was erzählst du denn da?“

„Eine Nutte. Ich bin zur Nutte geworden.“

Mir fiel auf, daß sie das mit großer Befriedigung in der Stimme sagte.

„Endlich ist es mir doch noch gelungen, etwas zu werden!“

„Hör mal, Lila ...“

„Ich habe überhaupt kein Talent zum Singen!“

„Doch, doch, nur ...“

„Ja, nur. Sei still. Ich bin eine Nutte. Nun gut, jetzt brauche ich nur noch die größte, die berühmteste Nutte der Welt zu werden. Die Kameliendame, aber ohne Tuberkulose. Ich habe nichts mehr zu verlieren. Mein Leben ist jetzt vollständig vorgezeichnet. Mir bleibt keine Wahl.“

Obwohl ich die plötzlichen Umschwünge ihrer Phantasie kannte, war ich entsetzt. Das war beinahe schon Aberglaube. Mir schien, das Leben hörte uns zu und machte sich Notizen. Ich richtete mich auf.

„Ich verbiete dir, solchen Blödsinn zu reden“, brüllte ich. „Das Leben hat Ohren. Und außerdem, was war denn, ich habe dich doch nur ge ...“

Sie machte „oh“ und legte die Hand auf meine Lippen.

„Ludo! Ich verbiete dir, so etwas zu sagen. Das ist ungeheuerlich! Un-ge-heu-er-lich! Geh weg!

Ich will dich nie mehr wiedersehen. Nie mehr. Nein, bleib hier. Es ist sowieso zu spät."

Eines Tages kam ich von unserem täglichen Rendezvous in der Hütte und stieß auf Tad, der mich in der Vorhalle erwartete.

„Sag mal, Ludo . . ."

„Ja?"

„Seit wann schläfst du denn schon mit meiner Schwester?"

Ich schwieg. An der Wand erhob der Oberst der leichten Kavallerie, Jan Bronicki, Held von Santo-Domingo und von Samosierra, den Säbel über meinen Kopf.

„Zieh nicht solche Fresse, Alter. Wenn du dir einbildest, daß ich mich jetzt mit dir über die Ehre der Bronickis unterhalten will, bist du ein Blödling. Ich will euch bloß vor Katastrophen bewahren. Ich wette, daß ihr beide nicht mal von der Existenz des Zyklus wißt."

„Was für ein Zyklus?"

„Genau, das dachte ich mir doch. Es gibt eine Zeit – sieben Tage vor der Regel, ungefähr, und sieben Tage danach – , wo eine Frau nicht geschwängert werden kann. Da kann euch also nichts passieren. Du bist doch so gut im Rechnen, also vergiß es nicht, und macht keinen Blödsinn, ihr beiden. Ich möchte mich nicht an irgendeine Bäuerin mit ihren Stricknadeln wenden müssen. Es sterben zu viele Mädchen daran. Das ist alles, was ich dir zu sagen hatte, und ich werde nie wieder davon reden."

Er gab mir einen Klaps auf die Schulter und wollte sich entfernen. Ich konnte ihn so nicht gehen lassen. Ich wollte mich rechtfertigen.

„Wir lieben uns", sagte ich.

Er musterte mich aufmerksam, mit einer Art wissenschaftlicher Neugier.

„Du fühlst dich schuldig, weil du mit meiner Schwester schläfst. Da lasten auf dir so ungefähr zweitausend Jahre Schuldgefühle. Bist du glücklich, ja oder nein?"

„Ja" zu sagen schien mir in einem Maße unzureichend, daß ich schwieg.

„Nun, das ist die einzige Rechtfertigung für das Leben wie für den Tod. Du kannst dein ganzes Leben in Bibliotheken verbringen, eine andere Antwort wirst du nicht finden."

Pfiffelnd und mit nonchalantem Gang entfernte er sich. Ich höre noch immer diese paar Töne der Appassionata.

Bruno floh mich. Sosehr ich mir auch sagte, daß ich mir nichts vorzuwerfen hatte und daß, wenn Lila mich erwählt hatte, das so unabhängig von meinem Willen war, wie wenn ein Marienkäfer sich auf meine Hand setzte – mich quälte dennoch dieser Kummer, den ich auf seinem Gesicht sah, wenn unsere Blicke sich trafen. Er verbrachte all seine Tage am Klavier, und wenn er aufhörte zu spielen, schien mir die Stille von allen mir bekannten Werken Chopins das herzzerreißendste.

XI

Meine Tätigkeiten im Dienste Bronickis beschränkten sich nicht auf seine Finanzunternehmungen. Ich half ihm auch bei der Ausarbeitung eines Systems, das ihm erlauben sollte, einen vernichtenden, endgültigen Sieg über die Casinos zu erringen, diese uneinnehmbare Festung, gegen die er einen allerletzten Sturmangriff zu starten träumte. Stas stellte ein Roulette auf den Bridge-Tisch und warf die Kugel; er ging so weit, „rien ne va plus!" zu schreien, um das Ganze realistischer zu gestalten, ein Schrei, der mir aus jener dunklen Tiefe seiner Seele zu steigen schien, die man das Unterbewußtsein nennt. Der einzige Beitrag, den ich bei dieser verzweifelten Suche nach einem „System" leisten konnte, war, mir die Reihenfolge der Gewinnzahlen einzuprägen und sie dann zehn-, zwanzigmal auswendig aufzusagen, auf daß Stas darin einen Augenwink des Schicksals entdecken könne, während ich auf seinem bartbewehrten Gesicht den Tod des Traums erspähte. Nach einigen Stunden dieser „Jagd nach dem Blau" wischte er sich die Stirn ab und murmelte:

„Mein kleiner Ludovic, ich glaube, daß ich Ihre Kräfte überschätzt habe. Wir werden morgen weitermachen. Ruhen Sie sich aus, damit Sie dann in bestmöglicher Form sind."

Mein Mitleid und mein Bedürfnis, ihm zu helfen, wurden so groß, daß ich zu schummeln anfing. Ich wußte, der Graf suchte in meinen Rezitativen Zahlen und Kombinationen, die sich in einer bestimmten Reihenfolge wiederholten. Wenig bewußt der Konsequenzen, die mein ungeheuer schlecht angebrachter guter Wille haben konnte, unternahm ich es, die Gewinnzahlen neu zu ordnen. Ungefähr so, wie manche Teilnehmer an spiritistischen Sitzungen sich beim Tischerükken nicht beherrschen können und dem Tisch doch einen Schubs geben, um die Illusion aufrechtzuerhalten. Es wurde eine Katastrophe. Nachdem er sich mehrmals hintereinander die Zahlen hatte aufsagen lassen, die ich in Reihen ordnete, bekam Stas Bronicki plötzlich einen Gesichtsausdruck, den ich nicht anders denn sinnesverwirrt nennen kann; er verharrte einen Augenblick ganz starr, seinen Druckbleistift in der Hand, angestrengt lauschend, als hörte er irgendeine göttliche Musik, und nachdem er mich mit vor Erregung heiserer Stimme aufgefordert hatte, meinen Vortrag zu wiederholen, was ich sogleich mit derselben gutgemeinten Unaufrichtigkeit tat, versetzte er dem Tisch einen gewaltigen Faustschlag und tönte, wohl wie seine Vorfahren, wenn sie gezogenen Säbels zum Angriff riefen:

„*Kurwa mać!** Jetzt hab ich sie, diese Saukerle! Ich werde sie zwingen, mir alles zurückzuzahlen!“

Er stand mit einem Satz auf, verließ das Zimmer, und ich fühlte mich in meiner Unschuld sehr glücklich, eine gute Tat vollbracht zu haben.

An diesem Abend verlor Bronicki im Casino von Deauville eine Million.

Am darauffolgenden Morgen war ich bei Lila, als der Graf nach Hause kam. Podlowski hatte uns eine Stunde zuvor das Desaster angekündigt und hinzugefügt: „Er wird sich wieder eine Kugel in den Kopf jagen.“ Lila, die gerade ihren Tee mit

* (poln.) Gottverdammich!

Honigschnitten zu sich nahm, schien nicht sonderlich erregt.

„Mein Vater konnte eine solche Summe nicht verlieren. Wenn er sie verloren hat, dann war es nicht sein Geld. Also hat er nur Schulden verloren. Er wird erleichtert sein."

Diese Polen waren wirklich von jener bewunderungswürdigen Strapazierfähigkeit, die es auch ihrem Land ermöglicht hatte, alle Desaster zu überleben. Während ich darauf gefaßt war, Genia Bronicka völlig hysterisch zu erleben, mit Telefonanruf bei den Ärzten und Ohnmacht, wie es ihren besten Bühnentraditionen entsprach, sah ich sie in einem rosa Negligé mit dem Pudel unterm Arm in das Eßzimmer herunterkommen; sie gab ihrer Tochter einen Kuß auf die Stirn, rief mir freundschaftlich einen Gruß zu, ließ sich Tee einschenken und erklärte:

„Ich habe den Revolver in meinen Safe gelegt. Er darf ihn nicht finden, sonst würde er eine Woche lang mit uns schmollen. Ich weiß nicht, ob er das Geld von den Potockis, den Sapiehas oder den Radziwiłłs geborgt hatte, aber was soll's, Spielschulden sind Ehrenschulden, das müssen sie verstehen, und ob nun der eine oder der andere sie bezahlt, was zählt, ist, daß der polnische Adel seinen Traditionen treu bleibt."

Tad kam im Morgenmantel, mit einer Zeitung in der Hand, gähnend die Treppe herunter.

„Was ist los? Mama sieht so ruhig aus, daß ich das Schlimmste befürchte."

„Vater hat sich wieder einmal ruiniert", sagte Lila.

„Das heißt, daß er wieder einmal jemanden ruiniert hat."

„Er hat diese Nacht eine Million in Deauville verloren."

„Da wird er wohl aus allen Schubläden das Letzte zusammengekratzt haben", brummelte Tad.

Das Dienstmädchen hatte gerade heiße Croissants gebracht, als Stas Bronicki erschien. Er war verstört. Ihm folgten Mr. Jones, der tadellos gekleidet war und Bronickis Mantel über dem Arm trug, und – mit blauschimmerndem Stoppelbart – Podlowski, das „Mädchen für alles", der doppelt soviel Kiefer und Kinn wie gewöhnlich zu haben schien.

Bronicki musterte uns schweigend. „Kann mir hier jemand hunderttausend Francs borgen?"

Sein Blick blieb auf mir liegen. Tad und Lila brachen in Lachen aus. Selbst dem lieben Bruno fiel es schwer, seine Heiterkeit zu verbergen.

„Setzen Sie sich, mein Freund, und trinken Sie eine Tasse Tee", sagte Genia.

„Gut, sagen wir zehntausend?"

„Stas, ich bitte Sie", sagte die Gräfin.

„Fünftausend!" brüllte Bronicki.

„Minna, wärmen Sie uns noch Croissants und Tee auf", sagte Genia.

„Tausend Francs, verfluchtnochmal!"

Archie Jones faßte in das Innere seiner Joppe und trat einen Schritt vor, den karierten Überzieher des Grafen sorgfältig über dem Arm haltend.

„Wenn Monsieur mir erlauben wollen ... Hundert Eier? *Fifty-fifty* natürlich."

Bronicki zögerte einen Augenblick, griff sich dann den Schein aus der Hand seines Chauffeurs und stürzte hinaus. Podlowski hob hilflos die Arme und Schultern und folgte ihm. Archie Jones grüßte uns höflich und zog sich seinerseits zurück.

„So ist das eben", sagte Geniczka seufzend, „die Engländer sind wirklich die einzigen, auf die man sich verlassen kann."

Diesen Satz sollte ich noch sehr oft und in ganz unterschiedlichen Situationen hören.

XII

Ich weiß nicht, ob es die Fürsten Sapieha, die Fürsten Radziwiłł oder die Grafen Potocki waren, die meinem Arbeitgeber jene Gelder verschafft hatten, die dank dem ausgeklügelten System, für das ich in aller Unschuld verantwortlich war, verlorengegangen waren, doch im Laufe der folgenden Tage fielen in den Sommersitz Les Jars polnische Gentlemen ein, deren extreme Vornehmheit von Flüchen begleitet wurde, die jedem Gassenjungen gut angestanden hätten. Begriffe wie „dieser Blödmann von Bronicki", „diese Scheiße auf Beinen" und „dieses Arschloch" hagelten von überall nieder; es fehlte nicht viel, und auf dem bereits erwähnten Porträt wären dieselben Bemerkungen von den Lippen des Obersten der leichten Kavallerie Jan Bronicki gefallen. Die bedeutendsten Namen Polens schienen sich auf den vom Roulette besiegten Pechvogel gestürzt zu haben, der diesem Sturm mit größter Gelassenheit trotzte, wie es sich für den Bürger eines Landes gehört, das gewohnt ist, aus seiner Asche wiedergeboren zu werden. Sein Argument blieb unerschütterlich: es hatte ihm eine weitere Million gefehlt, die sein „System" benötigte, um die Bank zu sprengen. Wenn man ihm also freundlicherweise zwei Millionen vorschießen wolle, so werde er sich wieder in die Schlacht begeben, und die ihn heute verfluchten, würden morgen die ersten sein, die ihm zu Ehren das Hurrageschrei des Sieges anstimmen. Doch es schien ganz so, daß diesmal auch die tapfersten polnischen Patrioten klein beigaben und den Glauben an den Sieg verloren. Bronicki hielt mit seinem „Mädchen für alles" lange geheime Unterredungen ab, zu denen ich eingeladen wurde, obwohl es nichts zu rechnen gab, da die einzige aus all dem hervorgehende Zahl die dümmliche Null war. Es wurde beschlossen, den Familienschmuck zu verkaufen, den Bronicki von seiner Frau einfordern ging. Er stieß auf Ablehnung. Lila, die der Szene beigewohnt hatte, bequem in einen Sessel verkeilt und kandierte Maronen essend – „da man bald arm sein würde, sollte man jetzt die Gelegenheit beim Schopfe packen" –, erzählte mir lachend, ihre Mutter habe geltend gemacht, daß die zur Debatte stehenden Diamanten und Perlen ihr vom Herzog von Avila geschenkt worden seien, als dieser spanischer Botschafter in Warschau war, und daß sie es als unmoralisch ansehen würde, sich zugunsten ihres Mannes von ihnen zu trennen.

„Und wieder denkt man, wie immer in unserer Familie, zuerst an die Ehre", war Tads Kommentar.

Dem letzten der leichten Reiter blieb nur noch eine einzige Auffangstellung: der Rückzug auf seine Besitzungen in Polen, die für den Feind uneinnehmbar waren, da sie zu jenem historischen Patrimonium gehörten, über das das Oberstenregime, welches auf Marschall Piłsudski gefolgt war, eifersüchtig wachte. Das Schloß und seine Domäne befanden sich an der Weichselmündung, in jenem „polnischen Korridor", der Ostpreußen vom übrigen Deutschland trennte. Hitler forderte dessen „Rückgabe", nachdem er in der Freien Stadt Danzig bereits eine Nazi-Regierung installiert hatte. Der Besitz war durch ein Dekret von 1935 als unveräußerbar erklärt worden, und die Bronickis bekamen für seine Instandhaltung einen beträchtlichen Zuschuß.

Ich war entsetzt. Der Gedanke, Lila zu verlieren, war von einer Grausamkeit, die mir unvereinbar schien mit allem, was ich vom Menschlichen wußte. Die Monate oder auch Jahre, die ich gezwungen sein würde, fern von ihr zu leben, offenbarten mir die Existenz einer Zeitspanne, die völlig außerhalb dessen lag, was ich zu berechnen vermochte. Mein Onkel, der mich in dem Maße, in dem die Schicksalsstunde nahte, verfallen sah, unternahm den Versuch, mir zu erklären, daß es in der Literatur Beispiele gab, wo die Liebe, bei besonders stark davon befallenen Personen, Jahre der Trennung überdauert hatte.

„Es wäre besser, sie würden endgültig wegziehen. Du bist gerade siebzehn geworden, du mußt dein Leben gestalten, und man kann nicht allein von einer Frau leben. Seit Jahren lebst du nur für sie und durch sie, aber selbst bei den ‚verrückten Fleurys', wie man uns nennt, braucht man ein bißchen Vernünftigkeit, muß man ‚sich drein schikken', wie man bei uns auch sagt, obwohl ich der erste bin, der bereit ist zuzugeben, daß dieser Ausdruck meilenweit gegen den Wind nach Verzicht, Preisgabe und Unterordnung stinkt und daß, wenn alle Franzosen ‚sich drein schickten', es schon lange kein Frankreich mehr geben würde. In Wahrheit braucht man weder zu viel Vernunft noch zu wenig Verrücktheit; ich gebe allerdings zu, daß ‚weder zu viel noch zu wenig' zwar ein gutes Rezept für das Clos Joli und Freund Marcellin sein mag, wenn er mit seinen Töpfen hantiert, aber man muß manchmal auch in der Lage sein, den Kopf zu verlieren. Donnerwetternochmal, jetzt erzähle ich dir schon genau das Gegenteil von dem, was ich mir vorgenommen hatte. Besser ist, einmal so richtig doll zu leiden, damit dann Schluß ist, und selbst wenn du dieses Mädchen dein ganzes Leben lang lieben solltest, ist es besser, sie geht für immer fort, davon wird sie nur um so schöner."

Ich war gerade dabei, seinen BLAUEN VOGEL zusammenzuflicken, der tags zuvor auf die Fresse gefallen war.

„Was eigentlich wollen Sie mir nun sagen, Onkel? Raten Sie mir, ‚bei Sinnen zu bleiben' oder ‚den Sinn meines Lebens zu bewahren'?"

Er senkte den Kopf.

„Gut. Ich sag nichts mehr. Ich bin der Letzte, der dir Ratschläge erteilen könnte. Ich habe in meinem ganzen Leben immer nur eine einzige Frau geliebt, und da es nicht geklappt hat . . ."

„Warum hat es nicht geklappt? Hat sie Sie nicht geliebt?"

„Es hat nicht geklappt, weil ich ihr nie begegnet bin. Ich hatte sie mir fest in den Kopf gesetzt, dreißig Jahre lang sah ich sie täglich in meinem Kopf, aber es hat sich nicht ergeben; wir sind uns nicht begegnet. Die Phantasie spielt einem schon manchmal üble Streiche. Das ist so, ob es nun um Frauen geht oder um Ideen oder Länder. Du liebst eine Idee, sie scheint dir die schönste von allen, und wenn sie sich dann vergegenständlicht, sieht sie plötzlich völlig anders aus oder wird sogar ganz einfach Mist. Oder dein Land: du liebst es so sehr, daß du es am Ende nicht mehr ausstehen kannst, weil es nie das richtige ist." Er lachte kollernd. „Und dann macht man aus seinem Leben, aus seinen Ideen und Träumen . . . Papierdrachen."

Uns blieben nur noch wenige Tage, und unser Abschied bestand aus Blicken auf Wälder, Teiche und alte Wege, die wir nicht gemeinsam wiedersehen würden. Der Sommerausklang hatte sanfte

Farben, als wolle er uns Zärtlichkeit bekunden. Die Sonne selbst schien traurig zu sein, uns verlassen zu müssen.

„Ich möchte so gern aus meinem Leben etwas machen“, sagte Lila zu mir, als sei ich gar nicht anwesend.

„Das ist nur so, weil du mich nicht genug liebst.“

„Natürlich liebe ich dich, Ludo. Aber das ist ja gerade das Schreckliche: schrecklich, weil es mir nicht genügt, weil ich fortfahre, an mich selbst zu denken. Ich bin erst achtzehn und bin schon unfähig zu lieben. Sonst würde ich nicht immerzu daran denken, was ich aus meinem Leben machen soll, ich würde mich völlig vergessen. Ich würde nicht einmal die Absicht haben, glücklich zu sein. Wenn ich wirklich zu lieben wüßte, wäre ich nicht da, dann gäbe es nur noch dich. Wahre Liebe ist, wenn es nur noch den anderen gibt. Nun also . . .“

Ihr Gesicht nahm einen tragischen Ausdruck an.

„Ich bin erst achtzehn, und schon liebe ich nicht“, rief sie und brach in Schluchzen aus.

Ich war nicht allzu bewegt. Ich wußte, daß sie seit einigen Tagen nicht mehr Medizin und auch nicht mehr Architektur studieren, sondern auf das Konservatorium für darstellende Kunst in Warschau gehen wollte, um schnell eine nationale Berühmtheit des polnischen Theaters zu werden. Allmählich kannte ich sie, und ich wußte, daß meine Aufgabe darin bestand, die Aufrichtigkeit ihrer Stimme, ihres Kummers und ihrer Bestürzung sachkundig zu würdigen. Es fehlte nicht viel, und sie hätte sich mit einer Bewegung, die bis heute für mich die schönste Geste einer Frau bleibt, eine Haarsträhne aus der Stirn gestrichen und, mich aus blauem Augenwinkel anschauend, gefragt: „Findest du nicht auch, daß ich Talent habe?“ Und ich war zu allen Opfern bereit, um ihren Augen die erhabene Größe der Gipfel zu bewahren. Immerhin hatte ich es mit einem Mädchen zu tun, dessen Idol Chopin trotz seiner Tuberkulose in der Feuchtigkeit des Winters nach Mallorca gefahren war, nur weil George Sand es so wollte, und das mich mit hoffnungsvoll glänzenden Augen oft daran erinnert hatte, daß die beiden größten russischen Dichter, Puschkin und Lermontow, bei Duellen ums Leben gekommen waren – der erste mit sechsunddreißig Jahren, der zweite mit siebenundzwanzig –, daß Hölderlin aus Liebe verrückt geworden und Kleist in einem Selbstmordakt mit seiner Liebsten gestorben war. Das alles, so sagte ich mir, indem ich dies eine Mal Slawen und Deutsche in einen Topf warf, sind Polen-Geschichten.

Ich nahm sie beim Arm und versuchte, sie zu beruhigen, während ich auf meinen Lippen etwas spürte, das stark dem schalkhaften Lächeln meines Onkels Ambroise zu ähneln begann.

„Vielleicht liegt es nur daran, daß du mich nicht liebst", wiederholte ich. „Na klar, es ist nicht das, was du erwartet hast. Aber das kommt noch. Vielleicht wird es Bruno sein. Oder Hans, den du bald wiedersehen wirst, denn die deutsche Armee soll schon unmittelbar an ihrem Einsatzort an der polnischen Grenze stehen. Oder du triffst jemand anderen, den du dann wirklich liebst."

Sie schüttelte, tränenüberströmt, den Kopf.

„Aber nein, das ist es ja gerade, ich liebe dich, Ludo! Ich liebe dich wirklich. Aber das muß doch noch mehr sein: jemanden lieben. Oder aber ich bin Mittelmaß. Habe ein ganz kleines Herz, bin oberflächlich, unfähig zu Tiefe, Größe, Erschütterung!"

Ich erinnerte mich der Ratschläge meines Onkels, und indem ich gewissermaßen die Schnur meines schönen Drachens wieder fest in die Hand nahm, um zu verhindern, daß er in diesem slawischen Sturm verlorenging, zog ich sie an mich, drückte meine Lippen auf die ihren; mein letzter bewußter Gedanke war: Wenn das, was Lila mir gab, nicht „die wahre, die große Liebe!“ war, tja, dann hatte die irdische Existenz noch mehr Schönheit, Freude und Glück zu verschenken, als ich mir vorgestellt hatte.

Sie fuhr noch am selben Abend nach Paris (nicht absichtlich, aber doch nicht ohne ein Schmunzeln vermische ich auf diese Weise grammatikalisch „sie“ und „Existenz“), wo ihre Eltern sie erwarteten und wo die Radziwiłłs, Sapiehas, Potockis und Zamojskis, in die Enge getrieben, als gute Patrioten auf Strafverfolgung verzichtet hatten, um nicht einem der erlauchtesten Namen Polens den Glanz zu nehmen – in einer Zeit, als weniger auf Ehre bedachte Staatsmänner sich der Schande hingaben und sich in München dem Nazigesindel beugten. Noch einmal ging ich zum Sommersitz Les Jars; Tad und Bruno wachten über das Einpacken der Kunstgegenstände und die „Einzelheiten“, von denen die Zahlung der Gehälter für die Gärtner und Bediensteten einige Schwierigkeiten bereitete. Das bereits von der Wand genommene Bildnis des Oberst Graf Jan Bronicki in Samosierra wartete darauf, in eine Kiste gepackt zu werden und auf heimatlichen Boden zurückzukehren. Podlowski irrte von Zimmer zu Zimmer und suchte die Möbel aus, die verkauft werden sollten, um die Gehälter zu zahlen und die Schulden im Clos Joli zu begleichen, die zu vergessen Marcellin Duprat sich weigerte. Auch die Lieferanten des Clos und von Cléry waren nicht geneigt, sich erweichen zu lassen, und suchten sich all dessen zu bemächtigen, was sie entschädigen konnte. Die Dinge sollten einige Wochen später in Ordnung kommen: als Geniczka bereit war, sich von einem diamantenen „Erinnerungsstück" zu trennen. Ein großer Teil des Mobiliars, darunter das Klavier und der Erdglobus, wurde an Ort und Stelle belassen, in der Hoffnung, daß man eines Tages in den Sommersitz zurückkehren würde; doch unterdessen verzweifelte Bruno bei dem Gedanken, daß er seinen Steinway verlieren könnte. Tad, den die politischen Ereignisse weit mehr beschäftigten als diese materiellen Fragen, empfing mich mit einem Stapel Zeitungen auf den Knien.

„Wir werden sicher nicht mehr hierher zurückkehren", sagte er, „aber was soll's: ich glaube, Millionen von Menschen werden bald niemals mehr irgendwohin zurückkehren."

„Es wird keinen Krieg geben", sagte ich nachdrücklich, denn ich war zu allem bereit, um Lila wiederzusehen. „Nächsten Sommer komme ich euch in Polen besuchen."

„Wenn es dann noch ein Polen gibt", sagte Tad. „Jetzt, wo Hitler eure Feigheit in ihrem ganzen Ausmaß getestet hat, wird er unaufhaltsam weitermachen."

Bruno legte seine Partituren in eine Kiste.

„Das Klavier ist hin", sagte er zu mir.

„Dieser heilige Egoismus", brabbelte Tad. „Der ist gut! Die Welt kann einstürzen, und das einzige, was für ihn da noch zählt, ist ein bißchen Musik."

„Frankreich und England werden es nicht zulassen", sagte ich, und Tad hatte sicher recht, von heiligem Egoismus zu sprechen, denn mir wurde sofort klar, was ich eigentlich damit meinte: Frankreich und England werden es nicht zulassen, daß meine Trennung von Lila endgültig ist.

Tad warf angeekelt den Zeitungsstoß auf den Fußboden. Er musterte mich mit kaum geringerem Mißfallen.

„Ja, ja, die ‚verzweifelten Gesänge sind die schönsten Gesänge'. Man könnte noch hinzufügen: ‚Glücklich, die in einem gerechten Krieg gefallen sind, glücklich die reifen Ähren und das geerntete Korn.' Die Poesie eilt der Musik zu Hilfe, und die unwiderstehliche Kraft der Kultur wird Hitler hinwegfegen. Alles ist futsch, Kinder!"

Er sah mich noch einmal an und verzog den Mund.

„Du bist willkommen nächstes Jahr in Gródek", sagte er. „Es kann sein, daß ich mich irre. Zweifellos verkenne ich die Allmacht der Liebe. Vielleicht gibt es mir unbekannte Götter, die Wert darauf legen, daß nichts und niemand die Vereinigung der Liebenden verhindert. Ach, Scheiße! Scheiße! Wie habt ihr nur so kapitulieren können?"

Ich teilte ihm mit, daß mein Onkel, obwohl er doch Pazifist und Kriegsdienstverweigerer ist, jüngst wegen München die Ehrenpräsidentschaft der Französischen Drachen aufgekündigt habe.

„Was soll daran verwunderlich sein?" schleuderte er mir entgegen. „Das genau ist es doch, was man einen Kriegsdienstverweigerer aus Gewissensgründen nennt. Na ja, wer weiß, es kann sich auch noch zwei oder drei Jahre hinziehen. Also, bis zum nächsten Jahr, Ludo."

„Bis zum nächsten Jahr."

Wir umarmten uns, und sie begleiteten mich bis zur Terrasse. Ich sehe sie noch immer, wie sie mir beide zuwinkten. Ich war ganz sicher, daß Tad sich irrte, und bemitleidete ihn ein wenig. Er liebte die ganze Menschheit leidenschaftlich, aber im Grunde hatte er keinen einzigen Menschen. Er glaubte an das Unglück, weil er allein war. Zur Hoffnung gehören immer zwei. Alle Gesetze der großen Zahlen gehen von dieser unverrückbaren Wahrheit aus.

XIII

Während des Winters 1938/39 offenbarte sich mein Gedächtnis in einer Art und Weise, die die schlimmsten Befürchtungen rechtfertigte, welche Monsieur Herbier ehemals geäußert hatte, als er meinen Onkel davon in Kenntnis setzte, daß „dieser Junge jeder Fähigkeit des Vergessens beraubt zu sein scheint“. Ich weiß nicht, ob das wirklich bei allen Fleurys der Fall war, wie ich es so oft hatte versichern hören, denn diesmal ging es weder um die Freiheit noch um Menschenrechte, auch nicht um Frankreich, das noch da war und scheinbar keinerlei besondere Gedächtnisanstrengung verlangte. Lila wich nicht mehr von meiner Seite. Ich hatte meine Buchhaltungsarbeiten im Clos Joli wieder aufgenommen – zu denen andere in verschiedenen Handelsunternehmen der Umgebung hinzukamen –, damit ich das für meine Polenreise nötige Geld beiseite legen konnte; ich kümmerte mich um den Hof, aber in dieser ganzen Zeit nahm die Anwesenheit Lilas an meiner Seite eine solche physische Realität an, daß mein Onkel – aus Ironie oder aber auch nicht – dazu übergegangen war, für die auf so gegenwärtige Weise Abwesende ein drittes Gedeck auf den Tisch zu legen. Er beriet sich mit Doktor Gardieu, der von einer Zwangsvorstellung sprach und Wettläufe sowie Mannschaftsspiele empfahl. Das Unverständnis des praktischen Arztes erstaunte mich nicht, doch das Verhalten meines Vormunds machte mich traurig, obwohl ich sein altes Mißtrauen gegenüber dieser ganzen absoluten Treue kannte, die den Unsrigen schon so viel Unglück gebracht hatte. Wir bekamen uns mehrfach in die Wolle. Er behauptete, daß die für den Sommer geplante Reise nach Polen für mich die schlimmste aller Enttäuschungen bereithalten werde und daß außerdem der Ausdruck „erste Liebe" als solcher schon *per definitionem* etwas bezeichne, das in jedem Falle eines Tages ein Ende findet. Mir schien jedoch, daß mein Onkel mich manchmal mit einem gewissen Stolz betrachtete.

„Nun ja, wenn dir Geld für die Reise fehlt", sagte er schließlich, „werde ich dir welches geben. Du mußt dir auch ein paar Klamotten kaufen, denn es kommt nicht in Frage, daß du wie ein Clochard gekleidet zu diesen Leuten fährst."

Während des Winters schrieb Lila mir ein paar immer kürzer werdende Briefe, dann waren es nur noch Postkarten; das war ganz normal, wir würden ja bald wieder vereint sein, und mir schien, daß auch die Kürze ihrer Grüße – „Wir erwarten dich alle", „Ich bin so glücklich, wenn ich mir vorstelle, daß du endlich Polen kennenlernen wirst", „Wir denken an dich", „Bald ist Juni!" – die Zeit verkürzte und die Monate und Wochen übersprang. Bis zu meiner Abfahrt gab es dann ein langes Schweigen, wie um die letzten Wochen des Wartens noch einmal abzukürzen.

Am 20. Juni bestieg ich in Cléry den Zug. Mein Onkel begleitete mich zum Bahnhof. Und alles, was er sagte, während wir Seite an Seite auf unseren Fahrrädern dahinradelten, war:

„Du wirst was sehen von der Welt."

Frankreich, andere Länder, die ganze Erde – all das war die geringste meiner Sorgen. Die Welt war hier nicht mit von der Partie. Mir ging es nur darum, wieder ein Ganzes zu werden, die beiden mir fehlenden Arme wiederzufinden. Als der Zug sich in Bewegung setzte und ich mich aus dem Fenster lehnte, rief Ambroise Fleury mir zu:

„Ich hoffe, daß du nicht aus allzu großer Höhe abstürzen wirst und ich dich nicht völlig zerbeult und übel zugerichtet aufsammeln muß wie unseren alten VIERMEERLING! Erinnerst du dich?“

„Ich erinnere mich nie an irgend etwas, das wissen Sie doch!“ rief ich zurück, und so haben wir uns unter Gelächter getrennt.

XIV

Ich war noch nie aus meinem normannischen Kaff herausgekommen. Ich kannte von der Welt nur deren Geographie und von der Geschichte lediglich das, was ich aus den Schulbüchern gelernt hatte oder beim Betrachten der Namen meines Vaters und seines Bruders Robert auf dem Kriegerdenkmal von Cléry, oder wenn ich meinem Vormund zuhörte, wie er mir diesen oder jenen Drachen erläuterte. Ich kam nicht auf die Idee, im Präsens an die Geschichte zu denken. Ich kannte von der Politik und denen, die sie machten, nur die Gesichter von Edouard Herriot, André Tardieu, Edouard Daladier, Pierre Laval, Pierre-Etienne Flandin oder Albert Sarraut, die ich zuweilen flüchtig wahrnahm, wenn ich im Clos Joli aus dem kleinen Büro Marcellin Duprats kam. Sicher, ich wußte, daß Italien faschistisch war, doch wenn ich ab und zu auf einer Mauer die Inschrift „Nieder mit dem Faschismus" entdeckte, fragte ich mich, was die hier wohl zu suchen hatte, wo wir doch in Frankreich waren. Der Bürgerkrieg in Spanien, von dem Tad mir so oft erzählt hatte, schien weit weg: das waren andere Menschen, andere Sitten, und außerdem wußte doch jeder – und wiederholte es auch unaufhörlich –, daß die Spanier in gewisser Weise Blut im Blut hatten. München hatte mich im Jahr zuvor vor allem deshalb empört, weil Hans ein Deutscher war und ich auf diese Weise – so schien mir – einen Punkt in der uns zu Gegnern machenden Rivalität verloren hatte. Das einzige, was ich ganz sicher wußte, war, daß Frankreich Polen niemals im Stich lassen würde, oder genauer: Lila. Es mag heute schwierig sein, sich bei einem jungen Mann von achtzehn Jahren eine solche Unwissenheit und Gleichgültigkeit vorzustellen, doch Frankreich war in jener Zeit noch das Frankreich der Größe, der in sich ruhenden Kraft, des Prestiges; Frankreich war sich seiner „geistigen Mission" so sicher, daß es für mich völlig normal war, wenn man ihm erlaubte, sich mit sich selbst zu befassen, was, so schien mir, den Franzosen alle Sorgen ersparte. Ich kann auch nicht sagen, daß ich auf diesem Gebiet ungebildet war, ganz im Gegenteil: nur hatte die Schule mich zu gut gelehrt, daß Freiheit, Menschenwürde und Menschenrechte in keiner Weise bedroht sein können, solange unser Land sich selbst treu blieb, was für mich außer Zweifel stand, da ich mir alles gemerkt hatte, was mir je beigebracht worden war. Was sich bei unseren Nachbarn abspielte, in unserer unmittelbaren Nähe zwar, aber doch außerhalb unserer Grenzen, bewirkte bei mir nur ein mit Verachtung gemischtes Erstaunen und bestätigte in meinen Augen unsere Überlegenheit; im übrigen waren sich sowohl mein Onkel als auch Marcellin Duprat und alle meine Lehrer einig in der Behauptung, daß das Regime der Diktatur keinerlei Chance habe, lange zu bestehen, weil es nicht die Unterstützung des Volkes genoß. Für Ambroise Fleury war das Volk ein geheiligter Begriff, der potentiell bereits den Sturz Mussolinis, Hitlers und Francos in sich trug. Niemand sah im Faschismus und im Nazismus Volksregierungen. Ein solcher Gedanke wäre in der Tat eine Negation all dessen gewesen, was die eigentliche Basis der allgemeinen Schulpflicht ausmachte. Der entschlossene Pazifismus meines Vormunds hatte ein übriges getan. Zwar spürte ich bei ihm zuweilen eine gewisse Verwirrung und widersprüchliche Verhaltensweisen: So bewunderte er Léon Blum, weil dieser es abgelehnt hatte, in den Spanienkrieg einzugreifen, und doch ergriff ihn grenzenlose Wut, als München passierte. Aber ich sagte mir schließlich, daß er in diesem Fall dem „historischen Gedächtnis“ der Fleurys erlegen war und daß nicht einmal die fünfunddreißig Jahre seiner friedlichen Tätigkeit als Landbriefträger ihn vor Rückfällen bewahrt hatten.

Ich war also so schlecht wie nur möglich auf dieses Europa von 1939 vorbereitet, durch das meine Reise ging. An der italienischen Grenze, wo es von Schwarzhemden, Dolchen und faschistischen Emblemen nur so wimmelte, wurde mein Taschenmesser konfisziert, obwohl es nur knapp sieben Zentimeter lang war. Die Bahnhofstreppen hallten wider vom Tritt der militärischen Abteilungen; ein Landsmann übersetzte mir einen Leitartikel von Malaparte, der von einem „degenerierten Frankreich“ sprach und es mit einer Dirne verglich. Kurz hinter der österreichischen Grenze wurde ein trauriger und kahlköpfiger kleiner Mann, der in meinem Abteil Platz genommen hatte, gebeten, den Zug zu verlassen, was er weinend tat. Überall waren Hakenkreuze: auf den Fahnen, den Armbinden, den Mauern, und auf allen Plakaten begegnete ich dem Blick Hitlers. Als mein Paß und meine Visa kontrolliert wurden und man sah, daß mein Reiseziel Polen war, wurden die Blicke hart, und man gab mir die Papiere schroff und verächtlich zurück. Zweimal wurden die Fenster des Waggons mit einem Spezialkleber verplombt, die Fotoapparate eingesammelt und während der ganzen Fahrt einbehalten: zweifellos fuhr der Zug an irgendeiner „militärischen Zone“ vorbei. SS-Leute, die auf der Strecke von Wien nach Bratislava mir gegenüber Platz genommen hatten, schauten belustigt auf meine französische Baskenmütze und grüßten mich beim Hinausgehen mit einem siegesbewußten „Sieg heil“.

Sobald der Zug auf dem ersten Bahnhof in Polen hielt, schlug die Atmosphäre plötzlich völlig um. Selbst meine Baskenmütze schien ihren Ausdruck, wenn nicht gar ihr Wesen vollständig gewechselt zu haben: die polnischen Reisegäste warfen ihr freundschaftliche Blicke zu. Wer – des Französischen unkundig – über kein anderes Mittel verfügte, mir seine Sympathie zu bekunden, schlug mir auf die Schulter, drückte mir die Hand oder teilte sein Bier und seine Viktualien mit mir. Auf der Strecke bis Warschau und, nachdem ich umgestiegen war, den ganzen „Korridor“ entlang, dem die Weichsel bis zur Ostsee folgte, bekam ich den Ruf „Vive la France!“ öfter zu hören als in meinem ganzen bisherigen Leben.

Die Bronickis hatten mir telegrafiert, daß sie mich am Bahnhof empfangen würden, und als der Schaffner mir sagte, daß wir uns Gródek näherten, ging ich von meinem Wagen dritter Klasse in den der ersten hinüber, um mit angemessener Würde aussteigen zu können. Marcellin Duprat hatte mir einen echt ledernen Koffer geborgt, und nachdem er mich daran erinnert hatte, daß ich dort schließlich und endlich „Frankreich repräsentieren“ würde, hatte er mir nahegelegt, das Trikolore-Wappen des Clos Joli mit seinen drei Sternen an das Revers meines Sakkos oder sogar an meine Mütze zu nähen; ich versprach es ihm, ließ das Emblem aber in meiner Tasche stecken, da ich zu dieser Zeit noch nicht im mindesten ahnte, was eines Tages die letzte weltweit anerkannte Größe meines Landes ausmachen würde. Es wäre damals bei aller

Berühmtheit Marcellin Duprats niemandem in den Sinn gekommen, letzteren als einen Seher zu betrachten, und was der Meister „die drei Sterne Frankreichs“ nannte, war weit davon entfernt, in ebensolchem Glanz zu strahlen wie heute.

Außer einigen Bauern mit ihren Weidenkörben war fast niemand mehr im Zug, als dieser an dem kleinen Backsteingebäude des Bahnhofs von Gródek hielt; es mußten aber wohl irgendwelche offiziellen Persönlichkeiten erwartet werden, denn als ich den Bahnsteig betrat, fand ich mich inmitten einer Militärkapelle von ungefähr zehn Mann wieder. Ich sah auch, daß das Bahnhofsdach mit französischen und polnischen Fahnen geschmückt war, und kaum daß ich einen Schritt mit meinen Koffern getan hatte, stimmte die Kapelle die Marseillaise an, dann die polnische Hymne, welche ich in Habachtstellung anhörte; ich hatte erst schnell meine Mütze abgenommen und herumgeschielt, um die französische Persönlichkeit zu entdecken, die man hier solcherart empfing. Ich sah Stas Bronicki, der mit entblößtem Haupt, den Hut links vor der Brust, der Nationalhymne lauschte; Lila, die mir winkte; Tad hielt die Augen niedergeschlagen, und es fiel ihm sehr schwer, nicht laut loszuprusten; hinter ihnen stand der ewig ein wenig verloren wirkende Bruno und sah mich mit einem Lächeln an, das zugleich Freundschaft und Verlegenheit ausdrückte, deren Ursache ich erst begriff, als ein trikolorebebändertes kleines Mädchen mir einen Strauß blauer, weißer und roter Blumen überreichte und beflissen auf französisch artikulierte: „Es lebe das ewige Frankreich und die unvergängliche Freundschaft des französischen und des polnischen Volkes!“, was mir ein bißchen viel Ewigkeit und Unvergänglichkeit auf einmal zu sein schien. Da ich nun endlich begriffen hatte, daß wirklich ich der Gegenstand dieses quasi offiziellen Empfangs war, antwortete ich nach einem kurzen Augenblick der Panik – weil ich ja zum ersten Mal Frankreich im Ausland repräsentierte – artig auf polnisch: „Niech żyje Polska! Es lebe Polen!“

Das kleine Mädchen brach in Schluchzen aus, die Musiker traten aus dem Glied und kamen näher, um mir die Hand zu drücken, Stas Bronicki umarmte mich feierlich, Lila warf sich mir an den Hals, Bruno gab mir ein Küßchen und trat dann bescheiden zurück; und als die patriotische Begeisterung sich gelegt hatte, nahm Tad mich am Ellenbogen und flüsterte mir ins Ohr:

„Siehst du, es ist, als hätten wir den Sieg schon in der Tasche!“

Und in seinem Spott schwang eine so hilflose Verzweiflung mit, daß ich in meiner ganz neuen Eigenschaft als Repräsentant Frankreichs Empörung empfand, meinen Arm frei machte und ihm entgegenschleuderte:

„Mein lieber Tad, es gibt das, was man Zynismus nennt, und es gibt das, was man die Geschichte Frankreichs und Polens nennt. Das eine schließt das andere aus.“

„Im übrigen wird es keinen Krieg geben“, mischte Bronicki sich ein. „Das Hitlerregime steht kurz vor dem Zusammenbruch.“

„Ich glaube mich zu erinnern, daß Churchill vor dem englischen Parlament anläßlich des Münchener Abkommens etwas dazu gesagt hat“, brabbelte Tad. „Er sagte damals: ‚Sie hatten die Wahl zwischen der Schande und dem Krieg. Sie haben die Schande gewählt, und Sie werden den Krieg bekommen!‘“

Ich hielt Lilas Hand in der meinen.

„Nun, dann werden wir ihn eben gewinnen“,

sagte ich und wurde mit einem Kuß auf die Wange belohnt.

Ich spürte fast das Gewicht der Krone, die man mir als Franzosen hier aufsetzte, auf meinem Kopf. Wenn ich daran dachte, daß Marcellin Duprat es gewagt hatte, mir nahezulegen, mich mit dem Wappen des Clos Joli auf der Brust nach Polen zu begeben, bedauerte ich, ihn nicht links und rechts geohrfeigt zu haben. Weil er in seiner Herberge alles empfing, was die Dritte Republik an Persönlichkeiten aufwies, hatte dieser Küchenbulle den Sinn für die Größe seines Landes und dafür, was Frankreich in den Augen der Welt darstellte, verloren. Auf der Fahrt vom Bahnhof zum Schloß, in einem alten Ford, den Bronicki selbst steuerte – der blaue Packard war von den Gläubigern in Cléry beschlagnahmt worden –, hatte Lila sich bei mir eingehängt, und ich tat meinen Freunden die letzten Neuigkeiten aus Frankreich kund: Niemals habe sich die Nation ihrer selbst sicherer gefühlt. Über das Gebell Hitlers lache man nur. Nirgends gebe es auch nur die Spur von Nervosität oder gar Besorgnis. Das ganze Land schien – in ruhiger Gewißheit seiner Kraft vertrauend – eine neue Eigenschaft erworben zu haben, die man dazumal als „englisches Phlegma“ bezeichnete.

„Präsident Lebrun hat sich eine spöttische Geste ausgedacht, die Hitler in Wut versetzt haben soll: er hat die Rosenpflanzungen besichtigt, die unsere Soldaten auf der Maginotlinie angelegt haben.“

Lila saß neben mir, und dieses reine Profil vor dem Hintergrund des hellen Haars, dieser Blick, der wie das Ende aller Fragen und Zweifel war, weckte in mir eine Siegeszuversicht, die, im Gegensatz zu manchem, nicht trügerisch war, denn sie konnte und würde niemals eine Niederlage erleiden. So gibt es bis heute wenigstens eine Sache, in der ich mich zeit meines Lebens nicht getäuscht habe.

„Hans sagt, daß die Chefs der deutschen Armee nur auf eine Gelegenheit warten, sich Hitlers zu entledigen“, sagte sie.

So erfuhr ich, daß Hans im Schloß war. Verfluchte Scheiße, dachte ich plötzlich, und ich schämte mich nicht mal dieses Absturzes meiner hehren Gedanken oder vielmehr dieses unwiderstehlichen Ausbruchs des Volkszorns.

„Ich weiß nicht, ob die deutsche Armee sich Hitlers entledigen wird, aber ich weiß, wer sich die deutsche Armee vom Halse schaffen wird“, erklärte ich.

Ich nehme an, ich meinte, daß ich das sein würde. Ich weiß nicht, ob es der Rausch des patriotischen Empfangs, den man mir bereitet hatte, oder die Hand Lilas in der meinen war, was mich den Kopf verlieren ließ.

„Wir sind vorbereitet“, fügte ich hinzu, wobei ich aus reiner Bescheidenheit in den Plural flüchtete.

Tad schwieg mit seinem schmalen Lächeln, das sein Profil eines jungen Adlers noch mehr betonte. Es fiel mir schwer, seine sarkastische Miene zu ertragen. Bruno unternahm den Versuch, die Stimmung ein wenig zu entspannen.

„Und wie geht es Ambroise Fleury und seinen Drachen?“ fragte er. „Ich denke oft an ihn. Er ist wirklich ein Pazifist.“

„Mein Onkel hat sich nie vom Krieg 14/18 erholt“, erklärte ich. „Er gehört einer anderen Generation an, die allzu viele Grausamkeiten erlebt hat. Er mißtraut übermäßiger Begeisterung und findet, daß die Menschen auch ihre nobelsten Ideen an eine reißfeste Schnur binden und gut festhalten sollten; sonst würden Millionen von Menschenleben verlorengehen bei dem, was er die ‚Jagd nach dem Blau' nennt. Er fühlt sich nur bei seinen Drachen wohl. Aber wir, die jungen Franzosen, wir begnügen uns weder mit Träumen aus Papier noch mit Träumen überhaupt. Wir sind gewappnet und bereit, nicht etwa unsere Träume, sondern unsere Realitäten zu verteidigen, und diese Realitäten heißen Freiheit, Würde und Menschenrechte ..."

Lila zog sacht ihre Hand aus der meinen. Ich weiß nicht, ob ihr mein patriotischer Überschwang und mein Geschwätz peinlich waren oder ob sie ein wenig gekränkt war, weil ich sie vergessen zu haben schien. Aber ich hatte sie nicht vergessen: ich sprach von ihr.

XV

Das Schloß der Bronickis glich einer Festung, was es übrigens früher auch gewesen war. Es lag einige hundert Meter von der Ostsee und knapp zehn Kilometer von der deutschen Grenze entfernt. Es war umgeben von einem Park, einem Kiefernwald und von Sand; der Festungsgraben existierte noch, doch an der Stelle, wo sich einstmals die Zugbrücke befunden hatte, waren eine breite Treppe und eine geräumige Terrasse angelegt worden. Die Mauern und die alten Türme waren von der Geschichte und von der Seeluft zerfressen; sobald ich in die Eingangshalle trat, fand ich mich von so vielen Rüstungen, Bannern, Schilden, Feuerrohren, Hellebarden und Wappen umringt, daß ich das Gefühl hatte, mit nacktem Arsch dazustehen.

Ich hatte in dieser Auktionskulisse gerade erst ein paar Schritte getan, als ich Hans entdeckte, der in einem gobelinbezogenen Sessel neben einem Marmortisch saß. Er trug einen Sweater, eine Reithose, Stiefel und las eine englische Illustrierte. Wir grüßten uns von ferne. Ich verstand nicht, wieso er sich hier aufhielt, wußte ich doch, daß er Schüler einer Militärakademie in Preuchen war und daß die Spannungen zwischen Polen und Deutschland von Woche zu Woche zunahmen. Lila erklärte mir, das „arme Schätzchen“ sei nach einer Lungenentzündung zur Genesung auf dem Gut seines Onkels Georg von Tiele jenseits der Grenze, die er manchmal auf Wegen, die ihm seit seiner Kindheit vertraut waren, zu Pferde überschritt, um sich zu seinen polnischen Vettern zu begeben, was für mich ganz einfach bedeutete, daß er noch immer in seine Cousine verliebt war.

Ich fand, daß Lila sich verändert hatte. Sie war gerade zwanzig geworden, aber, so hatte Tad mir anvertraut, sie träumte noch immer von sich.

„Ich will etwas machen aus meinem Leben", wiederholte sie immer wieder.

Einmal konnte ich mich nicht zurückhalten, ihr zu sagen:

„Na, dann warte aber wenigstens, bis ich weg bin!"

Ich weiß wirklich nicht, woher ich die Vorstellung hatte, die Liebe könne das einzige Werk und der ganze Sinn des Lebens sein. Zweifellos hatte ich von meinem Onkel einen totalen Mangel an Ehrgeiz geerbt. Vielleicht habe ich auch zu früh und in zu jungem Alter mit voller Hingabe geliebt, so daß in mir kein Raum mehr für anderes war. Es gab natürlich auch klarsichtige Momente, wo die armselige Wirklichkeit und die Banalität dessen, was ich darstellte, mir himmelweit entfernt schien von dem, was dieses träumerische Blondköpfchen, das an meiner Brust ruhte und mit geschlossenen Augen, ein Lächeln auf den Lippen, auf glorreichen Zukunftspfaden wandelte, vom Leben erwarten konnte. Ich ahnte, daß Lila gerade in meiner Einfachheit eine beruhigende Kraft fand, aber es ist nicht leicht, sich mit dem Gedanken abzufinden, daß eine Frau an dir hängt, weil du für sie eher eine Art und Weise bist, den Boden unter den Füßen zu behalten, als Anlaß für ein Schweben in zu großen Höhen. Nachdem sie den ganzen Tag damit zugebracht hatte, „sich im Wald zu suchen", wie sie mir sagte, kam sie in mein Zimmer zurück und drückte sich traurig an mich, als wäre ich für sie eine schicksalsergebene Antwort auf alle Fragen, die sie sich stellte.

„Liebe mich, Ludo. Das ist alles, was ich verdiene. Ich werde wahrscheinlich eine dieser Frauen sein, die zu nichts anderem gut sind, als geliebt zu werden. Wenn ich hinter mir eine Männerstimme murmeln höre: ‚Wie schön sie ist!', dann ist das so, als sage man mir voraus, daß mein ganzes Leben in einem Spiegel Platz finden würde. Und da ich für gar nichts Talent habe ..."

Sie berührte meine Nasenspitze.

„... außer für dich ... Ich werde niemals eine Madame Curie werden. Ich werde mich in diesem Jahr in der medizinischen Fakultät einschreiben. Mit ein bißchen Glück werde ich vielleicht eines Tages jemanden heilen."

Ich merkte mir nur eine einzige Sache von ihrer Traurigkeit: ich war ihr nicht *genug*. Unter den großen Kiefern am Ostseestrand sitzend, einen Grashalm zwischen den Zähnen, träumte Lila von sich, und mir schien, ich wäre dieser Grashalm und würde jeden Moment in den Wind geworfen. Als ich flüsterte: „Du bist mein ganzes Leben", wurde sie böse, und ich wußte nicht, ob es die Banalität dieser Bemerkung war, die sie aufbrachte, oder die Kleinheit eines solchen Maßstabes.

„Hör mal, Ludo. Vor dir haben auch schon andere geliebt."

„Ja, ich weiß, ich hatte Vorläufer."

Heute glaube ich, meine Freundin hatte verworren einen Wunsch, den zu formulieren sie nicht in der Lage war: sie wollte nicht auf ihre Weiblichkeit reduziert werden. Wie hätte ich – in meinem Alter und so schlecht informiert über die Welt, in der ich lebte – verstehen sollen, daß das Wort „Weiblichkeit" unter Umständen ein Frauengefängnis sein konnte? Tad sagte zu mir:

„Was die Politik betrifft, ist meine Schwester ein Analphabet, aber ihre Art und Weise, von sich zu träumen, ist die einer Revolutionärin, die keine Ahnung davon hat, daß sie's ist."

Mitte Juli wurde Tad von der Polizei festgenommen, nach Warschau gebracht und mehrere Tage lang verhört. Man verdächtigte ihn, „subversive" Artikel in einer der verbotenen Zeitungen geschrieben zu haben, die damals in Polen zirkulierten. Er wurde unter Entschuldigungen auf höheren Befehl wieder freigelassen: ob er nun schuldig war oder nicht, es war undenkbar, den historischen Namen der Bronickis in eine solche Angelegenheit verwickelt zu sehen.

Die Kriegsgerüchte wurden von Tag zu Tag lauter, wie ein ununterbrochenes Donnergrollen am Horizont; wenn ich in den Straßen von Gródek spazierenging, kamen Fremde auf mich zu, um mir die Hand zu drücken, wenn sie auf dem Revers meiner Jacke das kleine Trikolore-Wappen entdeckten, von dem ich Faden um Faden die Worte „Clos Joli" entfernt hatte. Doch niemand in Polen glaubte, daß Deutschland nach knapp zwanzig Jahren sich von neuem in eine Niederlage stürzen würde. Nur Tad war überzeugt, daß unweigerlich ein Weltenbrand drohte, und ich spürte, daß er hin und her gerissen war zwischen seiner Abscheu vor dem Krieg und der Hoffnung, daß aus den Trümmern des Alten eine neue Welt erstehen würde. Es war mir peinlich, als auch er, der doch meine Naivität und Unwissenheit kannte, mich besorgt fragte:

„Glaubst du wirklich, daß die französische Armee so stark ist, wie man bei uns meint?"

Er fing sich sofort in einem Lächeln.

„Du hast keine Ahnung, klar. Niemand weiß, was da Sache ist. Das ist es, was man die ‚Imponderabilien' der Geschichte nennt."

In unserem Versteck an der Ostsee, wo wir uns trafen, wenn die Sonne es gnädigerweise zuließ, schien nichts so fern wie dieser Weltuntergang, von dem uns nur wenige Wochen trennten. Und doch spürte ich bei meiner Freundin eine Nervosität, ja ein Entsetzen, nach deren Ursache ich sie vergeblich fragte; sie schüttelte den Kopf, schmiegte sich mit weit aufgerissenen Augen und bebender Brust an mich:

„Ich habe Angst, Ludo. Ich habe Angst."

„Wovor?"

Und ich fügte, wie es sich gehört, hinzu:

„Ich bin doch da."

Alle empfindsamen Menschen haben in gewisser Weise Vorahnungen, und einmal murmelte Lila mit seltsam ruhiger Stimme:

„Die Erde wird beben."

„Warum sagst du das?"

„Die Erde wird beben, Ludo. Ich bin sicher."

„In diesem Gebiet hat es nie Erdbeben gegeben. Das ist eine wissenschaftliche Tatsache."

Nichts gab mir mehr ruhige Kraft und Selbstvertrauen als diese Augenblicke, wenn Lila fast flehentlich zu mir aufblickte.

„Ich weiß nicht, was mit mir los ist . . ."

Sie legte die Hand auf ihre Brust.

„Das ist kein Herz mehr, was ich da habe, sondern ein ängstlicher Hase."

Ich gab der Ostsee die Schuld, den zu kalten Bädern, den Seenebeln. Und schließlich, na ja, ich war doch da.

Alles schien so ruhig. Die alten nordischen Kiefern reichten sich über unseren Köpfen die Hände. Das Krächzen der Raben verkündete nichts anderes als die Existenz eines Nestes und den anbrechenden Abend. Lilas blond umrahmtes Profil führte mir zuverlässiger als alles Haßgeschrei und alle Kriegsdrohungen die Schicksalslinie vor Augen.

Sie schaute mit ernstem Blick zu mir auf.

„Ich glaube, ich werde es dir endlich sagen, Ludo."

„Was denn nur?"

„Ich liebe dich."

Ich brauchte einige Zeit, um mich wieder zu fangen.

„Was ist denn?"

„Nichts. Aber du hattest recht. Eben hat die Erde gebebt."

Tad, der sich fast gar nicht mehr von seinem Radio trennte, beobachtete uns traurig.

„Beeilt euch. Ihr erlebt vielleicht die letzte Liebesgeschichte dieser Welt."

Doch unser jugendliches Alter forderte sehr schnell sein Recht. Im Schloß gab es ein richtiges Museum historischer Kleidung, das in dem sogenannten „Flügel der Erinnerung" drei Räume einnahm; seine Schränke und Vitrinen waren voll von abgelegten Sachen einer ehrwürdigen Vergangenheit; ich legte eine Uniform der leichten Kavallerie an; Tad ließ sich überzeugen und zog die Kleidung eines der *kosynierzy* an, jener Bauern, die an der Seite Kościuszkos gegen die Armee des Zaren marschiert waren, bewaffnet allein mit ihren Sensen; Lila erschien in einem von Goldstickerei funkelnden Kleid, das wer weiß welcher fürstlichen Urgroßmutter gehört hatte; Bruno setzte sich, als Chopin verkleidet, ans Klavier, und meine Freundin lud uns, laut über diese Maskerade lachend, einen nach dem anderen zu einer Polonaise ein, die die großen Spiegel, die doch ganz andere Zeiten und Sitten erlebt hatten, mit Wohlwollen aufnahmen. Nichts erschien uns sicherer als der Weltfrieden, wenn er sich in das Gesicht meiner Freundin verwandelte; während ich mit Lila im Arm schwerfällig auf dem Parkett herumhüpfte, war alles da, Gegenwart wie Zukunft; so kam es, daß ein wackerer normannischer leichter Reiter sehr hoch über der Erde schwebte, neben einer Königin, deren Namen die polnische Geschichte noch nicht kannte, weil sie sich nämlich in diesen letzten Tagen des Juli 1939 herzlich wenig um Herzensangelegenheiten bekümmerte.

Wir verließen dann den „Flügel der Erinnerung", um in die Alleen des Parks zu gehen; Tad und Bruno entfernten sich diskret und ließen uns allein; am Ende der Allee begann der Wald, und er murmelte mal mit der Stimme seiner Kiefern, mal mit der Stimme der See; mitten im riesigen Heidekraut gab es sandige und felsige Flecken, wo die Zeit noch nie hingekommen zu sein schien. Ich liebte diese Orte, versunken in irgendeine geheime Träumerei der geologischen Zeitalter, die sie in ihrem Bann hielten. Im Sand sah man aus den vergangenen Tagen noch den Abdruck unserer Körper. Lila verschnaufte; ich schloß die Augen an ihrer Schulter. Doch bald vereinigte sich die weißrote Jacke des leichten Reiters im Heidekraut mit dem königlichen Kleid, und Meer und Wald und Erde hörten auf zu existieren. Jede Umarmung erlöste das Leben von all seinen Gefahren und Verirrungen, so als hätte ich bis dahin nur trügerische Vorspiegelungen desselben erfahren. Als ich endlich zu mir kam, spürte ich mein Herz langsam wieder in den Hafen einlaufen, so vollkommen ruhig wie die großen Segelschiffe nach Jahren der Abwesenheit. Am Ende einer Liebkosung genügte es, daß meine Hand die Brust Lilas verließ und einen Stein berührte oder die Rinde eines Baumes, und gleich verschwand die Härte. Manchmal versuchte ich mit offenen Augen zu lieben, doch schloß ich sie dann immer, denn das Sehen nahm zu viel Raum ein und behinderte meine Sinne. Lila rückte ein wenig von mir ab und ließ einen Blick über mein Gesicht streifen, der nicht der Strenge entbehrte.

„Hans ist hübscher als du, und Bruno hat viel mehr Talent. Ich frage mich, warum ich dich allen vorziehe . . .“

„Das frage ich mich auch“, sagte ich.

Sie lachte.

„Ich werde wahrlich niemals etwas von Frauen verstehen“, sagte sie.

XVI

Mir schien, daß Bruno mir aus dem Weg ging. Mich quälte dieser Kummer, den ich seinem Gesicht ablesen konnte. Gewöhnlich verbrachte er täglich fünf bis sechs Stunden am Klavier, und es kam vor, daß ich lange unter seinem Fenster verweilte, um ihm zuzuhören. Doch seit einiger Zeit war alles still. Ich ging in den Musiksaal hoch: das Klavier war verschwunden. Mir kam eine scheinbar verrückte Idee, die aber genau meiner Vorstellung von Liebeskummer entsprach: Bruno hatte sein Klavier ins Meer werfen lassen.

An diesem Nachmittag, als ich auf der Suche nach Lila einem Pfad gefolgt war, hörte ich – dem Murmeln der Wellen beigemischt – Chopin-Akkorde. Ich machte einige Schritte auf dem von grünen Tannennadeln bedeckten Sandweg und gelangte zum Strand. Linker Hand erblickte ich das Klavier unter einer großen Kiefer, die sich in jener Haltung sehr alter Bäume neigte, deren Wipfel von der Vergangenheit zu träumen scheinen. Bruno saß etwa zwanzig Schritte entfernt von mir am Klavier; ich sah ihn im Profil, und in der Seeluft erschien mir sein Gesicht von fast gespenstischer Blässe, denn es war da dieses Licht des sich neigenden Tages, das eher dämpft als erhellt und das plötzlich von Möwenschreien wie von Nebelhörnern zerrissen wurde.

Ich blieb hinter einem Baum stehen; nicht um mich zu verstecken, sondern weil alles an dieser nordischen Sinfonie der Blässe und des Meeres so ungeheuer vollkommen war, daß ich befürchtete, einen jener Augenblicke zu unterbrechen, die – sofern überhaupt Erinnerung existiert – ein ganzes Leben andauern können. Eine Möwe entfloh dem Nebel, beschrieb ihr kurzes Zeichen über dem Wasser und flog davon wie eine Note. Das Zischeln der Gischt, die doch nichts weiter war als Schaum, die Ostsee, die doch nichts war als eine Wasserfläche, ein einfaches Gemisch aus Wasser und Salz, kam im Sand vor dem Klavier zum Stehen wie ein Hund, der sich seinem Herrn zu Füßen legt.

Dann schwiegen Brunos Hände. Ich wartete noch einige Augenblicke und trat dann hervor. Unter seinem dichten, zerzausten Haarschopf sah sein Gesicht immer wie aus dem Nest gefallen aus. Ich wollte irgend etwas sagen, denn man muß immer Zuflucht zu Worten suchen, um das Schweigen daran zu hindern, allzu laut zu reden, als ich spürte, daß jemand hinter mir war. Lila stand barfuß im Sand, in einem Kleid, das sie wahrscheinlich von ihrer Mutter ausgeborgt hatte – ein erstaunliches Wogen von Transparenz und Spitzenwerk. Sie weinte.

„Bruno, mein kleiner Bruno, dich liebe ich *auch*. Was Ludo betrifft, das kann morgen vorbei sein oder ein ganzes Leben währen, das hängt nicht von mir ab, sondern vom Leben!“

Sie näherte sich Bruno und gab ihm einen Kuß auf den Mund. Ich war nicht eifersüchtig. Es war nicht die entsprechende Sorte Kuß.

Ich fürchtete mich dagegen sehr vor einem ganz anderen Rivalen: ich sah ihn den Weg entlangkommen, unter den Kiefern, zwei Pferde an den Zügeln haltend. Hans war es wieder gelungen, die Grenze zu überschreiten, um bei Lila zu sein.

Meine Freundin mochte mir noch so oft erklären, daß die Bronickis durch den Zufall der Jahrhunderte und des Stammbaums eine ihrer Verzweigungen bis nach Preußen hatten vordringen lassen – die Anwesenheit dieses „Cousins“, der Kadett in einer Militärakademie der Wehrmacht war, erschien mir dennoch unerträglich. Selbst in seiner Art, wie ein *gentleman rider* gekleidet gleichgültig hier zu stehen, sah ich ein Eindringen und eine Arroganz, die mich in Wut geraten ließen. Ich ballte die Fäuste, und Lila schien beunruhigt.

„Was hast du? Warum machst du so ein Gesicht?“

Ich rannte weg, in den Wald. Wieder einmal konnte ich nicht verstehen, daß die Bronickis – wie immer ihre verwandtschaftlichen Beziehungen waren – die Anwesenheit dieses Mannes tolerieren konnten, der sich in den Reihen der deutschen Armee vielleicht darauf vorbereitete, den heiligen „Korridor“ zu überfallen. Ich hatte nur ein einziges Mal Hans selbst dieses Thema anschneiden hören, und zwar nach einer besonders ausfälligen Hitler-Rede. Wir saßen im Salon vor dem Kamin beisammen, wo das Feuer aufsprang und mit der Stimme eines alten, vom Tod seines Dompteurs träumenden Löwen heulte. Tad hatte das Radio ausgeschaltet. Hans musterte uns.

„Ich weiß, was ihr denkt, aber ihr seid im Unrecht. Hitler ist nicht unser Herr, er ist unser Knecht. Der Armee wird es keinerlei Schwierigkeiten bereiten, ihn hinwegzufegen, wenn er aufhören wird, uns dienlich zu sein. Wir werden dieser ganzen Schande ein Ende setzen. Deutschland wird wieder von denen in die Hand genommen werden, die immer auf seine Ehre bedacht waren.“

Tad saß in einem von den historischen Arschbacken der Bronickis abgewetzten Sessel.

„Mein lieber Hans, die Eliten haben sich in die Hosen gemacht. Es ist vorbei. Das einzige, was ihnen der Welt zu geben bleibt, ist ihr Verschwinden."

Lila lag halb auf einem dieser hochlehnigen, steifen und klösterlichen Vierfüßler, die wohl eine lokale Entsprechung des Louis-Onze-Stils waren.

„Vater unser, der du bist im Himmel", murmelte sie.

Wir sahen sie erstaunt an. Sie hatte der Kirche, der Religion und den Pfarrern gegenüber eine Haltung, die des christlichen Erbarmens nicht entbehrte: „Man muß ihnen verzeihen, denn sie wissen nicht, was sie tun", sagte sie.

„Vater unser, der du bist im Himmel, setze das All ins Femininum! Mach die Gedanken weiblich, die Länder weiblich und die Staatschefs! Wißt ihr, Kinder, wer der erste Mann war, der mit einer weiblichen Stimme gesprochen hat? Jesus."

Tad zuckte die Schultern.

„Der Gedanke, daß Jesus homosexuell war, ist ein Hirngespinst der Nazis, das jeder historischen Grundlage entbehrt."

„Das ist eine typisch männliche Bemerkung, mein kleiner Tad! Ich bin nicht so blöd, das zu behaupten. Ich sage einfach nur, daß Jesus der erste Mann in der Geschichte der Zivilisation war, der mit weiblicher Stimme gesprochen hat. Ich sage es, und ich beweise es. Denn wer hat schließlich als erster das Erbarmen, die Liebe, die Zärtlichkeit, die Sanftmut, das Verzeihen, die Achtung der Schwachen gepredigt? Wer hat ‚geschissen' – mit Verlaub – auf Gewalt, Härte und Grausamkeit, auf Faustrecht und Blutvergießen? Jesus hat als erster die Feminisierung der Welt gefordert, und ich fordere sie auch. Ich bin nach Christus der zweite Mensch, der das fordert, so ist es!"

„Der zweite Messias", grummelte Tad. „Das hat uns grade noch gefehlt."

Es gab Tage, an denen ich Lila kaum sah. Sie verschwand mit einem dicken Heft und Bleistiften im Wald. Ich wußte, daß sie Tagebuch führte, und das ihre stellte das seinerzeit berühmte der Marie Bashkirtseff ganz bestimmt in den Schatten. Tad hatte ihr „Die Geschichte der feministischen Kämpfe" von Mary Stanfield geschenkt, doch das Wort „feministisch" mißfiel ihr.

„Man muß etwas finden, was nicht *istisch* ist", sagte sie.

Ich war eifersüchtig auf ihre Einsamkeiten, auf die Pfade, die sie ohne mich entlangging, auf die Bücher, die sie mit sich nahm und die sie las, als existierte ich gar nicht. Ich hatte inzwischen gelernt, mich über meine allzu hohen Ansprüche und meine tyrannischen Ängste lustig zu machen; ich begriff allmählich, daß man fähig sein muß, sogar dem Sinn seines Lebens das Recht zu geben, einen ab und zu zu verlassen und einen ein bißchen mit der Einsamkeit zu betrügen, mit dem Horizont und mit diesen hohen Pflanzen, deren Namen ich nicht kannte und die beim leisesten Windhauch ihren weißen Kopf verloren. Wenn sie mich auf diese Weise verließ, um „sich zu suchen" – es kam vor, daß sie an einem einzigen Tag von der Ecole du Louvre in Paris zum Biologiestudium in England überwechselte –, hatte ich das Gefühl, auf Grund mangelnder Bedeutsamkeit aus ihrem Leben verjagt worden zu sein. Ich wurde jedoch mit der Zeit auch für den Gedanken empfänglich, daß es nicht genügte, einfach zu lieben, sondern daß man lernen mußte zu lieben, und ich rief mir den Ratschlag meines Onkels in Erinnerung, „die Schnur ganz fest zu halten, damit sich der Drachen bei der Jagd nach dem Blau nicht verirre". Ich träumte zu hoch und zu weit. Ich mußte den Gedanken akzeptieren, daß ich nur mein eigenes Leben war und nicht das Leben Lilas. Niemals zuvor war mir der Begriff der Freiheit so streng, so anspruchsvoll und schwierig erschienen. Ich kannte die Geschichte der Fleurys, dieser „Opfer der allgemeinen Schulpflicht", wie mein Onkel sagte, nur zu gut, um nicht die Tatsache zu akzeptieren, daß die Freiheit zu allen Zeiten Opfer verlangt hatte, aber es war mir nie in den Sinn gekommen, daß eine Frau zu lieben auch ein Erlernen von Freiheit sein könnte. Ich habe mich reingekniet, voll Mut und Eifer: ich ging nicht mehr in den Wald, um Lila zu suchen, und wenn ihre Abwesenheit sich hinzog, kämpfte ich gegen das mich überkommende Gefühl von Bedeutungslosigkeit und Nichtvorhandensein an, indem ich mich fast darüber amüsierte, mich „immer weniger" zu spüren, bis zu dem Augenblick, wo ich, um besser darüber lachen zu können, in einen Spiegel guckte, um mich dessen zu versichern, daß ich kein Zwerg geworden war.

Mein verdammtes Gedächtnis machte es mir freilich nicht leicht. Sobald Lila mich verließ, sah ich sie so deutlich, daß ich mir vorzuwerfen begann, sie zu bespitzeln. Vielleicht muß man mehrere Frauen geliebt haben, um zu lernen, eine einzige zu lieben. Nichts vermag uns auf die erste Liebe vorzubereiten. Und wenn Tad manchmal zu mir sagte: „Na hör mal, du wirst in deinem Leben noch andere Frauen lieben", dann schien mir das keine nette Art zu sein, über das Leben zu sprechen.

Im Schloß gab es drei Bibliotheken, wo gold- und purpurgefaßte Bände die Wände bedeckten, und ich ging oft dorthin, um in den Büchern irgendeinen außerhalb Lilas existierenden Lebenssinn zu suchen. Es gab keinen. Langsam bekam ich es mit der Angst zu tun. Ich war nicht einmal sicher, daß Lila mich wirklich liebte, daß ich nicht nur „ihre kleine französische Laune“ war, wie Madame Bronicka einmal gesagt hatte. Lila nannte uns – Tad, Bruno, Hans und mich – ihre „vier anti-Apokalyptischen Reiter“, die dereinst Wohltäter der Menschheit sein würden, dabei konnte ich nicht einmal reiten. Wenn sie mich so mich selbst überließ, flüchtete ich in die Lektüre. Als Stas Bronicki, den man nur selten in Gródek sah – er wurde in Warschau wegen einer Ehrenangelegenheit aufgehalten, denn Genia, so hieß es, war die Geliebte eines hohen Staatsbeamten geworden, und ihr Gatte konnte sie nicht in der Hauptstadt allein lassen, ohne daß der Name Bronicki Schaden genommen hätte –, mich eines Tages beim Lesen einer Originalausgabe von Montaigne antraf, deklamierte er, mit einer ausholenden Bewegung auf seine bibliophilen Schätze weisend:

„Hier habe ich die aufregendsten und anregendsten Stunden meiner Jugend verlebt, und hier werde ich auf meine alten Tage wiederfinden, was mein wahrer Lebenssinn war: die Kultur . . .“

„Mein Vater hat in seinem ganzen Leben kein einziges Buch gelesen“, flüsterte Tad mir ins Ohr. „Aber das hindert ihn nicht daran, so zu empfinden.“

Der Trance-Zustand, in den ich fiel, wenn die Abwesenheit Lilas sich in die Länge zog oder wenn – schlimmer noch – Hans erschien und sie beide zu Pferde auf Waldwegen fortritten, blieb meinen Freunden nicht verborgen; Bruno versicherte mir, daß ich nicht eifersüchtig zu sein bräuchte: Hans, das müsse man anerkennen, sei ein hervorragender Reiter. Tad gab sich alle Mühe, nicht sarkastisch zu erscheinen, was bei ihm ein wahrlich widernatürlicher Akt war. Er wurde sogar einmal böse, als der polnische Rundfunk gerade neue deutsche Truppenkonzentrationen entlang dem „Korridor“ bekanntgab:

„Also wirklich, was soll dieser Kleinkinder-Liebeskummer, wo doch Europa und die Freiheit in ihr Verderben rennen!“

In einer der kleinen engen Straßen von Gródek grüßte mich ein alter Herr mit schönem weißem Schnurrbart und lud mich „in seine bescheidene Bleibe“ ein. An der Wand des Salons hing ein ganzfiguriges Bild von Marschall Foch.

„Es lebe das unsterbliche Frankreich!“ sagte mein Gastgeber.

„Es lebe das ewige Polen!“ antwortete ich.

Es war etwas Tödliches in diesen Unsterblichkeits-Beteuerungen. Das war vielleicht der einzige Augenblick während meines ganzen Aufenthaltes, wo der Zweifel mich mit seinem Flügel der Beunruhigung streifte. In diesem Vertrauen, das die Polen bei jeder Gelegenheit dem „unbesiegbaren Frankreich“ bezeugten, schien mir plötzlich irgend etwas dem Tod näher zu sein als der Unbesiegbarkeit. Doch das dauerte nur einen Augenblick, und sofort fand ich in dem „historischen Gedächtnis“ der Fleurys jene Gewißheit wieder, die es mir erlaubte, zu Lila zurückzukehren und sie mit der ruhigen Sicherheit eines Mannes zu umarmen, der auf diese Weise den Weltfrieden rettet. Heute, nach vierzig Millionen Toten, werde ich keinerlei Entschuldigung für mich zu finden suchen, höchstens vielleicht die einer Naivität, aus der sowohl die größten Opfer als auch die schuldhaften Blindheiten entspringen; doch schien mir nichts auf heiterere Art und Weise den Kriegsdrohungen ein Ende zu bereiten als die Wärme ihrer Lippen auf meinem Hals, meinem Gesicht, die ich seither immerfort dort spüre. Vor lauter Glücklichsein läuft man manchmal Gefahr, zu einem Glücksunhold zu werden. Ich antwortete den Polen, die mich auf der Straße ansprachen, wenn sie mein Trikolore-Emblem sahen, kurz und bündig: „Frankreich steht bereit", und entledigte mich so all dessen, was einen Schatten auf *unsere* Zukunft zu werfen wagte. Unwillig ging ich mit Tad zu einer geheimen Studentenversammlung in Hel, wo zwei Tendenzen aufeinanderstießen: die einen forderten die Mobilmachung, andere behaupteten – wenn ich das richtig verstanden hatte –, daß man lernen müsse, den rein militärischen Krieg zu verlieren, um desto eher einen anderen zu gewinnen, der der Ausbeutergesellschaft ein Ende setzen würde. Meine sehr rudimentären Polnisch-Kenntnisse erlaubten mir nicht, mich in dieser Dialektik zurechtzufinden, und so saß ich höflich, aber ein wenig ironisch dabei, die Hände auf der Brust verschränkt, und war sicher, daß meine stillschweigende französische Präsenz eine Antwort auf alles und jedes darstellte.

XVII

Bei der Rückkehr von dieser Versammlung hatte ich ein feierliches Gespräch mit dem Grafen Bronicki in dem großen ovalen Raum, genannt das „Fürstenzimmer“, wo ich weiß nicht mehr welches siegreiche Abkommen unterzeichnet worden war. Er hatte mich zu vier Uhr nachmittags bestellt, und ich wartete auf ihn unter den Gemälden, wo die Marschälle Napoleons nur durch wenige Meter getrennt waren von Ataman Mazepa, der nach seiner Niederlage beschämt flüchtete, und wo Jaroslaw Bronicki porträtiert war, der Held, der mit seinem berühmten Angriff vor Wien den Sieg Sobieskis über die Türken gesichert hatte. Stas Bronicki hatte an verschiedenen Ecken des Landes ein halbes Dutzend Maler, die mit Pinsel und Öl die ältesten und nobelsten Traditionen der polnischen Geschichte intakt hielten. Der Graf war damals in einer großen Handelsoperation engagiert: er hatte bei den Russen acht Millionen Felle bestellt, davon zwei Drittel der gesamten Produktion an Astrachan-Karakul, blauen Nerzen sowie Langhaarfellen von Luchsen, Füchsen, Bären und Wölfen, die er mit vierhundert Prozent Gewinn in Übersee verkaufen wollte. Ich weiß nicht, wie in seinem genialen Hirn die Idee dieses Geschäfts gekeimt hatte; heute glaube ich, daß es eine Art Intuition oder besser eine warnende Vorahnung war, daß diese sich aber im Fell geirrt hatte.

Ich verbrachte mehrere Stunden täglich damit,

die möglichen Gewinnspannen in Abhängigkeit von den Notierungen auf den verschiedenen Märkten der Welt zu berechnen. Das Geschäft sollte fast die gesamte Fellproduktion der Sowjetunion in den Jahren 1940, 41, 42 betreffen und wurde von der polnischen Regierung unterstützt. Es handelte sich anscheinend um höhere Diplomatie: man wollte über den Weg des Handels gute Beziehungen zur UdSSR etablieren, nachdem der Außenminister, Oberst Beck, in seinen Bemühungen um eine Übereinkunft mit Hitlerdeutschland gescheitert war. Man hatte sich zweifellos niemals in der gesamten Menschheitsgeschichte grundlegender im Wesen und im Preis von Fellen geirrt. Noch heute sind die Einzelheiten dieses Geschäfts in den polnischen Staatsarchiven zu finden. Einer der schrecklichsten Sätze, die ich je vernahm, wurde nach dem Krieg von einem bedeutenden Mitglied der *Wild life Society* ausgesprochen: „Man kann zumindest froh darüber sein, daß zig Millionen Tiere dem Massaker entkommen sind."

Ich wartete eine gute halbe Stunde auf Bronicki. Ich wußte nicht, was er von mir wollte. Am selben Morgen hatten wir eine lange Arbeitssitzung gehabt, auf der es nur darum ging, einen Lagerungsort für die Felle zu finden, die zurückzuhalten ratsam wäre, um nicht den Markt zu überschwemmen und einen Preisverfall zu provozieren. Es gab noch einen weiteren Grund zur Besorgnis: Deutschland war unter den Mitbewerbern und angeblich bereit, die Gesamtheit der sowjetischen Felle in den kommenden fünf Jahren zu erwerben. Bei dieser Sitzung hatte Bronicki kein Wort von der ein wenig feierlichen Vorladung verlauten lassen. „Sie werden um vier Uhr im Fürstenzimmer auf mich warten", war alles, was er am Schluß der Sitzung ziemlich brüsk zu mir sagte.

Als die Tür aufging und Bronicki erschien, bemerkte ich sofort, daß er leicht „unter Einfluß" stand, wie man in Polen taktvoll sagt – *pod wplywem*. Es kam vor, daß er nach dem Essen eine halbe Flasche Cognac leerte.

„Ich glaube, daß für Sie der Moment gekommen ist, ohne Umschweife eine offene Unterhaltung zu führen, Monsieur Fleury."

Es war das erste Mal, daß er mir ein „Monsieur" zugestand und mich mit Nachnamen ansprach, wobei er „Fleury" eigenartig betonte. In Jacke und Golfhose, die Hände hinter dem Rücken, von Zeit zu Zeit sich leicht und wippend auf die Zehenspitzen hebend, stand er vor mir.

„Ich weiß alles über Ihre Beziehungen zu meiner Tochter. Sie sind ihr Geliebter."

Er hob die Hand.

„Nein, nein, leugnen Sie nicht. Es ist zwecklos. Sie sind, dessen bin ich sicher, ein junger Mann mit Sinn für Ehre und die sich daraus zwingend ergebenden Verpflichtungen. Ich denke also, daß Sie redliche Absichten haben. Es liegt mir einfach nur daran, mich dessen zu versichern."

Ich brauchte einige Sekunden, um mich wieder zu fassen. Alles, was ich stottern konnte, war:

„Monsieur, ich möchte Lila in der Tat heiraten."

Der Rest, wo „der glücklichste aller Menschen" und „der eigentliche Sinn meines Lebens" herumtrödelten, verlor sich in einem Murmeln.

Bronicki maß mich, das Kinn vorgeschoben, von oben herab mit Blicken.

„Dabei hielt ich Sie für einen Mann von Ehre, Monsieur Fleury", schleuderte er mir entgegen.

Ich verstand überhaupt nichts mehr.

„Ich glaubte, wie ich Ihnen bereits sagte, Ihre Absichten wären ehrbar. Mit Bedauern sehe ich, daß sie es nicht sind."

„Aber . . .“

„Daß Sie mit meiner Tochter schlafen, ist . . . wie soll ich sagen . . . ein Vergnügen ohne Belang. In unserer Familie verlangen wir von unseren Frauen keine Heiligkeit: Stolz genügt uns vollauf. Aber von einer Hochzeit zwischen Ihnen und meiner Tochter kann überhaupt keine Rede sein, Monsieur Fleury. Ich bin sicher, daß Ihnen eine brillante Zukunft bevorsteht, aber in Anbetracht des Namens, den sie trägt, hat meine Tochter alle nur erdenklichen Chancen, jemanden zu heiraten, der königlichen Blutes ist, und sie erhält regelmäßig, das wissen Sie ja, Einladungen an die Höfe Englands, Dänemarks, Luxemburgs und Norwegens . . .“

Das stimmte. Ich hatte diese geprägten Karten, die sich auf dem Marmortisch der Eingangshalle aneinanderreihten, selbst gesehen. Doch fast immer handelte es sich um Empfänge, wo die Gäste wohl nach Hunderten zählten. Lila erklärte es mir: „Das ist immer nur wegen dieses verfluchten Korridors. Da unser Schloß sich sozusagen im Herzen des Problems befindet, sind all diese Einladungen eher politischer als persönlicher Art.“ Und Tad brubbelte in bezug auf diese Fest-Anzeigen: „Der verschwundene Wald . . .“ Das war der Titel eines Gedichts von Walden, das die Geschichte eines versunkenen Waldes erzählt, der noch immer Nacht für Nacht vom Gesang der verschwundenen Vögel widerhallt.

Ich zwang mich, meine Wut zu beherrschen und jenes englische Phlegma unter Beweis zu stellen, das ich in den Romanen von Kipling und Conan Doyle so sehr bewunderte. Noch heute frage ich mich, aus welchem Gefühl der Kleinheit und Bedeutungslosigkeit Stas Bronickis Träume von Größe gemacht waren. Mit einem Glas Whisky in der Hand stand er vor mir, eine Augenbraue weit über sein blaues, leicht glasiges Auge eines „unter Einfluß" Stehenden hochgezogen. Vielleicht lag all dem ganz tief eine tödliche Angst zugrunde, der alles andere unterliegen mußte.

„Wie Sie wünschen, Monsieur", sagte ich.

Ich grüßte und verließ den Raum. Als ich die feierliche große Treppe hinunterstieg – man hatte den Eindruck, nicht etwa die Marmorstufen, sondern Jahrhunderte hinabzusteigen –, fing ich plötzlich an, heftig diesen Krieg herbeizuwünschen, der wirklich, wie Tad sagte, „das Ende einer Welt" wäre und all diese Oberaffen von den höchsten Zweigen ihres Stammbaumes stürzen lassen würde. Lila sagte ich kein Wort von dieser Unterhaltung; ich wollte ihr Scham und Tränen ersparen – ich diskutierte mit Tad darüber, der eines seiner schmalen Lächeln lächelte, die bei ihm eine Art Waffe des Entwaffneten war; drei Jahre später fanden wir in der Tasche eines erschlagenen SS-Mannes das berühmt gewordene Foto eines Widerstandskämpfers, der mit gefesselten Armen, den Rücken zur Wand, einem Hinrichtungskommando gegenübersteht – und auf diesem Gesicht eines Franzosen, der gleich sterben würde, erkannte mein Gedächtnis sofort Tads Lächeln wieder. Er enthielt sich jeglichen Kommentars, so sehr erschien ihm zweifellos die Haltung seines Vaters natürlich und selbstverständlich in einer Gesellschaft, die sich – wie an Rettungsringe – an alle Gewichte der Vergangenheit klammerte, die ihren Untergang herbeiführten. Doch er sprach mit seiner Schwester darüber; ich erfuhr, daß Lila in das Büro ihres Vaters gestürzt war und ihn als Zuhälter beschimpft hatte; das rührte mich, doch was mir in dem Bericht, den Tad mir von dieser Szene gab, bezeichnend schien, war, daß Lila Stas Bronicki daran erinnert hatte, daß er – wie es im Lande hieß – selbst ein Bastard war, der Sohn eines Stallknechts.

Ich konnte nicht umhin, aus der Vorstellung einigen Spaß zu beziehen, daß meine Freundin bis in ihre egalitäre Entrüstung hinein in dem Begriff „Sohn eines Stallknechts“ das schlimmste aller Schimpfworte gesehen hatte. Kurzum, ich erlernte die Ironie, und ich weiß nicht, ob ich das Tads Lektionen verdankte oder ob ich, mit wachsender Reife, spontan begann, mich fürs Leben zu wappnen.

Das Ergebnis dieser Unterhaltung war, daß Lila fortan auf ganz neue und Tad entzückende Art „von sich träumte“; sie kam in mein Zimmer, die Arme mit „subversiver“ Literatur beladen, die der Bruder ihr bislang vergeblich zur Lektüre empfohlen hatte; mein Bett war bedeckt mit heimlich von Tads „Studiengruppe“ gedruckten Pamphleten; die Knie ans Kinn gezogen, unter dem Baldachin zusammengerollt, der fürstlichen Schlummer beschützt hatte, las sie Bakunin, Kropotkin und Auszüge aus den Werken eines gewissen Gramsci, den ihr Bruder bedingungslos bewunderte. Sie stellte mir Fragen über die Volksfront, von der mir nicht viel mehr bekannt war als jener Léon-Blum-Drachen, den mein Onkel in einer Ecke seiner Werkstatt aufbewahrte; wollte plötzlich alles über den spanischen Bürgerkrieg und die Pasionaria wissen, deren Namen sie mit lebhaftem Interesse nannte, denn in ihrer neuen Art und Weise, sich zu suchen, lag da vielleicht, sagte sie mir, eine Möglichkeit. Sie rauchte Zigarette um Zigarette und drückte sie mit wilder Entschlossenheit in den Silberaschenbechern aus, die ich ihr hinhielt. Ich war empfänglich für diese Art, mich zu beruhigen, mir ihre Zärtlichkeit zu beweisen und vielleicht mich zu lieben; ich ahnte sehr wohl, daß in ihrem plötzlichen revolutionären Feuer eher die Anmut der Gefühle als irgendwelche Überzeugungen eine Rolle spielten. Wir warfen schließlich die Bücher und Pamphlete auf den Teppich und flüchteten in eine sehr viel weniger theoretische Leidenschaft. Ich wußte auch, daß meine vereinfachende Sicht auf die Dinge, die aus mir einen Landbriefträger hätte machen können, der jeden Abend zu Lila und unseren zahlreichen Kindern zurückkehrte, von derselben komischen Naivität herrührte, die ehemals die vornehmen Besucher des „leicht behämmerten Briefträgers" und seiner infantilen Drachen so zum Lachen gebracht hatte. Ich erkannte darin das Überbleibsel irgendeiner von den Vorfahren herstammenden unausrottbaren Urader, die so schlecht wie irgend möglich zu dem paßte, was Lila von einem Mann erwartete, mit dem sie ihr Schicksal vereinen würde. Eines Nachts fragte ich sie schüchtern:

„Und wenn ich die Ecole polytechnique als Bester abschließen würde, wäre dann . . ."

„Was wäre dann?"

Ich schwieg. Es ging nicht darum, was ich, sondern was eine Frau aus meinem Leben machen würde. Und ich begriff nicht, daß meine Freundin ein Vorgefühl eines möglichen ganz anderen „Ich" und eines ganz anderen „Wir" hatte, in einer Welt, deren Nahen sie dunkel ahnte, wenn sie, in meinen Armen Zuflucht suchend, murmelte, daß „die Erde beben" werde.

Reiterschwadronen mit ihren Säbeln und Flaggen durchquerten singend Gródek und bezogen Stellung an der deutschen Grenze.

Es hieß, ein hoher Offizier des französischen Generalstabes sei gekommen, um die Grenzbefestigungen von Hel zu inspizieren, und habe sie als

„in mancher Hinsicht unserer Maginotlinie ebenbürtig“ bezeichnet.

Fast jede Woche überschritt Hans von Schwede weiterhin heimlich die verbotene Grenze auf seinem schönen grauen Pferd und verbrachte einige Tage bei seinen Vettern. Ich wußte, daß er damit seine Karriere und manchmal sogar sein Leben aufs Spiel setzte, um bei Lila sein zu können. Er erzählte uns, daß die Posten mehrfach auf ihn geschossen hätten, mal von polnischer, mal von deutscher Seite. Ich ertrug seine Anwesenheit nur schwer und noch weniger die Freundschaft, die Lila ihm bezeugte. Sie machten zusammen lange Spazierritte. Ich verstand dieses aristokratische Fraternisieren über dem Getümmel nicht; mir schien, daß da Prinzipienlosigkeit herrschte.

Ich begab mich in den Musiksalon, wo Bruno tagelang auf dem Klavier übte. Zum Chopin-Wettbewerb nach Edinburgh eingeladen, bereitete er sich auf seine Englandreise vor. Auch England suchte in diesen gefährlichen Tagen Polen mit Aufmunterungen bezüglich seiner heiter-gelassenen Machtfülle zu überhäufen.

„Ich begreife nicht, daß die Bronickis einen Mann empfangen, der dabei ist, Offizier in der feindlichen Armee zu werden“, schleuderte ich ihm entgegen, während ich mich in einen Sessel fallen ließ.

„Feinde zu sein, haben wir dann immer noch Zeit, Alter.“

„Du, Bruno, wirst eines Tages noch vor Güte, Toleranz und Sanftheit krepieren.“

„Na, alles in allem ist das keine schlechte Art zu krepieren.“

Diesen Augenblick sollte ich niemals vergessen. Ich sollte niemals diese langen Finger auf der Klaviatur, dieses zarte Gesicht unter seinem Struwwelkopf vergessen. Als das Schicksal die Karten auf den Tisch legte, hatte nichts mich auf eine solche Wendung vorbereitet: Brunos Karten waren wohl wirklich aus einem anderen Spiel gefallen. Manchmal spielt das Schicksal mit verbundenen Augen.

XVIII

Der Sommer begann zu kränkeln. Da waren nur Wolken und Nebel; die Sonne nagte nur ganz leicht am Horizont, die Kiefern mit ihren meeresfeuchten, trägen Zweigen wurden schweigsamer. Es war bereits die windlose, auf die Stürme der Tagundnachtgleiche wartende Jahreszeit. Es gab Schmetterlinge, die wir nie zuvor gesehen hatten, sie waren von samtigem, dunklem Braun und größer und schwerer als die des Sommers. Lila verharrte zusammengekauert in meinen Armen, und ich hatte mich in ihrem Schweigen noch nie so anwesend gefühlt.

„Wir produzieren uns Erinnerungen", sagte sie.

Von allen Stunden des Tages war die fünfte nachmittags meine schlimmste Feindin, denn die Luft wurde zu kühl und der Sand zu feucht. Man mußte aufstehen, sich trennen, sich in zwei Teile zerschneiden. Noch einen letzten schönen Moment gab es, wenn Lila die Decke über uns zog und sich ein wenig dichter an mich preßte, um sich zu wärmen. Gegen halb sechs alterte die Ostsee schlagartig, ihre Stimme wurde griesgrämiger, nörgelnder. Die Schatten überfielen uns mit dunstigen Flügelschlägen. Eine letzte Umarmung noch, bis Lilas Stimme auf ihren leicht geöffneten, reglos verharrenden Lippen erstarb; aus ihren geweiteten Augen wich das Leben; langsam beruhigte sich ihr Herz an meiner Brust. Ich war noch dumm genug, mich dann als ein auf seine Kraft stolzer Gebieter zu fühlen. All diese

Eitelkeiten verschwanden, als ich begriff, daß ich Lila auf eine Weise liebte, die sich mit keinerlei Begrenzung abfinden würde, also auch nicht mit der Sexualität, und daß es eine Dimension des Paares gibt, die nicht aufhört zu wachsen, während alles andere nur immer kleiner wird.

„Was wird aus dir, wenn wir uns trennen, Ludo?"

„Ich werde krepieren."

„Red keinen Blödsinn."

„Ich werde fünfzig, achtzig Jahre lang sterben, genau weiß ich's nicht. Die Fleurys leben lange, du kannst also beruhigt sein: ich werde gut auf dich aufpassen, selbst wenn du mich lange schon verlassen haben wirst."

Ich war sicher, daß ich sie behalten würde, und ich ahnte noch nicht, wie komisch der Grund meiner Gewißheit war. Dieses Vertrauen in meine Virilität enthielt den ganzen naiven „Triumphalismus" meiner achtzehn Jahre. Jedesmal wenn ich dem Anheben ihres Wehklagens lauschte, sagte ich mir, daß es da um mich ging und daß niemand es besser könne. Das waren zweifellos meine letzten Jünglingsnaivitäten.

„Ich weiß nicht, ob ich dich wiedersehen sollte, Ludo. Ich möchte heil und ganz bleiben."

Ich schwieg. Sollte sie doch fortfahren, „sich zu suchen", sie würde doch immer nur mich finden. Rings um uns verdichtete sich die Dämmerung; die Möwenschreie kamen von sehr weit und ähnelten schon Erinnerungen.

„Du hast unrecht, mein Liebling. Meine Zukunft ist gesichert. Dank dem Ansehen meines Onkels bin ich ziemlich sicher, eine nette kleine Stellung bei der Post von Cléry zu bekommen, und dann wirst du endlich das wahre Leben kennenlernen können."

Sie lachte.

„Nun gut, jetzt ist also der Klassenkampf dran. Darum geht es aber gar nicht, Ludo."

„Und worum geht es? Um Hans?"

„Sei nicht kleinlich."

„Liebst du mich oder liebst du mich nicht?"

„Ich liebe dich. Aber das bedeutet nicht, daß alles andere zu Ende ist. Ich will nicht deine bessere Hälfte werden. Kennst du diesen gräßlichen Ausdruck? ‚Wo ist meine bessere Hälfte? . . . Haben Sie nicht meine bessere Hälfte gesehen?' Ich will, wenn ich dich in fünf, zehn Jahren wiedertreffe, Herzklopfen verspüren. Aber wenn du Abend für Abend heimkommst, und das über Jahre, wird es kein Herzklopfen mehr geben, dann gibt es nur noch Wohnungsklingeln . . ."

Sie schlug die Decke zur Seite und stand auf. Ich frage mich noch heute manchmal, was aus dieser alten Decke aus Zakopane geworden ist. Ich hatte sie liegenlassen, weil wir dorthin zurückkehren sollten, aber wir sind nie wieder dorthin zurückgekehrt.

XIX

Am 27. Juli, zehn Tage vor meiner Abreise, brachte ein Sonderzug aus Warschau Geniczka Bronicka mit, in Begleitung des polnischen Armeechefs, Marschall Rydz-Śmigły höchstselbst: ein Mann mit geschorenem Schädel und wilden dichten Brauen, der seine Zeit damit verbrachte, vor einer Staffelei zu stehen und feinsinnige Aquarelle zu malen. Es war jenes berühmte „Wochenende der Zuversicht", dessen ruhige Gewißheit die gesamte Presse feierte; es ging darum, der Welt den Beweis für die Gelassenheit zu erbringen, mit der der oberste Befehlshaber in die Zukunft blickte, während aus Berlin Hitlers hysterisches Gebrüll herüberdröhnte. Das Foto des Marschalls, wie er so friedlich mitten im „Korridor" saß und seine Aquarelle malte, wurde in der britischen und französischen Presse abgedruckt und mit bewundernden Kommentaren versehen. Unter den anderen Gästen, die Geniczka aus Warschau mitbrachte, waren eine berühmte Wahrsagerin, ein Schauspieler, der uns als „der größte Hamlet aller Zeiten" vorgestellt wurde, und ein junger Schriftsteller, dessen erster Roman in Kürze in alle Sprachen übersetzt würde. Die Wahrsagerin wurde gebeten, unsere Zukunft in einer Kristallkugel zu lesen, was sie auch tat, wobei sie sich jedoch weigerte, uns die Ergebnisse mitzuteilen, denn in Anbetracht unserer Jugend wäre es verhängnisvoll gewesen, uns zu Passivität zu verleiten, indem sie uns unseren schon vollständig vorgezeichneten Lebensweg offenbarte. Sie zögerte dagegen nicht, dem Marschall Rydz-Śmigły den Sieg der polnischen Armee über die Hitlersche Hydra vorauszusagen, schloß jedoch diese Prophezeiung mit der etwas sibyllinischen Bemerkung: „Zu guter Letzt aber wird alles gut ausgehen.“ Hans, der sich seit dem Vortage im Schloß befand, blieb während des ganzen „Wochenendes der Zuversicht“, wie die Presse das Ereignis nannte, diskret in seinem Zimmer. Der Marschall bestieg am selben Abend wieder den Zug, gefolgt vom größten Hamlet aller Zeiten, der uns nach dem Diner mit nicht zu bestreitender Aufrichtigkeit das „Sein oder Nichtsein“ des berühmten Monologs aufgesagt hatte, was – obgleich durchaus den Umständen angemessen – ziemlich schlecht zu der optimistischen Atmosphäre paßte, die jedermann bezeugen sollte. Was den jungen Romanschriftsteller betraf, so trug der eine abwesende Miene zur Schau, untersuchte seine Fingernägel und lächelte zuweilen ein wenig herablassend, wenn Madame Bronicka auf ein literarisches Thema zu sprechen kam; das war heiliges Gebiet, das er durch die Banalität mondänen Geredes nicht zu entweihen gewillt war. Er verschwand am übernächsten Tag, in den ersten Morgenstunden wurde er zum Bahnhof gebracht, nach einem Zwischenfall in dem dem Personal vorbehaltenen Dampfbad; worin dieser „Zwischenfall“ eigentlich bestanden hatte, wurde verschwiegen, doch der Schriftsteller holte sich dabei ein blaues Auge, und es kam zu einem unerfreulichen Gespräch zwischen dem Gärtner Walenty und Madame Bronicka, in dessen Verlauf Geniczka versuchte, dem Gärtner zu erklären, daß „man dem Talent gewisse Verfehlungen verzeihen müsse, ohne in Wut zu geraten“. Es war ein in jeder Hinsicht katastrophales Wochenende, denn es wurde das Verschwinden von sechs goldenen Tellern sowie einer Miniatur von Bellini und eines Gemäldes von Longhi aus dem kleinen blauen Salon Madame Bronickas festgestellt. Zunächst wurde die Wahrsagerin verdächtigt, die am Vortage abgereist war, denn Geniczka konnte sich nicht dazu durchringen, die Literatur zu beschuldigen. Man wird also mein Entsetzen verstehen, als ich am Montagabend, einen Wandschrank öffnend, um ein Hemd herauszunehmen, darin in einer Hutschachtel verpackt das Gemälde von Longhi, die Miniatur von Bellini und die sechs Goldteller fand. Einen Augenblick verharrte ich, ohne zu begreifen, doch die gestohlenen Gegenstände waren tatsächlich in meinem Schrank, und der Grund, weshalb man sie dorthin gelegt hatte, erhellte sich mir in einem stechenden Schreckensblitz: irgend jemand wollte mich entehren. Ich brauchte nicht lange, um den Namen des einzigen Feindes zu finden, der fähig war, eine solche Machenschaft anzuzetteln: der Deutsche. Eine widerwärtige, aber gerissene Art und Weise, sich des kleinen normannischen Bauernlümmels zu entledigen, der das unverzeihliche Verbrechen begangen hatte, von Lila geliebt zu werden.

Es war sieben Uhr. Ich stürzte in den Flur. Hans' Zimmer lag im Westflügel des Schlosses, zum Meer hin. Als ich vor der Tür ankam, regte sich in mir eine seltsame Manifestation jener „guten Manieren", die mir durch die Berührung mit der vornehmen Welt zugewachsen waren: Sollte ich anklopfen oder nicht? Angesichts der Umstände schien es mir, daß ich mich als auf feindlichem Gebiet stehend zu betrachten und über die Anstandsregeln hinwegzusetzen hätte. Ich drückte die schwere Bronzeklinke und trat ein. Das Zimmer war leer. Es war gleich dem meinen ganz Noblesse und Größe, mit seinen reichsadlertapezierten Wänden, seinen Möbeln, wo jede leere Sitzgelegenheit das Bild irgendeines hochherrschaftlichen Arsches heraufbeschwor, und mit seinen Lanzen der polnischen leichten Reiter, die sich über dem im Kamin brennenden Feuer kreuzten. Ich hörte das Geräusch einer Dusche. Ich zögerte, in das Badezimmer zu gehen: das war nicht der Ort, eine Ehrenangelegenheit zu regeln. Ich ging zur Tür zurück, öffnete sie und ließ sie geräuschvoll ins Schloß fallen. Einige Sekunden vergingen, dann kam Hans herein. Er trug einen schwarzen Bademantel mit irgendeinem Emblem seiner Militärakademie auf der Brust. Sein blondes Haar und sein Gesicht trieften vor Wasser.

„Elender Saukerl!" schrie ich ihn an. „Das warst du!"

Seine Hände steckten in den Taschen des Bademantels. Seine Ungerührtheit, diese völlige Abwesenheit jeglichen Gefühls verriet einen Mann, der an Heimtücke nicht nur gewöhnt, sondern dem sie zur zweiten Natur geworden war.

„Du hast die Gegenstände gestohlen und in meinen Schrank gelegt, um mich zu entehren."

Erstmalig erschien eine Spur von Ausdruck auf seinem Gesicht. Ein Anflug von ironischem Überraschtsein, als hätte ihn die Vorstellung erstaunt, daß die Frage der Ehre sich für mich überhaupt stellen könnte. Darin lag diese ganze hochmütige, gleich der Syphilis erbliche Überheblichkeit jener, die von Geburt ein Recht auf Verachtung besitzen.

„Ich könnte dich hier erschlagen, mit bloßen Fäusten", sagte ich, „aber das ist nicht genug. Ich erwarte dich heute abend um elf Uhr im Waffensaal."

Ich verließ die Stätte und ging in mein Zimmer zurück, wo ich Marek, den Kammerdiener, vorfand, der meine Schuhe holen wollte, die er morgens und abends putzte. Er war ein stämmiger Kerl mit pomadigem Haar und einem *czub* in Form einer Schmachtlocke mitten auf der Stirn, immer lustig und ein großer Schürzenjäger. Er machte mein Bett, wobei er wie gewöhnlich versuchte, sich mit mir zu unterhalten, indem er sein Polnisch auf ein paar rudimentäre Worte reduzierte, dessen Kenntnis er mir zutraute. Ich hatte mich in Gródek von Anfang an mit den Bediensteten des Schlosses angefreundet, die alles in allem genau wie ich lediglich verkleidete Bauern waren. Nichts ist schwerer zu besiegen als Vorurteile, und die positiven Vorurteile sind nicht weniger zäh als die anderen.

Marek versetzte den Kissen Schläge, um ihnen die richtige, fettsüchtige Form wiederzugeben, schlug die Decke zurück und lenkte seine Schritte dann zum Schrank. Er öffnete ihn und nahm, anscheinend ohne der Hutschachtel und ihrem Inhalt irgendwelche Aufmerksamkeit zu schenken – man sah das Goldgeschirr funkeln –, mein Paar Reserveschuhe. Dann schloß er den Schrank wieder und ging mit meinen Schuhen in der Hand hinaus.

Jetzt würde es mir nichts mehr nützen, Madame Bronicka – wie ich es vorhatte – das Vorhandensein der gestohlenen Kunstgegenstände in meinem Zimmer zu signalisieren. Marek hatte sie gesehen, und man hätte geglaubt, daß ich, rettungslos verloren, allem zuvorkommen wollte.

Um acht Uhr, als die Glocke zum Abendbrot läutete, ging ich hinunter. Man plazierte mich, mit Rücksicht auf Frankreich, stets zur Rechten der Comtesse. Hans saß am Ende der Tafel. Ich hatte immer gefunden, daß seine Gesichtszüge etwas Feminines hatten, obwohl man sie auch nicht „weibisch“ nennen konnte. Er sah mich ab und zu mit nur angedeutetem Lächeln an. Meine nervöse Spannung war derart, daß ich weder essen noch reden konnte. Auf dem Eichentisch standen zwei Kandelaber, und unsere Gesichter verdunkelten oder erhellten sich – je nach den Luftströmen – im Spiel der Lichter und Schatten. Tad, der jetzt neunzehn war und daran litt, sich an jenem Kreuzweg zu befinden, wo die Männlichkeit bereits nach einer Erfüllung strebt, die die Adoleszenz noch verbietet, brachte den verlorenen Krieg der spanischen Republikaner gegen Franco zur Sprache, mit einer Leidenschaft in der Stimme, wie sie den Gefährten Byrons oder Garibaldis eigen gewesen sein muß. Die Brotkrümel auf dem Tisch knetend, hörte ihm Madame Bronicka bestürzt zu. Daß ihr Sohn sich zu einer solchen Inbrunst für das Andenken an ein Katalonien hinreißen ließ, wo die Anarchisten in den Straßen mit den Skeletten der exhumierten Nonnen getanzt hatten, bestätigte in ihren Augen nur – wie sie uns wiederholt sagte – den unheilvollen Einfluß, den Picasso auf die Jugend ausübte, denn für sie bestand kein Zweifel darüber, daß all die grauenhaften Dinge, die in Spanien stattgefunden hatten, mehr oder weniger unmittelbar sein Werk waren. Angefangen habe das alles mit den Surrealisten, sagte sie mit jenem Gesichtsausdruck, den Tad „definitiv" nannte.

Sobald das Abendbrot beendet war, küßte ich Geniczka die Hand und stieg wieder in mein Zimmer hinauf. Lila hatte mich mehrfach erstaunt angesehen, denn da ich noch nicht die vornehme Kunst des Grimassierens erlernt hatte, um meine Gefühle zu verbergen, fiel es mir schwer, meine Wut nicht merken zu lassen. Als ich das Eßzimmer verließ, folgte sie mir und blieb am Fuße der Treppe stehen.

„Was ist los, Ludo?"

„Nichts.“

„Was habe ich dir getan?“

„Laß mich zufrieden. Es gibt außer dir noch andere Dinge, die wichtig sind.“

Ich hatte noch nie so mit ihr gesprochen. Wenn ich zehn Jahre älter gewesen wäre, hätte ich vor Wut und Erniedrigung geweint. Doch ich war noch zu jung. Ich hatte von der Männlichkeit jene Vorstellung, die die Tränen immer dem Femininum überläßt und so einen brüderlichen Teil aus dem Mann ausschließt.

Ihre Lippen zitterten leicht. Ich hatte ihr weh getan. Ich fühlte mich besser. Weniger allein.

„Entschuldige, Lila, mein Herz ist schwer. Ich weiß nicht, ob es im Polnischen diesen Ausdruck gibt.“

„*Ciężkie serce*“, sagte sie.

„Morgen werde ich dir alles erklären.“

Ich stieg die Treppe hinauf. Ich hatte den Eindruck, endlich von gleich zu gleich mit Lila geredet zu haben. Ich drehte mich um. In ihrem Gesichtsausdruck war, so schien mir, ein wenig Beklommenheit. Vielleicht fürchtete sie, mich zu verlieren: sie hatte wirklich eine überschäumende Phantasie.

Es ging nicht nur um mich: ich fühlte mich im tiefsten Innern der Meinen verletzt. Es gab keinen Fleury, der nicht durch eine Beleidigung besudelt worden wäre. Daß Hans mich ganz gezielt zum Opfer gewählt hatte, mit allem, was meine bescheidene Herkunft dieser Rolle eines *natürlichen* Schuldigen an Glaubwürdigkeit verleihen konnte, versetzte mich in jenen Zustand von Frustration und Raserei, der von jeher in der Geschichte die Rolle des Opfers und des Henkers auf dem Metronom des Hasses hat alternieren lassen. Ich war einer fiebrigen Ungeduld ausgeliefert, die jede verrinnende

Minute in einen weiteren Feind verwandelte. Die Zeit, schien mir, kroch vorsätzlich und vielleicht sogar aus Böswilligkeit mir gegenüber derart träge dahin, daß diese verstaubte alte Aristokratin zur würdigen Komplizin aller Anhänger des Ancien Régime wurde.

Ich glaube, ich verdanke Hans, mir erstmals meiner gesellschaftlichen Stellung wirklich bewußt geworden zu sein.

XX

Um fünf vor elf ging ich hinunter.

Der nicht sehr hohe Waffensaal hatte eine Länge von fünfzig und eine Breite von zehn Metern. Unterm Gips sah man die Ziegelsteine. Am Deckengewölbe hing ein unpassender venezianischer Kronleuchter, der an der einen Seite einige Arme verloren hatte. Der Fußboden war mit einem abgenutzten großen Karpatenteppich ausgelegt. Rüstungen säumten die mit Spitzhacken und Säbeln über und über bedeckten Wände.

Hans wartete am anderen Ende des Saales auf mich. Er trug ein weißes Hemd und eine Smokinghose. Eine Zigarette verglomm zwischen seinen Fingern: er trug immer eine dieser englischen runden Zigarettenbüchsen aus Metall mit sich herum, auf denen ein bärtiger Matrose abgebildet ist. Er war sehr ruhig. Natürlich weiß er, sagte ich mir, daß ich noch nie einen Säbel in der Hand hatte. Er selbst aber – als guter Preuße – war im Fechten von Kindheit an geübt.

Ich zog meine Jacke aus und ließ sie auf den Boden fallen. Ich betrachtete die Wände. Ich wußte nicht, welche Waffe ich wählen sollte: ich hätte einen guten alten normannischen Prügel gebraucht. Schließlich nahm ich, was sich in Reichweite befand: eine alte polnische *szabelka*, einen türkisch gekrümmten Säbel. Hans legte die Players-Büchse auf dem Teppich ab und ging in eine Ecke, um seine Zigarette auszudrücken. Ich hatte mich unter dem Kronleuchter aufgestellt und wartete, während er den anderen Säbel von der Wand nahm.

Wie so oft, wenn man einem Mann allein gegenübersteht, den man lange Zeit gehaßt und in Gedanken schon tausendmal gezwungen hat, herauszurücken, was er sich widerrechtlich angeeignet hatte, war meine Wut schon ein wenig verflogen. Die Wirklichkeit eines Feindes ist immer enttäuschend im Verhältnis zu der Vorstellung, die man sich von ihm gemacht hat. Und mit einemmal wurde mir bewußt, daß ich Hemmungen hatte, daß es etwas gab, was mich geradezu lähmte: seine entfernte Ähnlichkeit mit Lila. Es war dieselbe Blondheit, derselbe Teint und eine gewisse Analogie der Gesichtszüge. Ich begriff, daß ich, wenn ich noch einige Sekunden reaktionslos verharrte, einen Feind verlieren würde. Ich mußte die Flamme schnell wieder anfachen.

„Nur ein Nazi konnte sich eine solche Niederträchtigkeit ausdenken", schleuderte ich ihm entgegen. „Du kannst dich einfach nicht damit abfinden, daß sie mich liebt. Du kannst die Vorstellung nicht akzeptieren, daß wir fürs Leben zusammengehören, sie und ich. Also brauchtest du, wie alle Nazis, deinen Juden. Du hast diese Gegenstände genommen und in meinen Schrank gelegt. Aber deine elende Rechnung ist völlig blödsinnig. Selbst wenn ich eine Kanaille wäre, würde Lila mich weiterhin lieben. Du weißt nicht, was das bedeutet, jemanden wirklich zu lieben. Man verzeiht nichts, und doch verzeiht man alles."

Es konnte mir nicht in den Sinn kommen, daß ich – mit einem Vorsprung von zwei Jahren – dasselbe von Frankreich hätte sagen können.

Ich hob meine Waffe. Ich wußte vage, daß man einen Fuß nach vorn setzen und den anderen hinten behalten mußte, so wie ich es im Kino von Gródek in „Scaramouche“ gesehen hatte. Hans beobachtete mich aufmerksam. Er schaute auf meinen rechten, vorgestellten Fuß, auf meinen linken, nach hinten gesetzten, auf den Säbel, den ich wie eine Holzfälleraxt über meinen Kopf erhoben hatte. Er hielt seine Waffe gesenkt. Ich winkelte beide Knie an und vollführte einige Sprünge auf der Stelle. Ich spürte, daß ich einem Frosch ähnlich sein mußte. Hans biß sich auf die Lippen, und ich begriff, daß er das tat, um nicht loszulachen. Ich stieß also eine Art unartikulierten Schrei aus und stürzte mich auf ihn. Als ich das Blut aus seiner linken Wange hervorquellen sah, war ich betroffen. Er hatte sich nicht bewegt und hatte noch immer nicht seinen Säbel erhoben. Den Arm sinken lassend, richtete ich mich langsam auf. Stärker und stärker floß das Blut auf Hans' Gesicht und überflutete sein Hemd. Der erste klare Gedanke, den ich fassen konnte, war, daß ich zweifellos gegen alle Regeln eines Duells verstoßen hatte. Die Scham des Flegels, zu dem ich in meinen eigenen Augen wieder geworden war, war so groß, daß sie sich in rasende Wut verwandelte, und so hob ich ein weiteres Mal den Säbel und brüllte verzweifelt:

„Ihr könnt mich alle mal!“

Hans nahm gleichzeitig den seinen hoch, und in derselben Sekunde wurde mir die *szabelka* aus der Hand gerissen und flog durch die Luft. Hans senkte seine Waffe und schaute mich mit gerunzelter Stirn und zusammengebissenen Zähnen an, ohne im geringsten das Blut zu beachten, das über sein Gesicht rieselte.

„Blödian!“ sagte er. „Du verdammter Blödian.“

Er warf seinen Säbel gegen die Wand und drehte mir den Rücken zu.

Auf dem Teppich war Blut.

Hans hob die Players-Büchse auf, nahm eine Zigarette.

„Du hättest dich nicht so beeilen müssen“, sagte er, „es ist ohnehin bald soweit.“

Plötzlich war ich allein. Stumpfsinnig betrachtete ich die Blutflecken mir zu Füßen. Es war mir gelungen, meine Empörung und meine Rachsucht loszuwerden, doch an deren Stelle stieg jetzt ein Unwohlsein in mir auf, dessen ich mich nicht zu entledigen vermochte. In Hans' Verhalten war eine Würde gewesen, die mich beunruhigte.

Erst am andern Morgen begriff ich wirklich, was mich verunsicherte. Man hatte Marek mit den entwendeten Gegenständen gestellt. Er hatte gestanden. Er hatte sich die Anwesenheit der in seinen Augen wenig respektierlichen Gäste wie der Wahrsagerin und des Schriftstellers im Schloß zunutze gemacht, um die Vorratskammer und den kleinen Salon Madame Bronickas auszurauben; von einem Bediensteten, der das Schlafzimmer betrat, gestört, hatte er die Hutschachtel in meinen Schrank gelegt, um sie später wieder holen zu kommen. Doch meine Gegenwart hatte ihn beim ersten Mal daran gehindert, und so hatte er seine Beute erst während des Abendessens zurückholen können.

Es war neun Uhr morgens, als Bruno mir dies im Speisesaal mitteilte, wo ich mich zum Frühstück zu ihm gesellt hatte. Ich spürte, wie Kälte mich überkam, und vergaß die Teekanne in meiner Hand, bis meine Tasse auf die Tischdecke überlief. Ich stieß meinen Stuhl weg und verließ unter Brunos erstaunten Blicken den Tisch. Niemals zuvor hatte ich einen solchen Haß verspürt, und der Mensch, den ich mit solcher Intensität haßte, war ich selbst. Ich begriff, daß ich, indem ich mir einbildete, Opfer einer so gemeinen List meines Rivalen zu sein, mich selbst der Gemeinheit schuldig gemacht hatte. Und doch kam es für mich nicht in Frage, Hans aufzusuchen und mich bei ihm zu entschuldigen. Ich zog es vor, die eigene charakterliche Minderwertigkeit auf mich zu nehmen, als mich vor denen zu erniedrigen.

Ich ging zum Essen nicht hinunter und fing am Nachmittag gegen vier Uhr an, meinen Koffer zu packen. Ich bedauerte nun fast, daß ich die Gegenstände nicht gestohlen hatte und nicht öffentlich als Dieb entlarvt worden war, denn das wäre eine fast glanzvolle, aggressive Art und Weise gewesen, mit einem Milieu zu brechen, das nicht das meine war.

Erst am späten Nachmittag verließ ich mein Zimmer, um alles für meine Abfahrt zu regeln. Ich wollte weder jemanden sehen noch mich bei jemandem bedanken, noch mich verabschieden. Doch stieß ich im Flur auf Tad; er fragte, was ich mit dem Koffer in der Hand suchte. Er teilte mir mit, daß Hans auf einem nächtlichen Spazierritt einen Unfall gehabt habe; in der mondlosen Finsternis habe ein Zweig ihm tief die Wange geritzt, aber noch einmal, was zum Teufel wollte ich hier mit meinem Koffer in der Hand? Ich erklärte ihm, ich wolle zum Bahnhof gefahren werden; zehn nach neun gehe ein Zug nach Warschau; ich würde nach Frankreich zurückkehren; wenn der Krieg ausbrach, wolle ich nicht Gefahr laufen, von meinem Land abgeschnitten zu sein. In genau diesem Moment sah ich Hans vom anderen Ende des Flurs langsam auf uns zukommen, in der Hand seine ewige runde Zigarettenbüchse; ein Pflaster bedeckte seine linke Wange. Bei uns angelangt, blieb er stehen, sehr blaß, aber seltsam ruhig, und warf einen Blick auf den Koffer in meiner Hand.

„Ich fahre heute nacht ab“, sagte er, machte auf dem Absatz kehrt und entfernte sich.

XXI

Ich blieb noch ein paar Tage in Gródek. Der Regen hatte die Landschaft getrübt, und der Himmel krächzte über unseren Köpfen mit den Stimmen unsichtbarer Raben. Es war an einem dieser nebligen Nachmittage, wir liefen am Strand, wo der Wind Meerestropfen auf unsere Gesichter heftete, als die Zukunft uns einen Wink gab. In Form eines Juden, der mit einem langen, auf polnisch *kapota* genannten Kaftan bekleidet war und eine dieser hohen schwarzen Mützen aufhatte, die Millionen von Juden damals in ihren Ghettos trugen. Er hatte ein sehr blasses Gesicht und einen grauen Bart und saß auf einem Kilometerstein am Rande der Straße nach Gdynia. Vielleicht war es, weil ich nicht darauf gefaßt war, ihn hier am Rande dieser leeren Straße anzutreffen, oder weil sein Erscheinen in den verschwommenen und nebligen Farbtönen der Luft etwas Gespenstisches hatte, oder aber es war das Bündel, das er an einem Stab über der Schulter trug und das meinem Gedächtnis die Legende eines tausendjährigen Umherirrens hatte zuströmen lassen; jedenfalls empfand ich plötzlich eine Bangigkeit und eine Verwirrung, deren warnenden Charakter ich erst viel später erkannte, während hier doch lediglich eine der banalsten und alles in allem normalsten Konjunktionen der Geschichte vorlag: ein Jude, eine Straße und ein Kilometerstein. Lila wandte sich schüchtern an ihn:

„*Dzień dobry panu,* guten Tag, Monsieur."

Doch er antwortete nicht und wandte den Kopf ab.

„Tad ist überzeugt davon, daß wir uns am Vorabend eines Überfalls befinden“, flüsterte Lila.

„Ich versteh nichts davon, aber ich kann einfach nicht glauben, daß es Krieg geben könnte“, sagte ich.

„Es hat immer welche gegeben.“

„Das war früher . . .“

Ich hätte beinahe gesagt: „Das war früher, bevor ich dir begegnet bin“, aber es war anmaßend, mich zu einer derartigen Erklärung der Ursprünge von Kriegen, Haßgefühlen und Massakern zu versteigen. Ich hatte noch nicht die nötige Autorität, um meine Sicht von den Völkern teilen zu lassen.

„Die modernen Waffen sind viel zu mächtig und zerstörerisch geworden“, sagte ich. „Niemand wird wagen, sie zu benutzen, denn es wird weder Sieger noch Besiegte geben, nur Trümmer . . .“

Das hatte ich in einem Leitartikel von „Le Temps“ gelesen, die Bronickis hatten diese Zeitung abonniert.

Ich schrieb Lila einen Brief von dreißig Seiten, wobei ich mehrmals wieder von vorn anfing; schließlich warf ich ihn ins Feuer, weil es doch nur ein Liebesbrief geworden war, besser habe ich es nicht hinbekommen.

Es war schließlich Bruno, der am Tage meiner Abreise, als der Nebel draußen seine Schafherden herumirren ließ, in meinem Namen mit Lila sprach.

Wir hatten gerade den Salon betreten. Ich warf einen letzten Blick auf die Schmetterlingssammlungen in den Glaskästen, die eine ganze Wand bedeckten. Sie erinnerten mich an die Drachen meines Onkels Ambroise: kleine Traum-Stückchen.

Bruno saß in einem Sessel und blätterte in einer

Partitur. Er hob den Blick und betrachtete uns lächelnd einen Augenblick. Ich habe in seinem Lächeln nie anderes als Güte gesehen. Dann erhob er sich und setzte sich ans Klavier. Die Finger schon auf der Klaviatur, drehte er sich zu uns um und sah uns lange aufmerksam an, so wie ein Maler sein Modell studiert, bevor er den ersten Strich vollführt. Er begann zu spielen.

Er improvisierte. Er improvisierte uns. Denn er erzählte in seiner Melodie von Lila und mir, von unserer Trennung und unserer Gewißheit. Ich hörte mich lieben, verzweifeln und glauben. Ich verlor Lila und fand sie wieder. Das Unglück erhob seinen schwarzen Schatten über uns, und dann wurde alles Freude. Ich brauchte einige Minuten, um zu begreifen, daß Bruno mir brüderlich darbrachte, was er selbst empfand.

Lila floh weinend. Bruno stand auf, kam im Licht der großen fahlen Fenster auf mich zu und umarmte mich.

„Ich bin glücklich, daß ich ein letztes Mal mit dir habe reden können. Was mich betrifft, so bleibt mir wirklich nur noch die Musik . . .“

Er lachte.

„Es ist in der Tat ziemlich erschreckend, zu lieben und zu spüren, daß alles, was man aus seiner Liebe machen kann, auch wieder nur ein Konzert ist. Und doch ist das für mich eine Inspirationsquelle, die nicht so schnell versiegen wird. Da ist Stoff für mindestens fünfzig Jahre, wenn meine Finger durchhalten. Ich kann mir Lila sehr gut im hohen Alter im Zuschauerraum sitzend vorstellen, und ich sehe sie ihre Jugend wiederfinden, während sie zuhört, wie ich von ihr spreche.“

Er schloß die Augen und legte für einen Augenblick die Hand auf seine Augenlider.

„Na ja, was soll's. Es soll ja Lieben geben, die

irgendwann zu Ende gehen. Das habe ich irgendwo gelesen.“

Ich verbrachte meine letzten Stunden mit Lila. Das Glück war geradezu hörbar anwesend, als stieße das Gehör, mit den Klangoberflächen brechend, endlich in die Tiefen der Stille vor, die bis dahin von der Einsamkeit verdeckt wurden. Unsere kurzen Augenblicke des Schlafs hatten diese Milde, wo man nicht weiß, was Traum ist und was Körper, was Nest und was Flügel. Noch immer spüre ich auf meiner Brust ihr Profil, dessen Abdruck zweifellos unsichtbar ist, den aber meine Finger zuverlässig in den schweren Stunden dieses physischen Mißverständnisses wiederfinden, das nur einen einzigen Körper hat.

Mein Gedächtnis erfaßte jeden Augenblick, legte ihn beiseite; bei uns nennt man das „Sparstrumpf“, und was da drin war, reichte für mein ganzes Leben.

XXII

Als ich mich bei der Einfahrt in Cléry aus dem Fenster lehnte und den in großer Höhe über dem Bahnhof schwebenden polnischen Adler entdeckte, wußte ich, wer mich dort erwartete, doch als ich genauer hinsah, bemerkte ich, daß der alte Pazifist den für seinen Geschmack zu kriegerischen Vogel als schöne doppelköpfige Taube gestaltet hatte. Fünf Wochen waren seit unserer Trennung vergangen, und ich fand Ambroise Fleury sorgenvoll und gealtert.

„Donnerwetter, du gehörst wohl jetzt zur besseren Gesellschaft! Was ist denn das?"

Er tippte mit dem Finger auf das Abzeichen des Yacht-Clubs von Gdynia. Man hatte es mir in Gródek am Vorabend meiner Abreise feierlich überreicht, als Symbol des freien Zugangs Polens zum Meer. Niemals waren die Zweifel und Ängste in ganz Europa mehr als in diesem August 1939 von Gestikulationen und ostentativen Vertrauensbekundungen begleitet.

„Es scheint, daß es jeden Moment passieren kann", sagte ich.

„Ach was. Die Völker werden niemals bereit sein, sich noch einmal zur Schlachtbank führen zu lassen."

Ambroise Fleury holte die Taube auf den Boden zurück – wie immer, wenn er irgendwo auftauchte, kamen sofort Kinder und umringten ihn – und nahm den Drachen unter den Arm. Wir gingen ein paar Schritte, und mein Onkel öffnete den Schlag eines kleinen Wagens.

„Tja“, machte er, als er mein Erstaunen bemerkte, „das ist ein Geschenk von Lord Howe, erinnerst du dich, der uns damals besucht hat.“

Mit dreiundsechzig Jahren war er jetzt eine im ganzen Lande geachtete Persönlichkeit, und sein Ruf hatte ihm akademische Ehrungen eingebracht, die er übrigens abgelehnt hatte.

Sobald wir in La Motte ankamen, rannte ich ins Atelier. Während meiner Abwesenheit hatte sich Ambroise Fleury – zweifellos weil ihn die Kriegsdrohungen stärker beunruhigten, als er zugab – wieder seiner „humanistischen Periode“ zugewendet und sie mit all dem angereichert, was Frankreich denen zu bieten hatte, die noch an seine großen Aufklärer glaubten. Besonders die Serie der an den Balken hängenden Enzyklopädisten sah gut aus, dabei aber ein bißchen leblos, wie das eben immer so ist, wenn es an frischem Wind mangelt.

„Ich habe viel gearbeitet, wie du siehst“, sagte mein Vormund nicht ohne Stolz, indem er sich seinen Schnurrbart glattstrich. „Die Tage, die wir jetzt durchleben, lassen uns ein wenig den Kopf verlieren, und wir müssen uns darauf besinnen, wer wir sind.“

Wir waren weder Rousseau noch Diderot noch Voltaire: wir waren Mussolini, Hitler und Stalin. Niemals waren mir die Drachen der „Aufklärung“ des ehemaligen Briefträgers von Cléry trostloser erschienen. Trotzdem schöpfte ich aus meiner Liebe nach wie vor all die Blindheit, die man braucht, um an die Vernunft der Menschen zu glauben, und mein Onkel zweifelte nicht eine Sekunde am Frieden, als könnte sein Herz ganz allein über die Geschichte triumphieren.

Eines Nachts, als ich gerade mit Lila am Ostseestrand war, spürte ich, wie jemand mich am Arm zog. Ambroise Fleury, bekleidet mit einem langen Hemd, das seinem Körper Fülle verlieh, saß, eine Kerze in der Hand haltend, auf meinem Bett. In seinen Augen war weit mehr Kummer, als man manchmal braucht, um einen menschlichen Blick zu produzieren.

„Sie haben die allgemeine Mobilmachung verkündet. Aber die Mobilmachung ist natürlich nicht identisch mit Krieg."

„Natürlich nicht", sagte ich und fügte, noch nicht ganz wach, hinzu: „Die Bronickis wollen Weihnachten wieder nach Frankreich kommen."

Mein Onkel hob die Kerze höher, um mein Gesicht besser sehen zu können.

„Liebe macht blind, sagt man, aber du ... wer weiß, bei dir ist die Blindheit vielleicht eine bestimmte Art und Weise zu sehen ..."

Während der Stunden, die dem Überfall auf Polen vorausgingen, spielte ich mit musterhafter Blödheit meine Rolle im großen kollektiven Ballett der Einfaltspinsel, das im ganzen Land aufgeführt wurde. Es ging darum, wer das Bein am höchsten schwang beim imaginären Tritt in den Arsch der Deutschen, ein *French cancan* auf der Bühne eines Tanzlokals, das sich von den Pyrenäen bis zur Maginotlinie erstreckte. „POLEN WIRD STANDHALTEN!" lärmten die Zeitungen und der Rundfunk, und ich wußte mit seliger Gewißheit, daß sich rund um Lila eine Sperrmauer aus den tapfersten Brustkörben der Welt aufrichtete, und erinnerte mich dabei an die Reiterbataillone, die mit ihren Säbeln und Fahnen singend durch Gródek zogen. Das „historische Gedächtnis" der Polen, sagte ich meinem Onkel, sei ein unerschöpflicher Quell für Mut, Ehre und Treue; am Knopf unseres alten Rundfunkempfängers drehend, wartete ich ungeduldig auf den Beginn der Kampfhandlungen und die ersten Siegesmeldungen und wurde ärgerlich, als die Kommentatoren von den „letzten Versuchen, den Frieden zu retten“ sprachen. Ich begleitete die Älteren, die mobilisiert worden waren, zum Bahnhof, ich sang mit ihnen „wir werden ruhmreich sein, wie unsre Väter waren“; ich fühlte meine Augen feucht werden, als ich sah, wie auf den Straßen Fremde sich zuriefen: „Es lebe Polen, Monsieur!“ und sich die Hände drückten; ich hörte unseren alten Pfarrer, Pater Tachin, von der Kanzel herab verkünden, daß „das heidnische Deutschland in sich zusammenbrechen wird wie ein hohler, verfaulter Baum“; ich ging meinen Lehrer, Monsieur Leduc, bewundern, der seine himmelblaue Kluft wieder angezogen hatte und seine Orden anlegte, um den jungen Leuten das Bild des unbesiegbaren Landsers von 14/18 in Erinnerung zu rufen, des Garanten unseres neuerlichen Sieges. Meinen Onkel, der sich in seinem Zimmer verschanzte, sah ich kaum, und wenn ich an seine Tür klopfte, mußte ich mir anhören:

„Laß mich zufrieden und geh mit den andern den Blödmann spielen, du Rotznase.“

Am 3. September saß ich neben dem leeren, von den verloschenen Flammen geschwärzten Kamin. Ich hörte seltsames Knacken und Krachen aus dem Atelier tönen; das ähnelte in keiner Weise den Geräuschen, die zu mir drangen, wenn mein Onkel beim Basteln war. Ich stand irgendwie beunruhigt auf und ging über den Hof.

In Trümmern und Fetzen lagen überall zerstörte Drachen herum. Ambroise Fleury hielt seinen geliebten Montaigne in Händen, mit einem kurzen Ruck zerbrach er ihn über dem Knie. Unter den zu Kleinholz gemachten Werken erblickte ich einige unserer schönsten Stücke, insbesondere die Lieblinge meines Onkels, JEAN-JACQUES ROUSSEAU und die die Welt erleuchtende FREIHEIT. Er hatte nicht einmal die Werke seiner „naiven Periode“ verschont, all diese Libellen und diese Kinderträume, die dem Himmel so oft ihre Unschuld geliehen hatten. Ambroise Fleury hatte schon gut ein Drittel seiner Sammlung zertrümmert. Noch nie hatte ich auf seinem Gesicht einen solchen Verzweiflungsausbruch gesehen.

„Es ist Krieg“, schleuderte er mir mit halb erstickter Stimme entgegen.

Er riß seinen JAURÈS von der Wand und zermalmte ihn mit den Absätzen. Ich sprang auf, packte meinen Onkel um den Leib und schubste ihn hinaus. Ich fühlte nichts, ich dachte an nichts. Mir war nur klar, daß die letzten Drachen gerettet werden mußten.

XXIII

Die ersten Nachrichten vom polnischen Zusammenbruch versetzten mich in einen Schockzustand, von dem mir nur eine Erinnerung blieb: Mein Onkel sitzt auf meinem Bett, seine Hand liegt auf meinem Knie. Der Rundfunk hatte gerade bekanntgegeben, das gesamte Gebiet von Gródek an der Ostsee sei durch Bomben vernichtet worden. Ohne jede Kriegserklärung hatte die „Schleswig-Holstein" es plötzlich unter Beschuß genommen. Es wurde wohlweislich ein historisches Detail über diese Ehrenstunde der deutschen Marine hinzugefügt: das als Schulschiff getarnte Kriegsschiff hatte einige Tage zuvor von den polnischen Behörden die Erlaubnis erbeten, „zwecks eines Höflichkeitsbesuchs" vor Anker gehen zu dürfen.

„Weine nicht, Ludo. Bald wird das Leid sich nach Millionen bemessen. Es ist normal, daß es in deinem Herzen nur mit einer Stimme zu dir spricht. Aber da du in Mathe ja so gut bist, solltest du ein bißchen über das Gesetz der großen Zahlen nachdenken. Ich verstehe, daß du im Moment nicht in der Lage bist, bis drei zu zählen. Und dann, wer weiß . . ."

Mit einem in für mich unergründbaren Tiefen der Hoffnung verlorenen Blick – denn er war einer von diesen verrückten Fleurys, für die die Menschenrechte zuweilen darin bestehen, daß man einer allzu verabscheuungswürdigen Wirklichkeit ihre Rechte verweigert – sagte er:

„Es kann ja sein, daß dieser Krieg in einigen Tagen zu Ende geht. Die Völker Europas sind zu alt und haben zu sehr gelitten, als daß sie sich zwingen lassen würden, diese Schandtat fortzusetzen. Man sagt, daß in Genf bereits Geheimverhandlungen stattfinden. Die deutschen Volksmassen werden Hitler hinwegfegen. Man muß dem deutschen Volk genauso vertrauen wie anderen Völkern auch."

Ich richtete mich kurz auf. „Drachen aller Länder, vereinigt euch", sagte ich.

Meine Bissigkeit schien Ambroise Fleury nicht zu verletzen. Und ich wußte besser als alle, daß es Dinge gibt im Herzen der Menschen, die man nicht zerbrechen kann, weil sie sich jedem Zugriff entziehen.

Ich lief schnell, mich als Freiwilliger zu melden. Mein Puls schlug mit einer Frequenz von hundertzwanzig, und ich wurde für dienstuntauglich erklärt. Ich versuchte klarzustellen, daß es sich hier nicht um eine organische Störung, sondern um Liebe und Leid handelte, aber das hatte nur zur Folge, daß der Blick des Militärarztes noch strenger wurde. Ich irrte durchs Gelände, empört über die heitere Ruhe der Felder und Wälder, und nie war das Wesen der Natur mir ferner dem des Menschen erschienen. Die einzigen Nachrichten, die mich von Lila erreichten, waren jene, die von der Vernichtung eines ganzen Volkes kündeten. Der gemarterte Leib Polens strahlte irgendwie eine erschütternde Weiblichkeit aus.

In Cléry warf man mir seltsame Blicke zu. Das Gerede der Leute besagte, man habe mich für den Dienst mit der Waffe als untauglich befunden, weil ich – wie alle Fleurys – nicht ganz richtig im Kopf sei. „Das ist bei denen erblich." Ich begann zu begreifen, daß das, was ich fühlte, nicht gang und gäbe war und daß für die geistig normalen Leute die Liebe nicht der Sinn des Lebens war, sondern nur eine angenehme kleine Zutat.

Schließlich kam der Augenblick, wo Ambroise Fleury, der Mann, der doch immerhin sein ganzes Leben den Drachen geweiht hatte, sich ernsthaft beunruhigte. Während des Abendessens, die Öllampe hing über unseren Köpfen, sagte er zu mir:

„So kann es nicht weitergehen, Ludo. Man sieht dich mit einer nicht anwesenden Frau redend durch die Straßen gehen. Man wird dich irgendwann einsperren."

„Na und, sollen sie uns doch einsperren. Sie wird bei mir bleiben, drinnen wie draußen."

„Scheiße", sagte mein Onkel, und es war das erste Mal, daß er auf diese Weise in der Sprache der Vernunft mit mir redete.

Daß er Marcellin Duprat bat, sich um mich zu kümmern, geschah, so glaube ich, um mich auf die Erde zurückzuholen. Ich habe nie erfahren, was die beiden Männer miteinander beredet haben, aber der Chef des Clos Joli forderte mich jeden Morgen auf, ihn auf seiner Tour über Märkte und Bauernhöfe zu begleiten, wobei er mir manchmal durchdringende Blicke zuwarf, als wollte er sich dessen versichern, daß die treffliche Realität der handfesten Produkte des normannischen Bodens, der als solcher bereits ein kräftiges Gegengift gegen Geistesverwirrungen darstellte, die gewünschte heilende Wirkung auf meinen „Zustand" hatte.

In diesen Wintermonaten 1939/40, als der Krieg sich auf die Aktivitäten der Freikorps und Patrouillen beschränkte und „die Zeit für uns arbeitete", mußte man im Restaurant seinen Tisch mehrere Tage im voraus bestellen, „seine Kandidatur einreichen", wie es Curnonsky, der Fürst der Gastronomen, nannte. Jeden Abend blätterte Marcellin Duprat nach Ladenschluß befriedigt den großen Band aus rotem Leder durch, den er in seinem Schreibtisch aufbewahrte, machte auf einer Seite halt, wo gerade irgendeine neue Unterschrift eines Ministers oder noch unbesiegten Militärchefs hinzugekommen war, und sagte zu mir:

„Du wirst sehen, Kleiner: eines Tages wird man das Goldene Buch des Clos Joli studieren kommen, um die Geschichte der Dritten Republik zu schreiben!"

Ihm fehlte es an Personal, denn die meisten seiner Gehilfen und Angestellten waren mobilisiert und durch Alte ersetzt worden, die aus Solidarität – man kann fast sagen: aus Patriotismus – sich bereit fanden, ihr Rentnerdasein aufzugeben und in dieser fürs Vaterland so ernsten Stunde einen Dienst zu versehen, aus dem sie vor vielen Jahren ausgeschieden waren. Duprat war es sogar gelungen, Monsieur Jean, den Weinkellner, zurückzuholen, der auf die Neunzig zuging.

„Ich beschäftige schon lange keinen Weinkellner mehr", erklärte er mir. „Die Weinkellner machen immer so einen nötigenden Eindruck, wenn du verstehst, was ich meine, und wenn sie mit der Weinkarte in der Hand auf den Kunden losstürzen, so verstimmt das die Leute. Aber Jean versteht sein Handwerk, und er ist immer noch in der Lage, im Saal seinen Mann zu stehen."

Jeden Morgen um sechs Uhr kam ich auf meinem Drahtesel angeradelt, und beim Anblick meines mitgenommenen, verstörten Aussehens knurrte Marcellin:

„Na los, komm mit. Das wird dich wieder auf den Boden zurückholen."

Ich nahm in seinem kleinen Lieferwagen Platz und fuhr durch die Dörfer und über Märkte, wo

Duprat das Gemüse Revue passieren ließ, die jungen Erbsen ans Ohr führte, um zu sehen, ob sie „Grillentöne von sich gaben", das heißt, ob sie knirschten, und ob die Bohnen „Samtpfötchen" hatten; je nach „Teint" wählte er „schwarze", „italienische" oder „chinesische Böhnchen" aus und entschied, ob die Blumenkohlköpfe „tafelwürdig" waren. Duprat servierte das Gemüse unversehrt, „stolz", wie er sagte, denn er verabscheute Pürees, die in Mode kamen, als hätte Frankreich ein Vorgefühl dessen, was es erwartete.

„Alles wird heutzutage zu Püree", nörgelte er. „Sellerie-Püree, Brokkoli-, Kresse-, Zwiebel-, Schoten-, Fenchel-Püree ... Frankreich verliert die Achtung vor dem Gemüse. Weißt du, was diese Mus-Manie ankündigt, mein kleiner Ludo? Den Schlamassel, das ist es, was sie ankündigt. Du wirst schon sehen. Wir werden alle zu Mus werden."

Vor allem bei den Fleischern trat Marcellin Duprats imperialer Anspruch voll zutage, insbesondere wenn es um seine geliebten normannischen Kaldaunen ging. Ich habe ihn vor Wut erbleichen sehen, weil er Monsieur Dullin, der inzwischen 1943 hingerichtet worden ist, verdächtigte, ihm Innereien gegeben zu haben, die von zwei verschiedenen Rindern stammten.

„Dullin", brüllte er, „wenn du mich noch einmal so aufs Kreuz legst, hast du mich hier zum letzten Mal gesehen! Du hast mir gestern Innereien von zwei verschiedenen Rindern angedreht, wic sollen die gleichmäßig gar werden, und die Haxe will ich auch von demselben Ochsen haben, laß dir das ein für allemal gesagt sein!"

Er lachte sich schief, wenn er sah, wie der Fleischer einer Hausfrau Kalbsblatt in Form einer „Melone" anbot, ganz rund und verschnürt, schön anzusehen.

„Du kannst sicher sein, daß sie Fett in die Mitte reingehauen haben, um aufs Gewicht zu kommen, und wenn sie könnten, würden sie auch noch die Hufe und Hörner reinschmeißen!"

Diese „Rückkehr auf die Erde" unter der Schirmherrschaft Marcellin Duprats bekam mir gut. Ich traf mich weiterhin mit Lila, aber heimlicher. Ich lernte sogar, mit den anderen zu lachen und zu scherzen, um Lilas Anwesenheit zu verbergen. Doktor Gardieu war zufrieden, obgleich mein Onkel ahnte, daß ich einfach nur gelernt hatte, mich besser zu verstellen.

„Ich weiß genau, daß du nicht geheilt bist und daß so was bei unsereins auch unheilbar ist", sagte er zu mir. „Glücklicherweise übrigens. Es gibt Genesungen, die einen mehr schaffen als die Krankheit selbst."

Ich tat mein Bestes. Ich mußte durchhalten, Lila selbst forderte es von mir. Wenn ich mich gehenließe, würde ich unweigerlich in Verzweiflung verfallen, was die sicherste Art und Weise war, sie zu verlieren.

Das Clos Joli befand sich ein wenig abseits der Stelle, wo sich die Straßen von Noisy und Caen kreuzen, gegenüber den ersten Häusern des Weilers von Ouvières, ganz hinten in einem Gärtchen, wo Frühling und Sommer einen mit Magnolien, Flieder und Rosen empfingen. Überall waren weiße Täubchen, die, so meinte Duprat, „beruhigend auf die Kunden wirken". „Bei mir gibt es zwar keine gepfefferten Preise, aber trotzdem, der Anblick einer weißen Taube beruhigt. Eine Zeitlang hatte ich Gänse, aber der Anblick von Gänsen am Restaurant-Eingang macht, daß die Gäste sich unwohl fühlen." Die Kasse, wo ich mich häufig aufhielt, befand sich aus denselben Gründen etwas abseits, den Blicken verborgen.

„Man soll nicht gleich an die Rechnung denken, wenn man über die Schwelle tritt. Da ist Takt vonnöten."

Manchmal kam er, stützte sich in seiner ganzen Weiße – „wir haben seit Carême noch nicht die Uniform gewechselt" – mit den Ellenbogen auf die Kasse und machte mir ein paar vertrauliche Mitteilungen.

„Ich halte durch, aber es geht abwärts, es geht abwärts", beschwerte er sich. „Nun stört sie schon das Feuer, sie beschweren sich über die Hitze. Eine Küche ohne Feuer, das ist wie eine Frau ohne Arsch. Das Feuer ist doch unser aller, der Köche Frankreichs Vater. Aber es gibt welche, die fangen jetzt plötzlich mit Elektrizität an und mit automatischer Garzeit-Regelung obendrein. Das ist doch, als würde man Liebe machen und dabei auf die Uhr schauen, um zu wissen, wann man Lust zu empfinden hat."

Ich bemerkte, daß sich das Wappen auf seiner Jacke verändert hatte. Wo einst in dreifarbigen Lettern: *Marcellin Duprat, „Clos Joli", Frankreich*, gestanden hatte, stand jetzt: *Marcellin Duprat, Frankreich.* „Clos Joli" *und* „Frankreich" zu erwähnen muß ihm wohl als Pleonasmus erschienen sein.

In der Küche standen auf jedem Topf die Initialen C. J. und der Jahrgang in römischen Zahlen. Seine Feinde meinten, daß er sich als einer aus dem Geschlecht der Cäsaren empfand. Er duldete es nicht, daß man „die Küchen" sagte.

„Das ist ein Plural, der meilenweit nach Hotelwesen stinkt. Für mich ist der Ort, wo ich arbeite, die Küche. Heute will man alles vervielfachen."

Am Eingang hing eine große Frankreich-Karte mit den Produkten, die den Ruhm der einzelnen Provinzen ausmachten: für die Normandie hatte er die Kaldaune ausgewählt.

„Schließlich und endlich hat das den Franzosen und die Geschichte Frankreichs hervorgebracht.“

Die Preise waren gepfeffert. Der Minister Anatole de Monzie hatte einmal zu ihm gesagt: „Mein lieber Marcellin, wenn man Ihre Gerichte genießt, so ist das Erotik; wenn man Ihre Preise anguckt, dann ist das Pornographie!“

Seit den ersten Monaten der „drôle de guerre“ gab es Kritik an Duprat. Man murrte, dieses gastronomische Fest, das da im Clos Joli ununterbrochen ablief, während der Feind doch schon ganz nahe war, habe etwas Unanständiges. Duprat zuckte verächtlich die Schultern.

„In Vienne hält Point die Stellung, Dumaine in Saulieu, Pic in Valence, Mutter Brazier in Lyon und ich in Cléry“, sagte er. „Heute mehr denn je muß jeder da, wo er seine größten Fähigkeiten hat, sein Bestes geben.“

Das schien auch Ambroise Fleurys Meinung zu sein, der sich wieder an seine Drachen gemacht hatte, und zwar mit einer Verbissenheit, die einem echten Glaubensbekenntnis ähnelte. Er hatte seine „humanistische“ Serie wieder aufgenommen, und aufs neue flatterten die Rabelais, Erasmus, Montaignes und Rousseaus über den normannischen Wäldchen. Ich betrachtete die kräftigen Hände meines Onkels, welche Leisten und Verstrebungen, Strippen und Papier eines Gerippes zusammenfügten, wo man schon die Züge irgendeiner unsterblichen Persönlichkeit aus dem Zeitalter der Aufklärung zu erkennen begann. Jean-Jacques Rousseau schien sein Liebling zu sein: Ambroise Fleury hat im Laufe seines Lebens schätzungsweise mehr als achtzig davon angefertigt.

Ich spürte, daß er recht hatte und Duprat auch. Mehr denn je mußte jeder sein Bestes geben. Ich lächelte, mich an jene Stunden der Kindheit erinnernd, als Lila uns – entsprechend den jeweiligen Talenten – auf dem Dachboden des Sommersitzes Les Jars unsere Lebenswege verkündete:

„Tad wird mal ein großer Forschungsreisender werden und Gräber skytischer Krieger und Azteken-Tempel entdecken, Bruno wird so berühmt sein wie Menuhin und Rubinstein, Hans wird in Deutschland die Macht ergreifen und Hitler töten; du aber . . ."

Sie schaute mich ernst an.

„Du, du wirst mich lieben", sagte sie, und ich spüre noch immer den Kuß auf meiner Wange, von dem diese Offenbarung meines Lebenssinns begleitet war.

Ich eröffnete meinem Onkel, daß ich nicht mehr zu Duprat zurückkehren würde.

„Ich gehe nach Paris. Dort ist es einfacher, Nachrichten einzuholen, als hier. Vielleicht werde ich versuchen, nach Polen zu gelangen."

„Es gibt kein Polen mehr", sagte Ambroise Fleury.

„Jedenfalls ist in Frankreich eine neue polnische Armee dabei, sich zu formieren. Ich bin sicher, daß es mir gelingen wird, etwas in Erfahrung zu bringen. Ich bin guter Hoffnung."

Mein Onkel schlug die Augen nieder.

„Was soll ich dir da sagen? Fahr hin. Bei unsereins befiehlt immer die Hoffnung. Nicht totzukriegen, diese Schlampe."

Als ich mich von ihm verabschiedete, schwiegen wir einen langen Augenblick; auf seiner Bank sitzend, mit seiner alten Lederschürze und seinen Werkzeugen, ähnelte er den alten Handwerksburschen der französischen Geschichte.

„Kann ich einen deiner Drachen als Andenken mitnehmen?" fragte ich.

„Such dir einen aus.“

Ich sah mich um. Das Atelier war fünfundzwanzig Meter lang und zehn Meter breit, und die Worte, die einem einfielen, wenn man die Hunderte von Drachen sah, waren „Qual der Wahl“. Sie waren alle zu groß für mich, und es war einfacher, sie im Gedächtnis unterzubringen als in einem Koffer. Ich habe einen ganz kleinen genommen, eine Libelle mit Perlmuttflügeln.

XXIV

Mit fünfhundert Francs in der Tasche kam ich in Paris an und irrte auf der Suche nach einer Unterkunft lange durch eine mir fremde Stadt. Ich fand ein Zimmer für fünfzig Francs pro Monat, es lag über einem Tanzlokal in der Rue du Cardinal-Lemoine.

„Ich mach Ihnen wegen des Lärms einen günstigen Preis“, sagte der Besitzer zu mir.

Die polnischen Soldaten und Offiziere, die über Rumänien nach Frankreich hatten gelangen können und hier mit einer gewissen Herablassung aufgenommen wurden, antworteten desinteressiert auf meine Fragen: es gebe keinen Bronicki unter ihnen, ich solle mich an den Generalstab der polnischen Armee wenden, der sich in Coëtquidan neu formierte. Ich begab mich jeden Tag in die Rue de Solférino: ich wurde höflich abgewiesen. Ich unternahm weitere Schritte bei der schwedischen und bei der Schweizer Botschaft sowie beim Roten Kreuz. Ich mußte mein Quartier verlassen, nachdem ich den Besitzer geohrfeigt hatte: er hatte mir gegenüber erklärt, daß man sich mit Hitler vertragen müsse.

„Man muß anerkennen, daß er ein Führer ist, wir könnten auch so einen Mann gebrauchen.“

Seine Frau rief die Polizei, doch ich konnte vorher abhauen und verkroch mich in einem möblierten Zimmer in der Rue Lepic. In dem Hotel verkehrten Prostituierte. Die Chefin war eine große dünne Frau mit schwarzgefärbtem Haar und hartem, unverfrorenem Blick, der mir den Eindruck vermittelte, daß ich ausgeforscht und untersucht, ja sogar durchsucht würde. Ich habe sie nur selten ohne ein Päckchen Gauloises in Reichweite und ohne eine Zigarette im Mundwinkel gesehen, so daß sich ihr Gesicht meinem Gedächtnis von Rauch umwölkt eingeprägt hat.

Sie hieß Julie Espinoza.

In meinem Zimmer liegend, verbrachte ich meine Zeit damit, Polen zu befreien und Lila am Ostseestrand fest in meine Arme zu schließen.

Es kam der Tag, an dem ich kein Geld mehr hatte, um meine Miete zu bezahlen. Anstatt mich rauszuwerfen, lud mich die Chefin jeden Tag ein, in der Küche mit ihr zu essen. Während sie ihren Pekinesen Tschong streichelte, ein Tierchen mit schwarzer Schnauze und weiß-braunem Fell, das immer auf ihren Knien saß, sprach sie von diesem und jenem, stellte mir keinerlei Fragen und beobachtete mich aufmerksam. Ich fühlte mich unter diesem unbeweglichen Blick nicht wohl, ihre Augen schienen immerzu auf der Lauer zu liegen; die Wimpern erweckten den Eindruck in der Zeiten Tiefe hockender Spinnenbeine. Ich erfuhr, daß Madame Espinoza eine Tochter hatte, die im Ausland studiert hat.

„In Heidelberg, in Deutschland", präzisierte sie mit fast triumphalem Ton. „Du siehst, mein kleiner Ludo, ich habe gewußt, was kommen würde. Seit München war mir alles klar. Die Kleine hat ein Diplom, das ihr sehr nützlich sein wird, wenn die Deutschen erst mal hier sind."

„Aber . . ."

Beinahe hätte ich gesagt: „Ihre Tochter ist doch Jüdin wie Sie, Madame Julie." Sie ließ mir keine Zeit dazu.

„Ja, ich weiß, aber sie hat Papiere, die sind so arisch wie nur möglich", erklärte sie, eine Hand auf Tschong gelegt, der sich auf ihrem Schoß zur Kugel eingerollt hatte. „Ich habe Mittel und Wege gefunden, und nun hat sie einen Namen, der was hermacht. Diesmal wird man uns nicht so einfach reinlegen, das kannst du mir glauben. Mich jedenfalls nicht. Unsereins hat da ja tausend Jahre Übung und Erfahrung drin. Es gibt welche, die haben das alles vergessen und glauben, daß das vorbei ist und wir jetzt die Zivilisation haben – Menschenrechte nennen sie das in den Zeitungen –, aber ich, ich kenne sie, eure Menschenrechte. Rosen sind das. Es riecht gut, das ist aber auch schon alles."

Julie Espinoza war in „Häusern" von Budapest und Berlin mehrere Jahre lang Puffmutter gewesen und sprach Ungarisch und Deutsch. Mir war aufgefallen, daß sie immer dieselbe Brosche an ihrem Kleid trug, eine kleine Eidechse aus Gold, die ihr viel zu bedeuten schien. Jedesmal wenn sie besorgt war, spielten ihre Finger mit der Brosche.

„Hübsch, Ihre Eidechse", sagte ich eines Tages zu ihr.

„Hübsch oder nicht, die Eidechse ist jedenfalls ein Tier, das seit Anbeginn der Zeiten überlebt hat und wie kein anderes zwischen die Steine zu schlüpfen versteht."

Sie hatte eine männliche Stimme, und wenn ihr etwas nicht paßte, begann sie zu fluchen wie ein Bierkutscher – man sagt „wie ein Kutscher", aber ich hatte auf meinem Dorf noch nie jemanden eine solche Sprache benutzen hören –, und zuweilen waren Madame Julies Bemerkungen derart ordinär, daß sie am Ende selbst in Verwirrung geriet. Eines Abends hielt sie inne, mitten in einem eher bescheidenen „Scheiße verdammte", gefolgt von anderen Worten, die ich lieber nicht aufschreibe, aus Achtung und Verbundenheit jener Frau gegenüber, der ich so viel verdanke; sie unterbrach ihre Schmährede, die sich auf ich weiß nicht welchen Ärger mit der Sittenpolizei bezog, und begann nachzudenken.

„Das ist irgendwie doch komisch. So was fällt mir nur auf französisch ein. Ungarisch oder deutsch kam mir das nie über die Lippen. Vielleicht fehlte es mir da an Wortschatz. Und außerdem war die Kundschaft in Buda und in Berlin eine andere. Ausgesprochen vornehme Leute. Sie kamen oft im Smoking oder sogar im Frack, nach der Oper oder nach dem Theater, und küßten einem die Hand. Hier, das ist doch das Hinterletzte."

Sie schien beunruhigt.

„Ich bin ja völlig verrückt", erklärte sie entschieden, „ich werde mir nicht erlauben können, vulgär zu erscheinen."

Und sie beschloß ihre Rede mit diesem geheimnisvollen Satz, der ihr sicher ungewollt herausschlüpfte, denn noch vertraute sie mir nicht voll und ganz:

„Das ist eine Frage von Leben oder Tod."

Sie nahm ihr Päckchen Gauloise vom Tisch und ging, mich höchst erstaunt zurücklassend, denn ich verstand überhaupt nicht, inwiefern die Gewöhnlichkeit ihrer Ausdrucksweise eine solche Gefahr für sie darstellen konnte.

Mein Erstaunen verwandelte sich in Bestürzung, als diese schon bejahrte Frau begann, Unterricht in gutem Benehmen zu nehmen. Ein altes Fräulein, früher Direktorin eines Mädchenpensionats, kam zweimal wöchentlich, um ihr zu helfen, sich das anzueignen, was sie „Klasse" nannte, ein Wort, das in meinem Gedächtnis die schlimmsten Erinnerungen an meine Demütigungen in Gródek weckte, an die Geschichte mit den gestohlenen Gegenständen, an meine Beziehungen zu Hans und die feierliche Warnung Stas Bronickis, dieses – um mich wie Madame Julie auszudrücken – Arschlochs, der, obwohl er voll und ganz akzeptierte, daß ich der Geliebte seiner Tochter war, mich aufgefordert hatte, in Anbetracht meiner bescheidenen Herkunft und der kolossalen Erhabenheit des Namens Bronicki mir die irrsinnige Hoffnung auf eine Heirat mit Lila aus dem Kopf zu schlagen. Meine Gereiztheit nahm zu, als ich die Erzieherin Madame Julie erklären hörte, was sie unter „Klasse" verstand:

„Sehen Sie, es genügt nicht, ein sich von dem der niederen Gesellschaftsklassen unterscheidendes Verhalten anzunehmen. Im Gegenteil, es darf vor allem nicht *erworben* wirken. Das muß ganz natürlich aussehen, angeboren gewissermaßen . . ."

Ich war empört über das freundliche Lächeln, mit dem Madame Julie diese Vorhaltungen akzeptierte, sie, die in meinem Beisein so oft einen Kunden wüst beschimpft hatte, der „sich erlaubte . . .". Sie zeigte nicht die geringste Ungeduld und gehorchte. Ich habe sie dabei ertappt, wie sie, einen Bleistift längs zwischen den Zähnen oder den Lippen haltend, eine Fabel von La Fontaine aufsagte und zwischendurch ein Pärchen empfing, was häufig der Fall war, denn jedes der Mädchen verschaffte sich mühelos fünfzehn bis zwanzig Freier am Tag.

„Ich soll einen Gossen-Akzent haben", erklärte sie mir. „Pigalle eben. Diese alte Heuschrecke nennt das einen ‚volkstümlichen Dialekt', und sie hat mir Übungen verordnet, damit ich ihn loswerde. Ich mache einen bescheuerten Eindruck, ich weiß, aber was sein muß, muß eben sein."

„Warum geben Sie sich so viel Mühe, Madame Julie? Es geht mich ja nichts an, aber . . .“

„Ich habe meine Gründe.“

Ihre Art zu gehen machte ihr ebenfalls Sorgen.

„Ich wirke wie ein Zuhälter“, gab sie zu.

Es war eine Art Schlingern von einem Bein auf das andere, begleitet von einem Wiegen der Schultern, wobei die Unterarme halb angehoben und die Ellenbogen abgewinkelt waren – ein Gang, der tatsächlich nichts Weibliches an sich hatte und irgendwie an die Körperhaltung von Profi-Ringern erinnerte. Mademoiselle de Fulbillac beklagte dies lebhaft.

„So können Sie nicht in die gute Gesellschaft gehen!“

Und ich sah dann, wie sich die Chefin mit drei oder vier Büchern auf dem Kopf vorsichtig von einer Ecke des Salons in die andere begab.

„Halten Sie sich schön gerade, Madame“, befahl Mademoiselle de Fulbillac, deren Vater Marineoffizier gewesen war. „Und bitte, vermeiden Sie es, ständig eine Kippe im Mund zu haben, das läßt auf allerschlechteste Manieren schließen.“

„Scheiße“, sagte Madame Julie, wenn die Bücherpyramide mit Gepolter einstürzte.

Und sie fügte sogleich hinzu:

„Ich muß mir unbedingt diese Ausdrücke abgewöhnen. Das kann mir mal im ungünstigsten Moment rausrutschen. Ich habe in meinem Leben so oft ‚Scheiße‘ gesagt, daß es mir zur zweiten Natur geworden ist.“

Ihr Äußeres war nicht „von hier“, wie Mademoiselle de Fulbillac mir mehrfach zu verstehen gegeben hatte; sie erschien mir etwas zigeunerhaft. Viele Jahre später, als ich mir ein paar Kenntnisse auf dem Gebiet der Kunst angeeignet hatte, fand ich, daß Julie Espinozas Gesicht Ähnlichkeit mit den Frauenantlitzen auf den byzantinischen Mosaiken und mit den auf Holz gemalten Bildnissen der Sarkophage von Saqqarah hatte. Es war jedenfalls ein Gesicht aus uralten Zeiten.

Einmal, als ich in das Büro trat, wo die Kunden im voraus das Zimmer bezahlten, sah ich Julie Espinoza mit einem aufgeschlagenen Geschichtsbuch in Händen hinter der Kasse sitzen. Die Augen fest geschlossen, den Zeigefinger auf einer Buchseite, rezitierte sie, so als wollte sie sich einen Unterrichtsstoff einprägen:

„... Man kann also sagen, daß Admiral Horthy ganz gegen seinen Willen Reichsverweser von Ungarn geworden ist ... Seine Popularität, die schon ..."

Sie warf einen Blick ins Lehrbuch.

„... schon nach der Schlacht von Otranto im Jahre 1917 groß war, wuchs, nachdem er 1919 die bolschewistische Revolution Béla Kuns zerschlagen hatte, derart, daß er gar nicht anders konnte, als sich dem Volkswillen zu beugen ..."

Sie bemerkte mein Erstaunen.

„Is was?"

„Nichts, Madame Julie."

„Kümmer dich nich drum."

Ihre Fingerspitzen spielten mit der kleinen goldenen Eidechse, sie besänftigte sich und fügte gelassen hinzu:

„Ich übe für den Tag, an dem die Deutschen hier sein werden."

Die Sicherheit, mit der sie mir auf diese Weise das Undenkbare ankündigte, nämlich daß Frankreich den Krieg verlieren könnte, machte, daß ich außer mich geriet und, laut die Tür zuschlagend, wegrannte.

Eine Zeitlang dachte ich, Madame Julie bereite sich mit ihren Übungen darauf vor, ein Haus „von

Klasse" zu eröffnen, erinnerte mich dann aber daran, daß sie Jüdin war, deshalb konnte ich mir nicht vorstellen, wie ein solcher gesellschaftlicher Aufstieg erfolgen sollte, wenn die Nazis den Krieg gewannen, wovon sie doch so überzeugt war. Vielleicht wollte sie ein Luxus-Bordell in Portugal aufmachen, einem Land, für das sie sich zu interessieren schien.

„Werden Sie nach Portugal flüchten?"

Den zarten dunklen Flaum über ihren Lippen durchfuhr ein verächtliches Schauern.

„Ich gehöre nicht zu denen, die flüchten."

Sie drückte ihre Zigarette aus und sah mir in die Augen.

„Aber mein Fell werden sie nicht bekommen, darauf kannst du dich verlassen."

Mich irritierte diese Mischung aus Mut und Defätismus. Ich war auch zu jung, um einen derartigen Überlebenswillen zu begreifen. In meinem Zustand von Angst und Liebesentzug schien mir das Leben keine solche Anhänglichkeit zu verdienen.

Julie Espinoza beobachtete mich weiterhin. Mir war, als stünde ich vor Gericht und sie bereite sich darauf vor, einen Urteilsspruch zu fällen.

Eines Nachts träumte ich, ich stünde auf dem Dach und Madame Julie befände sich unten auf dem Bürgersteig, schaute hoch und wartete, daß ich mich hinabstürze und sie mich mit ihren Armen auffangen kann. Schließlich kam der Moment, wo ich mit ihr in der Küche saß, mein Gesicht in den Armen verbarg und in Schluchzen ausbrach. Sie hörte mir dann bis zwei Uhr morgens zu, unter dem Rauschen der Bidets, die im Hôtel du Passage sozusagen nie stillstanden.

„So blöd kann man doch gar nicht sein", murmelte sie, als ich ihr meine Absicht mitteilte, nach Polen zu gehen, komme was da wolle. „Ich verstehe auch nicht, daß man dich, so blöd wie du bist, bei der Armee nicht genommen hat."

„Ich bin dienstuntauglich. Mein Herz schlägt zu stark."

„Hör zu, mein Kleiner. Ich bin sechzig Jahre alt, aber manchmal fühle ich mich so, als hätte ich schon fünftausend Jahre gelebt, oder überlebt, wenn du willst, als wäre ich sogar schon vorher dagewesen, am Weltenanfang. Und dann bedenke, wie ich heiße. Espinoza."

Sie lachte.

„Fast wie Spinoza, der Philosoph, vielleicht hast du schon von ihm gehört. Ich könnte sogar das E weglassen und mich Spinoza nennen – bei dem, was ich alles weiß ..."

„Warum erzählen Sie mir das?"

„Weil bald so schlimme Zeiten kommen werden, eine solche Katastrophe, daß du samt deinem großen Wehwehchen drin verschwinden wirst. Wir werden den Krieg verlieren und die Deutschen in Frankreich sitzen haben."

Ich stellte mein Glas ab.

„Frankreich kann den Krieg nicht verlieren. Das ist unmöglich."

Sie ließ ein Augenlid halb herunter und sah mich über ihre Zigarette hinweg an.

„‚Unmöglich' gibt's nicht im Französischen", sagte sie.

Madame Julie stand mit dem Pekinesen im Arm auf und ging ihre Tasche von einem flaschengrünen Plüschsessel holen. Sie entnahm ihr ein Bündel Geldscheine und setzte sich wieder.

„Nimm erst mal das. Später kommt noch mehr davon."

Ich guckte auf das Geld, das auf dem Tisch lag.

„Na, worauf wartest du?"

„Hören Sie, Madame Julie, davon kann man ein

Jahr lang leben, und daran liegt mir nicht sonderlich."

Sie hat spöttisch gelacht.

„So was will aus Liebe sterben", sagte sie. „Da müßtest du dich aber beeilen. Denn rundherum wird das große Sterben anfangen – und nicht aus Liebe, das kannst du mir glauben."

In mir regte sich ungestüm Sympathie für diese Frau. Vielleicht begann ich zu ahnen, daß man mit dem verächtlichen Gerede von „Hure" oder „Kuppelmutter" die menschliche Würde auf der Arsch-Ebene ansiedelte, um die Niederträchtigkeiten des Kopfes besser übergehen zu können.

„Ich verstehe immer noch nicht, warum Sie mir dieses Geld geben."

Sie saß vor mir mit ihrem Tuch aus malvenfarbener Wolle auf ihrer flachen Brust, mit ihrer Kuppel aus schwarzem Haar, ihren Zigeuneraugen und ihren langen Fingern, die mit der goldenen Eidechse spielten.

„Du verstehst es nicht, natürlich. Dann will ich es dir erklären. Ich brauche einen wie dich. Ich bin gerade dabei, mir eine kleine Mannschaft zusammenzustellen."

Auf diese Weise bereitete sich im Februar 1940, als die Engländer sangen „*We are hanging our washing on the Siegfried line*"*, als die Plakate verkündeten, daß „wir siegen werden, weil wir die Stärkeren sind", und als das Clos Joli von Toast-Sprüchen auf den Sieg widerhallte, eine alte Kupplerin auf die deutsche Okkupation vor. Ich glaube nicht, daß irgend jemand anderes im Lande zu diesem Zeitpunkt die Idee gehabt hat, ein „Widerstandsnetz" zu organisieren, wie man es später nennen sollte. Ich wurde beauftragt, Kontakte zu einer bestimmten Anzahl von Personen herzustellen, darunter zu

* (engl.) Wir hängen unsre Wäsche an der Siegfriedlinie auf.

einem Fälscher, der auch nach zwanzig Gefängnisjahren noch immer nostalgisch seinem Beruf anhing, und Madame Julie hatte mich so gut zu überzeugen gewußt, alles geheimzuhalten, daß ich noch heute kaum wage, ihre Namen aufzuschreiben. Da war Monsieur Dampierre, der allein mit einem Kanarienvogel lebte – der Kanarienvogel blieb verschont, das muß man zur Ehrenrettung der Gestapo sagen, die ihn zu sich nahm, nachdem Monsieur Dampierre 1942 während eines Verhörs an Herzversagen gestorben war. Da war Monsieur Pageot, später als Valérien bekannt geworden, zwei Jahre, bevor er mit zwanzig anderen auf dem Berg gleichen Namens füsiliert wurde. Und da war der Polizeikommissar Rotard, der dann Chef des Widerstandsnetzes „Alliance" wurde und der in seinem Buch „Die unterirdischen Jahre" von Madame Julie Espinoza spricht: „Sie hatte absolut keinerlei Illusionen, was zweifellos ihrer langen Berufspraxis entsprang. So manches Mal stellte ich mir vor, wie die Ehrlosigkeit zu dieser Frau kam, die so viel von ihr wußte, und ihr vertrauliche Geständnisse machte, ihr vielleicht ins Ohr flüsterte: ‚Bald wird meine Zeit kommen, meine gute Julie. Bereite dich darauf vor.' Jedenfalls gelang es ihr, andere zu überzeugen, und ich half ihr, eine Gruppe aufzubauen, die regelmäßig zusammenkam, um die verschiedenen Maßnahmen ins Auge zu fassen, angefangen bei den falschen Papieren bis zur Auswahl sicherer Orte, wo wir uns unter der deutschen Besatzung, an der sie nicht einen Moment zweifelte, treffen oder wo wir untertauchen konnten."

Eines Tages, nach einem Besuch bei einem Apotheker der Rue Gobin, der mir „Medikamente" übergab, von deren Natur und Empfänger ich erst sehr viel später erfuhr, fragte ich Madame Espinoza:

„Bezahlen Sie die?“

„Nein, mein kleiner Ludo. Es gibt Dinge, die man nicht kaufen kann.“

Sie warf mir einen seltsamen Blick zu, eine Mischung aus Traurigkeit und Härte.

„Das sind alles zukünftige Füsilierte.“

Eines Tages wollte ich auch wissen – da sie doch so sicher war, daß wir den Krieg verloren hatten, und das Eintreffen der Deutschen für eine unumstößliche Tatsache hielt –, warum sie nicht in die Schweiz oder nach Portugal floh.

„Wir haben ja schon darüber gesprochen, und ich habe dir eine Antwort darauf gegeben. Flucht ist nicht mein Stil.“

Sie hat gelacht.

„Das war's vielleicht, was die Fulbillac meinte, als sie immer sagte, ich hätte einen ‚schlechten Stil‘.“

Eines Morgens sah ich in der Küche die Fotos des portugiesischen Diktators Salazar, des Reichsverwesers von Ungarn, Admiral Horthy, und sogar das von Hitler herumliegen.

„Ich erwarte jemanden, der mir Widmungen schreibt“, erklärte sie.

Madame Julie ging in ihrem Vertrauen nie so weit, mir anzuvertrauen, welches der neue Name war, den sie annehmen wollte, und als der „Spezialist“ kam, um die Porträts mit Widmungen zu versehen, wurde ich gebeten hinauszugehen.

Sie ließ mich meinen Führerschein machen.

„Das kann von Nutzen sein.“

Das einzige, was die Chefin nicht vorhersagen konnte, war das genaue Datum der deutschen Offensive und der darauffolgenden Niederlage. Sie rechnete damit, „sobald die ersten schönen Tage kommen“, und war besorgt um das Los der Mädchen. Dreißig oder vierzig waren es, die einander rund um die Uhr im Hôtel du Passage ablösten. Sie empfahl ihnen, Deutschunterricht zu nehmen, aber in ganz Frankreich glaubte keine einzige Hure daran, daß wir den Krieg verlieren könnten.

Ich war erstaunt über das Vertrauen, das sie mir bezeugte. Warum verließ sie sich ohne Zögern auf einen zwanzigjährigen Jungen, von dem das Leben noch alles zu erwarten hatte, was ja nicht unbedingt eine Empfehlung war?

„Vielleicht mache ich da eine Dämlichkeit", gab sie zu. „Aber soll ich dir mal was sagen? Du hast irgendwie was Füsiliertes im Blick."

„Mensch, das is ja vielleicht 'n Ding", stieß ich hervor.

Sie lachte.

„Ich habe dir einen Schreck eingejagt, was? Aber das muß nicht unbedingt bedeuten: zwölf Kugeln im Pelz. Damit kann man sogar sehr alt werden. Deine Polin macht, daß du diesen Blick hast. Keine Sorge, du wirst sie wiedersehen."

„Wie können Sie das wissen, Madame Julie?"

Sie zögerte, als wollte sie mir nicht weh tun.

„Es wäre zu schön, wenn du sie nicht wiedersehen würdest. Dann würde alles heil und intakt bleiben. Im Leben bleiben die Dinge selten heil."

Ich ging weiterhin zwei- oder dreimal in der Woche zum Generalstab der polnischen Armee in Frankreich, und schließlich sagte mir ein Unteroffizier, der meine Fragerei satt hatte:

„Wir wissen es nicht mit Sicherheit, aber es ist mehr als wahrscheinlich, daß die ganze Familie Bronicki im Bombenhagel umgekommen ist."

Dabei war ich sicher, daß Lila lebte. Wie eine Vorahnung spürte ich förmlich ihre Anwesenheit an meiner Seite wachsen.

Anfang April verschwand Madame Julie für ein paar Tage. Sie kehrte mit einem Verband auf der

Nase zurück. Als er abgenommen wurde, hatte die Nase Julie Espinozas ihr etwas höckriges Aussehen verloren und war gerade, ja sogar kürzer geworden. Ich stellte keinerlei Fragen, aber angesichts meines Erstaunens sagte sie:

„Das erste, was diese Saukerle sich ansehen werden, ist die Nase."

Ich hatte schließlich ein solches Vertrauen in ihr Urteilsvermögen gefaßt, daß ich nicht überrascht war, als die Deutschen die Front bei Sedan durchbrachen. Ich war auch einige Tage später nicht überrascht, als sie mich ihren Citroën aus der Garage holen ließ.

Als ich zurückkam, saß sie mit Tschong zwischen ihren Koffern, hielt ein Glas Weinbrand in der Hand und hörte sich im Radio die amtlichen Bekanntmachungen an, die verkündeten, daß noch „nichts verloren" sei.

„Ein komisches Nichts", sagte sie.

Sie stellte ihr Glas ab, nahm den Hund und erhob sich.

„Na gut, wir fahren jetzt."

„Wohin?"

„Wir fahren ein Stück zusammen, denn du wirst nach Hause zurückkehren, in die Normandie, und das ist ungefähr dieselbe Richtung."

Es war der 2. Juni – und nicht die Spur von Niederlage auf den Straßen. In den Dörfern, durch die wir kamen, war alles friedlich. Madame Espinoza ließ erst mich das Auto fahren und setzte sich dann selbst ans Lenkrad. Sie trug einen grauen Mantel, einen malvenfarbenen Hut und ein malvenfarbenes Halstuch.

„Wo werden Sie sich verstecken, Madame Julie?"

„Ich werde mich überhaupt nicht verstecken, mein Lieber. Die sich verstecken, sind immer die, die gefunden werden. Zweimal hatte ich die Syphilis schon; die Nazis wären da schließlich lediglich das dritte Mal."

„Aber was wollen Sie denn machen?"

Sie lächelte spitzbübisch und antwortete mir nicht. Einige Kilometer vor Vervaux stoppte sie den Wagen.

„So. Wir verabschieden uns. Du hast es von hier nicht allzu weit nach Hause, du wirst dich schon durchschlagen."

Sie gab mir einen Kuß.

„Ich werde dir ein Zeichen geben. Wir werden bald Kerlchen wie dich brauchen."

Sie berührte meine Wange.

„Na geh schon."

„Sie wollen mir doch nicht schon wieder sagen, daß ich den Blick eines Füsilierten habe?"

„Sagen wir mal, du hast, was man braucht. Wenn man zu lieben versteht wie du, eine Frau zu lieben, die nicht mehr da ist, ist die Chance gegeben, daß man auch andere Dinge lieben kann ... die nicht mehr da sein werden, sobald die Nazis erst mal loslegen."

Ich stand draußen mit meinem Koffer. Ich war traurig.

„Sagen Sie mir doch wenigstens, wo Sie hinfahren!"

Sie startete. Ich blieb mitten auf der Straße stehen und fragte mich, was aus ihr werden würde. Ich war auch ein bißchen enttäuscht über diesen Mangel an Vertrauen zum Schluß. Offensichtlich war das, was sie in meinen Augen las, keine ausreichende Garantie. Gut, um so besser. Dann hatte ich schließlich und endlich vielleicht nicht den Blick eines Füsilierten. Ich hatte noch eine Chance davonzukommen.

XXV

Ein Militärwagen las mich von der Straße auf, und so war ich gegen drei Uhr nachmittags in Cléry. Aus den geöffneten Fenstern tönten Radios. Man werde den Feind an der Loire zum Stehen bringen. Ich hielt nicht einmal für möglich, daß die „Chefin" den Feind an der Loire würde zum Stehen bringen können.

Ich traf meinen Onkel bei der Arbeit an. Gleich beim Eintreten war ich verblüfft über den Wandel der Atmosphäre im Atelier: Ambroise Fleury steckte bis zu den Knien in den kriegerischsten Erscheinungen der französischen Geschichte. Um ihn herum lagen, bunt durcheinander, all die Charles Martel, die Ludwigs, die Godefroy de Bouillon und Roland de Roncevaux, alles, was in Frankreich jemals dem Feind die Zähne gezeigt hatte, von Karl dem Grossen bis zu den Marschällen des Kaiserreichs, und es fehlte auch Napoleon höchstselbst nicht, von dem mein Vormund doch früher sagte: „Setz ihm einen Borsalino auf, und schon hast du 'n Al Capone." Mit Nadel und Faden in Händen war er gerade dabei, eine Jeanne d'Arc zusammenzuflicken, der offenbar ein Mißgeschick passiert war, denn die Tauben, die sie in den Himmel tragen sollten, hingen an einer Seite schlaff herunter, und ihr Schwert war, infolge ich weiß nicht welcher unerfreulichen Begegnung mit dem Erdboden, zerbrochen.

Für einen alten Pazifisten und Kriegsdienstverweigerer war das eine Umstellung, die mich vor Staunen stumm sein ließ. Ich bezweifelte stark, daß dieser Gesinnungswandel einem neuerlichen Zustrom von Bestellungen entsprach, denn selten in seiner gesamten Geschichte war das Land weniger geneigt gewesen, sich für Drachen zu interessieren.

Ambroise Fleury selbst hatte sich verändert. Niemals hatte ich an ihm ein so hartes Gesicht gekannt. Er saß da, mit seiner verstümmelten JEANNE D'ARC auf den Knien, und gab ein gelungenes Beispiel für das ab, was die Fresse eines alten Normannen an Wütendstem zu bieten hat. Er erhob sich nicht von seiner Bank, deutete gerade noch so ein Kopfnicken an.

„Na, was gibt's Neues?" fragte er mich – und das war eine Frage, die mich verstummen ließ, wo doch Paris gerade zur offenen Stadt erklärt worden war. Mir schien, daß man sich jetzt ganz andere Fragen zu stellen hatte. Aber wir befanden uns erst im Juni 1940 und waren noch nicht in jene Epoche eingetreten, wo die Franzosen sich foltern und töten ließen für etwas, was nur noch in ihren Köpfen existierte.

„Ich habe überhaupt nichts erfahren können. Ich habe alles versucht. Aber ich bin sicher, daß sie am Leben ist und zurückkommen wird."

Ambroise Fleury nickte zustimmend.

„In Ordnung, Ludo. Deutschland hat den Krieg gewonnen, der gesunde Menschenverstand, die Vorsicht und die Vernunft werden sich des ganzen Landes bemächtigen. Um weiterhin glauben und hoffen zu können, muß man verrückt sein, woraus ich den Schluß ziehe . . ."

Er sah mich an.

„Man *muß* verrückt sein."

Ich sollte vielleicht daran erinnern, daß in diesen Stunden der Kapitulation der Wahnsinn noch nicht Quartier in den Köpfen der Franzosen bezogen hatte. Damals gab es nur *einen* Verrückten, und der war in London.

Einige Tage nach meiner Rückkehr sah ich meine ersten Deutschen. Wir verdienten kein Geld, und ich schickte mich drein, zu Marcellin Duprat zurückzukehren, wenn er mich noch wollte. Mein Onkel war zu ihm gegangen, als klar wurde, daß nichts den fulminanten Vormarsch der Wehrmacht aufhalten konnte; er sah ihn mit geröteten Augen vor der Karte Frankreichs stehen, die am Eingang die Wand zierte und auf der jede Provinz mit ihren edelsten Produkten bebildert war. Einen Finger auf dem Ardennen-Schinken, hatte Duprat gesagt:

„Ich weiß nicht, wie weit die Deutschen kommen werden, aber wir müssen um jeden Preis unsere Verbindungen zum Périgord aufrechterhalten. Ohne Trüffeln und Gänseleber ist das Clos Joli aufgeschmissen. Ein Glück nur, daß Spanien neutral geblieben ist: den einzigen Safran, der diesen Namen verdient, bekomme ich aus Spanien."

„Ich glaube, der ist auch verrückt geworden", hatte mein Onkel voll Hochachtung gesagt.

Auf der Straße vorm Garten standen drei Panzer und vor der Tür, unmittelbar unter den blühenden Magnolien, ein Panzerspähwagen. Ich war darauf gefaßt, ausgefragt zu werden, aber die deutschen Soldaten nahmen keinerlei Notiz von mir. Ich durchquerte die Diele; die Fensterläden der Rotunde und der Galerien waren geschlossen, zwei deutsche Offiziere saßen über eine Karte gebeugt an einem Tisch. Marcellin Duprat hielt sich im lichtgestreiften Halbschatten auf, Monsieur Jean stand bei ihm, der alte achtzigjährige Weinkellner, der in das von allen verlassene Clos Joli gekommen war, um seinem Patron ein wenig Trost zu spenden. Die Arme vor der Brust verschränkt, den Kopf stolz erhoben, doch mit leicht verstörtem Blick, redete Duprat mit lauter Stimme, so als wollte er ganz sicher sein, daß die beiden deutschen Offiziere hörten, was er sagte.

„Ich gebe zu, daß das Jahr sich von seiner guten Seite zeigt; vielleicht wird es sogar eines unserer besten; nur dürfte der Regen nicht plötzlich über die Weinreben huschen ..."

„Auf jeden Fall ist es gut angelaufen", sagte Monsieur Jean mit einem breiten Lächeln inmitten seiner Fältchen. „Frankreich wird sich seiner 40er Ernte erinnern, ich spüre, daß es einer unserer besten Jahrgänge werden wird. Ich habe von überallher gute Nachrichten. Aus dem Beaujolais, aus der ganzen Bourgogne, aus dem Bordelais ... Die Nachrichten waren noch nie so gut. Der Wein wird in diesem Jahr süffiger sein als je in der Geschichte unseres Weinbaus. Der hält durch."

„Soweit ein Franzose zurückdenken kann, haben wir keinen vergleichbaren Juni erlebt", gab Duprat zu. „Der Himmel scheint mit uns zu sein. Nicht eine Wolke. Die Lilien haben zu blühen begonnen, und in neunzig Tagen wird alles gelaufen sein. Manche sind entmutigt und sagen, daß es zu schön ist, um von Dauer zu sein. Aber ich habe Vertrauen zum Weinbau. Das ist immer so gewesen in Frankreich. Was wir auf der einen Seite verlieren, gewinnen wir auf der anderen wieder."

„Die elsässischen Weine sind natürlich futsch", warf Monsieur Jean ein.

„Und eine Karte ohne das Elsaß ist eine nationale Katastrophe", gab Duprat zu, wobei er die Stimme etwas hob. „Allerdings habe ich im Keller noch genug, um vier, fünf Jahre durchzuhalten, und mit ein wenig Glück werden wir uns danach neu eindecken können ... Ich habe jemanden getroffen, der im Auftrag von Point aus Vienne gekommen ist: dort läuft offenbar alles bestens, der Weinbau wächst über sich hinaus. Sogar an der Loire scheint er durchzuhalten. Ein komisches Land, dieses Frankreich, mein alter Jean. Wenn alles futsch zu sein scheint, merkt man plötzlich, daß das Wesentliche Bestand hat."

Monsieur Jean wischte sich mit der Hand eine Träne aus den Lachfältchen.

„Ach ja ... Ich sage Ihnen, Monsieur Duprat, in einigen Jahren wird man an 1940 zurückdenken und sagen: Ein solches Jahr werden wir so schnell nicht wieder erleben! Ich kenne welche, die sehen sich ihre Weinstöcke an und weinen vor Rührung, so schön sind die!"

Die beiden deutschen Offiziere blieben weiter über ihre Karte gebeugt. Ich dachte, sie studierten ihre militärische Karte von Frankreich. Ich täuschte mich. Es war zwar eine Frankreich-Karte, aber die des Clos Joli: *Terrine de fumet aux truffes Marcellin Duprat. Filet de mostelle à l'estragon. Lapereau du bocage normand au vinaigre de framboise. Coquille à la dieppoise.* Ich kannte die Karte auswendig, bis zum Cidre. Ich beobachtete die beiden deutschen Offiziere, und plötzlich schien es mir, als sei der Krieg doch noch nicht ganz verloren. Einer der Offiziere stand auf und näherte sich Duprat.

„Der Oberbefehlshaber der deutschen Truppen in der Normandie und Seine Exzellenz, Botschafter Otto Abetz, werden am nächsten Freitag mit vierzehn Personen hier zum Essen kommen", sagte er. „Seine Exzellenz, Botschafter Abetz, ist vor dem Krieg oft bei Ihnen gewesen, und er läßt Ihnen seine besten Empfehlungen übermitteln. Es liegt ihm daran, daß das Clos Joli auf der Höhe seines Rufs erhalten bleibt, und er wird Ihnen in dieser Hinsicht alle nötige Unterstützung zukommen lassen. Er hat uns beauftragt, Ihnen alles Gute für die Fortsetzung Ihrer Arbeit zu wünschen."

Duprat musterte ihn.

„Sie werden Ihrem General und Ihrem Botschafter ausrichten, daß ich kein Personal habe, keine frische Ware und daß ich nicht sicher bin, durchhalten zu können."

„Diese Befehle kommen von ganz oben, Monsier", sagte der Offizier. „In Berlin wünscht man, daß das Leben normal weitergeht, und wir beabsichtigen, alles zu respektieren, was zur Größe und zum Prestige Frankreichs beigetragen hat, in erster Linie natürlich sein kulinarisches Genie. Das sind die Worte des Führers persönlich."

Die beiden Offiziere salutierten hackenknallend dem Herrn des Clos Joli und zogen sich zurück. Duprat verharrte stumm. Ich sah plötzlich einen seltsamen Ausdruck auf seinem Gesicht auftauchen, eine Mischung aus Wut, Verzweiflung und Entschlossenheit. Ich hatte keinen Laut von mir gegeben. Auch Monsieur Jean schien besorgt.

„Was ist los, Marcellin?"

Da hörte ich aus dem Munde von Marcellin Duprat Worte, die ihm zweifellos noch nie über die Lippen gekommen waren.

„Verdammte Scheiße", sagte er dumpf. „Was denken sich diese Arschlöcher? Daß ich die Hosen runterlasse? Die Devise der Duprats lautet schon seit drei Generationen: Ich halte durch!"

Er kündigte die Wiedereröffnung des Clos Joli für die folgende Woche an. Dabei jagte rundherum eine Kapitulation die andere; jeden Moment konnte England an der Reihe sein, und es gab Stunden, vor allem nachts, wo mir alles verloren schien. Dann stand ich auf, um mich zum Sommersitz Les Jars zu begeben. Ich kletterte über die

Mauer und wartete in den Kastanienalleen auf Lila; die Steinbank, die mit dem Mondschein lange schon nur noch Beziehungen der Leere und Kälte unterhielt, nahm uns freundschaftlich auf. Ich stieg durch eines der großen Terrassenfenster ein, dessen Scheiben ich eingeschlagen hatte, ging auf den Boden, ließ meine Hand über den Erdglobus gleiten und folgte mit dem Finger den von Tad vorgezeichneten Wegen seiner zukünftigen Forschungsreisen. Bruno kam und setzte sich ans Klavier, und ich lauschte der Polonaise von Chopin, die ich so deutlich hörte, als hätte die Stille, diese gleichgültige alte Vettel, sich dieses eine Mal erweichen lassen. Ich wußte noch nicht, daß auch andere Franzosen begannen, wie ich von der Erinnerung zu leben, und daß das, was nicht da war und auf Nimmerwiedersehen verschwunden schien, so kraftvoll lebendig und gegenwärtig bleiben konnte.

XXVI

Das Atelier hatte wieder Aufträge erhalten. Die Geschichte Frankreichs war sehr gefragt. Die Behörden sahen diese Aktivitäten gern, die Vergangenheit war gut angesehen. Die Deutschen hatten verboten, die Drachen höher als dreißig Meter über dem Erdboden fliegen zu lassen, aus Angst vor irgendwelchen verschlüsselten Signalen für die alliierte Luftwaffe oder für die ersten „Banditen". Wir bekamen Besuch vom neuen Bürgermeister Clérys, Monsieur Plantier, der meinen Onkel von einer „Empfehlung" in Kenntnis setzte, die er erhalten hatte. Man hatte tatsächlich höheren Orts bemerkt, daß unter den lobenswerten „historischen" Werken aus dem Atelier des „Besten Handwerkers von Frankreich" – diesen Titel hatte Ambroise Fleury 1937 erhalten – das Bild von Marschall Pétain fehlte. Meinem Onkel wurde nahegelegt, anläßlich des Treffens, das die Gesellschaft der Französischen Drachen in Cléry abzuhalten beabsichtige, solle er als eine Art Apotheose einen dem Marschall nachgebildeten Drachen aufsteigen lassen. Die Veranstaltung werde von großer Publicity begleitet sein, unter der Losung „Freut euch des Lebens" wolle man gegen Aufsässigkeit und Mißmut ankämpfen. Mein Onkel stimmte zu, wobei in seinem dunklen Blick lediglich ein kleines schelmisches Leuchten erschien. Ich war voll zärtlicher Liebe für diese Ausbrüche von Heiterkeit in seinem Blick, diese Andeutung eines spöttischen

Lächelns unter seinem grauen Schnurrbart: eine uralte Heiterkeit, die aus unserer fernsten Vergangenheit stammte und im Vorübergehen hin und wieder ein Gesicht streifte, bevor sie weiter der Zukunft entgegenstrebte. Er baute also einen drei Meter langen Drachen mit dem Bildnis des Marschalls, und alles wäre gut gegangen, wenn nicht der Gemeindeverwalter, dem guten Rat meines Onkels folgend, einige deutsche Offiziere und Soldaten zu dem Fest eingeladen hätte. Mehr als einhundert Wettbewerbsteilnehmer kamen, und der erste Preis – der MARSCHALL PÉTAIN lief natürlich außer Konkurrenz – wurde von dem Zwei-Phasen-Drachen eines Dominikanerpaters errungen, der eine Kreuzigung darstellte: Jesus machte sich vom Kreuz los und stieg in den Himmel auf.

Ich habe nie erfahren, ob Ambroise Fleury die Sache vorausberechnet hatte oder ob es sich um eine ärgerliche Koinzidenz handelte. Er schien irgendwelche Schwierigkeiten zu haben, einen Drachen aufsteigen zu lassen, dessen Größe eher der historischen Stunde entsprach als den Aufwinden, und ein deutscher Gefreiter beeilte sich beflissen, ihm zu helfen, wenn nicht gar mein Onkel selbst seine Hilfe erbeten hatte. Dem MARSCHALL PÉTAIN gelang es endlich, in die Luft zu steigen, doch als er seine geflügelten Arme in dreißig Meter Höhe ausbreitete, war es ein deutscher Gefreiter, der mit der Strippe in der Hand fotografiert wurde. Niemand achtete während des Fests darauf, und erst als das Foto veröffentlicht werden sollte, entdeckte die Zensur eine boshafte Absicht darin. Das Foto erblickte nicht das Licht der Welt, doch es fand sich ein weiteres, von wer weiß wem aufgenommen, das man bis zum Ende der Okkupation immer wieder auf den illegalen Flugblättern reproduziert fand: ein herrlicher MARSCHALL PÉTAIN, der an einer Strippe in den Lüften schwebte, die von einem ausgelassen lachenden deutschen Gefreiten fest in der Hand gehalten wurde.

Diese Geschichte bereitete uns einige Unannehmlichkeiten, und mein Onkel schätzte selbst ein, daß er vielleicht „zu früh die Katze aus dem Sack gelassen“ hatte. In der Normandie begann das Widerstandsnetz „Hoffnung“ sich unter der Führung von Jean Sainteny zu konstituieren, der persönlich gekommen war, Ambroise Fleury einen Besuch abzustatten; die beiden Männer waren trotz des Altersunterschieds wie füreinander geschaffen.

In Cléry selbst rief die Sache mit dem Marschall Pétain unterschiedliche Reaktionen hervor. Die einen begrüßten im Petit-Gris oder im Vigneron den „alten Teufelskerl Ambroise“ mit Augenzwinkern und klopften ihm auf die Schulter; aber andere erinnerten sich an seine „Volksfront“-Periode, als man seinen Léon Blum über die normannischen Gehölze hatte aufsteigen sehen, und meinten, daß einer, dem 14/18 zwei Brüder getötet worden sind, für diese Art und Weise, sich über den Sieger von Verdun lustig zu machen, einen kräftigen Tritt in den Hintern verdient hätte. Man war auch nicht bereit zu vergessen, daß er Kriegsdienstverweigerer gewesen war. Eines schönen Morgens – ich sage noch immer „eines schönen Morgens“, weil die Worte so ihre Gewohnheiten annehmen, und auch deutsche Panzer werden daran nichts ändern können –, eines schönen Morgens also bekamen wir Besuch von Grillot, meinem Kumpel aus der Kindheit, dem zwei Jahre später von Widerstandskämpfern die Kehle durchgeschnitten wurde, Gott vergebe ihm. Er kam mit noch zwei jungen Männern von der anderen Seite, und sie brachten den ganzen Vormittag damit zu, unsere Drachen völlig durcheinanderzuwerfen, um sich davon zu überzeugen, daß „dieser alte Bekloppte" nicht noch andere üble Streiche auf Lager hatte. Mein Onkel hatte seine ganze „Front popu"-Periode und seinen JAURÈS beim alten Pater Tachin, dem Pfarrer von Cléry, versteckt, der zunächst mächtig geschimpft, sie dann aber schließlich doch in seinen Keller gestopft hatte; nur den LÉON BLUM hatte er angezündet, weil „man verdammtnochmal auch nicht übertreiben sollte". Mein Vormund wurde nicht belästigt, doch er war gewarnt und beschloß nach langem Nachdenken, daß „man es anders anstellen müsse". Das Treffen in Montoire gab ihm Gelegenheit dazu, und sein Drachen, der den historischen Händedruck von Marschall Pétain und Hitler darstellte, flatterte fünf Tage nach dem Ereignis in der Luft. „Man muß das Eisen schmieden, solange es heiß ist", vertraute er mir an. Von einer Freiwilligenbrigade wurden mehr als hundert Exemplare davon nachgebaut, die man dann allerorts am Himmel von Frankreich sehen konnte. Niemand vermutete dahinter die mindeste böse Absicht, außer Marcellin Duprat, der auf ein Glas zu uns gekommen war und zu seinem alten Freund sagte:

„Wenn du alter Saukerl dich über die Leute lustig machst, dann nimmst du's wirklich ernst."

XXVII

Im November 1941, als die Stille, die aus Polen herüberkam, immer mehr die von Massengräbern wurde, war ich zwecks meiner Gedächtnisübungen wieder im Sommersitz. Am Morgen waren die Männer des Gestapochefs von Cléry, Grüber, uns in La Motte besuchen gekommen, denn die eifrigsten Schwätzer hatten ein Gerücht verstreut, demzufolge Ambroise Fleury einen Drachen nach dem Vorbild des Lothringerkreuzes hergestellt habe, den er sehr hoch aufsteigen lassen wolle, damit er von Cléry bis Clos und von Jonquières bis Prost zu sehen sei. Das stimmte nicht, mein Onkel war zu selbstbewußt, um nicht vorsichtig zu sein; die Deutschen fanden nichts, was nicht auch in allen zugelassenen Lehrbüchern über die Geschichte Frankreichs vorkam; angesichts einer von zwanzig Tauben getragenen Jeanne d'Arc zögerten sie ein wenig, aber, so machte Ambroise Fleury sie lachend aufmerksam, man könne schließlich Jeanne nicht daran hindern, in den Himmel zu fahren. Er bot den Besuchern Calvados an und zeigte ihnen die Urkunde, die er unter der Dritten Republik als „Bester Handwerker Frankreichs" bekommen hatte, und da die Nazis ohne die Dritte Republik den Krieg nicht gewonnen hätten, sagte der Obersturmführer: „Gut, gut", und zog sich zurück.

Es war fünf Uhr nachmittags; ich stand auf den staubigen alten Dielen des Bodens; die struppige Nacktheit der Zweige verdunkelte die Dachluken;

Brunos Klavier blieb still; ich konnte noch so sehr die Augen schließen, ich sah nichts. Der gute alte gesunde Menschenverstand war an diesem Abend besonders zäh. Die Deutschen rückten auf Moskau vor, und der Rundfunk meldete, daß London in Schutt und Asche sinke.

Ich weiß nicht, dank welcher verzweifelten Anstrengung ich schließlich meinen Schwächeanfall zu überwinden vermochte. Lila schmollte noch ein bißchen, es hatte ihr immer Spaß gemacht, meine Gesinnung auf die Probe zu stellen, aber dann bemerkte ich Tad, der auf der Weltkarte die Namen unserer künftigen Siege markierte, und endlich erschien auch Lila und warf sich mir in die Arme. Ein Walzer, es war nur ein Walzer, doch sobald mir schwindlig zu werden begann, war alles wieder in Ordnung. Den Kopf zurückgeworfen, lachte Lila in meinen Armen; Bruno spielte; Tad stützte sich nonchalant auf einen dieser Globen, die so unvollkommen von der Erde erzählen, weil sie nichts von deren Unglück wissen; ich war unseres Überlebens und unserer Zukunft wieder sicher, denn ich war fähig zu lieben.

Ich tanzte weiter so Walzer, mit geschlossenen Augen, ausgebreiteten Armen, ließ meinem Wahnsinn weiter freien Lauf, als ich die Tür quietschen hörte. Der Wind fand hier überall Eingang, und ich hätte dem im Feuer meiner Zelebration keine Beachtung geschenkt, wenn ich nicht den – für jeden, der von Glauben und Phantasie lebt – verhängnisvollen Fehler begangen hätte, die Augen aufzumachen.

Zunächst sah ich nur die Silhouette eines deutschen Offiziers, die sich von einem schwarzen Rechteck abhob.

Ich erkannte Hans. Mir war noch ein wenig schwindlig, und ich glaubte, lediglich Opfer eines

Gedächtnisüberschusses zu sein. Ich brauchte einige Sekunden, um ganz sicherzugehen. Es war wirklich Hans. Er stand da vor mir in seiner Sieger-Uniform. Er regte sich nicht, so als verstünde er, daß ich noch ein wenig zweifelte, und wolle mir Zeit lassen, mich von seiner Anwesenheit zu überzeugen. Er schien nicht überrascht, mich auf dem Boden anzutreffen, Walzer tanzend mit der, die nicht da war. Er war auch nicht erschüttert: Sieger sind Unglück gewohnt. Vielleicht war ihm schon gesagt worden, daß ich meine Sinne nicht ganz beisammen hatte, und man wird wohl hinzugefügt haben: „Der arme kleine Fleury, er ist wirklich erblich belastet." Die Résistance trug gerade erst ihre ersten Gefechte aus, und das Wort „Wahnsinn" hatte noch nicht das Recht errungen, sich „heilig" zu nennen.

Die Dämmerung warf gerade so viel Schatten, wie nötig war, damit uns erspart blieb, uns allzu gut zu sehen. Ich erkannte allerdings die weiße Narbe auf der Wange meines Feindes: die Spur der polnischen *szabelka*, die ich so ungeschickt gehandhabt hatte. Hans schien traurig zu sein, fast respektvoll: Höflichkeit steht der Uniform gut. An seinem Hals das Eiserne Kreuz, jenes, das er sich wohl während der Schlacht um Polen verdient hatte. Ich weiß nicht mehr, was wir einander in jenen Minuten gesagt haben, als wir kein Wort miteinander wechselten. Er machte eine taktvolle Geste, Zeichen jener guten Erziehung, die die preußischen Junker traditionsgemäß vererbt bekommen: er blockierte die Tür und trat zur Seite, um mich durchzulassen. Nach so vielen Siegen war er sicher daran gewöhnt, Leute fliehen zu sehen. Ich bewegte mich nicht von der Stelle. Er zögerte und begann dann, seinen rechten Handschuh auszuziehen; und auf Grund seines Gesichtsausdrucks glaubte ich einen Moment lang, daß er mir die Hand reichen würde. Aber nein, auch diesmal wieder ersparte er mir die Verlegenheit: er ging zur Dachluke und betrachtete draußen die nackten Zweige, während er weiter seine Handschuhe auszog. Dann wandte er sich zu Brunos Klavier um. Er lächelte, ging auf das Klavier zu, öffnete es und berührte sanft die Tasten. Kaum ein paar Töne. Eine Hand auf der Klaviatur, blieb er einen Augenblick mit gesenktem Kopf unbeweglich stehen. Dann wandte er sich ab, vollführte langsam, wie zögernd, einige Schritte und zog seine Handschuhe wieder an. Vor dem Hinausgehen blieb er stehen, drehte sich halb um, als wolle er etwas zu mir sagen, und verließ dann den Boden.

Ich irrte die ganze Nacht durch das Gelände, ohne selbst die Wege zu erkennen, die mir doch seit meiner Kindheit vertraut waren. Ich wußte nicht mehr, hatte ich Hans wirklich gesehen oder nur meine Gedächtnisübungen so weit getrieben, daß ich ein Gespenst zuviel hatte auftauchen lassen? Die Brüder Jarrot, die mich am nächsten Morgen bewußtlos in ihrem Schafstall fanden, brachten mich nach Hause und rieten meinem Onkel, mich ins Krankenhaus von Caen einzuliefern.

„Man weiß hier in der Gegend ja, daß der Kleine ein bißchen gestört ist, aber diesmal . . .“

Sie kamen im falschen Augenblick. „Tante Martha wird in der Morgendämmerung spazierengehen. – Die Kuh wird mit Nachtigallenstimme singen. – Die Hosenknöpfe werden zur rechten Zeit angenäht werden. – *Mon père est maire de Mamers et mon frère est masseur.**“

Täglich erreichten uns aus London die „persönlichen“ Botschaften an die Résistance, die auf der

* (franz.) Mein Vater ist Bürgermeister von Mamers, und mein Bruder ist Masseur.

Langwelle 1500 Meter, auf der Mittelwelle 273 Meter oder 30,85 Meter gesendet wurden. Ambroise Fleury dankte den Jarrots für ihre Ratschläge, und nachdem er sie höflich hinauskomplimentiert hatte, kam er an mein Bett und drückte mein Handgelenk:

„Geh sparsam um mit deinem Wahnsinn, Ludo. Verschwende ihn nicht allzu sehr. Das Land wird ihn immer nötiger brauchen."

Ich versuchte, mich wieder in die Hand zu bekommen, aber meine Begegnung mit Hans hatte mich zutiefst erschüttert. Ich streunte erneut um den Sommersitz Les Jars herum, die Deutschen hatten sich dort noch nicht einquartiert, die Instandsetzung hatte noch nicht einmal begonnen.

Anfang Dezember hörte ich, als ich gerade auf die Mauer kletterte, wie das Gittertor aufging: mich platt auf den Bauch legend, sah ich einen Mercedes mit der Standarte des Oberkommandierenden der deutschen Truppen in der Normandie in die Hauptallee einfahren. Am Steuer saß Hans, er war allein im Wagen. Ich wußte nicht, ob er zurückkam, um die Besetzung der Örtlichkeiten vorzubereiten oder um, wie ich, an Lila zu denken. Am Abend klaute ich fünf Benzinkanister im Clos Joli, das von den Deutschen reichlich beliefert wurde, und transportierte sie einen nach dem anderen zum Sommersitz. In derselben Nacht habe ich ihn in Brand gesteckt. Das Feuer zündete nur schwer; ich mußte mehrfach ansetzen; ich irrte von Zimmer zu Zimmer und brachte meine Erinnerungen in Sicherheit, auf die Asche wartend, die sie unbeschädigt bewahren würde. Als endlich alles bis zum Dachstuhl loderte, fiel es mir schwer, die Stätte zu verlassen, soviel Freundschaft schien mir in dieser Feuersbrunst zu stecken.

Ich wurde noch am Morgen verhaftet, nach

Cléry gebracht und dort verhört. Die französische Polizei war um so nervöser, als es hier um ihr Prestige in den Augen der Deutschen ging. Ich war für die Behörden der ideale Schuldige: es handelte sich um die Tat eines Verhaltensgestörten ohne jede „terroristische“ Absicht.

Ich bestritt nichts, lehnte lediglich ab zu antworten; ich dachte an meine Kameraden Legris und Costes von der Widerstandsgruppe „Espoir“, die sich unter der Folter geweigert hatten auszusagen. Wenn einige Maulschellen und Fausthiebe mich zu Geständnissen bringen könnten, hätte es mir zum ersten Mal in meinem Leben an Gedächtnis gemangelt. Ich steckte also die Schläge ein, lächelte blöde und tat so, als dämmerte ich in trübem Stumpfsinn, was die Polizisten ein bißchen mutlos machte.

Mein Onkel schwor, daß ich seit einer Woche mein Bett nicht verlassen hatte; Doktor Gardieu legte zum großen Mißfallen des Pferdes Clémentin in seinem Karren dreißig Kilometer zurück, um seine Aussagen zu bestätigen; doch die Behörden bestanden auf der „Tat eines Verhaltensgestörten“, und so wurde das Verhör am nächsten Tag wieder aufgenommen, diesmal in Anwesenheit zweier deutscher Zivilisten.

Ich saß auf einem Stuhl mit dem Rücken zur Tür. Ich sah die beiden Deutschen plötzlich mit hochgerecktem Arm strammstehen, und Hans ging an mir vorbei, ohne mir auch nur einen Blick zuzuwerfen. Sein Gesicht war angespannt, die Kiefer aufeinandergepreßt; man spürte die Anstrengung, die er unternahm, um seine Verachtung und seinen Zorn zu beherrschen. Er beantwortete den Hitlergruß der Grüber-Männer nicht und wandte sich in Französisch an den Kommissar.

„Ich verstehe diese Festnahme nicht. Wie hätte

sich Ludovic Fleury, den ich gut kenne, am Abend des Brandes in Les Jars befinden können, während ich doch zu dieser Zeit mit ihm im Haus seines Onkels in Clos war und ihn, nach einer langen Unterhaltung mit Meister Ambroise Fleury über die Drachen, erst spät nachts verlassen habe. Es ist also völlig ausgeschlossen, daß er der Brandstifter sein könnte, denn nach den Zeugenaussagen waren die Flammen rundherum mehrere Kilometer weit von elf Uhr abends an zu sehen."

Meine erste Regung war, diese Hilfe und Protektion des Stärkeren zurückzuweisen, und beinahe wäre ich aufgestanden und hätte geschrien: „Ich war es wirklich, ich habe im Sommersitz Feuer gelegt!" Was den Tumult meiner Gedanken vorerst beherrschte, war wieder einmal die Stinkwut des Bauerntölpels dieser Geste gegenüber, in der ich zunächst mehr Verachtung und aristokratische Überlegenheit als Seelengröße sah. Aber eine weitere Eingebung fegte zur rechten Zeit meine alte Feindschaft hinweg: Hans blieb dem treu, was uns verband und zugleich entzweite: Lila. Er liebte sie wirklich und kam dem zu Hilfe, was in mir den Sinn seines eigenen Lebens ausmachte. In diesem hochmütigen Auftreten, in dem Dünkel, mit dem er meine Ankläger von oben herab ansah, wußte ich das Zeichen der Treue zur Erinnerung zu erkennen: er war nicht gekommen, mich zu verteidigen, sondern unser gemeinsames Gedächtnis.

Ohne abzuwarten, daß man ihm irgendwelche Fragen zu stellen wagte, ging er hinaus: die Zeugenaussage eines deutschen Offiziers konnte nicht in Zweifel gezogen werden. Ich wurde sofort freigelassen. Mein Onkel, Doktor Gardieu und das Pferd Clémentin brachten mich nach Hause. Niemand hat jemals drei Männer gesehen, die stummer über Dinge schwiegen, die sie sich zu sagen hatten. Erst als wir angekommen waren und Doktor Gardieu und das Pferd Clémentin sich auf den Weg nach Cléry machten, fragte mein Onkel mich:

„Warum hast du die Bude in Brand gesteckt?"

„Damit alles heil bleibt", antwortete ich, und er seufzte, denn er wußte, daß Tausende von Franzosen bereits davon träumten, die Bude anzuzünden, „damit alles heil bleibt".

Niemand in der Umgebung zweifelte an meiner Schuld. Jene, die begannen, die ersten Aufrufe zur „Unvernunft" zu hören, die nicht nur vom Londoner Rundfunk kamen, sondern auch auf einer ganz anderen Wellenlänge hergetragen wurden, bezeugten mir eine Art schüchterne Sympathie. Die anderen wichen mir aus: die Vertreter des „Sich-geschickt-aus-der-Sache-Heraushaltens", des „Katzbuckelns-bis-alles-vorbei-ist", die auf diese Weise dem Wahnsinn den Adelsbrief verliehen. Wenige Leute nur glaubten an den Sieg der Alliierten: allerhöchstens sprach man von der Möglichkeit eines Separatfriedens auf Kosten der Russen.

Ich wurde zur Beobachtung in die psychiatrische Klinik von Caen gesteckt, wo ich vierzehn Tage damit verbrachte, mich laut mit der Unsichtbaren zu unterhalten, was mir einen in aller Form amtlichen Schein als Geistesgestörter einbrachte, und nichts konnte mir in meiner Tätigkeit als Widerstandskämpfer nützlicher sein. Niemand wunderte sich darüber, mich gestikulierend von Hof zu Hof ziehen zu sehen, und der Chef meiner Widerstandsgruppe, Soubabère, setzte mich als Verbindungsmann ein. Geheimnisvollerweise kam ich wieder zu Sinnen, um meine Buchhaltertätigkeit im Clos Joli weiterzuführen, was Duprat zu dem Ausspruch verleitete, daß „manch einem vergeblich in den Hintern getreten wird". Er ahnte sicher meine illegalen Aktivitäten, denn ihm entging kaum etwas. Er hütete sich aber, Anspielungen zu machen – „um sich nicht zu kompromittieren", sagte mein Onkel –, sondern brabbelte nur: „Euch wird man nie ändern!" Und ich wußte nicht, ob er nur von den Fleurys sprach oder von all unseren unvernünftigen Brüdern, die sich im niedergeschlagenen Europa immer zahlreicher zu jenem Irrsinn hinreißen ließen, der in der Geschichte der Völker schon so oft die Möglichkeit des Unmöglichen zu beweisen vermocht hat.

Sie steht am anderen Ende des Zimmers in einer Schattenecke; da an der Wand hängt ein ungeschickter Drachen mit rosig-hellgelbem, silbrigweiß gesprenkeltem Körper, den ein siebenjähriger Junge im Atelier selbständig angemalt und zusammengebastelt hatte. Ich weiß nicht, ob es ein Vogel ist, ein Schmetterling oder eine Eidechse, denn die kindliche Phantasie hatte sich wohl gehütet, ihn all seiner Möglichkeiten zu berauben.

„Ich war nicht immer nett zu dir, Ludo, und da holst du jetzt alles nach. Gestern hast du mich stundenlang vergessen. Du weißt, daß ich auf dich angewiesen bin, und dir gefällt es, mich das spüren zu lassen. Das ist ein typisch männliches Verhalten. Als würdest du immer darauf warten, daß ich zu dir sage: Was soll nur ohne dich aus mir werden? Du spielst Angsteinjagen mit mir."

Ich gebe zu, daß ihre Ängste und Besorgnisse mir Spaß zu machen beginnen: Da ist nun dieses Mädchen von ältestem Adel abhängig von einem normannischen Bauernlümmel, von seiner Treue und seinem Gedächtnis. Dabei mißbrauche ich nie meine Macht über sie. Ich räume mir allerhöchstens die Freiheit ein, manche ihrer Bewegungen unendlich auszudehnen, wie zum Beispiel wenn sie mit der Hand durch ihr Haar fährt: ich brauche jeden Morgen ein paar Minuten von dieser Zärtlichkeit. Oder ich halte ihren Arm fest und hindere sie daran, ihren Büstenhalter anzuziehen.

„Was soll das, Ludo! Willst du nicht endlich damit aufhören?"

Ich entzünde gern dieses Aufblitzen von Zorn in ihren Augen. Nichts beruhigt mich mehr, als sie so unverändert zu sehen, sich selbst ähnlich.

„Du denkst, du kannst dir alles erlauben, weil ich von dir abhängig bin. Gestern hast du mich zwanzig Kilometer durchs Gelände gescheucht. Und dieser lächerliche grüne Pullover, mit dem du mich ausstaffiert hast, hat mir überhaupt nicht gefallen."

„Es ist der einzige, den ich besitze, und es war kalt."

Und dann schwindet sie langsam dahin, taucht wieder in ihren Untergrund, und ich lasse meine Lider noch geschlossen, um sie besser beschützen zu können.

XXVIII

Ich bewegte mich ohne Schwierigkeiten quer durch die Gegend; die Deutschen mißtrauten mir nicht, weil sie wußten, daß ich den Verstand verloren hatte, dabei hätte dies sie veranlassen müssen, auf mich zu schießen, sobald sie meiner ansichtig wurden. Ich hatte in meinem Kopf Hunderte von Namen und Adressen „toter Briefkästen" gespeichert, die ununterbrochen wechselten, und ich trug nie auch nur das kleinste Stück Papier mit mir herum.

Eines Morgens, nachdem ich nachts unterwegs gewesen war, hatte ich im Thélème haltgemacht, um zu verschnaufen. An einem Nebentisch las ein Mann seine Zeitung. Ich sah sein Gesicht nicht, nur die Schlagzeile quer über die Titelseite: DIE ROTE ARMEE IN VOLLER AUFLÖSUNG. Der Inhaber, Monsieur Roubaud, stellte „dem armen Ludo" zwei Gläser Weißen hin, das eine für mich, das andere, um mir einen Gefallen zu tun. Man war in der ganzen Umgebung seit langem an meine Manie gewöhnt, und man versäumte nie, die Neuankömmlinge daran zu erinnern, daß ich noch behämmerter sei als mein Onkel, der berühmte Briefträger gleichen Namens mit seinen Drachen. Mein Nachbar legte die Zeitung weg, und ich erkannte meinen alten Französischlehrer, Monsieur Pinder. Ich hatte ihn seit der achten Klasse nicht mehr gesehen. Seine Gesichtszüge, durch die Last der Jahre in starkem Maße betont, hatten nichts von dieser beispielhaften Strenge verloren, mit der er ehemals in unseren Heften Jagd auf orthographische Fehler machte. Derselbe Kneifer und dasselbe Spitzbärtchen wie damals zierten sein Gesicht. Monsieur Pinder hatte immer ein etwas imperiales Aussehen gehabt und hatte es behalten, obwohl er sich in seinem Leben vor allem durch die Kreuzworträtsel-Rubrik hervorgetan hatte, die er seit vierzig Jahren in der „Gazette" gestaltete. Ich erhob mich.

„Guten Tag, Fleury, guten Tag. Meine Verehrung . . ."

Er erhob sich ein wenig und verneigte sich vor dem leeren Stuhl. Der Kellner Bricot, der hinter der Theke Gläser abtrocknete, hielt gebannt inne und fing dann wieder an zu wienern. Er war ein guter Kerl, der zeit seines Lebens niemals den geringsten Versuch unternommen hatte, Phantasie zu entwickeln, und der also völlig ungerechter- und unnötigerweise nach der Landung der Alliierten von flüchtenden SS-Leuten getötet wurde.

„Ich grüße den heiligen Wahnsinn", sagte Monsieur Pinder, „den Ihren, den Ihres Onkels Ambroise und den aller anderen jungen Franzosen dieses Landes, das vor lauter Gedächtnis schon völlig kopflos ist. Ich bin glücklich, feststellen zu können, daß ihr viele seid, die sich gemerkt haben, was von unserer guten alten Volksschule behalten zu werden verdient."

Er lachte kurz auf.

„Man kann den Ausdruck *bei Sinnen bleiben* auf zweierlei Weise interpretieren. Mir ist so, als hätte ich euch damals darüber einen Aufsatz schreiben lassen. Genau, einen Französisch-Aufsatz."

„Ich erinnere mich sehr gut daran, Monsieur Pinder. *Bei Sinnen bleiben*: *dem gesunden Menschenver-*

stand entsprechend vernünftig handeln. Oder aber, im Gegensatz dazu: *den Sinn des Lebens bewahren.*"

Mein alter Lehrer schien sehr zufrieden. Er war schon seit langem in Rente, hatte Falten bekommen, und sein imperiales Aussehen war ein bißchen erschlafft; aber es hat immer eine ganz andere Jugendlichkeit gegeben, jene nämlich, die manchmal sogar einem siebzigjährigen Lehrer erlaubt, sich deportieren zu lassen.

„Ja, ja", sagte er, ohne zu präzisieren, worauf sich seine Zustimmung bezog.

Lorgnette, der Hund des Café-Inhabers, ein Foxterrier mit zwei kreisrunden schwarzen Fellflecken um die Augen, kam zu Monsieur Pinder Pfötchen geben. Monsieur Pinder streichelte ihn.

„Man braucht viel Phantasie", sagte er. „Viel. Seht euch die Russen an: dieser Zeitung hier zufolge scheinen sie den Krieg schon verloren zu haben, aber sie besitzen offenbar genügend Phantasie, das nicht zu bemerken."

Er stand auf.

„Sehr gut, Schüler Fleury. *Den Sinn des Lebens bewahren* ist zuweilen das ganze Gegenteil von *bei Sinnen bleiben.* Sie bekommen ein ‚Sehr gut'. Besuchen Sie mich in den nächsten Tagen, und warten Sie nicht zu lange damit. Kellner!"

Er legte zwanzig Sous auf den Tisch, nahm den Kneifer ab und ließ ihn sorgfältig in die Uhrentasche gleiten, mit der dieser durch ein schwarzes Samtband verbunden war. Er verneigte sich noch einmal vor dem leeren Stuhl, setzte seinen Hut auf und entfernte sich mit etwas steifem Gang – seine Knie machten ihm arg zu schaffen. Von Mai 1941 bis Juli 1942 schrieb er einen Großteil der in der Normandie vertriebenen illegalen „Literatur". 1944, am Vortage der Landung der Alliierten, wurde er verhaftet, weil er allzusehr seinen

Kreuzworträtseln vertraut hatte, die zweimal in der Woche auf Seite vier der „Gazette“ erschienen und den Widerstandskämpfern Westfrankreichs Instruktionen vermittelten, deren Schlüssel von einem Kameraden nach einigen rausgerissenen Fingernägeln an die Gestapo verraten worden war.

Als man jedoch eines Morgens an den Mauern Clérys Plakate fand, die mit dieser neuen und unerwarteten Macht der Klischees – sie beginnen sich plötzlich zu verwandeln und treten völlig verändert aus ihrer mottenzerfressenen Hülle hervor – vom „ewigen Frankreich“ sprachen, wurde Ambroise Fleury verdächtigt. Ich war erstaunt über diesen unerwarteten Spürsinn der Profis der Schwerkraft: genau wissend, daß jeder Gegenstand, den man in die Luft wirft – sogar ein Drachen –, irgendwann schließlich wieder herunterfällt, wie stark auch die Macht der Hoffnung sei, erwiesen sie trotzdem einem alten Naivling Ehre, den man oft von Kindern umringt in den Wiesen stehen sah, den Blick zu einem dieser „gnamas“ erhoben, die inzwischen nicht höher als fünfzehn Meter über den Erdboden steigen durften.

Die Nachricht von dem Verdacht, der auf meinem Onkel lastete, wurde uns vom Sohn unserer Nachbarn Cailleux überbracht, der eines Morgens im Laufschritt ins Atelier gerannt kam. Jeannot Cailleux war so blond, als hätte man ihn von Kopf bis Fuß mit Weizen eingerieben, und völlig außer Puste, was eher von der Aufregung herrührte als vom Laufen.

„*Sie* kommen!“

Nachdem er auf diese Weise zunächst der Freundschaft die Ehre erwiesen hatte, erwies er sie gleich darauf der normannischen Vorsicht, indem er hinausstürzte und mit der Geschwindigkeit eines aufgeschreckten Hasen verschwand.

„Sie“ entpuppten sich als der Bürgermeister von Cléry, Monsieur Plantier, und der Schreiber der Gemeindeverwaltung, Jabot, den Monsieur Plantier aufforderte, draußen zu bleiben, weil er zweifellos seine Vertrauensperson nicht zum Zeugen haben wollte, denn das Vertrauen diente zu dieser Zeit mehreren Herren gleichzeitig. Sich die Stirn mit einem großen rotkarierten Taschentuch abwischend – man schwitzte auf seiten der Offiziellen seit den ersten Sabotageakten schon ganz schön –, trat er ein und setzte sich mit seiner Jacke aus pipifarbenem Cordsamt und seinen Leggins ohne zu grüßen auf eine Bank; er war nicht gerade angenehmer Laune.

„Fleury, warst du's oder warst du's nicht?“

„Ich war's und ich bin's“, antwortete mein Onkel, denn auf unseren Namen war er ja gerade so stolz. „Fleury ist unser Name seit zehn Generationen, und das sind noch nicht mal alle.“

„Spiel nicht den Blödmann. Sie fangen schon an zu füsilieren, das weißt du vielleicht nicht.“

„Aber was habe ich denn gemacht?“

„Man hat Flugblätter gefunden. Richtige Aufrufe zum Wahnsinn, anders kann man es nicht bezeichnen. Man muß verrückt sein, um sich mit der deutschen Macht anlegen zu wollen. Überall wird gemunkelt: Das bringen nur diese verrückten Fleurys fertig. Der junge hat das Haus angezündet, in dem der deutsche Generalstab Quartier beziehen wollte – streit es nicht ab, du Idiot! –, und der alte läßt den lieben langen Tag seine Proklamationen in den Himmel steigen.“

„Was für Proklamationen gottverdammich?“ wunderte sich mein Onkel mit einer bei diesem Pazifisten ganz neuen Zärtlichkeit für ein Vokabular, das die Marne-Schlacht und Verdun durchgemacht hatte.

„Deine blöden Drachen und diese Flugblätter, das ist doch eine Soße!“ brüllte der Herr Bürgermeister unter der Wirkung einer Erkenntnis, die ihm wahrscheinlich eher vom Herzen als vom Kopf eingegeben wurde. „Meine Kinder haben ihn neulich gesehen, deinen CLEMENCEAU! Und was soll das da sein?“

Er wies mit anklagendem Zeigefinger auf einen ZOLA.

„Meinst du, daß das jetzt der rechte Augenblick ist, Zola in den Himmel steigen zu lassen? Warum nicht gleich Dreyfus, wenn du schon mal dabei bist? Es gibt Kindereien, Alter, die können einen vors Erschießungskommando bringen!“

„Wir können nichts für diese Sabotageakte, von denen gesprochen wird, und meine Drachen noch weniger. Ein Gläschen Cidre gefällig? Sie denken sich ja dolle Sachen aus!“

„Ich?“ brüllte Plantier. „Ich denke mir Sachen aus?“

Mein Onkel goß ihm Cidre ein.

„Niemand ist sicher vor Phantasie, Herr Bürgermeister. Vielleicht fangen Sie plötzlich noch an, de Gaulle da oben schweben zu sehen ... Niemand ist vor einem Anfall von Wahnsinn geschützt, nicht mal Sie.“

„Was heißt, nicht einmal ich? Glaubst du, daß ich die Deutschen nicht gern außer Landes sehen würde?“

„Na, ich hoffe, daß Sie nicht zu denen gehören, die jeden Abend den Londoner Rundfunk hören!“

Plantier sah ihn düster an.

„Ja, na ja, das geht dich schließlich gar nichts an, was ich höre und was nicht!“

Er stand auf. Er war fett. Sein Gewicht machte ihn noch schweißiger.

„Sieh doch ein, daß es für jedermann das beste

wäre, wenn wir beweisen könnten, daß die, die diese Flugblätter drucken, Irre sind. Wenn sie erst mal die vernünftigen Leute beschuldigen, werden wir keine ruhige Minute mehr haben. Ich hätte dich festnehmen lassen sollen, im Interesse der Allgemeinheit. Ich weiß nicht, was mich zurückgehalten hat."

„Vielleicht die Tatsache, daß Sie als kleiner Junge hierhergekommen sind, um mit meinen Drachen zu spielen. Erinnern Sie sich?"

Plantier seufzte.

„Das wird's wohl sein."

Er ließ einen verdächtigenden Blick rundum schweifen. Die Drachen der „historischen Serie" der französischen Könige hingen an den Balken, und wenn die so mit herunterhängendem Kopf rumbaumeln, sehen sie traurig aus. Plantier wies auf einen davon.

„Wer soll der hier sein?"

„Das ist der gute König Dagobert. Der ist nicht subversiv."

„Tja. Das soll heute noch einer wissen, wer subversiv ist und wer nicht."

Er machte einen Schritt auf die Tür zu.

„Räume gründlich auf, Fleury. Sie werden kommen, und wenn sie auch nur ein einziges Flugblatt finden . . ."

„Sie" fanden keine Flugblätter. Sie kamen nicht darauf, sie im Innern der französischen Könige zu suchen. Sie fanden auch die Druckerpresse nicht. Die lag in einem ausgehobenen Loch unter einem Misthaufen. Sie stocherten ein paarmal im Mist herum, der ihnen die gebührende Antwort gab, und damit war für sie die Sache erledigt.

Oft kamen deutsche Soldaten und bestellten „gnamas", die sie dann ihren Kindern als Geschenke schickten. In manchen Drachen waren nicht nur Aufrufe zum Widerstand versteckt, die Monsieur Pinder in flammenden Worten verfaßte, sondern auch die Aufstellungen der wichtigsten deutschen Truppenkonzentrationen und die Positionen der Küstenbatterien. Man mußte höllisch aufpassen, um nicht die „Handelsware“ mit den anderen durcheinanderzubringen.

Unsere Nachbarn, die Cailleux, wußten über unsere Aktivitäten genau Bescheid, und Jeannot Cailleux diente uns oft als Bote. Was dagegen die Magnards betraf, so fragte ich mich manchmal, ob sie überhaupt bemerkt hatten, daß Frankreich besetzt war. Sie verhielten sich den Deutschen gegenüber genauso wie gegenüber dem Rest der Welt: sie ignorierten sie einfach. Niemand hatte sie jemals das geringste Interesse an dem manifestieren sehen, was um sie herum vorging.

„Aber sie machen nach wie vor die beste Butter der Region“, sagte Marcellin Duprat anerkennend.

Der Chef des Clos Joli empfahl uns seiner neuen Kundschaft, und so bekamen wir sogar Besuch von dem berühmten deutschen Flieger General Milch.

Unser häufigster Besucher in La Motte war der Bürgermeister von Cléry. Er ließ sich im Atelier auf einer Bank nieder, blieb da düster und mißtrauisch sitzen und sah meinem Onkel zu, wie der den naiven Bildern, die die Kinder ihm schickten, Körper und Flügel verlieh; dann ging er wieder. Er schien beunruhigt, behielt aber seine Befürchtungen für sich. Und dann nahm er eines Tages meinen Onkel beiseite.

„Ambroise, irgendwann wirst du schließlich doch noch eine Dummheit machen. Das spüre ich. Wo hältst du ihn versteckt?“

„Wen denn bloß?“

„Na los, spiel nicht den Esel. Ich bin sicher, daß du ihn irgendwo hingesteckt hast, und du wirst ihn rauslassen, und man wird dich einlochen, so wahr ich hier stehe."

„Ich weiß nicht, wovon Sie reden."

„Du hast einen de-Gaulle-Drachen gemacht, ich weiß es, ich habe damit gerechnet. Und weißt du, was dich an dem Tag erwartet, an dem du dir den Spaß erlaubst, ihn in den Himmel hochzuschicken?"

Mein Onkel sagte zunächst nichts, aber ich sah, daß er gerührt war. Wenn er bewegt war, hatte er Sanftheit in den Augen. Er setzte sich neben den Bürgermeister.

„Aber nicht doch, Albert, denk doch nicht immerzu daran, sonst schreist du schließlich noch vom Balkon des Rathauses herunter: ‚Vive de Gaulle!', ohne es überhaupt zu merken. Und mach nicht so ein Gesicht . . ." Er lachte in seinen großen Schnauzer. „Ich werde dich nicht denunzieren."

„Mich denunzieren, wofür?" brüllte Plantier.

„Ich werde den Deutschen nicht sagen, daß du de Gaulle bei dir versteckst."

Monsieur Plantier starrte stumm auf den Fußboden. Dann ging er und kam nicht wieder. Er schaffte es, sich einige Monate zurückzuhalten, und im April 1942 gelang es ihm, in einem Fischerboot nach England zu kommen.

Das Land begann sich zu verändern. Die Präsenz des Unsichtbaren wuchs unaufhörlich an. Die Leute, die man für „vernünftig" und „bei Sinnen" hielt, riskierten ihr Leben, indem sie abgeschossene englische Piloten und von London mit Fallschirmen abgesetzte Vertreter des Freien Frankreich versteckten. „Vernünftige" Menschen, Bürgerliche, Arbeiter und Bauern, die man schwerlich der Jagd nach dem Blau bezichtigen konnte, druckten und vertrieben Zeitungen, in denen das Wort „Unsterblichkeit" völlig geläufig wurde, obwohl sie, die sich darauf beriefen, als erste starben.

XXIX

Gleich bei Kriegsende werden wir anfangen, unser Haus zu bauen, aber ich weiß noch nicht, wo und wie ich Geld auftreiben werde. Ich will nicht daran denken. Man muß sich in acht nehmen vor allzuviel Klarsicht und gesundem Menschenverstand: da läßt das Leben manchmal seine schönsten Federn. Ich habe also unverzüglich die ganze Arbeit selbst gemacht, und das Material hat mich nicht mehr als einen einzigen Drachen gekostet. Wir haben einen Hund, dem wir aber noch keinen Namen gegeben haben. Man muß sich immer irgendwas für die Zukunft aufheben. Ich habe darauf verzichtet, mich auf den Prüfungsausscheid für die höheren Fachschulen vorzubereiten, ich habe mich für den Lehrerberuf entschieden, und zwar aus Treue zu dieser alten „Volksschule", von der ich allerdings, wenn ich an den Mauern die Listen der erschossenen Geiseln lese, nicht weiß, ob sie so vieler Opfer würdig ist. Manchmal habe ich Angst: dann wird das Haus meine Zuflucht; es ist den Blicken verborgen; ich allein weiß den Weg dahin; ich habe es an der Stelle gebaut, wo wir uns zum ersten Mal getroffen haben; jetzt ist keine Walderdbeeren-Zeit, aber schließlich lebt man ja nicht von Kindheitserinnerungen allein. Ich kehre oft vor Müdigkeit erschöpft dorthin zurück, nach Tagen langer Märsche durch das Gelände und nervöser Spannung, und da muß ich mich dann ganz schön anstrengen, um es wiederzufinden. Nie wird man die Macht geschlossener Augen genügend besingen. Mir fällt es oft um so schwerer, meine schwachen Momente zu überwinden, als die Deutschen in Rußland Sieg auf Sieg erringen und es vielleicht nicht gerade der richtige Zeitpunkt ist, meine Nächte so versessen mit dem Bau eines Hauses für eine Zukunft zu verbringen, die sich täglich mehr zu entfernen scheint. Lila wird mir diese Augenblicke gesunden Menschenverstands sicher vorwerfen: sie ist auf meine Abartigkeit, wie man es im Clos Joli nennt, angewiesen. Selbst mein Onkel macht sich Sorgen über meine heimlichen Aktivitäten. Ich frage mich, ob er nicht ganz schön alt geworden ist, denn man sagt doch, daß uns mit dem Alter die Weisheit überkommt. Aber nein: er rät mir lediglich zu ein bißchen mehr Vorsicht. Es stimmt, daß ich zu viele Risiken auf mich nehme, aber es werden per Fallschirm immer mehr Waffen abgeworfen, und man muß sie ja schließlich in Empfang nehmen, sie an einen sicheren Ort bringen und lernen, sich ihrer zu bedienen.

Ich finde das Haus oft leer vor. Es ist normal, daß Lila dort nicht auf mich wartet, denn wenn wir auch nicht viel über den polnischen Widerstand und die in den Wäldern hausenden Partisanengruppen wissen, so kann ich mir doch sehr gut vorstellen, daß die Wirklichkeit dort noch schrecklicher und noch schwieriger zu verkraften ist als bei uns. Man sagt, daß sie schon Millionen von Toten auf ihrem Konto zu verbuchen hat.

In den schlimmsten Augenblicken von Entmutigung und Mattigkeit eilt mir Lila immer zu Hilfe. Ich brauche dann nur ihr erschöpftes Gesicht und ihre blassen Lippen zu sehen, um mir in Erinnerung zu rufen, daß von einem Ende Europas zum anderen derselbe Kampf, dieselbe irrwitzige Anstrengung vollzogen wird.

„Ich habe nächtelang auf dich gewartet. Du bist nicht gekommen."

„Wir haben schwere Verluste erlitten, wir mußten uns tiefer im Wald vergraben. Es gab Verletzte, die behandelt werden mußten, und fast keine Medikamente. Ich hatte keine Zeit, an dich zu denken."

„Das habe ich deutlich gespürt, du."

Sie trägt einen schweren Soldatenmantel, eine Armbinde mit dem roten Kreuz der Krankenschwestern; ich laß ihr die langen Haare und die Baskenmütze unserer glücklichen Tage.

„Und wie ist es hier?"

„Katzbuckeln und den Kopf aus der Schlinge ziehen. Aber da wird was in Bewegung kommen."

„Paß gut auf, Ludo. Wenn du mal geschnappt wirst . . ."

„Dir wird nichts passieren."

„Und wenn du getötet wirst?"

„Na, dann wird jemand anders dich lieben, das ist alles."

„Wer denn? Hans?"

Ich schweige. Sie hat immer noch soviel Spaß daran, mich aufzuziehen.

„Wie lange noch, Ludo?"

„Ich weiß nicht. Es gibt den alten Spruch, daß ‚der Mensch von Hoffnung lebt', aber ich fange an zu glauben, daß eher die Hoffnung von uns lebt."

Unsere schönsten Augenblicke sind die des Erwachens: ein warmes Bett ist immer ein wenig eine Frau. Ich dehne diese Augenblicke so lange wie möglich aus. Doch es kommt der Tag mit seiner lastenden Wirklichkeit: Botschaften sind zu verteilen, neue Kontakte zu knüpfen. Ich höre zu, wie die Dielen knacken, ich sehe zu, wie Lila sich anzieht, unter meinen Augenlidern hin und her geht, in die Küche hinuntersteigt, das Feuer anzündet,

Wasser aufsetzt, und ich lache bei der Vorstellung, daß dieses Mädchen, das niemals solche Arbeiten hatte machen müssen, so schnell gelernt hat, einen Haushalt zu führen.

Mein Onkel schimpfte vor sich hin:

„Es gibt nur zwei, die so wie du völlig von Erinnerung leben, und zwar de Gaulle in London und Duprat im Clos Joli.“

Er lachte sich krumm und schief.

„Ich frage mich, welcher von beiden letztendlich den Sieg davontragen wird.“

XXX

Das Clos Joli prosperierte weiterhin, aber Marcellin Duprat war in der Gegend allmählich schlecht angesehen; man warf ihm vor, daß er den Besatzer zu gut bediente; und unsere Kameraden haßten ihn aus vollem Herzen. Ich kannte ihn besser und verteidigte ihn, wenn meine Freunde ihn als Speichellecker und Kollaborateur beschimpften. Die Wahrheit war, daß Duprat vom Beginn der Okkupation an, als die hohen deutschen Offiziere und die ganze Pariser Elite sich schon in den „Galerien“ und der „Rotunde“ drängten, eine Entscheidung getroffen hatte. Sein Restaurant sollte bleiben, was es immer gewesen war: eine der Hochburgen Frankreichs, und er, Marcellin Duprat, wollte dem Feind jeden Tag eine Vorführung dessen geben, was nicht würde besiegt werden können. Doch da die Deutschen sich dabei sehr wohl fühlten und nicht mit Protektion geizten, wurde seine Haltung falsch verstanden und entschieden verurteilt. Ich selbst hatte einem Wortwechsel im Petit-Gris beigewohnt, wo Duprat eingekehrt war, um ein Feuerzeug zu kaufen, und wo er von Monsieur Mazier, dem Notar, angegriffen wurde, der ihm schlankweg sagte:

„Du solltest dich schämen, Duprat. Während ganz Frankreich Kohlrüben frißt, bewirtest du die Deutschen mit Trüffeln und Gänseleber. Weißt du, wie die Karte deines Clos Joli in der Gegend genannt wird? Die Karte der Schande.“

Duprat straffte sich. In seinem Äußeren hat es immer etwas Militärisches gegeben, durch dieses Gesicht, das mit einem Schlag hart wurde, die zusammengekniffenen Lippen unter dem grauen Schnurrbärtchen und die stahlblauen Augen.

„Du kannst mich mal, Mazier. Wenn ihr zu blöd seid, um zu verstehen, was ich zu tun versuche, dann ist Frankreich wirklich erledigt."

„Und was genau machst du, du Saukerl?"

Niemals zuvor hatte man den Notar so reden hören.

„Ich sichere den Fortbestand", knurrte Duprat.

„Welchen Fortbestand? Den des *Feuilleté de Saint-Jacques au cerfeuil*? Den der *Soupe au homard à la brunoise de légumes*? Den des *Turbotin à la fondue de poireaux*, der *Rougets poêlés à la fleur de thym*? Die französische Jugend verkommt in den Gefangenenlagern, wenn sie nicht gar erschossen wird, und du ... *Mousse de sole au beurre de fines herbes*! *Salade de queues d'écrevisses*! Letzten Donnerstag hast du dem Okkupanten *Turban de homard et de ris de veau* serviert, *Cervelas de fruits de mer aux truffes et aux pistaches*, eine *Mousse de foies blonds aux airelles* ..."

Er holte sein Taschentuch heraus und wischte sich die Lippen. Ich glaube, ihm lief das Wasser im Munde zusammen.

Duprat wartete eine Zeitlang. Es waren viele Leute am Schanktisch: Gente vom Straßenbauamt, der Chef des Hauses Dumas und einer der Brüder Loubereau, der ein paar Wochen später festgenommen wurde.

„Hör gut zu, du Vollidiot", sagte Duprat endlich mit dumpfer Stimme. „Unsere Politiker haben Verrat begangen, unsere Generäle haben sich als Schlappschwänze erwiesen, aber die große französische Küche wird bis zum Schluß verteidigt werden von denen, die für sie verantwortlich sind. Und für die Zukunft ..."

Er geißelte sie mit Blicken.

„Nicht Deutschland, nicht Amerika oder England werden den Krieg gewinnen! Weder Churchill noch Roosevelt oder der andere da, wie heißt er schon, der aus London zu uns spricht! Es werden Duprat und sein Clos Joli, Pic in Valence, Point in Vienne, Dumaine in Saulieu sein, die den Krieg gewinnen! So, ihr Vollidioten, das ist alles, was ich euch zu sagen habe!"

Ich hatte noch nie einen solchen Ausdruck von Bestürzung auf vier Franzosen-Fressen gesehen. Duprat warf ein paar Geldstücke auf den Schanktisch, steckte das Feuerzeug in seine Tasche. Er maß alle noch einmal mit dem Blick und ging.

Als ich Ambroise Fleury von diesem Zwischenfall erzählte, nickte der zum Zeichen, daß er verstand.

„Auch er ist verrückt vor lauter Unglück."

Am selben Abend hielt der Lieferwagen des Clos Joli vor unserem Haus. Duprat kam, um sich bei seinem besten Freund Trost und Rückenstärkung zu holen. Zunächst wechselten die beiden Männer kein einziges Wort und machten sich ernst an den Calva. Der da vor mir saß, war ein ganz anderer Mann als der, den ich einige Stunden zuvor im Petit-Gris erlebt hatte. Marcellins Gesicht war leichenblaß und aufgelöst. Von seinem energischen Ausdruck war nichts mehr zu sehen.

„Weißt du, was einer dieser Herren letztens zu mir gesagt hat? Er stand von seinem Tisch auf und hat mir lächelnd erklärt: ‚Herr Duprat, wir, die deutsche Armee und die französische Küche, werden gemeinsam Europa gestalten! Deutschland wird die Stärke und Frankreich die Würze dieses Europa sein! Sie werden dem zukünftigen Europa geben, was es von Frankreich erwartet, und wir werden alles tun, damit ganz Frankreich ein einziges großes Clos Joli wird!‘ Und er hat hinzugefügt: ‚Wissen Sie, was die deutsche Armee gemacht hat, als sie an die Maginotlinie kam? Sie ist weitermarschiert! Und wissen Sie, was sie tat, als sie vor dem Clos Joli ankam? Sie hat haltgemacht. Ha, ha, ha!‘ Er hat sich vor Lachen ausgeschüttet.“

Ich sah zum ersten Mal Tränen in den Augen Duprats.

„Komm, komm, Marcellin!“ sagte mein Onkel leise. „Ich weiß, das sind Worte, die schon oft das Ende eingeläutet haben, aber ... wir kriegen sie schon noch!“

Duprat fing sich wieder. Seine Augen fanden zu ihrem berühmten eisengrauen Leuchten zurück, und man konnte darin sogar einen Funken irgendeiner grausamen Ironie entdecken.

„Angeblich kriegt man in Amerika und England dauernd zu hören: ‚Frankreich ist nicht wiederzuerkennen!‘ Sollen sie doch ins Clos Joli kommen, da werden sie es wiedererkennen!“

„Das hört sich schon besser an“, sagte mein Onkel, während er sein Glas neu füllte.

Jetzt lächelten sie alle beide.

„Denn ich“, sagte Duprat, „gehöre nicht zu denen, die jammern: ‚Ich weiß nicht, was die Zukunft für uns bereithält.‘ Ich weiß genau: im Michelin-Führer wird es immer ein Frankreich geben!“

Mein Onkel mußte ihn nach Hause bringen. Ich glaube, von diesem Tag an begriff ich die Verzweiflung, die Wut, aber auch die Treue Marcellin Duprats, diese echt normannische Mischung aus Gewitztheit und verborgenem Feuer, diesem Feuer, von dem er mir einst gesagt hatte, daß es „unser aller Ahne“ sei. Jedenfalls widersprach ich heftig, als im März 1942 zur Debatte stand, das Clos Joli, wo alle Spitzenleute der Kollaboration sich an den Tisch des Okkupanten drängelten, in Brand zu setzen.

Auf dieser Versammlung waren wir zu sechst, darunter Monsieur Pinder, mit dem ich lange geredet und der mir versprochen hatte, sein Möglichstes zu tun, um die Hitzköpfe zu beruhigen. Da war Guédard, der schon die ersten geheimen Landeplätze im Westen markierte; Jombe, so aggressiv und nervös, als ahnte er bereits sein tragisches Ende; Sénéchal, ein Lehrer aus Caen, und Vigier, der aus Paris gekommen war, um mit den lokalen Verantwortlichen den „Fall Duprat" zu untersuchen und dann die unumgänglichen Entscheidungen zu treffen. Wir hatten uns in Guédards Haus versammelt, in der zweiten Etage, genau dem Restaurant gegenüber. Die Mercedes der Generäle und die schwarzen Citroëns der Gestapo und ihrer französischen Kollegen waren schon in Reih und Glied vor dem Wirtshaus angetreten. Jombey stand bei ein wenig beiseite genommener Gardine am Fenster.

„Das kann man nicht dulden", sagte er wiederholt. „Duprat bietet seit zwei Jahren ein unerträgliches Bild der Servilität und Käuflichkeit. Dieser Küchenbulle wächst über sich hinaus, um die Fritzen und die Verräter zu entzücken . . ."

Er ging zum Tisch und öffnete die „Akte" Duprat. Die Beweise für seine Kollaboration mit dem Feind, wie man damals sagte.

„Man höre sich das an . . ."

Wir brauchten nichts zu hören. Wir kannten die „Beweise" auswendig. *Terrine d'anguille sauce émeraude* für Otto Abetz, den Botschafter Hitlers in Paris, und seine Freunde. *Fantaisie gourmande Marcellin Duprat* für Fernand de Brinon, den Botschafter Vichys in Paris, der 1945 hingerichtet wurde. *Feuilleté aux écrevisses et aux pointes d'asperges, Mousse de foies blonds aux airelles* für den von seiner Kohorte aus Vichy begleiteten Laval persönlich. *Pot-au-feu vieille France* für Grüber und seine französischen Gestapogehilfen. Und die zwanzig oder dreißig schönsten Werke eines „Besten Handwerkers von Frankreich", deren sich General von Tiele, der neue Befehlshaber der deutschen Truppen in der Normandie, einen Monat zuvor im Laufe von nur einer Woche mehrfach in schönster Siegerlaune erfreut hatte. Allein die Weinkarte hätte ausgereicht als Zeugnis der Eilfertigkeit Duprats, dem Besatzer das Beste zu bieten, was der Boden Frankreichs hervorgebracht hatte.

„Hör dir, also nein, hört euch doch das mal an!" brüllte Jombey. „Er hätte doch wenigstens seine besten Flaschen verstecken und für die Alliierten aufheben können, wenn die erst mal hier sein werden! Aber nein, er hat alles geliefert, alles weggegeben ... alles *verkauft*! Vom Château-Margaux 1928 bis zum Château-Latour 1934 und sogar einen Château-Yquem 1921!"

Sénéchal saß auf dem Bett und streichelte seinen Spaniel. Er war ein stämmiger Kerl und blond. Ich versuche immer noch, mich an ihn zu erinnern, wenigstens die Haarfarbe dessen wieder zum Leben zu erwecken, von dem einige Monate später nichts mehr blieb.

„Ich habe Duprat vor einer Woche getroffen", sagte er. „Er kam gerade von einer Einkaufsfahrt über die Bauernhöfe zurück: der Laderaum seines Autos war mit Paketen vollgestopft. Er hatte ein blaues Auge. ‚Strolche', warf er mir zu. – ‚Hören Sie, Monsieur Duprat, das sind keine Strolche, und Sie wissen das sehr wohl. Schämen Sie sich nicht wenigstens ein bißchen?' Er biß die Zähne zusammen. ‚Aha, du also auch, Kleiner! Und ich hielt dich für einen guten Franzosen!' – ‚Was heißt das im Moment, ein guter Franzose, Ihrer Meinung nach?‘ – ‚Nun, ich werd’s dir sagen, weil du es nicht zu wissen scheinst. Das wundert mich übrigens nicht. Ihr habt ja sogar eure Geschichte vergessen! Ein guter Franzose ist in heutigen Zeiten derjenige, der durchhält!‘ Ich war verblüfft. Da saß er am Lenkrad seines Lieferwagens, mit vom Besatzer geliefertem Benzin, mit den besten Produkten des französischen Bodens für die Deutschen, und sprach von denen, die ‚durchhalten‘. ‚Und was ist Durchhalten für Sie?‘ – ‚Das ist, wenn jemand nicht nachgibt, den Kopf oben behält und allem treu bleibt, was Frankreich groß gemacht hat ... Das ist es!‘ Er zeigte mir seine Hände. ‚Mein Großvater und mein Vater haben für die große französische Küche gewirkt, und die große französische Küche, die hat nicht ins Gras gebissen, die hat keine Niederlage erlitten und wird sie nie erleben, solange ein Duprat sie gegen die Deutschen, gegen die Amerikaner, gegen jeden verteidigt! Ich weiß, was man von mir denkt, ich habe es oft genug gehört. Daß ich mir den Deutschen zuliebe den Arsch aufreiße. Scheiße. Hindert etwa der Priester von Notre-Dame die Deutschen daran, niederzuknien? In zwanzig, dreißig Jahren wird Frankreich merken, daß es die Pics, die Dumaines, die Duprats und einige andere waren, die das Wesentliche gerettet haben. Eines Tages wird ganz Frankreich hierher wallfahren, und die Namen der großen Köche werden es sein, die die Botschaft von der Größe unseres Landes in alle Winkel der Erde tragen! Eines Tages, mein Junge, und zwar ganz gleich, ob Deutschland, Amerika oder Rußland den Krieg gewinnt, wird dieses Land so tief im Dreck stecken, daß man sich nur noch mit dem Michelin-Führer darin zurechtfinden wird, wobei auch der wohl nicht ausreichen wird! Da werden wir so manchen Führer zu sehen bekommen, das sage ich dir!'"

Sénéchal schwieg.

„Der ist verzweifelt", sagte ich. „Man darf nicht vergessen, daß er der 14/18er Generation angehört."

Er lächelte mich an.

„Er ist ein bißchen so wie dein Onkel mit seinen Drachen."

„Ich glaube, daß er alle Welt zum Narren hält", sagte Vigier, „und daß er sich mit Leib und Seele zugleich der Liebe zu seinem Beruf wie dem Spott widmet."

Monsieur Pinder schien verlegen.

„Duprat hat eine ganz bestimmte Vorstellung von Frankreich", murmelte er.

„Was?" brüllte Jombey. „Das sagen ausgerechnet Sie, Monsieur Pinder?"

„Beruhigen Sie sich, mein Freund. Denn schließlich muß man doch eine Hypothese in Betracht ziehen ..."

Wir warteten.

„Und wenn Duprat nun ein Seher wäre?" sagte Monsieur Pinder sanft. „Wenn er weit vorausschaute? Wenn er wirklich in die Zukunft sehen könnte?"

„Versteh kein Wort", grummelte Jombey.

„Duprat ist vielleicht von uns allen derjenige, der die Zukunft des Landes am klarsten sieht, und wenn wir getötet und die Deutschen besiegt sein werden, wird all das vielleicht in eine ... kulinarische Größe münden. Man kann die Frage folgendermaßen stellen: Wer ist hier bereit, sich töten zu lassen, damit Frankreich das Clos Joli Europas werde?"

„Duprat", sagte ich.

„Aus Liebe oder aus Haß?" fragte Guédard.

„Angeblich sollen beide ganz gut zusammenpassen", sagte ich. „Wer seine Kinder liebt, der züchtigt sie, und so weiter. Ich glaube, wenn er noch einmal in den Schützengräben von 14/18 liegen könnte, mit einem Gewehr in der Hand, würde er uns verständlich machen können, was er auf dem Herzen hat."

„Seht mal", sagte Jombey.

Wir gingen zum Fenster. Vier Gesichter, drei junge, ein altes. Die Vorhänge waren aus leichter Baumwolle, rosa und gelb geblümt.

Die hohen Herrschaften verließen das Wirtshaus: der Gestapochef Grüber, zwei seiner französischen Kollegen, Marle und Dennier, und eine Gruppe Flieger, unter denen ich Hans erkannte.

„Da 'ne Bombe rein", sagte Jombey. „Und das Clos Joli in Schutt und Asche legen."

„Ein solches Attentat müßte die Bevölkerung viel zu teuer bezahlen", sagte ich.

Ich fühlte mich nicht wohl in meiner Haut. Ich konnte Marcellin Duprat sehr gut verstehen, diese Mischung aus Verzweiflung, Aufrichtigkeit und Mache, aus Gerissenheit und Wahrhaftigkeit in seiner Treue zu einer Berufung, die weit über all das Belanglose, was ihr anhängen mochte, hinausging. Ich zweifelte nicht daran, daß die große französische Küche für ihn in seiner Raserei und Frustration eines alten 14/18ers zum „letzten Karree" geworden war. Ihm war eine Portion vorsätzlicher Blindheit eigen, die nur eine andere Art zu sehen war: sie ermöglicht es einem Menschen, sich an irgend etwas festzuklammern, um nicht unterzugehen. Selbstverständlich verwechselte ich nicht die Kathedralen mit den Pasteten, aber ich hatte – aufgewachsen zwischen den Drachen dieses „behämmerten Fleury" – ein zärtliches Gefühl für alles, was einem Menschen erlaubt, sein Bestes zu geben.

„Ich weiß, daß euch das sinnlos vorkommt, aber vergeßt nicht, daß bereits drei Generationen von Köchen den Namen Duprat getragen haben, vor Marcellin. Die Niederlage hat ihn zutiefst traumatisiert, der Untergang all dessen, woran er geglaubt hat, und da hat er sich mit Leib und Seele dem gewidmet, was übriggeblieben ist."

„Ja, dem *Galopiau de volaille à la sauce Pédauque*", grölte Jombey. „Du willst uns wohl verscheißern, Fleury!"

Ich hatte einen fix und fertigen Plan, und den hatte ich Sénéchal schon mitgeteilt.

„Man muß das Clos Joli benutzen, anstatt es zu zerstören. Dank dem Wein reden die Deutschen beim Essen viel und freimütig. Man muß im Restaurant jemanden unterbringen, der Deutsch versteht und uns informieren kann. Informationen, das ist es, was London von uns fordert, viel mehr als spektakuläre Aktionen."

Ich machte noch einmal die Gefahr von Repressalien gegen die Bevölkerung geltend, und es wurde beschlossen, die Aktion zu verschieben. Ich wußte allerdings, daß das Clos Joli früher oder später in Flammen aufgehen würde, wenn es mir nicht gelänge, unsere Kameraden davon zu überzeugen, daß Duprat uns nützlich sein konnte.

XXXI

Ein paar Tage lang zerbrach ich mir den Kopf. Séneçhals Verlobte, Suzanne Dulac, war ausgebildete Deutschlehrerin, aber mir fiel nichts ein, wie ich es arrangieren sollte, damit Duprat sie einstellte.

Ich hatte seit einigen Monaten die Stationen der Fluchtroute zu koordinieren, die den Grenzübertritt der abgeschossenen alliierten Piloten nach Spanien sicherstellte. Eines Abends erfuhr ich von einem der Brüder Buis, daß ein Jagdflieger von France Libre geborgen und auf ihrem Hof versteckt worden war. Die Buis hatten ihn eine Woche lang bei sich behalten, damit „die Sache abkühlt", und als die deutschen Patrouillen um das abgeschossene Flugzeug herum seltener wurden, benachrichtigte man mich.

Ich traf den Piloten in der Küche bei Tisch an, vor einem Teller Kaldaunen. Er hieß Lucchesi. Mit seinem rotgepunkteten Tuch um den Hals und dem marineblauen *battle dress* mit dem aufgenähten Lothringerkreuz, seinen schwarzen Locken und seinem schalkhaften Gesicht schien er sich so wohl zu fühlen, als hätte er sein ganzes Leben lang nichts anderes getan als vom Himmel zu fallen.

„Sagen Sie, gibt es hier irgendwo ein gutes Wirtshaus, das ich den Kameraden meiner Staffel empfehlen könnte? Zur Zeit verlieren wir monatlich vier oder fünf Piloten; wenn also demnächst in dieser Gegend welche runterfallen . . ."

Genau in dem Moment hatte ich einen Einfall. Ich mußte den Piloten mindestens acht Tage dabehalten, bevor ich seinen Übergang nach Spanien organisieren konnte.

Tags darauf begleitete mich mein Onkel spätabends zum Clos Joli. Ich fand Duprat in düstere Meditationen vertieft, sein Sohn Lucien war bei ihm. Radio Vichy lief auf vollen Touren, und man hatte Grund genug, konsterniert zu sein. Die britische Handelsflotte existierte nicht mehr, das Afrikakorps näherte sich Kairo, die italienische Armee besetzte Griechenland . . . Niemals zuvor hatte ich Marcellin von den schlechten Nachrichten derart beunruhigt erlebt. Erst als er zu sprechen begann, bemerkte ich meinen Irrtum. Der Chef des Clos Joli hatte einfach vergessen, das Radio auszustellen, und meditierte über ganz anderes als das Tagesgeschehen.

„Ich für mein Teil habe den *Tournedos Rossini* nie auf meiner Karte haben wollen. Das hat uns auch dieser Escoffier hinterlassen. Ein Blender war er. Weißt du, was das ist, der *Tournedos Rossini*? Täuschungsbetrug. Escoffier hat das erfunden, weil das Fleisch oft verdächtig aussah, und da hat er einen Geschmacksüberspieler draufgeklatscht, Gänseleber und Trüffel *à la brune*, um die Zunge abzulenken. Genau da sind wir in der Politik und überhaupt in allem angelangt: beim *Tournedos Rossini*. Zungentäuschung ist das. Das Produkt ist verdorben, also wickelt man es in Lügen und schöne Reden ein . . . Je eloquenter, desto stärker wirkt es und desto sicherer kannst du sein, daß der Inhalt verdorben ist. Ich habe Escoffier noch nie riechen können. Weißt du, wie er die Froschschenkel nannte? *Nymphenflügel im Morgenrot . . .*“

Zwei amerikanische Flugzeugträger im Pazifik versenkt . . . Dreihundert englische Bomber in den letzten zwei Nächten von der deutschen Luftwaffe abgeschossen . . .

Duprat hatte einen leicht glasigen Blick.

„So kann das nicht weitergehen“, sagte er. „Alles wird zum Bluff. Man muß beispielsweise mit dem Vorlegen Schluß machen. Die Zukunft gehört der Teller-Bedienung. Aber es gelingt mir nicht, Gehör zu finden. Nicht einmal Point will anerkennen, daß das Vorlegen ein widernatürlicher Akt ist. Das Gericht verliert beim Vorlegen immer von seiner Spontaneität, seiner Wahrheit und seinem ‚Moment‘. Es muß unverfälscht direkt vom Feuer weg auf den Teller kommen. Und Vannier wagt mir zu sagen: ‚Nur in den billigen Garküchen wandern die Gerichte vom Feuer auf den Teller.‘ Und wo bleibt bei all dem der Geschmack? Was allein zählt, ist der im Augenblick der Wahrheit abgepaßte Geschmack: wenn das Fleisch und das Aroma sich in der Vereinigung entfalten; diesen ‚Moment‘ gilt es abzupassen und nicht zu verpassen . . .“

Hunderttausende von Gefangenen an der russischen Front . . . Energische Vergeltungsmaßnahmen der Ordnungskräfte gegen Verräter und Saboteure . . . Zwölf englische Städte in einer einzigen Nacht ausradiert . . .

Ich begriff plötzlich, daß Duprat redete, um nicht zu explodieren, und daß er auf seine Weise gegen Entmutigung und Verzweiflung ankämpfte.

„Grüß dich, Marcellin“, sagte mein Onkel.

Duprat erhob sich und ging das Radio abschalten.

„Was wollt ihr um diese Zeit von mir?“

„Der Kleine hat mit dir zu reden. Es ist persönlich.“

Wir sind hinausgegangen. Er hörte uns schweigend zu.

„Nichts zu machen. Ich bin von ganzem Herzen auf seiten der Résistance, und ich habe das zur Genüge bewiesen, indem ich durchgehalten habe, unter unmöglichen Bedingungen. Aber ich nehme bei mir keinen alliierten Piloten auf, vor der Nase der Deutschen. Sie werden meinen Laden schließen."

Mein Onkel sprach etwas leiser.

„Es handelt sich nicht um irgendeinen Piloten, Marcellin. Es ist der Adjutant von General de Gaulle."

Duprat wurde von einer Art Lähmung befallen. Wenn jemals demjenigen ein Denkmal errichtet werden sollte, der das Ruder des Clos Joli während des Sturms fest in der Hand hatte, dann stelle ich ihn mir auf einem Platz von Cléry so vor: mit hartem Blick und zusammengebissenen Zähnen. Ich glaube, daß er dem ersten Widerstandskämpfer Frankreichs gegenüber ein gewisses Gefühl der Rivalität verspürte.

Er dachte nach. Ich spürte, wie er zugleich verlockt wurde und zögerte. Mein Onkel beobachtete ihn nicht ohne Schalk aus den Augenwinkeln.

„Das ist ja alles gut und schön", sagte er schließlich, „aber euer de Gaulle ist in London, und ich, ich bin hier. Ich bin es, der den alltäglichen Schwierigkeiten trotzen muß, nicht er."

Er rang noch einen Augenblick mit sich. Ich wußte sehr wohl, daß es sich hier um Eitelkeit handelte, doch was diese, einmal herausgefordert, an tiefem Gefühl verbarg, war nicht ohne Größe.

„Ich werde doch nicht alles, was ich gerettet habe, aufs Spiel setzen, um euern Kerl hier bei mir aufzunehmen. Das ist zu gefährlich. Die Schließung riskieren, um einen glanzvollen Auftritt zu haben, nein. Aber ich werde etwas viel Besseres machen. Ich werde euch die Speisekarte des Clos Joli geben, und eure Jungs sollen sie de Gaulle überreichen."

Ich war völlig perplex. Im Dunkeln ähnelte die

große weiße Silhouette Duprats einem Rachegeist. Mein Onkel Ambroise blieb einen Moment lang sprachlos, aber als Duprat in seine Küche ging, murmelte er:

„Wir sind so einige, die sich die Seele aus dem Leib grämen, aber der da, der ist ja richtig besessen."

Seit einer Weile vermischte sich das Grollen der englischen Bomber mit dem Feuer der Flak und gab dem normannischen Land die Stimme all seiner Nächte zurück. Die Rapiere der Scheinwerfer kreuzten einander über unseren Köpfen. Und dann riß ein orangener Blitz ein Loch in den Himmel: ein getroffenes Flugzeug war mitsamt seinen Bomben explodiert.

Duprat kam zurück. Er hatte die Speisekarte des Clos Joli in der Hand. Bei Bursière gingen ein paar Bomben nieder.

„Da. Hört zu. Das ist eine persönliche Botschaft Marcellin Duprats an de Gaulle . . ."

Er hob die Stimme, um die der deutschen Flakgeschütze zu übertönen.

Soupe crémière d'écrevisses de rivière
Galette feuilletée aux truffes au vin de Graves
Loup à la compotée de tomates . . .

Er las uns die ganze Tageskarte vor, von der Gänseleber in Pfefferaspik und seinem warmen Kartoffelsalat mit Weißwein bis zum weißen Pfirsich mit Pomerol-Splittern. Die alliierten Bomber dröhnten über unseren Köpfen, und Marcellin Duprats Stimme zitterte ein wenig. Ab und zu hielt er inne und schluckte schwer. Ich glaube, er hatte ein bißchen Angst.

Ein Bombenkrachen in der Nähe der Bahnstrecke von Etrilly ließ die Erde beben.

Duprat verstummte und wischte sich die Stirn. Er hielt mir die Speisekarte hin.

„Hier nimm. Gib sie deinem Piloten. Auf daß de Gaulle sich daran erinnert, wie es aussieht. Damit er weiß, wofür er kämpft."

Die Scheinwerfer fochten am Himmel weiter miteinander, und die Mütze des besten Kochs von Frankreich schien von Blitzen umrahmt.

„Ich töte die Deutschen nicht", sagte er. „Ich zermalme sie."

„Vor allem machst du dich über alle lustig, Marcellin", sagte mein Onkel sanft.

„Ah, glaubst du? Na, wir werden sehen. Wir werden sehen, wer das letzte Wort hat, de Gaulle oder mein Clos Joli."

„Es ist ja überhaupt nicht schlimm, wenn die französische Küche eines Tages triumphiert, unter der Bedingung, daß sie es nicht über alles andere tut", sagte mein Onkel. „Ich habe gerade das Ergebnis eines Wettbewerbs gelesen; eine Zeitung hatte ihn organisiert, um herauszubekommen, was man mit den Juden machen soll. Der erste Preis ging an eine junge Frau, die geantwortet hatte: ‚Man sollte sie schmoren.' Sie ist zweifellos eine brave Köchin, die in diesen Zeiten der Entbehrung von einem schönen Braten träumt. Sowieso darf man ein Land nicht nach dem beurteilen, was es mit seinen Juden macht: seit jeher wurden die Juden nach dem beurteilt, was man mit ihnen gemacht hat."

„Ach, Scheiß drauf", sagte Duprat plötzlich. „Bringt ihn her, euern Flieger. Und denkt bloß nicht, daß ich das mache, um mich mit der Zukunft gutzustellen. Von der Seite her habe ich nichts zu befürchten. Jeder einigermaßen intelligente Deutsche, der das Clos Joli betritt, merkt, daß er es hier mit einer historischen Überlegenheit und Unbesiegbarkeit zu tun hat. Neulich kam Grüber selbst, hier zu dinieren. Und als er fertig war, wißt ihr, was er mir da erklärt hat? ‚Herr Duprat, man müßte Sie erschießen.'"

Schweigend verließen wir ihn. Als wir durch die Wiesen liefen, sagte mein Onkel:

„Zum Zeitpunkt der Niederlage, als das Land unterging, habe ich geglaubt, Marcellin würde verrückt werden. Lucien hat mir erzählt, wie er nach dem Fall von Paris in die Küche kam und seinen Vater auf einem Hocker stehend vorfand, mit der Schlinge um den Hals. Tagelang hat Marcellin irregeredet, bunt durcheinander Worte stotternd, wo die Ente mit normannischen Kräutern und seine berühmte *Giboulée à la crème* sich mit den Namen von Foch, Verdun und Guynemer vermischten. Später dann wollte er Haus und Hof im Stich lassen, und er hat sich in seinem Büro eingeschlossen, mit seiner Sammlung von dreihundert Speisekarten, auf denen alles stand, was seit Generationen den Ruhm des Clos Joli ausgemacht hat. Ich glaube, er ist niemals wirklich davon genesen und hat damals den Entschluß gefaßt, den Deutschen und dem Lande das gute Beispiel eines französischen Chefs zu liefern, der nicht kapituliert. Weder du noch ich können ihm ‚Unvernunft' vorwerfen."

XXXII

Das Dejeuner des Leutnants Lucchesi im Clos Joli gestaltete sich denkwürdig. Wir hatten ihm einen ganz neuen Anzug besorgt und makellose Papiere, obwohl seit Beginn der Okkupation bei Duprat keinerlei Ausweiskontrollen stattgefunden hatten. Der Leutnant wurde am besten Tisch der „Rotunde" bedient, mitten unter den hohen Offizieren der Wehrmacht, unter denen sich General von Tiele persönlich befand. Als Lucchesi zu Ende gespeist hatte, begleitete Marcellin Duprat selbst ihn zur Tür, drückte ihm die Hand und sagte:

„Kommen Sie uns doch mal wieder besuchen."

Lucchesi sah ihn an.

„Unglücklicherweise kann man sich den Ort, an dem man heruntergeholt wird, nicht aussuchen", sagte er.

Von diesem Tag an schlug Duprat uns nichts mehr ab. Ich glaube absolut nicht, daß das so war, weil wir ihn in gewisser Weise „in der Hand hatten" oder weil er zu spüren begann, daß der Wind sich drehte und er der Résistance Beweise seiner unzweideutigen Haltung liefern wollte, sondern: wenn die Worte „heilige Einheit" für ihn einen Sinn hatten, dann den, daß ihr Sammlungspunkt das Clos Joli zu sein hatte. Wie mein Onkel eher liebevoll als spöttisch sagte, hatte „Marcellin, obwohl er älter ist als de Gaulle, alle Chancen, sein Nachfolger zu werden".

Duprat war also einverstanden, die Verlobte Sénéchals, unsere Kameradin Suzanne Dulac, eine hübsche, dunkelhaarige, perfekt Deutsch sprechende junge Frau mit fröhlichen Augen, als „aufmerksame Hostess“ – „ich will keine Nutte in meinem Haus“, war seine einzige Einschränkung – in Dienst zu nehmen, und es steht außer Zweifel, daß die von ihr belauschten Tischgespräche Interesse fanden in London, wo man anscheinend ganz besonders all das genau wissen wollte, was in der Normandie vor sich ging: unser Befehl lautete, nichts außer acht zu lassen. Doch bald verfügten wir über eine Informationsquelle, die sich als so bedeutend erwies, daß sich dadurch die gesamte Arbeit unseres Widerstandsnetzes von Grund auf veränderte. Was mich betraf, so brauchte ich mehrere Tage, um mich von dem Schock zu erholen; denn einmal abgesehen vom Überraschungseffekt, hatte ich noch nie wirklich begriffen, wie weit ein menschliches Wesen – in diesem Falle eine Frau – in seinem unerbittlichen Kampfes- und Überlebenswillen gehen konnte.

Der Name, den ich bei Marcellin Duprat am häufigsten auf Rechnungen und in den Rechnungsbüchern sah, war der einer Gräfin Esterhazy – „die Gräfin“, wie die Deutschen sagten –, die mein Arbeitgeber überaus schätzte: sie gab märchenhafte Empfänge. Das „Buffet“ ihrer Empfänge wurde komplett vom Clos Joli geliefert und brachte dem Restaurantbesitzer beträchtliche Summen ein.

„Sie ist eine vornehme Dame“, erklärte mir Duprat, wenn er sich die Zahlen ansah. „Eine Pariserin aus sehr guter Familie, die einen Neffen Admiral Horthys geheiratet hat, du weißt doch, des ungarischen Diktators. Er soll ihr riesige Besitzungen in Portugal überlassen haben. Einmal war ich bei ihr: auf ihrem Klavier hat sie Fotos stehen mit

Widmungen von Horthy, Salazar, von Marschall Pétain und sogar, ob du's glaubst oder nicht, von Hitler persönlich: ‚Der Gräfin Esterhazy von ihrem Freund Adolf Hitler.' Ich habe es mit eigenen Augen gesehen. Kein Wunder, daß die Deutschen ihr jeden Wunsch von den Augen ablesen. Als sie nach dem Sieg – na ja, ich meine nach der Niederlage – von Portugal zurückkam, wohnte sie zunächst im Hôtel des Cerfs, aber als das Hotel vom deutschen Generalstab requiriert wurde, haben sie ihr rücksichtsvoll den Pavillon im Park überlassen. Jedenfalls sieht man bei ihr fast ebensoviel *high society* wie bei mir."

Hunde waren im Clos Joli nicht zugelassen. Darüber ließ Duprat nicht mit sich reden. Sogar der pommersche Schäferhund, der Grüber überallhin begleitete, wurde gebeten, im Garten zu warten, wohin Duprat ihm allerdings reichlich Futter bringen ließ. Eines Tages, als ich im Büro war, trat Monsieur Jean mit einem Pekinesen im Arm ein.

„Das ist das Hündchen der Esterhazy. Sie hat mich gebeten, ihn dir anzuvertrauen, und sie wird ihn nachher holen kommen."

Ich warf einen Blick auf den Pekinesen und fühlte kalte Schweißperlen auf meiner Stirn. Es war Tschong, der Pekinese von Madame Julie Espinoza. Ich versuchte, mich wieder zu fangen und mir einzureden, daß es sich um bloße Ähnlichkeit handele, aber mein Gedächtnis habe ich nie überlisten können. Ich erkannte die schwarze Schnauze, jedes Büschel weißen und braunen Fells, die kleinen rötlichen Ohren. Der Hund kam zu mir, legte mir die Vorderpfoten auf die Knie und begann schwanzwedelnd zu wimmern. Ich murmelte:

„Tschong!"

Er sprang mir auf den Schoß und leckte mir Hände und Gesicht. Ich hielt still, streichelte ihn, versuchte, ein wenig Ordnung in meine Gedanken zu bringen. Es gab nur eine mögliche Erklärung. Madame Julie war deportiert und der Hund nach wer weiß welchen traurigen Abenteuern von der Esterhazy aufgenommen worden. Ich wußte, mit welcher Achtung die Deutschen Tiere behandelten, und ich erinnerte mich an eine in der „Gazette" veröffentliche Bekanntmachung, die besagte, daß „der Transport von lebendigem Geflügel unter Zusammenbinden der Pfoten und Anhängen der Tiere an den Fahrradlenker mit dem Kopf nach unten als Folter betrachtet wird und streng verboten ist".

Tschong hatte also ein neues Frauchen gefunden. Doch die Erinnerungen kehrten ungestüm wieder, nicht zuletzt die an die „Chefin", die von der Niederlage überzeugt war und sich auf die Zukunft vorbereitete, indem sie minutiöse Vorbereitungen traf: „über jeden Zweifel erhabene" Ausweispapiere, Millionen in Falschgeld, und sogar Porträtfotos von Horthy, Salazar und Hitler, über die ich mich so gewundert hatte und die „noch nicht mit Widmungen versehen" waren. Ich schwitzte noch vor Aufregung, als Monsieur Jean die Tür öffnete und ich Madame Julie Espinoza eintreten sah. Ehrlich gesagt, wenn Tschong nicht gewesen wäre, hätte ich sie nicht wiedererkannt. Von der alten Kupplerin der Rue Lepic war nur die unendliche Dunkelheit des Blicks geblieben, darin die tausendjährige harte Erfahrung der Welt zu kauern schien. Das Gesicht unter den weißen Haaren hatte einen kalten und etwas hochmütigen Ausdruck; sie trug einen nachlässig über die Schultern geworfenen Fischottermantel und einen grauen Seidenschal, hatte sich mit einer gewaltigen Brust ausgestattet, gute zehn Kilo zugenommen und schien um mindestens so viele Jahre jünger:

später gestand sie mir, daß sie sich, ihre Beziehungen ausnutzend, in Berck hatte „entfälteln" lassen, im Militärkrankenhaus für Soldaten mit schweren Brandverletzungen. Die kleine goldene Eidechse, die mir so vertraut war, steckte am Schal. Sie wartete, bis Monsieur Jean respektvoll die Tür wieder geschlossen hatte, nahm eine Zigarette aus ihrer Handtasche, zündete sie mit einem goldenen Feuerzeug an und atmete, mich anblickend, den Rauch ein. Die Andeutung eines Lächelns erschien auf ihren Lippen, als sie mich so sah – auf meinem Stuhl erstarrt, mit vor Erstaunen offenstehendem Maul. Sie klemmte sich Tschong unter den Arm, beobachtete mich noch einen Augenblick aufmerksam, fast feindselig, als mißbillige sie das Vertrauen, das sie mir gezwungenermaßen entgegenbringen mußte, und beugte sich dann zu mir vor:

„Ducros, Salin und Mazurier stehen unter Verdacht", flüsterte sie. „Grüber unternimmt im Moment nichts gegen sie, weil er wissen will, wer die anderen sind. Sag ihnen, sie sollen eine Zeitlang auf Tauchstation geben. Und keine Treffs mehr im Hinterzimmer des Normannen, oder jedenfalls nicht immer dieselben Gesichter. Verstanden?"

Ich schwieg. Ich hatte Nebel in den Augen und ein plötzliches Bedürfnis zu pinkeln.

„Wirst du dir die Namen merken?"

Ich nickte.

„Und du wirst ihnen nicht von mir erzählen. Kein Wort. Du hast mich nie gesehen. Verstanden?"

„Verstanden, Madame Ju . . ."

„Sei still, du Schwachkopf! Madame Esterhazy heißt das."

„Ja, Madame Esther . . ."

„Nicht Esther. Esterhazy. Esther empfiehlt sich

heutzutage nicht als Name. Und beeil dich, denn wenn es sich ergeben sollte, wird Grüber sie noch vor dem nächsten Treffen hochziehen. Ich habe einen Jungen in seiner Nähe, der mich informiert, aber der Blödmann liegt seit drei Tagen mit Lungenentzündung im Bett."

Sie rückte den Fischottermantel auf ihren Schultern zurecht, brachte ihren Schal in Ordnung, blickte mir lange ins Gesicht, zerdrückte ihre Zigarette in dem Aschenbecher, der auf meinem Schreibtisch stand, und ging.

Ich rannte den ganzen Nachmittag herum, um die bedrohten Kameraden zu warnen. Soubabère wollte unbedingt wissen, wer mich informiert hatte, aber ich sagte ihm, ein Passant habe mir auf der Straße einen Zettel zugesteckt und sich unverzüglich entfernt.

Ich war über die Verwandlung der Chefin aus der Rue Lepic in diese Art Statue, die wie der Komtur in meinem Büro erschienen war, so verblüfft, daß ich versuchte, nicht daran zu denken, und ich sagte niemandem ein Wort, nicht mal meinem Onkel Ambroise. Ich glaubte am Ende sogar, mein „Zustand" habe sich verschlimmert und ich sei Opfer einer Halluzination geworden. Doch zwei- oder dreimal im Monat brachte Monsieur Jean mir zur Mittagszeit das Hündchen der „Gräfin", und wenn sein Frauchen es sich holen kam, überbrachte sie mir jedesmal Nachrichten, von denen manche so wichtig waren, daß ich schwerlich weiter behaupten konnte, diese Dokumente seien mir von einem Unbekannten in irgendeiner Straße von Cléry zugesteckt worden.

„Hören Sie, Madame . . . also Madame, wie soll ich ihnen erklären, wo ich diese Informationen herhabe?"

„Ich verbiete dir, ihnen von mir zu erzählen. Ich

hab keine Angst vorm Krepieren, aber ich bin sicher, daß die Nazis den Krieg verlieren, und das will ich sehen, da will ich dabeisein."

„Aber wie stellen Sie es nur an, daß . . ."

„Meine Tochter ist Sekretärin im Generalstab, im Hôtel des Cerfs."

Sie zündete sich eine Zigarette an.

„Sie ist die Geliebte von Oberst Stekker."

Sie lachte kurz auf und streichelte Tschong.

„‚Hotel zu den Hirschen': Alle Hirsche haben Hörner. Sag deinen Leuten, daß du diese Informationen in einem Umschlag auf deinem Schreibtisch vorfindest. Du weißt nicht, wo sie herkommen. Sag ihnen, sie sollen dir keine Fragen stellen, wenn sie wollen, daß es so weitergeht."

Zum ersten Mal sah ich auf ihrem Gesicht eine Spur von Besorgnis, während sie mich beobachtete.

„Ich habe dir vertraut, Ludo. Das ist immer eine Blödheit, aber ich bin das Risiko eingegangen. Ich habe immer mit beiden Beinen fest auf dem Boden gestanden, da kann ich dieses eine Mal . . ."

Sie lächelte.

„Neulich habe ich mir die Drachen deines Onkels angesehen. Da war einer, ein sehr schöner, der ist ihm aus der Hand geglitten und weggeflogen. Dein Onkel hat mir gesagt, daß man ihn nie wiederfinden wird, höchstens völlig zerschunden und zerrissen."

„Die Jagd nach dem Blau", sagte ich.

„Ich habe nie gedacht, daß mir das passieren könnte", sagte Madame Julie Espinoza, und ich sah plötzlich Tränen in ihren Augen. „Ich denke, wenn einer zu viel Schmerz gesehen hat, dann macht das Blau, daß er den Kopf verliert."

„Sie können mir vertrauen, Madame Esterhazy", sagte ich leise. „Ich werde Sie nicht verraten. Sie haben mir oft genug gesagt, daß ich den Blick eines Füsilierten habe."

Soubabère glaubte kein Wort von der Geschichte mit dem Briefumschlag. Als ich ihm den Plan aller verfügbaren deutschen Kräfte in der Normandie übergab – jeweilige Anzahl der Flugzeuge, Standorte der Küsten- und der Flakbatterien, Anzahl der aus Rußland abgezogenen und auf dem Marsch gen Westen befindlichen deutschen Divisionen –, hätte er um ein Haar eine Untersuchung gegen mich eingeleitet.

„Wo hast du das her, du Saukerl?"

„Kann ich euch nicht sagen. Ich hab's geschworen."

Meine Freunde begannen, mich komisch anzugucken. London forderte kategorisch Aufklärung über die Herkunft der Informationen. Ich zerbrach mir derart den Kopf, daß ich tagelang Lila nicht mehr sah.

Ich mußte um jeden Preis einen Weg finden, um mich aus der Affäre zu ziehen und um von der Esterhazy, die ich in meinen Gedanken unwillkürlich „die Jüdin" nannte, die Erlaubnis zu erhalten, den Chef meines Widerstandsnetzes einzuweihen. Schließlich griff ich auf ein Argument zurück, auf das ich nicht sonderlich stolz war, das mir aber gerechtfertigt erschien.

An diesem Tag, einem Sonntag, kam die Esterhazy nach der Messe ins Clos Joli essen. Der Pekinese wurde mir ordnungsgemäß von Monsieur Jean übergeben. Gegen drei Uhr kam die „Gräfin" in mein Büro, entnahm ihrer Handtasche einen Zettel, warf einen vorsichtigen Blick zur Tür und legte das Stück Papier vor mich hin.

„Lerne das auswendig und verbrenne es dann sofort."

Es war die Liste der „Vertrauenspersonen" – das

heißt der Informanten –, über die die Gestapo in der Gegend verfügte.

Ich las mir die Namen zweimal durch und verbrannte dann den Zettel.

„Wie ist es Ihnen gelungen, sich das zu beschaffen?"

Madame Julie, ganz in Grau, stand vor mir und streichelte Tschong.

„Das laß mal meine Sorge sein."

„Reden Sie doch mal offen, mein Gott. Schließlich und endlich ist das unglaublich. Das kommt doch unmittelbar von der Gestapo."

„Nun gut, ich will es dir sagen. Grübers Stellvertreter Arnoldt ist homosexuell. Er lebt mit einem meiner Freunde zusammen, der Jude ist."

Sie streichelte Tschongs Schnauze mit ihrer Wange.

„Ich bin die einzige, die weiß, daß er Jude ist. Ich habe ihm falsche arische Papiere machen lassen. Arier bis ins dritte Glied. Es gibt nichts, was er mir abschlagen könnte."

„Jetzt, wo er die nötigen Papiere hat, kann er sich doch Ihrer entledigen, indem er Sie denunziert."

„Nein, mein kleiner Ludo, denn ich, ich habe seine *richtigen* Papiere behalten."

In diesem schwarzen Blick war etwas Unerbittliches und beinahe Unbesiegbares.

„Auf Wiedersehen, Kleiner."

„Warten Sie. Was, denken Sie, wird mit Ihnen geschehen, wenn ich geschnappt und füsiliert werde?"

„Nichts. Ich werde sehr traurig sein."

„Sie irren sich, Madame Esterhazy. Wenn ich nicht mehr da bin, um zu bezeugen, was Sie alles für die Résistance getan haben, wird man Sie sich gleich nach der Befreiung vorknöpfen. Und dann wird niemand mehr da sein, Sie zu verteidigen. Dann gibt es nur noch ..."

Ich schluckte meinen Speichel herunter und nahm all meinen Mut zusammen.

„Dann gibt es nur noch die Kupplerin Julie Espinoza, die sich mit den Deutschen bestens stand. Hinterher wird man genauso schnell hinrichten wie jetzt, da können Sie ganz sicher sein. Ich bin der einzige, der weiß, was Sie für uns getan haben, und wenn ich nicht mehr da bin ..."

Ihre Hand verharrte einen Augenblick auf Tschongs Köpfchen und nahm dann das Streicheln wieder auf. Ich war entsetzt über meine Dreistigkeit. Aber alles, was ich auf dem Gesicht der „Chefin" entdeckte, war ein Lächeln.

„Sieh einer an, du bist ganz schön viel härter geworden, Ludo", sagte sie. „Ein richtiger Kerl. Aber du hast recht. In Paris habe ich Zeugen, doch wahrscheinlich bleibt mir dann keine Zeit mehr, Beweise zu erbringen. Na gut, los, du kannst es deinen Freunden sagen. Und sag ihnen auch, daß ich gleich morgen einen Brief haben will, der die Dienste, die ich ihnen erwiesen habe, bestätigt. Ich werde ihn an sicherem Ort aufbewahren ... da, wo in meinem Alter keiner mehr rumkramt. Und sag deinem Chef ... wer ist das noch schnell?"

„Soubabère."

„Sag ihm: wenn es auch nur die kleinste Indiskretion gibt, erfahre ich es als erste und werde Zeit genug haben, mich abzusetzen, ihr aber nicht. Keiner von euch. Kein einziger wird übrigbleiben, nicht einmal du. Ich bin in meinem Leben zu oft erwischt worden, um mich einmal zuviel erwischen zu lassen. Er soll ja das Maul halten, dein Chef, oder ich lasse es ihm endgültig stopfen."

Ich brauchte eine Stunde, um Souba an diesem Abend das alles zu erklären. Die einzige Bemerkung, die er machte, nachdem er mich angehört hatte, war:

„Alle Achtung, die hat was aufm Kasten, diese Hure!“

Ich habe später oft bereut, auf dieses Argument zurückgegriffen zu haben, um die „Gräfin“ zu überzeugen. Ich hatte sie an ihrer empfindlichsten Stelle getroffen: ihrem Selbsterhaltungstrieb. Die Sorge darum, was ihr in den Tagen nach dem Abzug der Deutschen passieren könnte, wurde bei ihr zu einer echten fixen Idee: um ein Haar hätte sie für jede Information, die sie mir lieferte, eine Empfangsbestätigung verlangt. Nach der Bescheinigung über ihre Tätigkeit als „aktiver Widerstandskämpfer“, datiert und mit „Hercule“ unterzeichnet – dem Decknamen, den Soubabère bescheidenerweise gewählt hatte –, forderte sie eine weitere für ihre Tochter und noch eine dritte, maschinengeschrieben und ebenfalls signiert und datiert, auf der aber der Name des Empfängers frei blieb.

„Für den Fall, daß ich jemanden retten möchte“, erklärte sie.

Madame Julie hatte in London bald einen Code-Namen: Garance. Die Rolle, die sie in der Illegalität gespielt hat, ist heute wohlbekannt, denn sie hat die Rosette der Résistance bekommen, aber ich habe hier einige Namen und Details verändert, um nicht ihrem Ruf zu schaden, den sie nach dem Krieg erworben hat. Sie gab uns bis zur Landung der Alliierten weiterhin Informationen und wurde nie belästigt noch verdächtigt. Bis zum Schluß wurden ihre Beziehungen zu den Besatzern als „schändlich“ angesehen: einige Tage vor der Landung veranstaltete sie eine *garden party* für die deutschen Offiziere des Hôtel des Cerfs. Sie erkühnte sich sogar, uns die Installierung eines

Sende- und Empfangsgerätes in der Kammer ihres Hausmädchens zu gestatten, und so konnte besagtes Hausmädchen, Odette Launier, die gerade einen Lehrgang in London hinter sich hatte, in aller Ruhe hundertfünfzig Meter vom deutschen Generalstab entfernt arbeiten.

Es war von Anfang an zwischen uns vereinbart worden, daß ich niemals die Initiative ergreifen würde, um Kontakt mit der „Gräfin" aufzunehmen.

„Wenn ich etwas für euch habe, werde ich hierher essen kommen und dir Tschong zur Beaufsichtigung übergeben. Beim Gehen hole ich ihn wieder ab und sage dir, was ich zu sagen habe. Wenn ich will, daß du zu mir nach Hause kommst, werde ich den Hund hier vergessen, und du wirst ihn mir bringen . . ."

Einige Monate nach unserer ersten Begegnung kam Monsieur Jean in mein Büro, wo Tschong auf einem Stuhl lag und schlief.

„Die Esterhazy hat die Töle vergessen. Sie hat gerade angerufen. Du sollst sie ihr bringen."

„Scheiße", sagte ich der Form halber.

Die Villa, die vor dem Krieg von einer jüdischen Familie aus Paris bewohnt wurde, befand sich in dem großen Park des Hôtel des Cerfs. Tschong behagte die Fahrradtour, die er unter meinen Arm geklemmt absolvierte, wenig, und er zappelte ununterbrochen. Ich mußte einen Teil des Wegs zu Fuß zurücklegen. Ein ziemlich niedliches Zimmermädchen öffnete auf mein Klingeln hin.

„Ach ja, Madame hat ihn vergessen . . ."

Sie wollte den Hund an sich nehmen, doch ich widersetzte mich und tat verärgert.

„Na hören Sie mal, ich strample mich hier eine Stunde auf dem Fahrrad ab, und . . ."

„Ich werd sehen . . ."

Einige Augenblicke später kam sie zurück.

„Madame bittet Sie herein. Sie will sich bei Ihnen bedanken."

Ganz in dieses diskrete Grau gekleidet, das so gut zu ihren schlohweißen, zum Dutt hochgesteckten Haaren paßte, erschien die „Gräfin" Esterhazy in Begleitung eines jungen deutschen Offiziers, der sich von ihr verabschiedete, an der Tür des Salons. Vom Sehen war er mir wohlbekannt: es war der Dolmetscher des Generalstabs, der häufig den Oberst Stekker ins Clos Joli begleitete.

„Auf Wiedersehen, Herr Hauptmann. Und glauben Sie mir, Admiral Horthy ist gegen seinen Willen Reichsverweser geworden. Seine Popularität, die schon nach der Schlacht von Otranto im Jahre 1917 groß war, wuchs, nachdem er 1919 die bolschewistische Revolution Béla Kuns zerschlagen hatte, derart, daß er gar nicht anders konnte, als sich dem Volkswillen zu beugen ..."

Das war wortwörtlich die Stelle aus dem Geschichtsbuch, die ich Madame Julie 1940 in ihrem Bordell hatte aufsagen hören, als sie sich auf den deutschen Sieg vorbereitete.

„Dabei sagt man ihm dynastische Ambitionen nach", bemerkte der Hauptmann. „Er hat seinen Sohn István zum stellvertretenden Reichsverweser ernannt ..."

Tschong sprang um sein Frauchen herum.

„Ach, da bist du ja."

Sie lächelte mir zu.

„Armes Schätzchen. Ich habe ihn vergessen. Kommen Sie, junger Mann, kommen Sie ..."

Der Offizier küßte der „Gräfin" die Hand und ging hinaus. Ich folgte ihr in den Salon. Auf dem Klavier standen die berühmten „mit Widmungen versehenen" Porträts von Horthy und Salazar, die mir im Hôtel du Passage aufgefallen waren. An der Wand hing sehr auffällig ein Porträt von Marschall Pétain. Es fehlte nur das Hitler-Foto, das ich in der Rue Lepic ebenfalls „im Wartestand“ hatte stehen sehen.

„Ja, ich weiß“, sagte Madame Julie, meinem Blick folgend. „Aber es machte mich krank.“

Sie warf einen Blick in den Vorraum und schloß dann wieder die Tür.

„Er vernascht das Zimmermädchen, dieser hübsche Hauptmann“, sagte sie. „Aber um so besser, das kann von Nutzen sein. Ich wechsle allerdings alle zwei, drei Monate das Bedienungspersonal. Das ist sicherer. Irgendwann wissen sie alle zuviel.“

Sie öffnete noch einmal ganz plötzlich die Tür. Es war niemand zu sehen.

„Gut, in Ordnung. Komm mit.“

Ich folgte ihr ins Schlafzimmer. Die Wandlung, die sich in Minutenschnelle in ihr vollzog, war unglaublich. Im Clos Joli und eben noch mit dem deutschen Offizier war sie eine vornehme Dame gewesen, die sich, erhobenen Hauptes und auf ihren Stock gestützt, sehr aufrecht hielt. Jetzt rollte sie schwerfällig von einem Bein auf das andere ab wie ein Hafenarbeiter unter einer niederdrückenden Last. Es schien, als hätte sie zwanzig Kilo und zwanzig Jahre zugenommen.

Sie ging zu einer Kommode, öffnete eines der Schubfächer und entnahm ihm ein Parfumfläschchen Marke Coty.

„Hier, nimm das.“

„Parfum, Madame Ju . . .“

„Hör auf, mich so zu nennen, du Schwachkopf. Gewöhne dir das ab, es könnte dir sonst nämlich in einem ungünstigen Augenblick auch rausrutschen. Das hier ist kein Parfum. Das tötet, aber es wirkt erst nach achtundvierzig Stunden. Also, hör gut zu ...“

Auf diese Weise erfuhren wir im Juni 1942, daß General von Tiele, der neue Befehlshaber der deutschen Truppen in der Normandie, im Clos Joli ein Diner geben würde, an dem teilnehmen sollten: der Chef der Luftwaffe, Marschall Göring, höchstselbst, etliche Jagdflieger-Asse, darunter Galland, der Feind Nr. 1 der englischen Luftwaffe, sowie eine ganze Anzahl hochrangiger Generäle.

Als Tag und Stunde von Görings Diner uns bekannt wurden, beschlossen wir zunächst, zu einem großen Schlag auszuholen. Nichts war einfacher, als Gift in die Gerichte zu mischen. Die Sache war allerdings zu wichtig, als daß wir auf eigene Faust hätten handeln dürfen, und so konsultierten wir London. Man mußte für alles vorsorgen, einschließlich der Evakuierung Duprats mit einem U-Boot nach England. Von den Einzelheiten der Operation „Achillesferse“ ist seither mehrfach berichtet worden, insbesondere in den Memoiren von Donald Simes, „Die Feuernächte“.

Mir wurde die Aufgabe anvertraut, Duprat zu überzeugen, und ich trat ziemlich bänglich an diesen heran. Das von General von Tiele ausgewählte Menu enthielt unter anderem ein *Cervelas de fruits de mer aux truffes et aux pistaches*. Ich legte unser Vorhaben mit zugegebenermaßen ziemlich schwacher Stimme dar.

Duprat lehnte rundweg ab.

„Gift in meinem *Cervelas*? Das ist unmöglich.“

„Warum?“

Er geißelte mich mit jenem stahlblauen Blick, den ich so gut kannte:

„Weil das nicht schmecken würde.“

Er drehte mir den Rücken zu. Als ich versuchte, ihm schüchtern in die Küche zu folgen, nahm er mich bei den Schultern und schob mich wortlos hinaus.

Glücklicherweise schickte London uns eine Botschaft, die die Operation abblies. Ich fragte mich schließlich, ob nicht de Gaulle selbst sie vielleicht verboten hatte – aus Sorge um das Prestige des Clos Joli.

XXXIII

Ich sprach weniger mit Lila, und ich sah sie seltener, und ich verbarg sie so besser den Augen der anderen: das war damals die Grundregel der Illegalität. Von Zeit zu Zeit wurde ein Kamerad erwischt, weil er zu wagehalsig war und es nicht verstand, den Sinn seines Lebens zu verbergen. Ich hatte in meinem Gedächtnis viele Hunderte von unaufhörlich wechselnden Adressen, Codes, Botschaften, erkundeten militärischen Angaben gespeichert, so daß Lila im Moment weniger Platz hatte, sie mußte ein bißchen mit den anderen zusammenrücken und mit weniger auskommen. Ihre Stimme drang kaum bis zu mir und klang vorwurfsvoll, wenn ich schon mal den Kopf frei hatte, um ihr zuzuhören, anstatt an den nächsten Tag zu denken, an die Treffs, an die Festnahmen, an den jederzeit möglichen Verrat.

„Wenn du mich weiter so vergißt, wird es aus sein, Ludo. Aus. Je mehr du mich vergißt, desto mehr werde ich zur bloßen Erinnerung."

„Ich vergesse dich nicht. Ich verstecke dich, das ist alles. Ich vergesse weder dich noch Tad noch Bruno. Das müßtest du eigentlich verstehen. Es ist jetzt nicht der richtige Zeitpunkt, den Deutschen seinen Lebenssinn zu offenbaren. Für so was erschießen sie einen."

„Du bist so selbstsicher geworden, so ruhig. Du lachst so oft, als ob mir gar nichts passieren könnte."

„Solange ich sicher und ruhig bin, kann dir auch nichts passieren."

„Was weißt du schon davon? Und wenn ich tot bin?"

Mir bleibt fast das Herz stehen, wenn ich dieses arglistige Murmeln höre. Aber das ist nicht Lilas Stimme. Es ist nur die der Müdigkeit und des Zweifels.

Es hatte mich noch nie so große Anstrengungen gekostet, meine Unvernunft zu bewahren.

Ich lasse keinerlei List aus, nicht den kleinsten geschickten Streich. Nachts stehe ich auf, setze Wasser auf und lasse die Wanne vollaufen. Ein warmes Bad, davon träumen sie dahinten in ihrem verschneiten Wald, wo es so kalt ist, daß jeden Morgen am Fuße der Bäume erfrorene Raben gefunden werden.

„Du denkst wirklich an alles, Ludo."

Sie ist hier, unter meinen Lidern, in heißes Wasser getaucht bis zum Kinn.

„Es ist hart, weißt du. Der Hunger, der Schnee ... Wo ich doch Kälte so hasse! Ich frage mich, wie lange wir noch werden durchhalten können. Die Russen sind voll auf dem Rückzug. Niemand hilft uns. Wir sind allein."

„Wie geht es Tad?"

„Er befehligt alle Partisanen des Gebiets. Er ist schon legendär geworden."

„Und Bruno?"

Sie lächelt.

„Der Ärmste. Wenn du ihn gesehen hättest, mit einem Gewehr in der Hand ... Er hat ein paar Monate durchgehalten ..."

„Um in deiner Nähe zu sein."

„Jetzt ist er in Warschau, bei seinem Musiklehrer. Er hat ein Klavier."

Ich spüre eine Hand auf meiner Schulter, die mich derb rüttelt. Mein Onkel steht da, im regnerischen Grau in Grau des Tageslichts.

„Steh auf, Ludo. In der Nähe des Moors von Goigne ist ein englisches Flugzeug gefunden worden. Es war niemand an Bord. Die Mannschaft wird sicher herumirren, um einen Unterschlupf zu finden. Wir müssen versuchen, sie aufzutreiben."

Noch ein Monat, ein weiterer. Die Wirklichkeit um uns herum wird immer härter und immer erbarmungsloser: alle, die die Zeitung „Clarté" herausbrachten, sind verhaftet worden, keiner ist davongekommen. Seit Wochen habe ich Lila nicht wiedergesehen: ich bin sogar zu Doktor Gardieu in die Sprechstunde gegangen, um zu sehen, ob ich nicht irgend etwas am Herzen habe. Nein, da war nichts.

Wenn die Entmutigung sich allzu stark machte, wenn mir die Kräfte ausgingen und meine Phantasie die Waffen streckte, begab ich mich zu meinem alten Französischlehrer nach Cléry. Er wohnte in einem Haus mit kleinem Garten, der um seine zwei Bäume herum beengt schien. Madame Pinder machte uns Tee und bewirtete uns in der Bibliothek. Ihr Mann ließ mich Platz nehmen und schaute mich über die Ränder seines Zwickers hinweg lange an. Er war zweifellos der letzte Mensch, der glanzseidene Ärmelschoner trug. Er bediente sich zum Schreiben noch immer der alten Sergent-Feder meiner Kindheit. Er sagte mir, daß er in seiner Jugend davon geträumt habe, Schriftsteller zu werden, doch ihm sei, so fügte er hinzu, nur ein einziges schöngeistiges Werk gelungen: seine Frau. Madame Pinder lachte, hob den Blick zum Himmel und füllte die Tassen. Es gibt bejahrte Frauen, in denen man bei einer Bewegung, einem Lachen das junge Mädchen wiedererkennt. Ich schwieg. Ich war nicht gekommen, um zu reden, sondern um mich wieder zu beruhigen; dieses Paar, das sich niemals getrennt hatte, beruhigte mich durch seine Beständigkeit; ich brauchte diese Dauerhaftigkeit, dieses zweisame Alter, diese Verheißung. Das Haus war nicht geheizt, und Monsieur Pinder stand hinter seinem Schreibtisch, den Paletot über die Schultern geworfen, einen Flanellschal um den Hals und einen breitkrempigen Hut auf dem Kopf; Madame Pinder trug altmodische Kleider, die ihr bis an die Knöchel reichten, ihre völlig weißen Haare waren nach hinten gekämmt; ich beobachtete die beiden begierig, als würden sie mir die Zukunft verkünden. Ich träumte vom Altsein, davon, mit Lila an der Schwelle des hohen Alters zu stehen. Alles, was in mir Zweifel, Beklommenheit und fast Verzweiflung war, beruhigte sich beim Anblick dieses glücklichen alten Paares. Es war Land in Sicht.

„Es wird immer noch über Ambroise Fleury und seine Drachen gelacht", sagte Monsieur Pinder. „Das ist ein gutes Zeichen. Das Komische hat eine große Tugend: es ist ein sicherer Ort, wo das Ernsthafte Zuflucht suchen und überleben kann. Was mich erstaunt, ist, daß die Gestapo euch in Ruhe läßt."

„Sie sind uns schon durchsuchen gekommen und haben nichts gefunden."

Monsieur Pinder lächelte.

„Das ist ein Problem, das die Nazis niemals werden lösen können. Niemand hat je mit dieserart Durchsuchung Erfolg gehabt. Wie geht es ... deiner Freundin?"

„Wir haben mehrere Fallschirm-Sendungen in Empfang genommen. Funkgeräte eines neuen Typs, mitsamt einem Instrukteur. Und Waffen. Allein auf dem Hof der Gambiers haben wir hundert

Pistolen sowie Granaten und Brandplätzchen versteckt ... Ich gebe mein Bestes."

Monsieur Pinder nickte, um mir anzudeuten, daß er verstand.

„Das einzige, was ich für dich befürchte, Ludovic Fleury, ist ... euer Wiedersehen. Ich werde dann vielleicht nicht mehr dasein, und das wird mir zweifellos viele Enttäuschungen ersparen. Wenn die Heimat Frankreich zurückkehrt, wird sie nicht nur unsere ganze Phantasie benötigen, sondern auch sehr viel Imaginäres. Wenn du also diese junge Frau, die du drei Jahre lang mit solcher Inbrunst ersonnen hast, wiedertriffst ... wirst du sie weiterhin mit aller Kraft erfinden müssen. Sie wird sicher sehr viel anders sein als die, die du gekannt hast ... Unsere Résistance-Kämpfer, die von Frankreich eine wer weiß wie phänomenale Rückkehr erwarten, werden oft im zähneknirschenden Lachen das Maß ihrer Enttäuschung erkennen lassen, aber vor allem ihr eigenes Maß ..."

„Mangel an Liebe", sagte ich.

Monsieur Pinder lutschte an seiner leeren Zigarettenspitze.

„Nichts, was nicht zunächst einmal der Vorstellungskraft entspringt, ist es wert, erlebt zu werden, sonst wäre das Meer nichts weiter als Salzwasser ... Nimm mich beispielsweise, ich habe über fünfzig Jahre hinweg nicht aufgehört, meine Frau zu ersinnen. Ich habe sie nicht einmal altern lassen. Sie muß wohl voller Fehler sein, die ich in Tugenden verwandelt habe. Und ich, ich bin in ihren Augen ein außergewöhnlicher Mann. Sie hat ebenfalls nie aufgehört, mich zu erfinden. In fünfzigjährigem Zusammenleben lernt man wirklich, sich nicht zu sehen; mit jedem Tag, der ins Land geht, ersinnt und erfindet man einander neu. Selbstverständlich muß man die Dinge immer so nehmen, wie sie sind. Aber nur, um ihnen besser den Hals umdrehen zu können. Übrigens ist die Zivilisation nichts als eine stetige Art und Weise, den real existierenden Dingen den Hals umzudrehen . . ."

Monsieur Pinder wurde ein Jahr später verhaftet und kehrte nie wieder von der Deportation zurück; seine Frau auch nicht, wenngleich sie nicht deportiert worden war. Ich gehe die beiden oft in ihrem kleinen Haus besuchen, und sie empfangen mich genauso freundlich wie früher, obwohl sie angeblich schon lange nicht mehr da sind.

XXXIV

Im Untergrundkampf, an dem ich teilnahm, um die Rückkehr Lilas zu beschleunigen, hatte ich vor allem die Verbindung zwischen unseren Kameraden aufrechtzuerhalten; gemeinsam mit André Cailleux und Larinière sicherte ich auch die normannische Schaltstation der Fluchtroute, die immer, wenn es uns gelang, noch vor den Deutschen an Ort und Stelle zu sein, die abgeschossenen alliierten Flieger beherbergte und nach Spanien hinüberbrachte. Allein im Februar und März 1942 haben wir auf diese Weise fünf von den neun Piloten einsammeln können, denen es gelungen war, mit ihrem Flugzeug zu landen oder rechtzeitig mit dem Fallschirm abzuspringen. Ende März hatte Cailleux mir gemeldet, daß ein Jagdflieger sich in der Nähe des Hofes der Rieux‘ versteckt halte; das Versteck war gut, aber die Rieux wurden allmählich ungeduldig, vor allem die Alte, die achtzig war und um die Ihren fürchtete. Wir machten uns bei Morgengrauen auf den Weg; es war neblig; die feuchte Erde klebte an unseren Sohlen; wir mußten zwanzig Kilometer zurücklegen, nicht gerechnet die Umwege, um den Straßen und den deutschen Posten auszuweichen. Wir gingen schweigend; erst als wir in der Nähe des Hofes waren, gestand mir Cailleux:

„Ach, ich habe ja vergessen, dir zu sagen . . .“

Er warf mir von der Seite einen freundschaftlichen, aber etwas schalkhaften Blick zu:

„Es wird dich vielleicht interessieren. Es ist ein polnischer Flieger."

Ich wußte, daß es viele polnische Flieger in den Staffeln der Royal Air Force gab, aber es war das erste Mal, daß einer von ihnen von der Résistance aufgelesen wurde. Tad, dachte ich. Das war absurd; es gab nach der „Wahrscheinlichkeitsrechnung", wie man es manchmal so tragisch nennt, wirklich keinerlei Chance, daß er es sein könnte. Die Hoffnung spielt uns oft solche Streiche, aber man lebt letzten Endes davon. Mein Herz spielte verrückt; ich blieb kurz stehen und hob einen flehenden Blick zu André Cailleux, als läge es in seiner Macht.

„Was ist denn los?"

„Er ist es", sagte ich.

„Wer denn?"

Ich antwortete nicht. Einen Kilometer hinter dem Hof gab es im Wald eine Hütte, wo die Rieux Holzvorräte lagerten; hundert Meter davon entfernt hatten wir einen Tunnel gegraben, der zu einem Waffenversteck führte und der auch verfolgten Kameraden oder von uns in Sicherheit gebrachten Fliegern als Unterschlupf diente. Der Eingang war von draußen unter einem Haufen Reisig versteckt. Wir räumten die Scheite und Zweige zur Seite, hoben die Luke hoch und stiegen in den etwa zwanzig Meter langen Schlauch hinab, der zu dem Versteck führte. Es war sehr dunkel; ich zündete meine Fackel an; der Flieger schlief, mit einer Decke zugedeckt, auf einer Matratze; ich sah nur den Aufnäher *Poland* auf dem Ärmel seines grauen *battle dress* und seine Haare. Mehr brauchte ich nicht, aber mein Gedanke schien mir so unmöglich, so verrückt, daß ich auf den Schläfer zusprang und, die Decke wegziehend, meine Fackel seinem Gesicht näherte.

Ich verharrte über ihn gebeugt, den Zipfel der Decke in der Hand, überzeugt, daß mein verfluchtes Gedächtnis einmal mehr die Vergangenheit auferstehen ließ.

Es war keine Wahnvorstellung.

Bruno, der sanfte, so ungeschickte, immer in seine musikalischen Träumereien entrückte Bruno, lag da, vor mir, in seiner Uniform eines englischen Fliegers.

Ich brachte nicht einmal die Kraft auf, die kleinste Bewegung zu vollführen. Cailleux war es, der ihn schütteln mußte, um ihn zu wecken.

Bruno stand langsam auf. In der Dunkelheit erkannte er mich nicht. Erst als ich den Feuerschein der Fackel auf mein Gesicht richtete, hörte ich ihn murmeln:

„Ludo!"

Er umarmte mich. Ich konnte seine Umarmung nicht einmal erwidern. All meine Hoffnung hatte sich mir in der Kehle zusammengeschnürt. Wenn es Bruno geglückt war, nach England zu gelangen, dann mußte auch Lila dort sein. Schließlich fragte ich mit ängstlich-entsetzter Stimme, denn diesmal ging ich das Risiko ein, es zu erfahren:

„Wo ist Lila?"

Er schüttelte den Kopf.

„Ich weiß nicht, Ludo. Ich weiß nicht."

Sein Blick war so voller Mitleid und Zärtlichkeit, daß ich ihn bei den Schultern packte und schüttelte:

„Die Wahrheit! Was ist aus ihr geworden? Versuche nicht, mich zu schonen."

„Beruhige dich. Ich weiß es nicht, ich weiß gar nichts. Ich habe Polen ein paar Tage nach dir verlassen, um mich zu einem Klavierwettbewerb nach England zu begeben. Nach Edinburgh. Vielleicht erinnerst du dich . . ."

„Ich erinnere mich an alles."

„In England bin ich vierzehn Tage vor dem Krieg angekommen. Seitdem habe ich alles nur Mögliche getan, um etwas zu erfahren ... Wie du zweifellos ... Es ist mir nicht gelungen."

Das Sprechen fiel ihm schwer, und er senkte den Kopf.

„Aber ich weiß, daß sie am Leben ist ... daß sie wiederkommen wird. Du auch, nicht wahr?"

„Ja, sie wird wiederkommen."

Zum ersten Mal lächelte er.

„Im übrigen hat sie uns nie verlassen ..."

„Niemals."

Er hatte noch immer seine rechte Hand auf meiner Schulter, und durch diese brüderliche Berührung beruhigte ich mich langsam. Ich nahm nun auch die Ordensbänder auf seiner Brust wahr.

„Sieh mal einer an!"

„Was willst du", sagte er, „man verändert sich manchmal unter der Wirkung des Unglücks. Auf diese Weise kann selbst ein träumerischer Pazifist zum Mann der Tat werden. Ich habe mich gleich bei Kriegsbeginn zur englischen Luftwaffe gemeldet. Ich bin Jagdflieger geworden."

Er hielt inne und sagte dann ein bißchen verlegen, als sei das unbescheiden:

„Sieben Abschüsse habe ich auf meiner Liste. Tja, mein Alter, die Zeit der Musik ist vorbei."

„Sie wird wiederkommen."

„Nicht für mich."

Er nahm seine Hand von meiner Schulter und hielt sie hoch. Er hatte eine Prothese: zwei Finger fehlten ihm. Er schaute lächelnd auf die Prothese.

„Noch einer von Lilas Träumen, der sich verflüchtigt", sagte er. „Erinnerst du dich? Der neue Horowitz, der neue Rubinstein ..."

„Und damit kannst du ein Flugzeug steuern?"

„Oh, sehr gut sogar. Damit war ich viermal Sieger ... Was ich allerdings später aus meinem Leben machen werde ... Das ist eine ganz andere Frage. Aber der Krieg ist noch lange nicht zu Ende, und vielleicht ist das eine Frage, die sich gar nicht stellen wird."

Wir blieben zwei Tage zusammen. Mit einwandfreien deutschen Papieren, die ihm die Tochter von Madame Esterhazy beschaffte, wagten wir einiges, unter anderem gingen wir ins Clos Joli essen. Das Gesicht von Marcellin Duprat, als er den „Wunderknaben", wie er Bruno einstmals nannte, vor sich stehen sah, war für mich einer der köstlichsten Genüsse des Hauses, den sein Chef auf der Speisekarte sicher nicht vorgesehen hatte. Es gab da Verblüffung, freudige Genugtuung und auch eine ziemliche Dosis Angst, während er zu den deutschen Offizieren und dem Chef der Milizen von Evreux schielte, die in der „Rotunde" Platz genommen hatten.

„Ach, ihr seid's!" war alles, was er herausbrachte.

„Der *squadron-leader* Bronicki kann sieben Abschüsse auf seinem Konto verbuchen", sagte ich, ohne die Stimme allzusehr zu senken.

„Sei still, du Blödmann", zischte Duprat zähneknirschend, wobei er zu lächeln versuchte.

„Er geht nach England zurück, um weiterzukämpfen", fügte ich noch lauter hinzu.

Ich wußte nicht mal mehr, ob der gute Marcellin lächelte oder die Zähne fletschte.

„Bleibt doch hier nicht wie angewurzelt stehen, mein Gott noch mal! Kommt mit."

Er schleppte uns „nach backbord", wie er zu sagen pflegte, und plazierte uns an einem Tisch, der vom Saal aus am wenigsten einsehbar war.

„Alles Irre, diese Fleurys", brubbelte er.

„Wenn es den Irrsinn nicht gäbe, Monsieur Duprat, hätte Frankreich sich schon lange auf und davon gemacht: Sie zu allererst."

Wir sprachen nicht mehr von Lila. Sie war da, bei uns, so sehr anwesend, daß es sie nur entfernt haben würde, wenn wir über sie geredet hätten. Bruno sprach von seiner Bewunderung für England, er erzählte mir vom Leben dieses Volkes, das den Krieg gewinnen würde, weil es 1940 nicht habe verstehen wollen, daß es ihn verloren hatte.

„Und sie haben sich dabei all ihre Freundlichkeit und ihre gute Laune bewahrt. Niemals auch nur die Spur von Animosität den Ausländern gegenüber, die wir nun mal sind und die es sich nicht versagen, mit den Schwestern und Frauen jener englischen Soldaten zu schlafen, die jenseits der Meere kämpfen. Und wie geht's den Franzosen?"

„Sie rappeln sich wieder auf. Wir haben ja ganz schön was aufs Maul bekommen, da hat es seine Zeit gebraucht."

Marcellin kam zweimal und schlich mit besorgtem und zugleich ein wenig schuldbewußtem Gesicht um uns herum.

Wir aßen *Poularde en vessie, sauce Fleurette.*

„Sie sehen, ich halte durch", sagte er zu Bruno.

„Es schmeckt sehr gut. Genausogut wie früher. Bravo."

„Sagen Sie es denen da: sie können kommen, sie werden gebührend empfangen werden."

„Ich werde es ihnen sagen."

„Aber halten Sie sich nicht zu lange auf . . ."

Vielleicht hatte er sagen wollen „warten Sie nicht allzu lange damit". Im Zweifel für den Angeklagten.

Das zweite Mal fragte er Bruno, nachdem er vorsichtig in die Runde geschaut hatte:

„Und Ihre Familie? Haben Sie Nachricht von ihr?“

„Nein.“

Duprat seufzte und entfernte sich dann.

Nach dem Essen begaben wir uns in aller Ruhe nach La Motte. Mein Onkel hielt sich vor dem Gehöft auf und rauchte seine Pfeife. Er schien überhaupt nicht erstaunt zu sein, als er Bruno erkannte.

„Na ja, wird doch langsam“, sagte er, „was beweist, daß die Träumer manchmal das letzte Wort haben und daß nicht alle Träume ständig auf die Schnauze fallen.“

Ich teilte ihm mit, daß Bruno in England Pilot geworden war, daß er auf seiner Liste sieben Abschüsse zu verzeichnen hatte und daß er in etwa zehn Tagen seinen Platz in der Schlacht wieder einnehmen werde. Mein Onkel muß wohl, als er ihm die Hand drückte, die zwei Stahlfinger der Prothese gespürt haben: er warf ihm einen schnellen, betrübten Blick zu. Wonach ihn ein Hustenanfall überkam, der ihm Tränen in die Augen trieb.

„Ich rauche zuviel“, brummte er.

Bruno bat, die „gnamas“ sehen zu dürfen, und mein Onkel führte ihn in das Atelier, wo ein paar Kinder sich mit Papier und Leimtöpfen eifrig zu schaffen machten.

„Sie haben sie schon alle gesehen“, sagte Ambroise Fleury. „Ich mache zur Zeit keine neuen und halte mich an die alten. Heutzutage brauchen wir eher Erinnerungen als Neuerungen. Und außerdem darf man sie nicht mehr fliegen lassen. Die Deutschen gestehen ihnen nicht genug Flughöhe zu. Erst haben sie sie auf dreißig, dann auf fünfzehn Meter beschränkt, und jetzt fehlt nur noch, daß sie fordern, meine Drachen sollten kriechen. Die Deutschen befürchten, daß sie am Himmel den alliierten Fliegern als Richtpunkte dienen, und vielleicht sehen sie in ihnen auch wer weiß welche codierten Botschaften für die Résistance. Im übrigen haben sie damit nicht so ganz unrecht."

Er hustete nochmals verlegen, und Bruno beeilte sich, auf diese nicht ausgesprochene Frage zu antworten:

„Ich habe leider keinerlei Nachricht von meiner Familie. Aber um Lila mache ich mir keine Sorgen. Sie wird wiederkommen."

„Dessen sind wir hier alle sicher", sagte mein Onkel, wobei er den Blick zu mir gleiten ließ.

Wir blieben noch eine Stunde in La Motte, und mein Vormund bat Bruno, sich mit seinem Freund Lord Howe in Verbindung zu setzen und ihm in seinem Namen die ganze Freundschaft und Dankbarkeit gegenüber den Mitgliedern der Papierdrachen Englands zum Ausdruck zu bringen, denen die „Ortssparte" von Cléry brüderliche Kampfesgrüße sende.

„Es ist toll, wie sie 1940 als einzige standgehalten haben."

Und dann sagte er diesen etwas komischen Satz, der mich – von einem so bescheidenen Mann kommend – erstaunte:

„Ich bin glücklich, zu etwas nütze gewesen zu sein."

Bruno machte sich noch am selben Abend auf den Weg nach Spanien, und vierzehn Tage später erhielten wir eine „persönliche Botschaft" von der BBC, die seine Ankunft in England bestätigte: „Der Virtuose hat seinen Platz am Klavier wieder eingenommen."

Unsere Begegnung hatte mich zutiefst erregt. Sie war wie eine erste Ankündigung vom Ende des

Unmöglichen, wie das Versprechen einer anderen Wiederkehr. Ich sah in dieser Herausforderung der Wahrscheinlichkeitsrechnung durchaus ein wohlwollendes Zeichen Gottes mir gegenüber. Obwohl ich ungläubig war, dachte ich oft an Gott, denn es war eine Zeit, in der der Mensch mehr als je alle seine schönsten Werke brauchte. Ich habe, wie um mich zu entschuldigen, schon wiederholt gesagt, daß ich – von der Aktivität, die ihre Rückkehr beschleunigen sollte, voll in Anspruch genommen – immer weniger die physische Präsenz Lilas an meiner Seite spürte, und auch darin sah ich ein gutes Zeichen, wie zu der Zeit, als sie aufgehört hatte, mir aus Gródek zu schreiben, weil unser Wiedersehen kurz bevorstand. Ich lebte im Vorgefühl ihrer nahe bevorstehenden Wiederkehr. Es schien mir, als könnte die Tür sich jeden Moment öffnen und . . . Es war lediglich eine Geisterbeschwörung, und alles, was dadurch verändert wurde, waren meine Beziehungen zu Türen. Ihres Überlebens gewisser, brauchte ich sie nicht mehr zu ersinnen und begnügte mich mit der Erinnerung. Ich rief mir unsere Spaziergänge an der Ostsee ins Gedächtnis, als Lila mit soviel Feuereifer und Frustration von sich selbst träumte.

„Die einzige Möglichkeit, mit der ganzen Sache fertig zu werden, ist, ein geniales Werk zu schreiben. Noch nie hat eine Frau ‚Krieg und Frieden' geschrieben. Vielleicht sollte ich das tun . . ."

„Tolstoi hat es bereits geschrieben."

„Jetzt reicht's, Ludo! Jedesmal, wenn ich etwas aus meinem Leben zu machen versuche, hinderst du mich daran. Scheiße nochmal!"

„Lila, ich habe überhaupt nicht die Absicht, der erste weibliche Tolstoi zu werden, aber . . ."

„Aha, jetzt ist die Ironie dran! Das fehlte uns gerade noch!"

Ich lachte. Ich war beinahe glücklich. Ich schöpfte aus meinem Gedächtnis jene Kraft, die, wie Ambroise Fleury sagte, „die Franzosen brauchen, um jeden Morgen die Sonne am Horizont aufgehen zu lassen“.

XXXV

Mit der wachsenden Häufigkeit von Sabotageakten begannen die Deutschen, überall „feindliche Agenten“ zu sehen, eine Zwangsvorstellung, die der „Spionitis“ vergleichbar war, die 39/40 die Franzosen ergriffen hatte. Der Besatzer schnürte das Land noch enger ein, und selbst Duprat bekam Schwierigkeiten. Dabei war Grüber, der Gestapochef der Normandie, ein häufiger Gast des Clos Joli. Ich glaube, daß er sich vor allem für die Beziehungen interessierte, die die hohen Offiziere der Wehrmacht mit der französischen Prominenz unterhielten.

Grüber war ein Mann von plumper Gestalt, strohblond, mit bis zu den Ohren abrasierten Haaren und bleichem Teint. Ich hatte ihn manchmal beobachtet, während er genießerisch eine der Spezialitäten des Hauses verspeiste, und ich war erstaunt gewesen über seinen zugleich aufmerksamen wie verächtlichen Gesichtsausdruck. Bei manchem Deutschen wie dem General von Tiele oder Otto Abetz, die hochgebildete Leute waren, konnte man im Blick, im Ausdruck oft eine mit tiefer Befriedigung vermischte Bewunderung erkennen, als ob sie, nachdem sie Frankreich erobert hatten, sich nun bei uns zu Tische setzten, um es in seiner ganzen unvergleichlichen Einmaligkeit zu genießen. Ich denke, daß für viele Deutsche – gestern wie heute – Frankreich ein Ort des Genießens war und bleibt, der völlig dieser Aufgabe geweiht ist. Ich war also an ein ganzes Spektrum von Gesichtsausdrücken gewöhnt, mit denen unsere Eroberer selbst ein einfaches Hähnchen in Weinsoße oder eine Räucherpfanne „Duchesse" genossen. Was allerdings wirklich in ihren Köpfen vorging, davon hatte ich keine Ahnung. Vielleicht gab es da einen symbolischen Ritus, der alles in allem sich nicht sonderlich unterschied von dem anderer großer Zivilisationen der Vergangenheit wie den Inkas oder Azteken, als die Sieger dem Besiegten das Herz herausrissen und es aufaßen, um seine Seele und seinen Geist in Besitz zu nehmen. Aber das Gesicht, das Grüber beim Kauen machte, war ganz anders als bei denen, die ich gewöhnlich beobachtete. In ihm zeigte sich, wie gesagt, die argwöhnische und ein wenig verächtliche oder jedenfalls höhnische Aufmerksamkeit eines Mannes, der sich nicht so leicht beeindrucken läßt. Lucien Duprat war es, der die passende Formulierung fand:

„Guck dir den an. Er *stellt Nachforschungen an.* Er fragt sich, wie das alles wohl zustande kommt."

Das stimmte genau. Ich glaube, daß viele während der Okkupation in Frankreich stationierte Deutsche sich ebenso fragten, „wie das wohl zustande kommt".

Dabei war es schwierig, die Art der Faszination zu begreifen, die das Clos Joli auf einen so kulturlosen Mann wie Grüber ausübte. Der Ausdruck von Duprat – „er wittert den Feind" – schien mir in keiner Weise dem primitiven Charakter dieses Menschen Rechnung zu tragen, zumal er unaufhörlich verkündete, daß das Etablissement ein „Hort der Dekadenz" sei.

Marcellin Duprat riß sich für ihn kein Bein aus, obwohl Grüber die Versorgung seines Etablissements allen geltenden Bestimmungen zum Trotz absicherte. Er wußte sich höheren Orts protegiert, und ohne jeden Zweifel waren die Deutschen vom Beginn der Okkupation an bemüht, behutsam mit den französischen Eliten umzugehen und sich ihrer Mitarbeit zu versichern. Für Duprat war die Deutung dieser Politik einfach: Die Führer des Großdeutschen Reiches sprachen davon, „Europa zu schaffen“, und sie bemühten sich zu beweisen, daß Frankreich in diesem Europa den Platz einnehmen würde, der ihm von Rechts wegen zukommt. Aber selbst wenn Grüber strenge Weisungen in bezug auf das Etablissement hatte und sie nur unwillig befolgte, war es doch schwierig, den grollenden, fast haßerfüllten Gesichtsausdruck zu erklären, mit dem er eine Austernwurst verzehrte, als sei sie eine Herausforderung an seine nazistische Gesinnung. Duprat zufolge, der ihn manchmal mit spöttischem Blick beobachtete, verhielt er sich wie ein Mann, dem an der russischen und an der Westfront gleichzeitig Niederlagen zugefügt werden.

Jedenfalls war niemand auf das gefaßt, was er dann – allen die „Kollaboration“ betreffenden Befehlen zum Trotz – tat: am 2. März 1942 verhaftete er Marcellin Duprat.

Das Restaurant schloß für eine Woche seine Pforten, und die Sache nahm solche Ausmaße an, daß man nach dem Krieg in Berlin empörte Telegramme von Abetz fand, von denen eines bei Sterner zitiert wird: „Der Führer selbst hat doch Instruktionen erteilt, um zu sichern, daß die Hochburgen der Geschichte Frankreichs nicht angetastet werden.“

Duprat kehrte von seinem einwöchigen Gefängnisaufenthalt wütend und ziemlich stolz zurück – „Ich leiste ihnen Widerstand, ganz einfach!“ –, aber er weigerte sich, uns zu sagen, welches der Grund für sein Verhör durch Grüber und für seine

Haftstrafe war. In Cléry meinte man, daß es um Schwarzhandel gegangen sei und um eine Erhöhung der Schmiergeldtarife, die Marcellin nicht akzeptiert haben soll. Hinzu kam, daß Duprat der Schützling General von Tieles war, und die Beziehungen zwischen den Nazis und der Wehrmachts-„Kaste“ verschlechterten sich damals gerade rapide. Ich meinerseits war jedoch überzeugt, daß Grüber den einen wie den anderen hatte in Erinnerung rufen wollen, wer der eigentliche Herr des Clos Joli ist.

Mein Onkel schien da anderer Ansicht zu sein. Ich habe nie erfahren, ob er seinem Freund Marcellin diesen Streich absichtlich gespielt hat oder nicht, er spaßte jedenfalls gern. Vielleicht hatte er mit Freunden einfach ein Glas zuviel getrunken, als er ihnen an der Theke des Petit-Gris erzählte:

„Den Marcellin haben sie Tag und Nacht verhört. Er hat standgehalten.“

„Aber was wollten sie denn wissen?“ fragte Monsieur Meunier, der Besitzer.

Mein Onkel strich seinen Schnurrbart glatt.

„Das Rezept, ist doch klar“, sagte er.

Ein langes Schweigen trat ein. Außer dem Besitzer des Petit-Gris war noch unser Nachbar dabei, Gaston Cailleux, und Antoine Vaille, dessen Sohn jetzt auf dem Ehrenmal für die im Krieg Gefallenen steht.

„Welches Rezept?“ fragte schließlich Monsieur Meunier.

„Das Rezept“, wiederholte mein Onkel. „Die Fritzen wollten wissen, wie man das macht: *Lapereau du fermier au vinaigre de framboise, Blanc de volaille cathédrale de Chartres*, na ja, die ganze Karte eben. Na, und der verdammte Marcellin hat sich geweigert auszusagen. Er mußte die schlimmsten Mißhandlungen über sich ergehen lassen, die

‚Taufe' in der Badewanne und alles, aber er hat durchgehalten. Er hat nicht einmal das Rezept seiner *Panade aux trois sauces* verraten. Kinder, Kinder, manch einer packt schon beim ersten Wehwehchen aus, aber unser Marcellin, den haben sie halbtot geschlagen, und er hat nicht geredet."

Die drei Alten lachten sich krumm. Mein Onkel brauchte ihnen nicht mal mehr zuzuzwinkern.

„Ich meinerseits war sicher, daß unser *Marcellin national* nicht reden würde", sagte Vater Cailleux. „Das Rezept des Clos Joli ist heilig. Aber schön ist die Geschichte trotzdem, Menschenskind."

„Wir sind ganz gerührt", sagte Vaille.

Der Patron füllte nochmals ihre Gläser.

„Ihr müßt es überall erzählen", murmelte mein Onkel.

„Na und ob", brüllte Vaille. „Eure Enkel müssen es ihren Enkeln erzählen und so weiter und so fort."

„Ja, und so weiter und so fort", stimmte Cailleux bei. „Das sind wir ihm wirklich schuldig."

„Was sein muß, muß sein", schloß mein Onkel.

Die Geschichte des großen französischen Kochs, der sich selbst unter der Folter weigerte, den Deutschen sein Rezept zu verraten, wurde – vielleicht erinnert sich noch jemand – im September 1945 von der amerikanischen Armeezeitung „Stars and Stripes" veröffentlicht. In Amerika fand sie ein beträchtliches Echo. Als man Marcellin Duprat dazu befragte, zuckte der mit den Schultern. „Es wird alles mögliche erzählt. Wahr ist, daß ich in den Augen der Nazis etwas darstellte, was sie nicht ertragen konnten: ein unbesiegbares Frankreich, das einmal mehr davonkommen würde. Das ist alles. Also wollten sie mir zu schaffen machen. Aber was das andere betrifft . . . Ich sag Ihnen ja, es wird alles mögliche erzählt."

„Du bist zu bescheiden, Marcellin“, sagte mein Onkel.

Zufällig war ich dabei, als die „Legende“ aufkam und Duprat noch wütend wurde und „diesen ganzen Quatsch“ abstritt. Mein Onkel Ambroise hatte ihm den Arm um die Schultern gelegt und ernst gesagt:

„Aber, aber, Marcellin. Es gibt Dinge, die wichtiger sind als wir alle. Ein bißchen Demut bitte. Das Clos Joli hat furchtbare Jahre durchgemacht, und es muß sich jetzt wieder aufrappeln.“

Marcellin Duprat murrte noch eine Zeitlang, aber dann ließ er die Leute einfach reden.

XXXVI

Am 27. März 1942 war kaltes, graues Wetter. Ich hatte einen Transport nach dem zehn Kilometer von Cléry entfernten Verrières abzusichern: zwei neue Empfangsgeräte vom Typ AMK II und etliche „Raritäten“ wie Ziegenmist mit Zeitzünder und Brandbomben-Zigaretten, alles versteckt zwischen den Planken und unter Stroh: ich hatte das Material bei den Buis geholt; Doktor Gardieu hatte mir seinen Karren geborgt, und das Pferd Clémentin lief zügig; ich hatte zum Schein einige Drachen auf das Stroh gelegt; Ambroise Fleurys Atelier war noch gut angesehen und stand sogar auf der Liste der „zu fördernden Aktivitäten“ des Amtes für Jugendfragen, wie uns der Bürgermeister von Cléry im Vertrauen gesagt hatte.

Mein Weg führte an Les Jars vorbei; als ich dort ankam, sah ich das Eisentor weit offenstehen. Ich hatte zu dem Anwesen ein ziemlich seltsames Verhältnis, fühlte mich als Besitzer oder, genauer, als „Erinnerungswächter“. Ich wollte nicht dulden, daß jemand dort eindrang, wohl wissend, daß ich nichts dagegen tun konnte. Ich hielt Clémentin an, stieg ab und schlug den Weg in die Hauptallee ein. Etwa hundert Meter waren zurückzulegen. Ich befand mich etwa zwanzig Schritte vom Bassin entfernt, als ich einen Mann bemerkte, der auf der Steinbank rechts unter den kahlen Kastanienbäumen saß. Er hielt den Kopf gesenkt, und seine Nase steckte im Fellkragen seines Mantels: in der

Hand hielt er einen Spazierstock, mit dem er Zeichen in den Sand malte. Es war Stas Bronicki. In mir regte sich überhaupt nichts; mein Herz spielte nicht verrückt; ich hatte immer gewußt, daß das Leben nicht jeglichen Sinns entbehrte und daß es sein Bestes gab, selbst wenn es zuweilen schwach wurde. *Sie* waren wieder da. Ich ging näher heran. Bronicki schien mich nicht zu sehen. Er besah den Boden ihm zu Füßen. Er hatte mit der Stockspitze mehrere Zahlen gezeichnet und auf eine davon ein welkes Kastanienblatt geschoben.

Von Tieles Mercedes stand vor den Trümmern des Sommersitzes; Gestrüpp war durch die Veranda und die halb eingestürzte Treppe gewachsen; das Dach und der Boden waren verschwunden, alle oberen Stockwerke abgebrannt; intakt war nur – vom Feuer geschwärzt – der untere Teil der Fassade rund um den Eingang mit ihren leer klaffenden Fenstern. Die einzigen Zimmer, die das Feuer verschont hatte, waren die im Erdgeschoß. Die Tür war von irgendwelchen Winterholzjägern aus den Angeln gerissen worden.

Drinnen hörte ich Lilas Lachen.

Ich blieb, den Blick nach oben gerichtet, regungslos stehen. Ich sah erst Hans und General von Tiele herauskommen, und einen Moment später erblickte ich Lila. Ich trat ein, zwei Schritte vor, und da bemerkte sie mich. Sie schien nicht überrascht. Ich rührte mich nicht von der Stelle. In diesem Auftauchen lag etwas so Einfaches, so Selbstverständliches, daß ich heute noch nicht sagen kann, ob nicht vielleicht dieses Ausbleiben eines Schocks durch einen Schock bewirkt wurde, der so stark war, daß er mich jeglichen Gefühls beraubte.

Ich nahm meine Mütze ab, wie ein Domestik.

Lila trug eine weiße pelzgefütterte Lederjacke

und eine Baskenmütze; sie hielt ein paar Bücher unter dem Arm. Sie stieg die Stufen herunter, kam auf mich zu und reichte mir lächelnd eine behandschuhte Hand.

„Ach, guten Tag, Ludo. Ich bin froh, dich wiederzusehen. Ich hatte mir gerade vorgenommen, dir einen Besuch abzustatten. Wie geht es dir?"

Ich blieb stumm. Diesmal fühlte ich in mir eine Bestürzung aufsteigen, die sich in Angst und schließlich in Panik verwandelte.

„Mir geht es gut. Und dir?"

„Ach, weißt du, angesichts all dieser Greuel, all dessen, was passiert, kann ich doch sagen, daß wir Glück gehabt haben. Bis auf meinen Vater, der ... Na ja, es läßt sich behandeln, wir denken, daß es sich wieder einrenken wird. Entschuldige, daß ich noch nicht nach La Motte gekommen bin, aber ich versichere dir, ich habe daran gedacht."

„Ach so."

All das war so höflich, so mondän, daß ich langsam den Eindruck hatte, einen Alptraum zu erleben.

„Ich bin hergekommen, um mir anzusehen, was übriggeblieben ist", sagte sie.

Ich glaube, sie sprach vom Sommersitz.

„Es ist fast alles verbrannt, aber ich habe ein paar Bücher wiederfinden können, wie du siehst. Einen Proust, einen Mallarmé, einen Valéry ... Es ist wirklich nicht mehr viel da."

„Nein."

Ich murmelte:

„Aber es wird wiederkommen."

„Wie bitte? Was willst du damit sagen?"

„Es wird wiederkommen."

Sie lachte.

„Du hast dich nicht verändert. Immer noch ein bißchen wunderlich."

„Wie du weißt, leide ich an Gedächtnisüberschuß.“

Sie schien verstimmt, ein bißchen verwirrt, hatte sich aber schnell wieder in der Gewalt und sah mich freundlich an.

„Ich weiß. Das ist nicht gut. Natürlich, bei soviel ... soviel Unglück erscheint uns die Vergangenheit um so glücklicher, je weiter sie sich entfernt.“

„Ja, das stimmt. Und ... Tad?“

„Er ist in Polen geblieben. Er wollte nicht weg. Er gehört zum Widerstand.“

Von Tiele und Hans standen dicht neben uns und hörten, was wir sprachen.

„Ich habe immer gewußt, daß Tad Großes vollbringen würde“, sagte Lila. „Im übrigen haben wir das alle angenommen. Er ist einer der Männer, die eines Tages Polens Schicksal in ihre Hände nehmen werden ... Na ja, jedenfalls was dann davon übrig sein wird.“

Von Tiele hatte sich diskret abgewendet.

„Hast du ein bißchen an mich gedacht, Ludo?“

„Ja.“

Ihr Blick verlor sich irgendwo zwischen den Baumwipfeln.

„Es war eine andere Welt“, sagte sie. „Es ist, als wären seitdem Jahrhunderte vergangen. Nun gut, ich will meine Freunde nicht länger aufhalten. Wie geht es deinem Onkel?“

„Er macht weiter.“

„Immer noch Drachen?“

„Immer noch. Aber er darf sie jetzt nicht mehr sehr hoch steigen lassen.“

„Gib ihm einen Kuß von mir. Also dann, bis bald, Ludo. Ich schau sicher mal bei dir vorbei. Wir haben uns doch soviel zu erzählen. Bist du nicht eingezogen worden?“

„Nein. Man hat mich ausgemustert. Angeblich bin ich ein bißchen verrückt. Das liegt bei uns in der Familie."

Sie berührte meinen Arm ganz zart mit den Fingerspitzen und ging, ihrem Vater in den Wagen zu helfen. Sie setzte sich zwischen ihn und General von Tiele. Hans setzte sich ans Steuer.

Ich hörte die Raben lachen.

Lila winkte mir. Ich erwiderte ihren Gruß. Der Mercedes verschwand am Ende der Allee.

Ich blieb lange dort stehen und versuchte, mich wiederzufinden. Das Gefühl, nicht mehr da zu sein und auch nicht anderswo, nirgends, und dann ein langsames Aufsteigen der Verzweiflung. Ich kämpfte. Ich wollte keinen Verrat begehen. Verzweiflung ist immer Unterwerfung.

Stumpfsinnig und unfähig, mich zu rühren, blieb ich, mit meiner Schirmmütze in der Hand, auf dem Kiesweg stehen, und in dem Maße, wie die Minuten vergingen, verschärfte sich das Gefühl von Unwirklichkeit vor diesen Trümmern, in diesem gespenstischen Wald bereifter Bäume, wo alles in Stillstand und Abwesenheit jeglichen Lebens getaucht war.

Es war nicht wahr. Es war nicht möglich. Meine Phantasie hatte mir einen Streich gespielt, sie hatte mich gefoltert, um sich für all das zu rächen, was ich so viele Jahre lang von ihr verlangt hatte. Wieder hatte mich eine meiner Visionen, einer meiner Wachträume, zu denen ich mich so leicht hinreißen ließ, genarrt. Das konnte nicht Lila sein, diese schrecklich mondäne, gleichgültige Erscheinung, die sich so sehr von derjenigen unterschied, die fast drei Jahre mit solch großer Intensität in meinem Gedächtnis gelebt hatte. Diese unbeteiligte Stimme, die Höflichkeit gar, mit der sie ihre Worte setzte, das Fehlen jeglicher Spur unserer Vergangenheit in dem etwas kalten Blau des Blicks – nein, nichts von alldem hatte stattgefunden, meine Krankheit hatte sich durch die Einsamkeit verschlimmert, und weil ich meinen „Wahnsinn“ zu stark genährt hatte, mußte ich nun den Preis dafür bezahlen: eine Angstvorstellung als Folge psychischer Erschöpfung und vorübergehender Mutlosigkeit.

Ich schaffte es endlich, mich aus meinem allmählichen Versinken herauszureißen, und ging auf das Gittertor zu.

Ich hatte gerade ein paar Schritte getan, als ich die Bank gewahrte, auf der ich vorhin Stas Bronicki sitzen zu sehen geglaubt hatte, mit der Stockspitze Zahlen seines imaginären Roulettes in den Sand malend.

Ich wagte kaum, nach unten zu schauen, hinzusehen, sicherzugehen.

Die Zahlen waren wirklich da, ein welkes Blatt war auf die 7 gesetzt.

Ich schaffte es – mir kaum dessen bewußt, was ich tat –, meine Ladung in Verrières abzuliefern und nach Hause zurückzukehren. Mein Onkel war in der Küche. Er hatte ein bißchen getrunken. Er saß am Feuer und streichelte den Kater Grimaud, der auf seinen Knien schlief. Das Sprechen fiel mir schwer.

„. . . sie hat mich nicht einen einzigen Augenblick verlassen, seitdem sie weggegangen ist, und jetzt, wo sie wieder da ist, ist sie eine andere . . .“

„Allerdings, mein Junge. Du hast sie dir zu sehr ausgedacht. Drei Jahre Abwesenheit, das läßt der Phantasie zu großen Raum. Der Traum hat Bodenberührung bekommen, und da geht immer was kaputt. Sogar die Ideen hören auf, sich ähnlich zu sehen, wenn sie Gestalt annehmen. Wenn Frankreich erst zurückkommt, dann wirst du erleben, was für ein Gesicht wir ziehen werden! Wir werden sagen: Es ist nicht das echte, es ist ein anderes! Durch die Deutschen sind wir sehr phantasievoll geworden. Die Wiederbegegnung wird grausam werden, wenn sie erst mal weg sind. Aber irgend etwas sagt mir, daß du sie wiederfinden wirst, deine Kleine. Liebe ist erfinderisch und hat die Gabe, alles zu verkraften. Was dich betrifft, so dachtest du, von deiner Erinnerung gelebt zu haben, dabei hast du vor allem von deiner Phantasie gelebt."

Er feixte.

„Die Phantasie, lieber Ludo, ist kein taugliches Mittel, mit einer Frau umzugehen."

Um ein Uhr morgens stand ich mit glühendem Gesicht am Fenster und erwartete von der Nacht mütterlichen Trost. Ich hörte ein Auto, eine lange Stille, die knarrende Treppe, die Tür, die sich hinter mir öffnete; ich drehte mich um. Erst stand nur mein Onkel da, mit der Lampe in der Hand, dann verschwand er, und ich sah Lila. Sie schluchzte, es war ein Wimmern, das aus einem nächtlichen Wald aufzusteigen schien. Eine Klage, wie um sich zu entschuldigen, denn niemand hatte Anspruch auf soviel Kummer, soviel Unglück. Ich stürzte ihr entgegen, aber sie wich zurück.

„Nein, Ludo. Rühr mich nicht an. Später vielleicht, später. Erst mußt du wissen ... verstehen ..."

Ich habe sie bei der Hand genommen. In ihre gefütterte Lederjacke gekauert, die Hände brav auf den Knien gefaltet, saß sie auf der Bettkante. Wir schwiegen. Draußen hörte man die Winterzweige knacken. In ihren Augen war ein beinahe inständig bittender, fragender, unschlüssiger Ausdruck, als zweifelte sie noch daran, daß sie mir vertrauen konnte. Ich wartete. Ich wußte, was der Grund für ihr Zögern war. Ich war immer noch der Ludo, den sie gekannt hatte, der kleine normannische Bauernjunge, der die drei Kriegsjahre bei seinem Onkel und dessen Drachen verbracht hatte und der sie ganz einfach nicht verstehen konnte. In allem, was sie mir dann sagte, kehrten in ängstlichem, fast verzweifeltem Ton ununterbrochen die Worte wieder: „Verstehst du, Ludo? Verstehst du?“, als wäre sie überzeugt, daß ihre Geständnisse, ihre Beichte weit über das hinausgingen, was ich mir überhaupt vorstellen, was ich akzeptieren und gar verzeihen konnte.

Sie warf mir noch einen flehentlichen Blick zu und fing dann zu sprechen an, und ich spürte, daß sie unbedingt reden mußte, weniger, damit ich Bescheid wisse, als vielmehr, um vergessen zu können.

Ich hörte zu. Ich saß am anderen Ende des Betts und hörte zu. Ein wenig zitternd zwar, aber man mußte ja schließlich den Umständen Rechnung tragen. Sie rauchte eine Zigarette nach der anderen, und ich gab ihr Feuer. Die Petroleumlampe vereinigte unsere beiden Schatten auf der Wand.

Am 1. September 1939, um 4.45 Uhr, hatte das deutsche Schlachtschiff Schleswig-Holstein ohne Kriegserklärung das Feuer auf die polnische Garnison der Halbinsel Hel eröffnet. In den darauffolgenden Stunden und Tagen besorgte die Luftwaffe den Rest.

„Wir wurden alle vom Bombardement überrascht . . . Tad war es gelungen, zu seiner Kampfgruppe zu stoßen, weißt du, die die politischen Versammlungen abhielt, als du bei uns warst . . .“

„Ich erinnere mich.“

„Bruno war vierzehn Tage zuvor nach England abgereist . . . Wir haben Zuflucht auf einem Bauernhof finden können . . . Mein Vater befand sich in einem Schockzustand, meine Mutter war völlig hysterisch . . . Glücklicherweise bin ich einem deutschen Offizier begegnet, der ein Gentleman war ..."

„So was gibt's."

Sie warf mir einen furchtsamen Blick zu.

„Ich mußte erst einmal überleben, die Meinen retten ... Verstehst du, Ludo? Verstehst du?"

Ich verstand.

„Das Verhältnis dauerte drei Monate ... Dann wurde er woanders hingeschickt und ..."

Sie verstummte. Ich fragte sie nicht: Und danach, wer kam da? Wie viele andere? Bei meinem verfluchten Gedächtnis lag mir wirklich nichts daran, mit dieser Art Buchhaltung anzufangen. Man mußte erst einmal überleben, die Seinen retten ...

„Wenn Hans uns nicht wiedergefunden hätte – wir hatten nach Warschau flüchten können –, weiß ich nicht, was aus uns geworden wäre ... Er hatte am Frankreich-Feldzug teilgenommen, und es war ihm gelungen, sich nach Polen versetzen zu lassen, einzig und allein, um sich um uns zu kümmern ..."

„Um dich."

„Er wollte mich heiraten, aber die Nazis haben Ehen mit Polinnen verboten ..."

„Wenn ich mir vorstelle, daß ich ihn beinahe umgebracht hätte!" sagte ich. „Erst hätte ich ihn fast erwürgt, nachdem er mich in Vieille-Source angegriffen hatte, als wir noch Kinder waren; und dann, bei unserem Duell in Gródek ... Wahrhaftig, es gibt einen lieben Gott!"

Ich hätte nicht soviel Sarkasmus in meine Stimme legen sollen. Ich machte es mir zu einfach.

Sie starrte mich an.

„Du hast dich verändert, Ludo."

„Verzeih mir, Liebling."

„Als Hitler Rußland angriff, folgte Hans dem

General von Tiele an die Smolensker Front ... Uns gelang es, nach Rumänien zu fliehen ... Anfangs hatten wir noch etwas Schmuck, aber später ...“

Sie wurde die Mätresse eines rumänischen Diplomaten, dann die eines Arztes, der sie behandelt hatte: eine Abtreibung, die sie beinahe das Leben kostete ...

„Verstehst du, Ludo? Verstehst du?“

Ich verstand. Man mußte überleben, die Seinen retten. Sie hatte sich „Freunde“ in diplomatischen Kreisen angeschafft. Ihrer Mutter und ihrem Vater fehlte es an nichts. Alles in allem hatte sie sich in dieser Überlebensgeschichte mühelos aus der Affäre gezogen.

„Im Jahre 1941 haben wir endlich Visa für Frankreich bekommen, durch jemanden von der Botschaft, den ich ... den ich kannte ... Aber wir hatten kein bißchen Geld mehr und ...“

Sie verstummte.

Ich spürte in mir eine lächelnde Ruhe wachsen, als wüßte ich, daß uns, was das Wesentliche betraf, nichts passieren konnte. Ich könnte übrigens nicht erklären, was ich unter „dem Wesentlichen“ verstehe, und da man nie weiß, wie andere lieben, will ich nicht den Eindruck erwecken, aufzuschneiden. Das Bild unseres schönen VIERMEERLING, der so herrlich anzusehen war im blauen Himmel, der dann verschwand und wiedergefunden wurde – ganz voller Wunden und Beulen, zerbrochen und zerrissen –, ging mir kurz durch den Sinn. Ich weiß nicht, ob das Leiden eine alte christliche Ader in mir wiederbelebt hatte, aber wie ich schon sagte, ich hatte inzwischen ein ausgeprägtes Empfinden für die Bedeutungslosigkeit erlangt. Und zum Henker auch mit diesem guten alten „alles verstehen heißt alles verzeihen“, das Monsieur Pinder uns ehemals im Unterricht hatte kommentieren lassen und das sich an allen verrufenen Orten der Preisgabe und Hinnahme herumgetrieben hat. Ich habe in bezug auf Lila nicht irgendeine „Toleranz“ geübt; es ist sehr leicht zu beweisen, daß die Toleranz zuweilen geradewegs auf das nicht Tolerierbare zusteuert und daß man auf diesem Weg oft an der Nase herumgeführt wird. Ich liebte eine Frau samt ihrem Unglück, das ist alles.

Sie sah mich gespannt an.

„Ich habe dir oft ein Zeichen geben wollen, hierherkommen, aber ich fühlte mich so ...“

„Schuldig?“

Sie sagte nichts.

„Hör zu, Lila. Die Schuld des Arschs ist doch in heutigen Zeiten gar nichts. Zu keiner Zeit übrigens. Die Schuld des Arschs ist im Vergleich zu allem anderen fast Heiligkeit.“

„Wie du dich verändert hast, Ludo!“

„Vielleicht. Die Deutschen haben mir sehr dabei geholfen. Was am Nazismus so abscheulich ist, so sagt man, ist seine unmenschliche Seite. Ja. Aber man muß wohl oder übel den Tatsachen ins Auge schauen: diese unmenschliche Seite ist Teil des Menschlichen. Solange man nicht anerkennt, daß die Unmenschlichkeit etwas Menschliches ist, wird man in der frommen Lüge verbleiben.“

Der Kater Grimaud tauchte auf, mit steil aufgerichtetem Schwanz, und rieb sich, Zärtlichkeiten fordernd, an unseren Beinen.

„Die ersten sechs Monate in Paris, das kannst du dir gar nicht vorstellen ... Wir kannten niemanden mehr ... Ich habe als Kellnerin in einem Lokal gearbeitet, als Verkäuferin im Prisunic ... Meine Mutter litt unter entsetzlichen Migränen ...“

„Migränen. Ach ja, das kann schrecklich sein.“

Was ihren Vater betraf, der war sozusagen blind

geworden. Eine Art Geistesblindheit. Er hatte die Augen vor der Welt verschlossen.

„Meine Mutter und ich haben uns um ihn kümmern müssen wie um ein Kind. Er war ein Freund von Thomas Mann, von Stefan Zweig, ein Mann, für den Europa ein unvergleichliches Licht war ... Als dieses Licht dann verlosch und alles, woran er glaubte, zusammenbrach, hat er sich sozusagen von der Wirklichkeit zurückgezogen ... Eine vollständige Atrophie des Empfindungsvermögens."

Verdammt, dachte ich. Das war wirklich bequem.

„Die Ärzte haben alles versucht ..."

Ich hätte beinahe gefragt: „Auch einen Tritt in den Arsch?", aber man mußte diesem alten aristokratischen Porzellan gegenüber respektvoll bleiben. Ich war sicher, daß Bronicki einen Trick gefunden hatte, um alle Verantwortung auf seine Frau und seine Tochter abzuwälzen. Er konnte sich doch nicht etwa erlauben, zu wissen, was seine Tochter tat, um „zu überleben, die Ihren zu retten". Er verteidigte seine Ehre, sozusagen.

„Dann habe ich Arbeit als Mannequin bei Coco Chanel gefunden ..."

„Coco wer?"

„Chanel ... Weißt du, die große Couturière ..."

„Ach ja, ja, natürlich ... Das Clos Joli!"

„Wie bitte?"

„Nein, nichts."

„Aber ich verdiente nicht genug, um mich um meine Eltern zu kümmern, all das ..."

Sendepause. Überrascht von unserer Gleichgültigkeit, ging der Kater Grimaud von einem zum anderen. Die Funkstille dauerte an, schlich sich in mich ein, überflutete mich. Ich wartete auf das „Verstehst du, Ludo? Verstehst du?", aber da war nur die stumme Verzweiflung des Blicks, und ich schlug die Augen nieder.

„Wir sind von Georg gerettet worden."

„Georg?"

„Georg von Tiele. Der Onkel von Hans. Unsere Ländereien an der Ostsee grenzten aneinander . . ."

„Ja, ja. Eure Ländereien. Natürlich."

„Er ist nach Frankreich berufen worden, und sobald er erfahren hat, daß wir in Paris waren, hat er sich um alles gekümmert. Er hat meine Eltern in einer Wohnung in der Nähe des Parc Monceau untergebracht. Und dann ist Hans von der Ostfront zurückgekehrt . . ."

Sie wurde lebhafter.

„Weißt du, ich habe sogar meine Studien wieder aufnehmen können. Ich habe mein Abi vom französischen Lyzeum in Warschau, ich werde mich an der Sorbonne einschreiben und vielleicht auch an der Kunstschule des Louvre. Die Kunstgeschichte fasziniert mich."

„Die . . . Kunstgeschichte?"

Es fiel mir schwer, das zu schlucken.

„Ja. Ich glaube, daß ich jetzt meine Berufung gefunden habe. Erinnerst du dich daran, wie ich mich suchte? Ich glaube, jetzt habe ich mich gefunden."

„Recht so!"

„Selbstverständlich gehört viel Mut und Ausdauer dazu, aber ich glaube, daß ich es schaffen werde. Ich wäre gern nach Italien gefahren, vor allem nach Florenz, um in die Museen zu gehen . . . Die Renaissance, weißt du. Aber man muß warten."

„Die Renaissance kann warten, in der Tat."

Sie stand auf.

„Soll ich dich begleiten?"

„Nein, danke. Hans ist unten im Auto."
An der Tür blieb sie stehen.
„Vergiß mich nicht, Ludo."
„Ich bin nicht begabt im Vergessen."
Ich folgte ihr ins Treppenhaus.
„Bruno ist in England. Er ist dort Jagdflieger."
Ihr Gesicht klärte sich auf.
„Bruno? Aber der war doch so ungeschickt!"
„Im Himmel offensichtlich nicht."
Ich erzählte ihr nichts von den Fingern.
„Ich habe dir alles zu verdanken", sagte sie.
„Ich wüßte wirklich nicht warum."
„Du hast mich unversehrt bewahrt. Ich glaubte, mich verloren zu haben, und jetzt habe ich den Eindruck, daß das gar nicht stimmt und daß ich die ganze Zeit – drei Jahre lang – hier war, bei dir, heil und gesund. Intakt. Bewahre mich so, Ludo. Ich brauche das. Gib mir noch ein bißchen Zeit. Ich muß mich wiederherstellen."
„Die Kunstgeschichte kann dir da sehr helfen. Vor allem die Renaissance."
„Mach dich nicht über mich lustig."
Sie blieb noch einen Augenblick stehen, dann verließ sie mich, und auf der Wand war nur noch ein einziger Schatten zu sehen.
Ich war sehr ruhig. Mit Millionen anderen Menschen durchquerte ich jetzt eine Durststrecke, wo jeder von uns seinen eigenen Vorrat an Unglück anlegte.
Ich ging zu meinem Onkel in die Küche. Er goß mir ein Glas ein, wobei er mich verstohlen beobachtete.
„Tja, das wird lustig", sagte er.
„Was denn?"
„Wenn unsere Heimat Frankreich zurückkommt. Ich hoffe, wir werden sie wiedererkennen."

Ich ballte die Fäuste.

„Nun, mir ist völlig schnurz, wie sie aussehen und was sie zwischenzeitlich gemacht haben wird. Hauptsache, sie kommt zurück."

Mein Onkel seufzte.

„Mit dem da kann man sich nicht mal mehr unterhalten", brabbelte er.

Das Gerücht, daß Lila die Geliebte General von Tieles geworden sei, blieb mir nicht erspart. Ich nahm dieses Gerede genauso gelassen hin wie das Gejammere, daß „Frankreich futsch ist", daß „es sich nie wieder erholen wird", daß „es seine Seele verloren hat" und daß die Widerstandskämpfer sich „für nichts und wieder nichts" töten ließen. Meine Gewißheit saß zu tief, als daß ich es nötig gehabt hätte, sie in der Öffentlichkeit spazierenzuführen, wie man bei uns sagt, wenn jemand unbedingt überall alles ausplaudern muß.

XXXVII

Ich haßte die Deutschen nicht mehr. Drei Jahre nach der Niederlage erschwerte alles, was ich gesehen hatte, mir jene Routine, die darin bestand, Deutschland auf seine Verbrechen und Frankreich auf seine Helden zu reduzieren. Ich war durch die Lehre einer Brüderlichkeit gegangen, die sehr verschieden war von diesen strahlenden Klischees: wir waren, schien mir, untrennbar verbunden durch das, was uns so verschieden sein ließ, sich aber jeden Moment verkehren konnte, um uns grausam ähnlich werden zu lassen. Bisweilen glaubte ich sogar, ich würde in dem Kampf, an dem ich teilnahm, auch meinen Feinden helfen. Man wird nicht ungestraft von einem Mann aufgezogen, der sein ganzes Leben lang zum Himmel hochgeschaut hat.

In den Feldern oberhalb von La Gragne, wo wir eine Landepiste angelegt hatten, sah ich zum ersten Mal, wie ein Deutscher getötet wurde. In dieser Nacht waren wir zu dritt und warteten auf die Ankunft einer Lysander, die eine politische Persönlichkeit nach England bringen sollte, deren Name uns nicht bekannt war. Die Umgebung war seit Sonnenuntergang mehrfach sorgfältig inspiziert worden; unsere Befehle lauteten, noch stärkere Vorsichtsmaßnahmen zu treffen; vierzehn Tage zuvor war in der Region Haute-Seine eine Mannschaft überrascht worden, als sie gerade eine Fallschirmsendung in Empfang nahm, und wir mußten der Liste unserer Füsilierten fünf weitere Namen hinzufügen.

Die Bodenlichter wurden um ein Uhr früh eingeschaltet, und genau zwanzig Minuten später führte die Lysander ihren Anflug aus. Wir halfen dem Passagier, das Flugzeug zu besteigen; die Lysander stieg auf, und wir gingen die Lampen einsammeln. Wir waren auf dem Rückweg und etwa dreihundert Meter von dem Landeplatz entfernt, als Janin mich am Arm packte; ich sah ein metallisches Blitzen im Gras rechts von uns und hörte eine Schleichbewegung; das Metallblitzen bewegte sich und verschwand.

Da waren ein Fahrrad, ein Mädchen und ein deutscher Soldat. Ich kannte das Mädchen vom Sehen, es arbeitete in der Bäckerei von Monsieur Boyer in Cléry. Der Soldat lag bäuchlings neben ihr; er sah uns mit völlig ausdruckslosem Blick an.

Ich weiß nicht, ob Janin oder Rollin schoß. Der Soldat senkte einfach nur den Kopf und blieb so liegen, das Gesicht gegen den Boden gedrückt.

Das Mädchen rückte heftig von ihm ab, als wäre er mit einemmal eklig geworden.

„Steh auf."

Ihren Rock richtend, erhob sie sich schnell.

„Sagen Sie nichts, bitte", murmelte sie.

Janin schien erstaunt. Er kam aus Paris und kannte das Dorfleben nicht. Dann verstand er, lächelte und ließ die Waffe sinken.

„Wie heißt du?"

„Mariette."

„Und weiter?"

„Mariette Fontet. Monsieur Ludovic kennt mich. Sagen Sie bitte meinen Eltern nichts."

„Einverstanden. Wir werden ihnen nichts erzählen, sei ganz ruhig. Du kannst nach Hause gehen."

Er warf einen Blick auf den Leichnam.

„Ich hoffe, daß er nicht mehr dazu gekommen ist“, sagte er.

Mariette brach in Schluchzen aus.

Ich verbrachte eine schlimme Nacht. Es war, als hätte ich Verrat begangen. Ich versuchte, an all die Unsrigen zu denken, die getötet worden waren, aber es machte einfach nur einen mehr.

Einige Tage später ging ich in die Bäckerei und blieb dort stehen, als hätte ich um Verzeihung zu bitten. Mariette errötete und zögerte. Dann näherte sie sich mir und murmelte ängstlich: „Die werden doch hoffentlich nichts meinen Eltern sagen?“

Es war verwerflich, mit einem Kerl in die Büsche gegangen zu sein. Ich glaube, das war alles, was ihr zu schaffen machte. Wir hatten nichts zu befürchten.

Mehrfach sah ich Lila in Tieles Mercedes durch Cléry fahren, einmal in Begleitung des Generals selbst. Eines Morgens, als ich mit dem Fahrrad von einem Übungstreff auf dem Hof der Grollets, wo ein von einem Schulungsaufenthalt in England zurückgekehrter Kamerad uns die Handhabung des neuen Sprengstoffs beibrachte, nach Hause fuhr, überholte mich der Mercedes und hielt an. Ich hielt ebenfalls an. Lila saß allein im Auto, mit dem Chauffeur. Sie hatte Ringe unter den Augen, und ihre Lider waren geschwollen. Es war sieben Uhr früh; ich wußte, daß in der Nacht ein Fest bei der Esterhazy stattgefunden hatte. Die im Clos Joli abgegebenen Bestellungen reichten vom Champagner bis zu norwegischem Lachs, und Duprat hatte sich selbst an Ort und Stelle begeben, um seinen Lämmchen-Braten in Butter und sein Hähnchen in Weinsoße zu beaufsichtigen, denn „eine Prise Knoblauch mehr oder weniger kann beides umbringen“. Man mußte aufpassen; die deutsche Prominenz würde vollständig vertreten sein. „In diesem Scheißberuf“, hatte er geschimpft, „setzt man jedesmal seinen ganzen Ruf aufs Spiel.“

Lila stieg aus dem Auto, und ich mußte ihr behilflich sein: sie hatte ein wenig getrunken. Sie trug ein sehr schickes rotes Kleid unter einem weißen Regenmantel, rote Schuhe mit hohen Absätzen und ein dickes Tuch aus weißer und roter Wolle um Schultern und Hals. Die polnischen Farben, dachte ich. Sie war extrem stark geschminkt, als hätte sie ihr Gesicht verbergen wollen. Die Baskenmütze auf ihrem Haarschopf sah aus, als wäre sie von einem anderen Leben da vergessen worden. Lediglich ihr Blick in seiner blauen Verzweiflung war von hier bei uns. Sie hielt ein Buch in der Hand: Apollinaire. In La Motte hatten wir alles von Hugo, aber nicht einen einzigen Apollinaire. Man vergißt immer wieder, was eigentlich so alles zum eigenen Hab und Gut gehört.

„Guten Tag, mein Ludo.“

Ich küßte sie. Der Chauffeur in Uniform drehte uns den Rücken zu.

„Man erzählt hier viel über mich, nicht wahr?“

„Ich bin ein bißchen schwerhörig, weißt du.“

„Man sagt, daß ich von Tieles Geliebte bin.“

„So sagt man.“

„Das ist nicht wahr. Georg ist ein Freund meines Vaters. Unsere beiden Familien waren von jeher einander verbunden. Du mußt mir glauben, Ludo.“

„Ich glaube dir, aber es ist mir scheißegal.“

Sie begann, fieberhaft von ihren Eltern zu erzählen. Dank Georg hatten sie alles, was sie brauchten.

„Das ist ein bewundernswerter Mann. Er ist wirklich gegen die Nazis. Er hat sogar Juden gerettet.“

„Das ist normal. Schließlich hat er zwei Hände.“

„Was soll das heißen? Was erzählst du da?"

„Nicht ich erzähle das, sondern William Blake. Es gibt ein Gedicht von Blake darüber: *Die eine Hand war blutbedeckt. Mit der anderen hielt er die Fakkel.* Warum kommst du mich nicht besuchen?"

„Ich werde kommen. Ich muß mich wiederfinden, weißt du. Denkst du ein bißchen an mich?"

„Es kommt manchmal vor, daß ich nicht an dich denke. Es passiert jedem mal, daß er leerläuft."

„Ich fühle mich ein bißchen verloren. Ich weiß nicht mal, woran ich bin. Ich trinke zuviel. Ich versuche, mich zu vergessen."

Ich nahm ihr das Buch aus der Hand und blätterte darin.

„Angeblich haben die Franzosen nie soviel gelesen wie heutzutage. Monsieur Jolliot, weißt du, der Buchhändler ..."

„Ich kenne ihn sehr gut", sagte sie mit unerwarteter Vehemenz. „Er ist ein Freund von mir. Ich gehe fast jeden Tag in seine Buchhandlung."

„Er sagt jedenfalls, daß die Franzosen sich mit dem Mut der Verzweiflung auf die Poesie werfen. Wie geht es deinem Vater?"

„Er hat sich völlig von der Wirklichkeit zurückgezogen. Eine totale Atrophie des Empfindungsvermögens. Aber es besteht noch Hoffnung. Manchmal gibt er zu erkennen, daß er bei Bewußtsein ist. Vielleicht findet er wieder zu sich zurück."

Ich konnte nicht umhin, eine gewisse Bewunderung für Stas Bronicki zu empfinden. Dieser aristokratische Zuhälter hatte ein ziemlich erstaunliches Mittel gefunden, um sich vor niedrigen Kontingenzen zu schützen. Seine Frau und seine Tochter ersparten ihm jeglichen Kontakt mit einer widerlichen historischen Epoche. Ein echtes Elite-Wesen.

„Hab noch nie so 'n Schlitzohr gesehen", sagte ich.

„Ludo! Ich verbiete dir ..."

„Entschuldige. Das ist der Bauernlümmel in mir. Ich muß wohl einen ererbten Groll auf die ‚vons' haben."

Wir liefen ein paar Schritte, um uns von dem Fahrer zu entfernen.

„Weißt du, Ludo, es wird bald alles anders werden. Die deutschen Generäle wollen keinen Zweifrontenkrieg. Und sie hassen Hitler. Eines Tages ..."

„Ja, ja, diese Theorie kenne ich. Ich habe sie schon aus dem Munde von Hans gehört, und zwar am Vorabend des Überfalls auf Polen."

„Das braucht noch ein bißchen Zeit. Die Dinge laufen nicht schlecht genug für die Deutschen ..."

„Nein, das ganz bestimmt nicht."

„Aber ich werde es schaffen."

„Was wirst du schaffen?"

Sie schwieg und starrte vor sich hin.

„Ich brauche noch Zeit", wiederholte sie. „Natürlich ist es sehr schwierig, und manchmal zweifle ich und verliere die Zuversicht ... Dann trinke ich zuviel. Das dürfte ich nicht tun. Aber ich bin sicher, mit ein bißchen Glück ..."

„Was? Was ist mit ein bißchen Glück?"

Sie wickelte sich fröstelnd in ihre polnischen Farben.

„Ich habe immer etwas aus meinem Leben machen wollen. Etwas Großes und ... furchtbar Wichtiges ..."

Der Traum schlängelte sich weiter dahin.

„Ja", sagte ich. „Du wolltest schon immer die Menschheit retten."

Sie lächelte.

„Nein, das war Tad. Aber wer weiß ..."

Ich kannte diesen etwas geheimnisvollen, undurchdringlichen Gesichtsausdruck nur zu gut. Tad nannte es damals „ihre Garbo-Miene".

„Vielleicht werde ich diejenige sein", sagte sie ruhig.

Es konnte einen jammern. Sie hielt sich kaum auf den Beinen, und ich mußte ihr helfen, in den Wagen zu steigen. Ich rückte die Decke auf ihren Knien zurecht. Sie blieb noch einen Moment still sitzen, den kleinen Band Apollinaire in Händen, ein Lächeln auf den Lippen; ihr Blick schweifte in die Ferne. Und dann wandte sie sich plötzlich in einer Gefühlsanwandlung mir zu, und ihre Stimme war so ernst und fast feierlich, daß ich ganz erstaunt war.

„Vertraue mir, Ludo. Vertraut mir alle noch ein Weilchen. Ich werde es schaffen. Mein Name wird in die Geschichte eingehen, und du wirst stolz auf mich sein."

Ich gab ihr einen Kuß auf die Stirn.

„Na, na, ist ja schon gut", sagte ich. „Hab nur keine Angst. Sie lebten glücklich und zufrieden bis an das Ende ihrer Tage . . ."

Ich will mich nicht herausreden. Ich hatte die Worte dieser „armen kleinen Polin mit ihren Deutschen", wie man sie im Clos Joli nannte, in keiner Weise ernst genommen. Immer noch so grillenhaft und träumerisch, dachte ich. Ich blieb am Wegrand mit meinem Drahtesel stehen und schaute traurig dem sich entfernenden Mercedes nach. „Mein Name wird in die Geschichte eingehen, und du wirst stolz auf mich sein . . ." Das war einfach lachhaft. Mir schien, Lila konnte noch im Absturz nicht umhin, von sich zu träumen, mehr sogar als damals im Sommersitz Les Jars und an der Ostsee: fast schon am Boden liegend, schlug der zerbrochene Traum noch immer mit den Flügeln. Keinerlei Zweifel kam in mir auf, keinerlei warnende Vorahnung. Vielleicht war das den unerbittlichen Erfordernissen der Jahre des Kampfes geschuldet, wo man „bei Sinnen“ bleiben mußte und es mir langsam an Verrücktheit zu mangeln begann. Ich ahnte nicht, daß unter all unseren verlorenen Drachen da einer aus Polen war, der höher steigen und dem Ziel, den Kriegsverlauf zu verändern, viel näher kommen würde als alle anderen, die aufgebrochen waren, dem Blau nachzujagen.

XXXVIII

Ich habe Lila monatelang nicht wiedergesehen.

Der Sommer 1942 war ein Wendepunkt für die illegale Tätigkeit. In der Region von Fougerolles-du-Plessis „tauchte der Teufel sechsmal auf" – so die codierte Botschaft, was hieß: sechs Fallschirmladungen, vor allem Haftminen, Bazookas und Mörser. Das Material mußte innerhalb weniger Stunden in Sicherheit gebracht werden. In Sauvagne wurde mein Klassenkamerad André Fernin mit fünfzig Brandplätzchen geschnappt; er hatte noch die Zeit, sein Zyankali zu schlucken. Diese Geschichten sind heute derart bekannt, daß man sie vergessen hat. In der Gegend folgte eine Hausdurchsuchung der anderen, auch La Motte wurde nicht verschont; vielleicht hatte uns jemand denunziert, aber vielleicht witterte die Gestapo in Ambroise Fleury auch einen natürlichen Feind. Alle Durchsuchungen blieben ergebnislos, das „Versteck" der Buis' beispielsweise, wo Bruno Zuflucht gefunden hatte, funktionierte bis zum Sieg. Grüber hatte zwar im Atelier unseren alten, in einer Ecke vergessenen ZOLA entdeckt, mit den Worten „J'accuse", die wie eine in alle Richtungen strahlende Aureole seinen Kopf umgaben, aber er erkannte das Bildnis nicht und fragte nur:

„Wen klagt er denn an, der Kerl?"

„Das ist der Titel eines am Anfang des Jahrhunderts sehr bekannten Chansons", sagte mein Onkel. „Die Frau geht mit ihrem Geliebten fort, und der Ehemann klagt sie der Untreue an."

„Er sieht nicht aus wie ein Sänger."

„Dabei hatte er eine sehr schöne Stimme."

Der Polizeikommissar von Cléry persönlich hatte Ambroise Fleury freundschaftlich gewarnt, nicht ohne ein Lächeln, denn die Vorstellung, daß dieser sanfte Pazifist in irgendeine subversive Aktion verstrickt sein könnte, schien ihm zu komisch.

„Mein guter Ambroise, die Deutschen bilden sich wahrscheinlich ein, daß Sie jeden Moment ein Lothringerkreuz am Himmel flattern lassen werden."

„Diese Dinge, wissen Sie . . .", sagte mein Onkel.

„Ich weiß, ich weiß."

Aber die Träumer hatten keine gute Presse, der Traum und die Rebellion haben sich schon immer zusammengetan. Wir wurden überwacht, und unser Waffenversteck blieb für eine Weile unbenutzbar. Es befand sich unter der Jauchegrube, die wir vorsorglich seit Monaten nicht mehr geleert hatten.

Und doch ließ sich mein Onkel just in dieser für uns besonders gefährlichen Zeit zu einer sinnlosen Geste hinreißen. Ende Juli 1942 drang die Nachricht von der Massenverhaftung im Vel' d'Hiv' nach Cléry. An diesem Abend waren wir im Clos Joli. Es war eine jener Zusammenkünfte bei einer alten Flasche Wein, zu denen der Hausherr seinen Freund Ambroise Fleury häufig einlud. Manchmal las uns Duprat, der Talent zum Schreiben hatte, eines seiner in Alexandrinern verfaßten Gedichte vor. Aber an diesem Abend schien er ganz besonders trüber Laune zu sein.

„Hast du die Nachricht gehört, Ambroise? Die Razzia vom Vel' d'Hiv'?"

„Welche Razzia?"

„Sie haben alle Juden zusammengepfercht und nach Deutschland deportiert."

Mein Onkel schwieg. Er hatte keinen Drachen mehr, an dem er sich in diesem Augenblick hätte festhalten können. Duprat schlug mit der Faust auf den Tisch.

„Und die Kinder auch", grollte er. „Sie haben auch die Kinder ausgeliefert. Man wird sie nie mehr lebend wiedersehen."

Ambroise hielt ein Glas Wein in der Hand. Es war das einzige Mal in meinem Leben, daß ich seine Hand zittern sah.

„Nun ja, ich sage dir, Ambroise, das ist ein harter Schlag für das Clos Joli. Du wirst fragen, was das damit zu tun hat, aber das hat *alles* damit zu tun. *Alles.* Verdammte Scheiße. Ein Mann wie ich, der sich kaputtmacht, um ein bestimmtes Bild von Frankreich aufrechtzuerhalten, kann so was unmöglich akzeptieren. Verstehst du? Kinder, die man in den Tod schickt! Weißt du, was ich tun werde? Ich mache eine Woche lang zu. Aus Protest. Selbstverständlich mache ich dann wieder auf, denn nichts würde den Nazis mehr Freude bereiten, als wenn ich für immer schließen würde. Sie versuchen schon lange, mir das Rückgrat zu brechen. Alles, was sie wollen, ist, daß Frankreich sich selbst aufgibt. Aber ich mache eine Woche lang den Laden dicht, das ist beschlossene Sache. Das Clos Joli und die Auslieferung von Kindern an die Boches – das sind unvereinbare Dinge."

Niemand hatte je zuvor Duprat das Wort „Boches" aussprechen hören.

Mein Onkel stellte sein Glas auf den Tisch und erhob sich. Sein Gesicht war grau geworden und schien doppelt so viele Falten zu haben. Auf unseren quietschenden Fahrrädern fuhren wir durch die Nacht. Ein schöner Mond stand am Himmel.

Vor unserem Haus verließ er mich wortlos und schloß sich in seinem Atelier ein. Ich konnte nicht schlafen. Ich begriff mit einemmal, daß man sich häufig der Deutschen und sogar der Nazis bediente, um sich hinter ihnen zu verstecken. Schon seit langem hatte sich in meinem Bewußtsein ein Gedanke eingenistet, von dem ich mich später nur schwer habe befreien können, und vielleicht habe ich ihn nie ganz ausgeräumt. Die Nazis waren *menschlich*. Und das Menschliche an ihnen war ihre Unmenschlichkeit.

Um vier Uhr morgens verließ ich La Motte: ich mußte nach Ronce, um Soubabère zu treffen und mit ihm die neuen Landeplätze auf der Karte zu markieren. Außerdem mußten die Genossen gewarnt werden, La Motte eine Zeitlang zu meiden. Als ich aus dem Haus ging, sah ich im Atelier noch immer Licht brennen. Ich sagte mir – nicht ohne Gereiztheit –, daß man ein unglaublich starrsinniger Franzose sein müsse, um in einer Zeit solcher Niedertracht Papierdrachen zusammenzubasteln. Die Kinder waren doch immer ihre besten Freunde gewesen. Mir schien, wenn Ambroise Fleury darauf verfiele, in solcher Zeit seinen MONTAIGNE oder seinen PASCAL aufsteigen zu lassen, würde der Himmel sie ihm in die Fresse zurückspucken.

Am übernächsten Tag kam ich gegen elf Uhr morgens nach Hause zurück. Die letzten Kilometer legte ich, mein Rad schiebend, zu Fuß zurück. Ich hatte jeden Reifen schon etwa zehnmal geflickt, und ich mußte mit den Überresten schonend umgehen. Ich war am Petit Passage angelangt, dort, wo jetzt eine Stele zum Gedenken an den sechzehnjährigen Jean Vigot steht, den die Milizionäre nach der Landung der Alliierten mit Waffen in der Hand angetroffen und auf der

Stelle erschossen hatten. Ich blieb stehen, um mir eine Zigarette anzustecken, doch sie fiel mir von den Lippen.

Sieben Drachen standen am Himmel über La Motte. Sieben gelbe Drachen. Sieben Judensterne.

Ich ließ mein Rad los und begann zu rennen. Umringt von ein paar Kindern, stand mein Onkel Ambroise auf der Wiese vor der Hütte und schaute zum Himmel empor, wo die sieben Sterne der Schande schwebten. Die Zähne aufeinandergepreßt, mit gerunzelter Stirn und hartem Gesicht zwischen seinen grauen Bürstenhaaren und dem Schnurrbart, ähnelte der Alte einer Galionsfigur, die ihr Schiff verloren hat. Die Kinder, fünf Jungs und ein Mädchen – ich kannte sie alle, die Fourniers, die Blancs und die Bossis –, hatten ernste Gesichter.

Ich murmelte:

„Sie werden kommen ..."

Aber es waren zunächst die anderen, die kamen. Oh, nicht sehr zahlreich: die Cailleux, die Monniers und Vater Simon, der als erster seine Mütze abnahm.

Mein Onkel wurde noch am Abend eingelocht, und sie behielten ihn vierzehn Tage dort. Marcellin Duprat war es, der ihn da rausholte. Wir seien bekloppt, wir, die Fleurys, erblich, das sei bekannt, erklärte er ihnen. Ein erblicher Wahnsinn. Früher habe man das „die französische Krankheit" genannt, das reiche bis weit in die Geschichte. Wir seien nicht ernst zu nehmen, andernfalls laufe man Gefahr, ernsthaft Schlimmes anzurichten. Duprat ließ alle Beziehungen spielen, und er hatte eine ganze Menge davon, sie reichten von Otto Abetz bis Fernand de Brinon. Am Tage nach der Verhaftung hielt der Citroën von Grüber vor dem Haus, gefolgt von einem LKW voller Soldaten. Sie warfen alle Drachen auf die Wiese und zündeten sie an. Die Hände auf dem Rücken, schaute Grüber zu, wie das, was alte französische Hände so liebevoll zusammengefügt hatten, aufloderte.

La Motte wurde wie nie zuvor durchsucht. Grüber hatte den Feind erkannt. Er machte sich selbst ans Werk und steckte die Nase überall hinein, als handelte es sich um etwas Greifbares, Materielles, das man zerstören konnte.

Mein Onkel wurde an einem Sonntag freigelassen und von Marcellin Duprat nach La Motte gebracht. Als er das leere Atelier sah – alle Werke in Rauch aufgegangen –, waren seine ersten Worte: „Wir machen uns wieder an die Arbeit."

Der erste Drachen, den er zusammenfügte, stellte ein Dorf vor bergigem Hintergrund dar, das von einer Frankreichkarte umgeben war, so daß man die Lage des Dorfes ausmachen konnte. Sein Name war Le Chambon-sur-Lignon in den Cevennen. Mein Onkel erklärte mir nicht, warum er gerade dieses Dorf gewählt hatte und kein anderes. Er sagte nur:

„Le Chambon. Merke dir diesen Namen."

Ich verstand absolut nicht, was er wollte. Warum interessierte er sich für dieses Dorf, das er zweifellos noch nie betreten hatte, und warum ließ er den Drachen LE CHAMBON-SUR-LIGNON in den Himmel steigen und verfolgte ihn derart stolz mit dem Blick? Ich ließ nicht locker. Alles, was ich herausbekam, war:

„Ich habe im Gefängnis davon gehört."

Damit fing mein Staunen aber erst an. Einige Wochen später setzte mich mein Onkel, nachdem er einige seiner historischen Stücke nachgebildet hatte, davon in Kenntnis, daß er Clos verlassen werde.

„Wo wollen Sie hingehen?"

„Nach Le Chambon. Es liegt, wie ich dir schon sagte, in den Cevennen."

„Verfluchtnochmal, was ist denn das für eine Geschichte! Warum Le Chambon? Warum die Cevennen?"

Er lächelte. In seinem Gesicht waren jetzt genauso viele Fältchen wie Haare in seinem Schnurrbart.

„Weil sie mich da brauchen."

Nach dem Abendbrot küßte er mich.

„Ich gehe sehr früh los. Gib nicht auf, Ludo."

„Seien Sie unbesorgt."

„Sie wird wiederkommen. Man wird ihr viel verzeihen müssen."

Ich wußte nicht, ob er von Lila sprach oder von unserer Heimat Frankreich.

Als ich wach wurde, war er nicht mehr da. Er hatte mir auf dem Tisch einen Zettel hinterlassen. „Laß sie nicht im Stich."

Er hatte seinen Werkzeugkasten mitgenommen.

Erst ein paar Monate vor der Landung der Alliierten bekam ich Antwort auf die Frage, die ich mir unablässig gestellt hatte: Warum Le Chambon? Warum hatte Ambroise Fleury uns verlassen, um mit seinem Werkzeugkasten dorthin zu gehen, in dieses Cevennen-Dorf?

Le Chambon-sur-Lignon war jenes Dorf, das unter der Schirmherrschaft des Pfarrers André Trocmé und seiner Frau Magda sowie mit Hilfe der ganzen Bevölkerung mehrere hundert jüdische Kinder vor der Deportation bewahrt hatte. Das Leben von Le Chambon war vier Jahre lang ganz dieser Aufgabe gewidmet. Und ich will diesen Namen, Symbol so großer Opferbereitschaft,. noch einmal niederschreiben: Le Chambon-sur-Lignon und seine Bewohner. Und wenn heute Vergessen sich breitmacht, so möge man wissen, daß wir, die

Fleurys, schon immer Ausbunde an Erinnerungsvermögen waren und daß ich ihre Namen oft zitiere, ohne einen einzigen zu vergessen, denn es heißt ja, das Herz müsse trainiert werden.

Aber all das wußte ich nicht, als ich aus Le Chambon ein Foto von meinem Onkel erhielt, einen Drachen in der Hand und von Kindern umringt. Auf der Rückseite standen die Worte: „*Hier* ist alles in Ordnung." *Hier* war unterstrichen.

XXXIX

Ich wußte nicht, wie es Lila erging, aber Deutschland war an der russischen Front auf dem Rückzug; in Afrika war seine Armee besiegt; der Widerstand hörte auf, „Wahnsinn“ zu sein, und die Vernunft begann jetzt, sich dem Herzen anzuschließen. Selbst Marcellin Duprat nahm an unseren geheimen Versammlungen teil. Dabei hatte sein Ansehen bei den Behörden gerade den Gipfelpunkt erreicht; im Mai 1943 war sogar die Rede davon, ihn zum Bürgermeister von Cléry zu machen. Er lehnte ab.

„Man muß zu unterscheiden wissen zwischen dem, was der Zuständigkeit von Geschichte und Permanenz unterliegt, und dem, was veränderlich und zufällig ist wie die Politik“, erklärte er uns.

Die Faszination, die der Clos-Joli-Chef auf die Besatzer ausübte, war mindestens ebensosehr in seiner Persönlichkeit begründet wie in der Qualität seiner Küche. Seine Gelehrsamkeit, seine Redegewandtheit und eine persönliche Würde, die nicht nur von seiner körperlichen Stattlichkeit herrührte, sondern auch von der gelassenen Sicherheit, mit der er unter schlimmsten Bedingungen die Aufgabe erfüllte, die er sich gestellt hatte, beeindruckten selbst diejenigen, die ihn anfangs als „Kollabo“ beschimpften. Die meiste Achtung bezeugte ihm General von Tiele. Die beiden Männer hatten seltsame Beziehungen zueinander: man konnte fast von Freundschaft sprechen. Der General stand in dem Ruf, die Nazis zu verachten. Eines Tages hatte er zu Suzanne gesagt:

„Mademoiselle, Sie wissen, daß der Führer versichert, sein Werk werde tausend Jahre Bestand haben. Ich persönlich würde eher auf das Werk Marcellin Duprats wetten. Und das wird ganz sicher auch besseren Geschmack beweisen."

Einer seiner Leutnants erlaubte sich, die Ankunft des Chefs der Luftwaffe mit folgenden Worten anzukünden:

„Herr Duprat, einer der auserlesensten Kenner wird sich persönlich davon überzeugen können, daß Frankreich nichts von dem eingebüßt hat, was sein Genie ausmacht."

Der anwesende von Tiele nahm den Offizier beiseite und überschüttete ihn mit Worten, die der andere, sehr blaß geworden, in Habachthaltung anhörte. Woraufhin der General sich persönlich bei Marcellin entschuldigte. Als ich sah, wie der General dann Marcellin beim Arm nahm und im kleinen Garten des Clos Joli diskutierend mit ihm spazierenging, spürte ich, daß die beiden Männer jenseits aller „Umstände" oder „widrigen Gegebenheiten", wie Duprat es verächtlich nannte, eine Ebene gefunden hatten, wo ein preußischer Aristokrat und ein großer französischer Koch von gleich zu gleich miteinander reden konnten. Doch wie weit diese beiden Elite-Wesen nicht nur in der gegenseitigen Achtung gingen, sondern auch in einer Art echter Komplizenschaft über dem Getümmel standen, begriff ich erst wirklich, als ich von Lucien Duprat erfuhr, daß sein Vater dem General von Tiele heimlich Kochunterricht gab. Das wollte ich zunächst nicht glauben.

„Du nimmst mich auf den Arm. Von Tiele wird im Moment andere Sorgen haben."

„Na, vielleicht gerade deshalb. Komm, ich zeig dir was."

Ich zuckte die Achseln. Wenn mir einer gesagt hätte, daß der General Geige spiele, um sich zu entspannen, hätte ich das normal gefunden: der Sinn für Musik war schon immer eines der bekanntesten und anerkanntesten Klischees über die deutsche Seele. Und nichts war während und seit der Okkupation bequemer, als Deutschland auf seine Verbrechen zu reduzieren und Frankreich auf seine Helden. Aber daß einer der einflußreichsten Befehlshaber der Wehrmacht in seinem tiefsten Innern derart vom Nahen der Niederlage überzeugt sein könnte, daß er Vergessen suchte, indem er bei einem französischen Meisterkoch Stunden in höherer Kochkunst nahm, schien mir allem zu widersprechen, was für uns den Begriff „deutscher General" ausmachte. Der Haß nährt sich von Allgemeinplätzen, und „eine typische Preußen-Visage" oder „ein perfektes Musterstück der Herrenrasse" ist genau das, was uns behagt, wenn wir den Bereich unserer Unwissenheit erweitern wollen.

Ich befragte Lucien Duprat in beinahe schon rücksichtsloser Weise.

„Das hat dir dein Vater erzählt, was? Dem ist zuzutrauen, daß er sich so was ausdenkt, um sich wichtig zu machen. Das ist er, wie er leibt und lebt: ‚Ich war es, meine Herren, der dem General von Tiele, dem Sieger von Sedan und Smolensk, alles beigebracht hat!'"

„Ich sage dir doch, der General kommt zwei- oder dreimal in der Woche, um bei meinem Vater kochen zu lernen. Der General will natürlich nicht, daß das bekannt wird, denn da es für sie ernstlich abwärtsgeht, hätte das irgendwie was von Verzweiflung und fast von Defätismus. Sie haben mit

Spiegeleiern angefangen und mit Omelettes. Ich verstehe nicht, was dich daran so wundert."

„Nichts wundert mich. Wir stecken alle tief in der Scheiße und im Blut, und zwei Elite-Wesen kommunizieren irgendwo hoch über aller Barbarei miteinander. Die deutsche Macht braucht das französische Lebensraffinement und die Kunst, das Leben zu genießen. Die beiden sind dabei, die Zukunft vorzubereiten. Verdammt, das möcht ich sehen."

„Ich werde dir rechtzeitig Bescheid sagen."

Am selben Tag noch flüsterte mir Lucien, als ich aus dem Büro kam, ins Ohr:

„Heute abend gegen elf. Ich lasse die Flurtür einen Spalt offen. Aber paß auf. Sie sind sehr eng befreundet, mein Vater würde es mir nie verzeihen."

Ich legte den Weg zu Fuß zurück. Ich fürchtete die Patrouillen, die jetzt jede Nacht Felder und Wälder nach Lämpchen von den Fallschirmabwürfen durchforsteten.

Ich schlich mich auf der Küchenseite in den Flur. Die Tür war bloß angelehnt. Mit den Schuhen in der Hand trat ich näher und warf einen kurzen Blick ins Innere.

Von Tiele war in Hemdsärmeln, mit einer Schürze um die Hüften. Er schien leidlich beschwipst zu sein. Neben ihm stand Marcellin Duprat, hochmütig und steif unter seiner Kochmütze; er befand sich ebenfalls in diesem Zustand exzessiver Würde, die sich durch die zwei leeren Pomerolweinflaschen und eine schon ziemlich angebrochene Kognakflasche auf dem Tisch erklären ließ.

„Es hat keinen Sinn herzukommen, wenn du nicht machst, was ich dir sage, Georg", brummte Duprat. „Du bist nicht sonderlich begabt, und wenn du meine Anweisungen nicht ganz genau befolgst, wirst du es zu nichts bringen."

„Dabei habe ich das doch auswendig gelernt. Anderthalb Gläser Weißwein ..."

„*Welcher* Weißwein?"

Der General schwieg mit etwas bestürztem Blick.

„... trockener!" knurrte Duprat. „Anderthalb Gläser trockener Weißwein! Gottverdammichnochmal, das ist doch nun wirklich nicht so schwer!"

„Willst du etwa behaupten, Marcellin, daß, wenn der Weißwein nicht trocken ist, alles hin wäre?"

„Wenn dir ein echtes auf normannische Art gefülltes Kaninchen gelingen soll, muß der Weißwein trocken sein. Andernfalls wird es sonstwas, irgendwas Beliebiges. Und was hast du noch in die Füllung getan? Ist ja unglaublich, was du da für ein Zeug fabriziert hast. Ich versteh das nicht, Georg, daß ein so kultivierter Mann wie du ..."

„Es ist nicht dieselbe Kultur, Marcellin. Deshalb brauchen wir einander ... Ich habe drei Kaninchenlebern hineingetan, hundert Gramm Kochschinken, fünfzig Gramm Brotkrume ... eine Tasse Lauch ..."

Man hörte das Grollen der alliierten Bomber, die die Küste überflogen.

„Das ist alles? *Mon général,* du warst mit deinen Gedanken ganz woanders. Wahrscheinlich in Stalingrad. Ich hatte dir gesagt, du sollst einen Kaffeelöffel von der Gewürzmischung hineintun ... Wir werden morgen noch mal von vorne anfangen."

„Jetzt bin ich schon zum dritten Mal gescheitert."

„Man kann eben nicht an allen Fronten zugleich siegen."

Die beiden Männer waren völlig betrunken.

Zum ersten Mal, seit ich sie kannte, verblüffte mich ihre Ähnlichkeit. Von Tiele war kleiner, aber es war fast das gleiche Gesicht mit den feinen Zügen, das gleiche graue Bärtchen. Duprat schob angeekelt die Platte mit dem schuldbeladenen Kaninchen von sich.

„Scheiße ist das."

„Ja, na dann will ich dich mal ein Panzerkorps befehligen sehen, Marcellin."

Sie schwiegen einen Augenblick, einer so finster dreinblickend wie der andere, und reichten einander dann nochmals die Kognakflasche.

„Wie lange wird es noch dauern, Georg?"

„Ich weiß nicht, Alter. Irgend jemand wird diesen Krieg gewinnen, das ist sicher. Wahrscheinlich dein normannisches Kaninchen."

Ich zog mich vorsichtig zurück. Gleich am nächsten Tag wurde London darüber informiert, daß sich bei dem General, der die Panzer in der Normandie befehligt, Anzeichen nachlassender Moral bemerkbar machen.

Der Pekinese Tschong hätte den Titel eines Verbindungsmannes der Résistance verdient. Jedesmal wenn sein Frauchen ihn in meinem Büro holen kam – außer wenn Monsieur Jean oder Marcellin Duprat selbst sie respektvoll begleiteten –, informierte sie mich über das, was die Gestapo auskochte, oder lieferte mir Einzelheiten über die deutschen „Empfangs"-Vorbereitungen rund um den Atlantikwall. Mehrere unserer Kameraden verdankten ihre Rettung einzig und allein diesen Warnungen. Von der „Gräfin" erfuhr ich auch, daß Lila mit ihren Eltern in Paris lebte, daß sie aber häufig ein paar Tage in einer Villa in der Nähe von Huet verbrachte.

Bald tauchte Lila wieder im Clos Joli auf, stets in Hans' und von Tieles Begleitung. Wir nannten sie das „Trio“. „Reserviert um eins einen Tisch für das Trio“, rief Lucien Duprat. Ich erfuhr immer durch Monsieur Jean von ihrer Anwesenheit, der jedesmal eine zerknirschte Miene aufsetzte, um es mir anzukündigen. Die „Kleine“ war mit ihren Deutschen da, das mußte dem armen Ludo doch das Herz brechen. Tat es aber nicht. Man sagt, daß Liebe blind macht, aber das war bei mir nicht der Fall, ganz im Gegenteil. Mir schien, es gab da irgend etwas in den Beziehungen des „Trios“, das mir entging. Ich war überzeugt, daß Lila nicht von Tieles Geliebte war, und ich war nicht einmal sicher, ob sie die Geliebte von Hans war. Der komische Satz „Unsere Ländereien an der Ostsee grenzten aneinander“, mit dem sie mir ihre Beziehungen zu ihren deutschen „Vettern“ hatte erklären wollen, begann in meinem Kopf jenen persönlichen Botschaften zu ähneln, die wir von London empfingen: *„Die Vögel werden heute abend wieder zu singen beginnen*“, oder *„Die versunkene Kathedrale wird um Mitternacht ihre Glocken ertönen lassen*“. Zwischen den beiden preußischen Junkern und dieser nicht minder adligen Polin bestand eine Komplizenschaft, die ich dunkel ahnte, deren wirkliches Wesen ich aber nicht durchschaute. Eines Tages lief ich Lila über den Weg, als sie mit ihren beiden „Junkern“ das Haus verließ. Ich hatte sie seit Monaten nicht gesehen und war über ihre Verwandlung verblüfft. In ihrem Gesichtsausdruck war, als sie mich erblickte, ein Stolz, fast ein Triumph, als wollte sie sagen: „Du wirst schon sehen, Ludo, du wirst schon sehen. Du hast dich in mir getäuscht.“

Dieser Eindruck bestätigte sich in der darauffolgenden Woche, und zwar auf die verwirrendste Art und Weise. Lila kam in mein Büro gestürmt, und ich hatte kaum die Zeit aufzustehen, als sie mir schon um den Hals fiel.

„Na, mein Ludo, was machst du denn so?"

Seit Jahren hatte ich sie nicht so fröhlich und glücklich gesehen.

„So genau weiß ich das eigentlich auch nicht. Nichts Besonderes. Ich mache die Buchhaltung im Clos Joli, und wenn ich Zeit habe, kümmere ich mich um die Drachen. Mein Onkel ist weg, und ich versuche, mein Möglichstes zu tun."

„Wohin ist er gegangen?"

„Nach Le Chambon-sur-Lignon. Das liegt in den Cevennen. Frag mich nicht, was er da unten vorhat, ich weiß es nicht. Er hat mir lediglich gesagt, daß sie ihn dort brauchen. Also hat er seinen Werkzeugkasten genommen und ist losgezogen."

Ich sah sehr wohl, daß sie darauf brannte, mir etwas zu erzählen, daß sie sich zurückhielt, und ich entdeckte in ihren Augen sogar ein bißchen Ironie, als täte ich ihr leid, weil ich nicht wußte, was sie so froh machte.

„Hans ist in den Generalstab nach Ostpreußen berufen worden", sagte sie.

„Ach!"

Sie lachte.

„Das ist dir natürlich egal."

„Das ist das mindeste, was man sagen kann."

„Nun, da hast du unrecht. Das ist sehr wichtig. Ich habe großen Einfluß auf Hans, weißt du."

„Das bezweifle ich nicht."

„Große Dinge stehen bevor, Ludo. Du wirst es bald erfahren."

Ich spürte, daß sie das Bedürfnis hatte, mir mehr darüber zu sagen. Ich spürte auch, daß es besser war, wenn sie es nicht tat.

„Du hast immer gemeint, ich hätte nur Grillen im Kopf, seit unserer ersten Begegnung schon. Und ich weiß auch, was die Leute hier über mich erzählen. Du solltest nicht auf sie hören."

„Ich höre auf niemanden.“

„Du hast dich in mir getäuscht, mein kleiner Ludo.“

„Aber ...“

„Bald wirst du mich um Verzeihung bitten. Ich glaube, mir wird endlich etwas Außergewöhnliches in meinem Leben gelingen. Im übrigen habe ich dir das schon immer gesagt.“

Sie gab mir einen schnellen Kuß und ging – nicht ohne mir von der Tür aus noch einen triumphierenden Blick zuzuwerfen.

Ein paar Tage später sah ich sie am Bahnhof von Cléry, wie sie in Begleitung von Tieles aus dem Wagen stieg. Sie winkte mir, und ich erwiderte ihren Gruß.

XL

Am 8. Mai 1943 hörte ich, während ich las, gegen zehn Uhr abends ein Auto; mich dem Fenster nähernd, sah ich den blauen Schimmer der Scheinwerfer. Der Motor ging aus; es wurde an die Tür geklopft; ich zündete eine Kerze an und öffnete. General von Tiele stand auf der Schwelle; in seinem scharf umrissenen Gesicht mit den klaren Zügen waren die Augen – von jenem Grau, das man gemeinhin „stahlgrau“ nennt – von blasser Starrheit. Er trug das diamantenbesetzte Ritterkreuz um den Hals.

„Guten Abend, Monsieur Fleury. Verzeihen Sie den unvorhergesehenen Besuch. Ich möchte mit Ihnen sprechen.“

„Kommen Sie herein.“

Er ging an mir vorbei, blieb stehen und warf einen Blick auf die Drachen, die von den Balken herabhingen.

„In meinem Wagen sitzt jemand, den Sie kennen.“

Er verstummte und setzte sich mit gefalteten Händen auf die Bank. Ich wartete. Es war die Stunde der alliierten Bomber, die die Küste überflogen, um zu den deutschen Städten zu gelangen und sie dem Erdboden gleichzumachen. Von Tiele hob den Kopf ein wenig und lauschte dem Feuer der Küstenbatterien.

„Eintausendzweihundert Bomber über Hamburg, gestern", sagte er. „Da müssen Sie sich doch freuen."

Ich verstand nicht, was dieser große Kriegsherr von mir wollte.

„Sie kennen den Mann, den ich Ihnen bringe", sagte er. „Aber ich weiß nicht, ob Sie ihn als Freund oder als Feind betrachten. Trotzdem möchte ich Sie bitten, ihm zu helfen."

Von Tiele erhob sich. Er schaute zu Boden.

„Ich möchte, daß Sie ihm helfen, nach Spanien zu gelangen ..."

Die Andeutung eines Lächelns.

„... so wie Sie es für die alliierten Flieger tun."

Ich war so sprachlos, daß ich nicht mal protestierte.

„Sie haben keinerlei Grund, einem deutschen Offizier das Leben zu retten, Monsieur Fleury. Das verstehe ich sehr gut. Ich komme auf Ratschlag Lilas zu Ihnen. Auch das mag Ihnen seltsam erscheinen. Denn Hans ist – wie Sie – sehr verliebt in Lila. Ein Rivale, im Grunde genommen. Vielleicht wären Sie glücklich, ihn verschwinden zu sehen. In diesem Falle brauchen Sie nur den Chef der hiesigen Gestapo, Herrn Grüber, zu rufen ..."

Er gestand Grüber nicht seinen militärischen Dienstgrad zu.

„Aber vielleicht liegt in dem Ausdruck ‚dieselbe Frau lieben' etwas, das man ... wie soll ich sagen ... Brüderlichkeit nennen könnte ..."

Er beobachtete mich aufmerksam, mit einer unerwarteten Gutmütigkeit in diesem mitgenommenen, fast fahlen Gesicht.

Ich schwieg.

Von Tiele hob die Hand.

„Hören Sie ... der Himmel ... Wie viele Kinder werden heute nacht getötet werden? Lassen wir das. Ich sagte Ihnen, daß ich versuche, einen jungen Mann zu retten, der mein Neffe ist und den ich wie einen Sohn liebe. Jetzt muß ich gehen. Wir haben ungefähr ... vierundzwanzig Stunden Zeit. Ich muß Vorkehrungen treffen. Sie haben mir noch immer nicht geantwortet, Monsieur Fleury."

„Weiß Lila davon?"

„Ja."

Hans war in Uniform. Die Kindheit und die frühe Jugend hinterlassen entschieden unauslöschliche Spuren: wir gaben uns nicht die Hand. Doch ich mußte ihm unter den Arm greifen, um ihn zu stützen. Er machte ein paar Schritte und brach zusammen. Von Tiele half mir, ihn in mein Zimmer zu transportieren.

„Sie dürfen ihn nicht hierbehalten, Monsieur Fleury. Das kann Sie Ihr Leben kosten. Sehen Sie zu, daß sie ihn noch heute nacht irgendwo verstekken. Ich glaube allerdings, daß wir, wie schon gesagt, vierundzwanzig Stunden Zeit haben ..."

Er lächelte mir zu.

„Ich hoffe, Sie haben nicht das Gefühl, Verrat zu begehen ... wenn Sie einen deutschen Offizier verstecken!"

„Ich denke nur, daß Sie mir eine Erklärung schuldig sind, verdammtnochmal."

„Die werden Sie bekommen. Hans wird Ihnen alles erklären. Und ich selbst werde morgen mit Ihnen sprechen. Ich esse wie jeden Freitag im Clos Joli."

Hans schlief, als ich in mein Zimmer zurückkehrte. Selbst im Schlaf blieb sein Gesicht verstört; das Kinn und die Lippen zitterten zuweilen krampfartig. Ich betrachtete lange dieses Gesicht, dessen Schönheit mich ehemals so gereizt hatte. Er trug ein Medaillon um den Hals. Ich öffnete es: Lila.

Es war ein Uhr morgens, und die Sonne ging um fünf Uhr auf. Das Ticke-Tacke der Wanduhr jagte mir Gänsehaut über den Körper. Ich wärmte Kaffee auf und weckte Hans. Er sah mich einen Moment verständnislos an und sprang dann mit einem Satz aus dem Bett.

„Behalte mich nicht hier. Sie werden dich erschießen."

„Was hast du getan?"

„Später, später . . ."

Der Kaffee war fertig.

„Wir haben nicht viel Zeit", sagte ich. „Es sind drei Stunden Fußweg."

„Bis wohin?"

„Vieille-Source. Erinnerst du dich?"

„Und ob! Da hast du mich um ein Haar erwürgt. Wie alt waren wir . . . zwölf, dreizehn?"

„Ungefähr. Hans, was hast du getan?"

„Wir haben versucht, Hitler zu töten."

Alles, was ich herausbrachte, war:

„Jesus!"

„Wir haben eine Bombe in sein Flugzeug gelegt."

„Wer, wir?"

„Die Bombe war defekt. Sie ist nicht explodiert, und sie haben sie gefunden. Zwei unserer Kameraden hatten noch die Zeit, sich das Leben zu nehmen. Die anderen werden irgendwann doch reden. Ich habe es geschafft, mit meinem Flugzeug zu fliehen, um . . . zu warnen . . ."

Er verstummte.

„Ich verstehe."

„Ja. Ich habe auf dem Flugplatz von Ouchy landen können. Ich wollte den General nach England mitnehmen . . ."

Ich mußte mich schütteln, schnauben, tief Luft holen. Und dann bekam ich einen Lachanfall. Hans wollte General von Tiele nach England mitnehmen, damit er dort „France Libre", das „Freie Frankreich", gründe. Das Freie Deutschland, meine ich. Vielleicht auch noch mit dem Lothringerkreuz als Symbol.

„Verdammt", sagte ich. „Wir haben Mai. Ihr seid dem 18. Juni sogar einen Monat voraus. Ihr versteht es zu träumen, Ihr Deutschen. Mal kommen Goethe oder Hölderlin dabei heraus, mal Millionen Tote. Eure Träume spielen wahrscheinlich immer Kopf oder Zahl. Wenn ich recht verstehe, glauben eure Elite-Offiziere, daß man sich noch einig werden könnte, unter Gentlemen. Der Frieden der Herren! Im Jahre 1943 den deutschen 18. Juni 40 in London neu auflegen, auf dem Rücken der Russen höchstwahrscheinlich!"

Er senkte den Kopf.

„Alle unsere Offiziere aus Tradition waren schon 1936 gegen Hitler und gegen den Krieg", sagte er.

„Und dann, dann war es plötzlich zu spät. Da standet ihr schon in Paris und vor Moskau. Na gut, komm mit. In Vieille-Source wirst du ein paar Tage ungestört bleiben können, danach werden wir weitersehen. Wirst du durchhalten? Es sind sieben Kilometer bis dorthin."

„Es wird schon gehen."

Ich nahm meine wertvolle Taschenlampe – ich hatte nur noch eine Batterie zum Wechseln –, und wir zogen los. Eine schöne Nacht, wie geschaffen für das ironische Strahlen der Sterne. Ein französischer Widerstandskämpfer, der Kopf und Kragen für einen gaullistischen deutschen Offizier riskierte. Der Mond war noch hell genug, und ich machte meine Taschenlampe erst an, als wir tief in der Schlucht waren. Der Weg unserer Kindheit war von Gestrüpp und Brombeersträuchern überwuchert, auch die Quelle ganz hinten war gealtert und hatte nicht mehr die Kraft zu sprudeln.

Wir glitten hintereinander zwischen den moosigen Wänden hindurch bis ans Ende. Der Wigwam stand noch da, so wie wir ihn mit meinem Onkel Ambroise gebaut hatten; das war elf Jahre her. Er hatte sich ein wenig geneigt, hielt aber. Und erst als wir hier anlangten, vor dem Wigwam unserer Kindheit, kam mir wieder der Satz in den Sinn, den Lila mir in meinem Büro so fröhlich und mit solcher Gewißheit zugeflüstert hatte: „*Ich glaube, daß ich endlich etwas wirklich Außergewöhnliches in meinem Leben vollbringen werde. Ich habe großen Einfluß auf Hans, weißt du.*" Ich sah Hans an. *Sie* ist der Grund, dachte ich. Es ist für sie.

Ich hockte mich hin und versuchte, ein bißchen Wasser auf dem Grund der Quelle zu finden. Mir war die Kehle trocken, und ich konnte kaum sprechen.

„Ich werde ein- oder zweimal in der Woche mit Proviant kommen. Später werden wir versuchen, dich über die Pyrenäen zu bringen. Ich muß mit meinen Kumpels darüber reden."

Die Luft roch nach Erde und Feuchtigkeit. Eine Eule träumte über unseren Köpfen. Der Himmel hellte sich auf.

Hans zog seine Jacke aus und warf sie auf den Boden. In seinem weißen Hemd unterschied er sich kaum von dem jungen Mann, der im Waffensaal von Gródek vor mir gestanden hatte, als wir uns duellierten.

„Ich verdanke dir das Leben, und ich werde es dir vergelten", sagte er.

„Das wird *sie* entscheiden, mein Lieber."

Es war das einzige Mal, daß wir Lilas Namen aussprachen.

Um elf war ich auf meinem Posten in der Buchhaltung, unfähig, an etwas anderes zu denken als an die Ereignisse der Nacht. Alles, was Lila mir erzählt hatte, jeder Satz, jedes Wort, jede Betonung hallte unaufhörlich in meinem Kopf wider. „*Ich werde es schaffen ... Ich bin sicher, mit ein wenig Glück ... Ich habe großen Einfluß auf Hans, weißt du ... Ich wollte schon immer etwas Großes und furchtbar Wichtiges tun ...*"

Monsieur Jean öffnete einen Spalt breit die Tür.

„General von Tiele hat anrufen lassen, seine Monatsrechnung soll fertiggemacht werden."

„Ja ..."

„*Vertraue mir, Ludo ... Mein Name wird in die Geschichte eingehen ...*"

Sie hatte Hans überzeugt, mit viel Geduld und zweifellos um so leichter, als dieser schon vor Beginn der Feindseligkeiten immer davon gesprochen hatte, daß er „die Ehre der deutschen Armee retten" wolle. Und von Tiele wußte, daß der Krieg verloren sein würde, wenn Deutschland weiterhin an zwei Fronten kämpfen mußte. Also, wenn Hitler erst einmal verschwunden war, würde es einen Separatfrieden mit den Vereinigten Staaten und England und ...

„Die Rechnung von Tisch 5", ertönte die Stimme von Monsieur Jean.

„Ja ... Sofort ..."

„Was ist denn los, Ludo? Bist du krank?"

„Nein, nichts, alles in Ordnung ..."

„*Eines Tages wirst du stolz auf mich sein ... Mein Name wird in die Geschichte eingehen ...*" Die Verschwörung war gescheitert, und Lila schwebte in Lebensgefahr. „*Ich habe großen Einfluß auf Hans, weißt du ...*" Ich mußte sie nach Spanien bringen, alle beide. Ich fragte mich, wie ich das anstellen sollte. Die zwei bei den Buis versteckten Flieger würden in ein paar Tagen nach Bagnères gebracht werden, aber ich wußte nicht mal, wo Lila war; ich brauchte auch die Zustimmung Soubabères, damit Hans sich dem Transport anschließen durfte, und für Souba gab es keine „guten“ Deutschen. Wir mußten auch dringend London über die Einzelheiten dieser ersten Verschwörung von Wehrmachtsoffizieren gegen Hitler in Kenntnis setzen.

So weit war ich in meiner Verzweiflung, als ich ein Wimmern hörte. Tschong saß mir zu Füßen, sah mich vorwurfsvoll an und wedelte mit dem Schwanz. Ich hatte ihn völlig vergessen. Wenn die Esterhazy ins Clos Joli essen kam, war es meine Aufgabe, dem Hund Futter zu geben. Ich verließ mein Büro und befragte Lucien Duprat.

„Ist die Esterhazy noch da?“

„Warum?“

„Sie hat den Wauwau vergessen.“

„Ich seh mal nach.“

Kurz darauf teilte er mir mit, daß die „Gräfin“ beim Kaffee angelangt sei. Ich holte in der Küche ein Fleischgericht und ging, den Hund zu füttern. Als ich durch den Flur kam, sah ich den Wagen von Tieles vor dem Eingang halten. Der Fahrer öffnete den Schlag, und der General stieg aus. Von Tiele sah müde aus, doch er schien gutgelaunt und stieg rasch, den Gruß von ich weiß nicht wem erwidernd, die Treppen hinauf. Duprat hatte am Morgen eine handschriftliche Nachricht von ihm erhalten, die er nach der Befreiung in sein Goldenes Buch einklebte. „*Freund Marcellin, ich werde in Kürze versetzt und komme am Freitag um vierzehn Uhr ins Clos Joli, um mich zu verabschieden.*“

Für mich bedeutete sein Kommen lediglich, daß die Gestapo noch nichts wußte. Höchstens vierundzwanzig Stunden, hatte er gesagt. Mir blieben nur noch wenige Stunden, um Lila zu finden. Aber

Hans oder von Tiele hatten sich sicherlich um sie gekümmert.

Ein paar Minuten später erschien die „Gräfin“ in meinem Büro. Sie nahm den Hund auf den Arm.

„Armes Tierchen. Ich hätte ihn beinahe vergessen.“

Sie legte eine Kugel zusammengeknüllten Papiers vor mich hin. Ich habe es geglättet. Es war Lilas Schrift. *„Es wäre mir beinahe gelungen. Ich liebe dich. Adieu.“*

Madame Julie zündete das Papier mit ihrem Feuerzeug an. Ein Häufchen Asche.

„Wo ist sie?“

„Ich weiß nicht. Von Tiele hat sie gestern abend nach Paris geschickt. Er hat sie mit seinem eigenen Wagen zum Mitternachtszug bringen lassen, der Idiot.“

„Aber dieser Zettel . . .“

Sie war nervös und zupfte an ihren Handschuhen herum.

„Was denn, dieser Zettel?“

„Wie sind Sie in seinen Besitz gelangt?“

„Tja, gestern abend war ein sehr schöner Empfang im Hôtel des Cerfs. Die subalternen Offiziere waren Gastgeber des zivilen Personals und der Sekretäre. Der gesamte Generalstab war anwesend. Selbst General von Tiele ist für kurze Zeit gekommen. Deine Kleine hat viel getrunken und viel getanzt. Und dann hat sie meiner Tochter den Brief für dich übergeben. Lachend. Es soll ein Liebesbrief sein. Aber Liebesbrief oder nicht, ich öffne sie heutzutage alle. Das war's. Hast Glück, Schätzchen. Wenn sie diesen Brief einem anderen gegeben hätte . . .“

„Wissen . . . wissen sie es schon?“

„Die Gestapo weiß seit neun Uhr Bescheid. Mein kleiner hundertprozentig arischer Freund, dessen richtiger Name Isidore Lefkowitz ist, hat mich um zwölf gewarnt. Sie haben von Tiele noch nicht eingelocht, weil sie nicht wollen, daß es publik wird. Der Sieger von Smolensk, verstehst du, das würde ziemliches Aufsehen erregen. Sie haben Befehl, ihn nach Berlin zu versetzen, und zwar mit allen Ehren ..."

„Aber der General ist doch hier ..."

„Nicht mehr lange."

Sie drückte zärtlich Tschongs Schnauze an ihre Wange.

„Komm, mein Liebling. Deine Mama muß irgendwo noch ein Herz haben, denn sie fängt an, Dummheiten zu machen."

Sie sah mich mit hartem Blick an.

„Du kannst nichts für sie tun, also unternimm nichts und sag auch den anderen, sie sollen stillhalten. Es wird Stunk geben."

Die „Gräfin" Esterhazy kehrte mir den Rücken und ging.

Ich wollte gerade mein Büro verlassen und zu Soubabère rennen, als Monsieur Jean mir sagen kam, daß General von Tiele mich zu sprechen wünschte.

„Er ist im Salon Ed ..."

Der alte Mann besann sich schnell. Der Salon „Edouard Herriot", wo einst der radikalsozialistische Parteiführer tafelte, war seines Namens entkleidet worden. Der mutige Duprat hatte ihm jedoch keinen anderen Namen gegeben. Er hatte einfach nur das Schild „Edouard Herriot" abgenommen und in ein Schubfach gelegt.

„Man kann nie wissen", hatte er mir erklärt. „Es kann durchaus wiederkommen."

Es waren viele Pariser und lokale Persönlichkeiten im Restaurant, sowohl in der „Rotunde" als auch in den „Galerien", denn es war chic geworden, freitags fleischlos zu speisen, weil Frömmigkeit und Religion wieder in Mode gekommen waren, seit das Land soviel Unglück erlebte; Marcellin Duprat hatte sich, um an den fleischlosen Tagen kein leeres Haus zu haben, mit seiner ganzen Subtilität und mit allen Mitteln seiner Kunst auf Fischspezialitäten geworfen. Der namenlose Salon befand sich im ersten Stock, und ich mußte die mit vornehmen Leuten vollgestopfte Rotunde durchqueren, was ich sonst niemals tat, denn meine schlampige Kleidung brachte mir jedesmal, wenn ich mich aus den Kulissen wagte, einen Anschnauzer vom Chef des Hauses ein.

Ich traf von Tiele bei Tisch an. Sehr blaß, mit einer Serviette unterm Arm, entkorkte Duprat seine beste Flasche: einen Château-Laville 1923. Niemals zuvor hatte ich den Meister derart wehrlos einer solchen Erregung ausgeliefert gesehen. Damit er sich zu einem solchen Opfer hinreißen ließ, mußte er wirklich im tiefsten Innern ergriffen sein. Es war eindeutig, daß von Tiele ihn über den wahren Charakter seiner „Versetzung“ informiert hatte. Duprat warf ab und zu Blicke zum Fenster: zwei Gestapo-Wagen parkten in der Allee, einer davon war der schwarze Citroën von Grüber.

„Fürchten Sie nichts, mein guter Marcellin“, sagte der General. „Das ist seit heute früh halb zehn meine Eskorte. Ich bin nach Berlin versetzt worden und muß das Flugzeug nehmen, das mich erwartet. Der Führer will jede unangenehme Publizität vermeiden. Im übrigen ist die Berufung in den Stab von General Keitel ein Aufstieg. Allerdings ist es sehr wahrscheinlich, daß vor meiner Ankunft in Tempelhof das Flugzeug abstürzen wird, denn ich glaube nicht, daß man sich sonderlich um das Leben der Besatzung schert. Meine drei engsten Mitarbeiter müssen mich auf dem

Flug begleiten, außer Oberst Stekker, der ein guter Nazi ist und hoffentlich Ihr Kunde bleiben wird. Aber die Sache wird nicht ganz so ablaufen, wie sie es vorgesehen haben, denn warum sollte ich eine völlig unschuldige Besatzung umkommen lassen, wo es doch der Luftwaffe ohnehin schon an Piloten zu mangeln beginnt. Vor allem aber lehne ich es ab, da mitzuspielen ... zu kollaborieren, wenn Ihnen das lieber ist. Mir liegt daran, daß das publik wird. Der Gefreite Hitler hält sich für einen genialen Strategen, und er führt die deutsche Armee in den Untergang. Meine Kameraden müssen also von meinem ‚Verrat' erfahren, und in Anbetracht meines – wenn ich mich dessen rühmen darf – militärischen Ansehens werden alle meine Kollegen in verantwortlicher Position meine Gründe verstehen, die sie im übrigen in der Mehrzahl teilen. Ich will sie warnen, deshalb liegt mir daran, daß die Sache bekannt wird. Aber sprechen wir lieber von weniger traurigen Dingen ..."

Er kostete den Châëteau-Laville 1923.

„Göttlich!" stieß er aus. „Ach, der Genius Frankreichs!"

„Ich habe Ihnen ein *Ragoût de coquillages Saint-Jacques* gemacht und einen *Turbotin grillé à la moutarde*", sagte Marcellin Duprat mit bebender Stimme. „Das ist natürlich ein bißchen alltäglich. Wenn ich gewußt hätte ..."

„Tja, das konnten Sie selbstverständlich nicht wissen, mein guter Marcellin. Ich übrigens auch nicht. Sehen Sie, unseren Mißerfolg verdanken wir ... wie soll ich sagen? Dem Mangel an Vertrauen in die kleinen und einfachen Leute. Wir haben uns auf die höhere Ebene beschränkt, auf Elite-Offiziere. Wir haben nicht gewagt, uns einem einfachen Unteroffizier oder Gefreiten von den Feuerwerkern anzuvertrauen, das war unser großer Fehler. Wenn wir unter den . . . sagen wir nicht ‚niederen', sondern ‚untergeordneten' Dienstgraden um Hilfe ersucht hätten, wäre die Bombe richtig eingestellt gewesen und hätte gute Arbeit geleistet. Aber wir wollten unter uns bleiben: wieder der alte Kastengeist. Unsere Bombe war nicht . . . demokratisch genug. Einen Landser hätten wir gebraucht."

An diese kleine Rede des gräflichen Generals von Tiele mußte ich einige Monate später denken. Am 20. Juli 1944, als ein anderer „Elite-Offizier", der Oberst Graf von Stauffenberg, in seiner Aktentasche eine Bombe in Hitlers Rastenburger Hauptquartier deponierte und die Explosion den Führer kaum erschütterte, sagte ich mir, daß diese Herren wieder einmal einen einfachen Feuerwerkergefreiten gebraucht hätten, der der Bombe die nötige Wirksamkeit hätte geben können. Ihrer Bombe hatte der Atem des Volkes gefehlt.

Von Tiele aß den gegrillten Heilbutt. Er drehte sich zu mir um.

„Na, mein kleiner Fleury . . . Ist alles gut gelaufen?"

„Sehr gut, bisher . . . Er ist gut versteckt . . ."

Ich zögerte, und dann sagte ich zum ersten Mal in meinem Leben zu einem Deutschen:

„. . . *mon général.*"

Er sah mich freundlich an. Er verstand.

„Mademoiselle de Bronicka ist in Paris", sagte er, „an sicherem Ort. Das heißt, wenn sie nicht die Unvorsichtigkeit begeht, ihre Eltern zu besuchen . . . Sie kennen sie ja!"

„*Mon général*, könnten Sie nicht . . ."

Er nickte, nahm ein Notizheft aus seiner Tasche und kritzelte eine Adresse und eine Telefonnummer. Er riß die Seite heraus und reichte sie mir.

„Sehen Sie zu, daß Sie sie alle beide nach Spanien bringen können ...“

„Ja, *mon général.*“

Ich steckte den Zettel in die Tasche.

Georg von Tiele kostete noch von den Saint-Jacques-Muscheln und beendete sein Mahl mit dem berühmten *Soufflé aux pommes sures,* einem Kaffee und einem Kognak.

„Ach, dieses Frankreich!“ murmelte er noch einmal und nicht ganz ohne Ironie, wie mir schien.

Duprat weinte. Mit zitternder Hand reichte er dem General eine Kiste echter Havanna-Zigarren, die von Tiele mit einer Handbewegung ablehnte. Dann sah er auf die Uhr und erhob sich.

„Meine Herren, jetzt muß ich Sie bitten, mich allein zu lassen ...“

Duprat ging als erster hinaus und rannte auf die Toilette, um sich das Gesicht zu waschen. Wenn die Gestapo ihn weinend anträfe, bevor von Tiele tot war, würde er diffizile Erklärungen abgeben müssen.

Der Schuß ertönte genau in dem Moment, als ich mich mit Tschong unterm Arm auf mein Fahrrad schwang. Ich sah noch Grübers Männer aus dem Wagen springen und in das Restaurant stürmen.

Marcellin Duprat blieb den ganzen Tag mit dem Gesicht zur Wand im Bett liegen. Am Abend, kurz vor Schankbeginn, sagte er etwas Ungeheuerliches, von dem ich nie erfahren habe, ob es ein Versprecher war oder höchstes Lob:

„Er war ein großer Franzose.“

XLI

Ich radelte, so schnell ich konnte, den Pekinesen in der einen, den Lenker in der anderen Hand, und als ich endlich vor der Park-Residenz ankam und vom Rad stieg, versagten plötzlich meine Knie ihren Dienst, und ich fiel mit verschwimmendem Blick lang auf den Boden. Ohne Zweifel hatten Erregung und Angst ihren Anteil daran, denn trotz des „sicheren Orts“, von dem von Tiele gesprochen hatte und dessen Adresse in meiner Tasche steckte, konnte ich mir nur schwer vorstellen, wie Lila der Gestapo und der voll und ganz den Besatzern zu Diensten stehenden französischen Polizei entkommen könnte. Ich schluchzte ein paar Minuten ganz bitterlich, Tschong leckte mir Hände und Gesicht. Schließlich rappelte ich mich wieder auf, nahm den Hund unter den Arm und stieg die drei Stufen der Freitreppe hinauf. Ich klingelte, dachte Odette Lanier zu sehen, das „Dienstmädchen“, das neun Monate zuvor mit dem neuen Sende-Empfangs-Gerät aus London gekommen war; aber es war die Köchin, die mir öffnete.

„Ach da bist du ja. Komm, mein Liebling, komm her . . .“

Sie streckte die Hand aus, um Tschong zu nehmen.

„Ich möchte selbst mit Madame Esterhazy sprechen“, murmelte ich und versuchte wieder zu Atem zu kommen. „Der Hund ist krank. Er erbricht sich ständig. Ich war beim Tierarzt und ..."

„Treten Sie ein, treten Sie ein."

Ich traf Madame Julie mit ihrer Tochter im Salon an. Ich hatte die „Sekretärin" zwei- oder dreimal in Cléry gesehen, sie war ganz offiziell die Geliebte von Oberst Stekker aus dem Stab von Tieles. Eine hübsche Brünette, ihre Augen schienen die unergründliche Tiefe des Blicks ihrer Mutter geerbt zu haben.

„Hermann hat dem General immer mißtraut", sagte sie. „Er fand von Tiele mit seiner unerträglichen Frankophilie und seinen unstatthaften Bemerkungen über den Führer dekadent. Hermann hat laufend Berichte über ihn nach Berlin geschickt. Wenn es stimmt, was die Leute reden, wird er wohl befördert werden."

„Sein Land zu verraten, wie schrecklich!" sagte Madame Julie.

Die beiden Frauen waren allein im Salon. Die Unterhaltung war ganz klar für mich bestimmt. Ich schloß daraus, daß Madame Julie, für die Mißtrauen der Schlüssel des Überlebens war, mich auf diese Weise ermahnen wollte, sehr genau auf meine Worte zu achten. Man konnte nie wissen, wer im Nebenzimmer an der Tür lauschte. Mutter und Tochter schienen übrigens ziemlich beunruhigt zu sein. Ich glaubte sogar zu bemerken, daß Madame Julies Hände leicht zitterten.

„Oh, mein Gott!" sagte sie, lauter sprechend. „Ich sehe, daß ich schon wieder den armen Liebling im Clos Joli vergessen habe. Hier, mein Freund, nehmen Sie ..."

Sie holte ihre Handtasche vom Klavier. Auf dem Klavier standen all die mit Widmungen versehenen Fotos, die ich schon kannte: das von Admiral Horthy war an einer Ecke mit einem schwarzen

Flor umrandet, als Zeichen der Trauer seit der Zeit, als István Horthy, sein Sohn, 1942 an der russischen Front den Tod gefunden hatte.

Sie reichte mir einen Zehnfrancsschein.

„Hier, nehmen Sie das, junger Mann. Und vielen Dank."

„Madame, der Hund ist sehr krank, ich war beim Tierarzt, er hat eine Therapie verschrieben, ich muß mit Ihnen sprechen, es ist sehr dringend ..."

„Gut, es wird Zeit, daß ich wieder ins Büro gehe", sagte die Tochter nervös.

Madame Julie begleitete sie zur Tür. Sie warf einen Blick hinaus, versicherte sich, daß ich nicht „in Begleitung" gekommen war, machte die Tür wieder zu, drehte den Schlüssel im Schloß und kam zurück.

Sie gab mir durch ein Zeichen zu verstehen, daß ich ihr folgen solle.

Wir gingen in das Schlafzimmer hinüber. Sie ließ die Tür weit offen und lauschte aufmerksam jedem noch so kleinen Geräusch. Einmal mehr sagte ich mir, daß wir nicht in dieser Situation wären, wenn das Vorkriegsfrankreich sich ebenso um sein Überleben gekümmert hätte wie diese alte Kupplerin.

„Los, schnell, was gibt es?"

„Von Tiele hat sich umgebracht und ..."

„Ist das alles? Selbstverständlich hat er sich umgebracht. Wenn man sich so blöd anstellt ..."

„Er hat mir Lilas Adresse und Telefonnummer gegeben. Es soll ein ganz sicherer Ort sein ..."

„Gib her."

Sie riß mir den Zettel aus der Hand und warf einen Blick auf die Anschrift.

„Von wegen sicherer Ort! Das ist sein Liebesnest."

Ich bin wahrscheinlich erblaßt, denn sie wurde sanfter.

„Es geht da nicht um deine Kleine. Von Tiele liebte die Frauen. Er hatte sich in Paris eine Junggesellenwohnung eingerichtet. Seine letzte Geliebte war eine Hure aus dem Haus von Fabienne, dem Puff in der Rue de Miromesnil, aber da sie in einem Kloster, im Couvent des Oiseaux, aufgezogen worden ist, hatte sie gute Manieren, und er hat es nicht gemerkt. Du kannst ganz sicher sein, daß die Gestapo den Ort kennt. Sie führen Kartei über das Privatleben aller Generäle, und sie haben von Tiele ununterbrochen beschattet; ich weiß, wovon ich rede. Wenn das Kindchen wirklich dort ist . . .“

„Sie ist verloren“, murmelte ich.

Madame Julie sagte nichts.

„Kann man sie nicht warnen? Da ist doch auch eine Telefonnummer . . .“

„Laß die Witze, du denkst doch wohl nicht, daß ich dich von hier aus telefonieren lasse. Sie notieren in der Zentrale alle angewählten Nummern, Uhrzeit und Nummer des Anrufenden . . .“

„Helfen Sie mir, Madame Julie!“

Sie beugte sich vor, nahm Tschong hoch und drückte ihn, mich feindselig anblickend.

„Das gibt's doch nicht, ich muß irgendwie ein Faible für dich haben. Und das in meinem Alter!“

Sie dachte nach.

„Der einzige Ort, wo du ganz ungestört telefonieren kannst, ist die Gestapo“, sagte sie. „Warte mal. Es gibt noch einen anderen. Die Wohnung von Grübers Stellvertreter Arnoldt.“

„Aber . . .“

„Er wohnt dort mit seinem kleinen Freund . . . Der, von dem ich dir erzählt habe. In Cléry, in der Rue des Champs 14, im zweiten Stock rechts. Sie haben ein eigenes Telefonnetz, da hinterläßt man keine Spuren. Geh hin. Das trifft sich gut. Ich habe vergessen, ihm sein Medikament zu schicken ... Nun ja, wenn ich sage ‚vergessen' ... Er hat mich in letzter Zeit ein bißchen vernachlässigt, der kleine Francis ..."

„Francis?"

„Francis Dupré. Der Name unterscheidet sich so weit wie möglich von Isidore Lefkowitz. Warte ..."

Sie kramte in dem Schubfach einer Kommode und brachte zwei Ampullen.

„Acht Tage ist es jetzt her. Er wird schon die Wände hochgehen, der Unglückliche. Aber das wird ihm eine Lehre sein."

Ich nahm die Ampullen.

„Er ist zuckerkrank. Das ist Insulin."

„Morphium, meinen Sie."

„Was soll's, er stirbt schon fast vier Jahre vor Angst. Er hat sich übrigens nie wohl gefühlt in seiner Haut. Sag ihm, daß ich ihn nicht mehr vergessen werde, es sei denn, er vergißt *mich* wieder mal. Und er soll dich telefonieren lassen."

Sie setzte sich breitbeinig in einen Sessel und nahm Tschong auf ihren Schoß.

„Und gib mir das, was du in deiner Tasche hast, Ludo."

„Was denn?"

„Die Zyankali-Kapsel. Wenn du durchsucht wirst und man findet sie bei dir, ist das geradeso, als würdest du ein Geständnis ablegen. Und du wirst doch wohl nicht Zyankali schlucken, bloß weil du gefilzt werden sollst. Man hat immer eine Chance davonzukommen."

Ich legte meine Zyankali-Kapsel auf den Nachttisch.

Madame Julie sah mit einemmal ganz träumerisch aus.

„Jetzt wird es nicht mehr lange dauern", sagte sie. „Ich schlafe nachts schon nicht mehr vor lauter Ungeduld. Es wäre wirklich zu blöd, sich noch im letzten Moment schnappen zu lassen."

Sie fummelte zerstreut an ihrer goldenen Eidechse herum.

„Wenn es allzu brenzlig wird, verdufte ich von hier, ich hau mir einen gelben Stern an die richtige Stelle und werde bei den Deutschen vorstellig, in Nizza oder Cannes. Ich laß mich schnell noch deportieren, ein paar Monate halt ich das durch, und dann werden die Amerikaner schon landen. Wie in den Indianerfilmen, weißt du, wenn zu guter Letzt doch immer noch die Kavallerie eintrifft."

Sie kicherte.

„Yankee-doodle-doodle-dandy ...", sang sie vor sich hin. „Oder so ähnlich jedenfalls. Die Deutschen glauben das selber schon. Angeblich soll die Landung im Pas-de-Calais stattfinden. Ich würde ganz gern noch dasein, um das zu erleben. Wenn sie dich also schnappen sollten ..."

„Da können Sie ganz ruhig sein, Madame Julie. Ich lasse mich lieber zu Tode foltern, als ..."

„Das glaubt man immer. Na, wir werden ja sehen. Geh!"

Ich brauchte eine Dreiviertelstunde bis zur Rue des Champs 14. Ich stellte mein Fahrrad etwa hundert Meter von dort entfernt ab und stieg in den zweiten Stock hoch. Ich war so aufgeregt, daß ich zum ersten Mal im Leben eine Gedächtnislücke hatte: ich erinnerte mich nicht mehr, ob es links oder rechts sein sollte. Ich mußte mir die ganze Unterhaltung mit Madame Julie ins Gedächtnis zurückrufen, um die Worte „im zweiten Stock rechts" wiederzufinden. Ich klingelte.

Ein schmächtiger junger Mann, der ganz gut aussah, so ein Tangotänzer-Typ, aber von fahlem

Teint und mit Ringen unter großen ängstlichen Augen, öffnete mir. Er war im Pyjama und trug eine Kette mit einem kleinen Kreuz um den Hals.

„Monsieur Francis Dupré?"

„Das bin ich. Was wollen Sie?"

„Die Gräfin Esterhazy schickt mich. Ich bringe Ihnen Ihre Medikamente."

Er taute auf.

„Endlich ... Seit mindestens einer Woche ... Sie hat mich vergessen, diese Schlampe. Geben Sie her ..."

„Madame ... ich meine, die Gräfin Esterhazy hat mich gebeten, von hier aus nach Paris zu telefonieren."

„Gehen Sie, gehen Sie ... Das Telefon steht da hinten im Schlafzimmer ... Geben Sie her ..."

„Ich spreche nicht Deutsch, Monsieur. Sie müssen den Anschluß verlangen ..."

Er stürzte zum Telefon, verlangte den Anschluß und gab mir den Hörer. Ich händigte ihm die beiden Morphium-Ampullen aus, er rannte ins Bad und schloß sich ein.

Eine Minute später hörte ich Lilas Stimme am anderen Ende der Leitung.

„Hallo?"

„Ich bin's ..."

„Ludo! Aber wie ..."

„Bleib nicht, wo du bist. Geh sofort weg von da."

„Warum? Was ist denn los? Georg hat mir gesagt ..."

Ich konnte kaum sprechen.

„Geh sofort los ... Der Ort ist enttarnt ... Sie werden jeden Moment dasein ..."

„Aber wo soll ich denn hin? Zu meinen Eltern?"

„Nein, nein, bloß nicht ... Warte ..."

Zig Namen und Anschriften von Freunden schossen mir durch den Kopf. Aber ich wußte, kein einziger würde eine Unbekannte ohne ein vereinbartes Losungswort unterbringen. Und Lila wurde vielleicht schon überwacht. Ich wählte die am wenigsten gefährliche Lösungsvariante.

„Hast du Geld?"

„Ja, Georg hat mir welches gegeben."

„Du gehst sofort los und läßt alle deine Sachen da, ohne auch nur eine Sekunde zu zögern, du nimmst dir ein Zimmer im Hôtel de l'Europe, in der Rue Rollin 14, das ist neben der Place de la Contrescarpe. Ich werde heute abend jemanden zu dir schicken, er wird nach Albertine fragen, und du wirst ihm seinen Namen nennen: Rodrigue. Wiederhole."

„Albertine, Rodrigue. Aber ich kann doch nicht einfach so weggehen, ich habe hier alle meine Kunstbände . . ."

Ich brüllte wütend:

„Du läßt alles stehen und liegen und gehst! Wiederhole."

„Rodrigue, Albertine. Ludo . . ."

„Geh los!"

„Es wäre mir beinahe gelungen . . ."

„Geh!"

„Ich liebe dich."

Ich hängte auf.

Ich war physisch und psychisch am Ende und ließ mich auf das ungemachte Bett fallen. Ich hatte mich kaum hingelegt, da kam Francis Dupré aus dem Bad. Ich hätte nicht gedacht, daß ein Mensch sich in ein paar Minuten so verändern kann. Er strahlte Glück und Heiterkeit aus. Jede Spur von Angst und Schrecken war aus seinen Augen mit den schmachtenden Wimpern verschwunden. Er setzte sich freundlich und lächelnd mir zu Füßen auf das Bett.

„Na, junger Mann, wie geht's?"

„Es geht so."
„Diese Esterhazy ist ein tolles Weib."
„Das ist wahr. Eine tolle Frau."
„Sie war immer wie eine richtige Mutter zu mir. Ich bin zuckerkrank, wissen Sie, und ohne Insulin ..."
„Ich verstehe."
„Und Insulin ist ja nicht gleich Insulin. Was sie mir besorgt, ist immer von ausgezeichneter Qualität. Wie wär's mit einem Glas Champagner?"
Ich stand auf.
„Entschuldigen Sie mich, ich habe es eilig."
„Schade", sagte er. „Sie sind mir sehr sympathisch. Ich würde mich freuen, Sie wiederzusehen. Bis bald."
„Bis bald."
„Und sagen Sie ihr vor allem, daß sie mich nicht vergessen soll. Ich brauche das regelmäßig alle drei Tage."
„Ich werde es ihr sagen. Aber irgendwie hatte ich den Eindruck, daß auch Sie sie ein wenig haben hängenlassen ..."
Er lachte kurz auf.
„Das ist wahr, das ist wahr. Ich will es nicht wieder tun. Ich werde häufiger von mir hören lassen."
Ich fand mich im Treppenhaus wieder.
Ich brauchte mehrere Stunden, bevor es mir gelang, Kontakt zu „Rodrigue" in Paris herzustellen, ihn zu bitten, sich in das Hôtel de l'Europe in die Rue Rollin 14 zu begeben und nach Albertine zu fragen.
Die Antwort erreichte uns am folgenden Abend. Es gab keine Albertine im Hôtel de l'Europe. Am Sonnabend und am Sonntag wählte unser Kamerad Lalande den ganzen Tag die Nummer an, die von Tiele mir gegeben hatte. Es meldete sich niemand.
Lila war verschwunden.

XLII

Ich konnte mehrere Tage lang nicht nach Vieille-Source gehen. In der ganzen Gegend herrschte völliges Durcheinander: Tausende von Soldaten durchstreiften das Gelände auf der Suche nach dem eidbrüchigen Offizier. Ich verlor auch viel Zeit mit fieberhaften und ergebnislosen Aktivitäten, um Lilas Spur wiederzufinden. Kameraden wagten es, in die Rue de Chazelle zu gehen und Nachbarn zu befragen. Ihnen wurde die Tür vor der Nase zugeworfen. Lediglich ein Bistrot-Besitzer erinnerte sich, daß gegenüber, Hausnummer 67, ein Polizeibus vorgefahren war, aber sie schienen niemanden gefunden zu haben und waren wieder weggefahren. In den Papieren von Duprat fand ich noch die Pariser Adresse der Bronickis, die Lila ihm wohl gegeben hatte: sie waren ebenfalls verschwunden.

Ich redete mir schließlich ein, daß die ganze Familie es noch geschafft haben mußte, zu sicheren Freunden aufs Land zu fliehen. Denn es mangelte den Bronickis ja nicht an Beziehungen zum französischen Adel, und zu einem Zeitpunkt, wo der Vichy-Rundfunk unablässig versicherte, daß „die Angelsachsen, wenn sie eine Landung wagen sollten, umgehend ins Meer zurückgetrieben würden", begannen die Widerstandskämpfer der letzten Stunde sich sogar unter denen zu manifestieren, die sich bis dahin vorsichtig abseits gehalten hatten.

Ich beruhigte mich also ein bißchen. Wenn Lila etwas zugestoßen wäre, wäre die Gestapo von Cléry als erste darüber informiert gewesen und „Francis Dupré“ hätte es nicht versäumt, die „Gräfin“, die – wie er mir erklärt hatte – „immer wie eine Mutter zu mir gewesen ist“, zu warnen. Ich hatte aber die Esterhazy ins Clos Joli Einzug halten sehen – hochmütig, grau gekleidet, war sie an mir vorbeigegangen, ohne mich eines Blickes zu würdigen, und sie hatte nicht einmal ihren Pekinesen dabei. Sie hatte mir nichts zu sagen; es gab nichts Neues.

Mit jedem Tag, der verging, wuchs in mir die Gewißheit, daß Lila in Sicherheit war. Ob diese Überzeugung ganz aufrichtig war oder nicht, weiß ich nicht: was zählte, war, daß sie mich vorm Verzweifeln bewahrte. Ich mußte mich jetzt um Hans kümmern, mußte erst einmal ein sicheres Versteck für ihn finden und dann versuchen, seine Überführung nach Spanien mit einem der nächsten Transporte zu organisieren. Ich begab mich zu Soubabère. Ich traf „Hercule“ in furchtbar schlechter Laune an.

„Noch nie haben die Fritzen so verbissen überall ihre Nase reingesteckt. Wir werden uns nicht regen können, bevor sie nicht diesen Kerl gefunden haben. Wenn das so weitergeht, droht uns eine echte Katastrophe. Sie sind schon auf zwei Waffenverstecke in Verrières gestoßen und haben einen der Brüder Solié sowie deren Schwester eingesperrt. Uns hilft jetzt nur noch eins: diesen Fritzen finden und ihn an sie ausliefern.“

Mir blieb die Sprache weg.

„Das kannst du doch nicht machen, Souba.“

„Und warum nicht?“

„Er ist doch auch ein Widerstandskämpfer. Sie haben versucht, Hitler zu töten . . .“

Er zog die Brauen hoch, sehr hoch:

„Ja, nach Stalingrad. Und du kannst sicher sein, daß sie es noch mal versuchen werden. Die Generäle haben begriffen, daß es aus ist, und jetzt wollen sie ihren Kopf aus der Schlinge ziehen. Ich werd dir was sagen, Fleury: ein Glück, daß ihr Coup mißlungen ist. Denn wenn sie Erfolg gehabt hätten oder beim nächsten Mal haben, werden die Amerikaner mit ihnen verhandeln, um die deutsche Armee gegen die Russen zu benutzen, glaub mir das ..."

„Du wirst doch wohl nicht die Arbeit für die Gestapo erledigen?"

„Hör zu, Kleiner. Ich habe vier Waffenverstecke zu schützen. Eine Druckerpresse. Fünf Sender. Und solange die Boches weiter Tag und Nacht das Gelände durchforsten, kann keine einzige Fallschirmsendung in Empfang genommen werden. Dieser Kerl da hat alles durcheinandergebracht. Die Frage, die jetzt also steht, ist: er oder wir? Ich habe Befehle erteilt. Damit wir ihn finden. Du solltest dich auch dranmachen. Keiner kennt sich in der Gegend so gut aus wie du."

Ich erwiderte nichts und ging. Ich versuchte, ein bißchen zu arbeiten, und wollte einen Drachen zusammenbasteln, schaffte aber nicht einmal, mir eine Gestalt für ihn auszudenken. Blaues Papier in Händen, blieb ich einfach so sitzen. Souba hatte recht. Solange die Gestapo Hans nicht gefunden hatte, würde die ganze Tätigkeit der Résistance unterbrochen sein. Und nicht weniger gewiß war, daß ich ihn nicht verraten konnte. Um elf Uhr früh klopfte es an die Tür, und Souba trat mit Machaud und Rodier ein.

„Sie machen überall Durchsuchungen. Wir sind zum Stillhalten verurteilt. Wo hast du ihn hingesteckt, deinen Freund aus der Kindheit? Er hat ja doch immer seine Ferien hier verbracht, dieser Hans von Schwede, und ihr sollt angeblich Freunde gewesen sein. Also, wirst du nun bald mal reden?“

„Die Wanne ist da hinten, Souba. Ich weiß nicht, ob ich reden werde oder nicht, ich habe mich das in bezug auf die Folter immer gefragt.“

„Du wirst doch wegen eines deutschen Offiziers nicht alles zum Teufel gehen lassen, gottverdammt!“

„Nein, gebt mir zwölf Stunden Zeit.“

„Nicht eine einzige mehr.“

Ich wartete nicht erst die Nacht ab, ich zog es vor, mich bei Tage nach Vieille-Source zu begeben, um ganz sicherzugehen, daß keiner meiner Kameraden mir folgte. Ich hatte Zivilkleidung für Hans mitgenommen, aber er brauchte sie nicht mehr. Er saß in Hemdsärmeln auf einem Stein und las. Wer weiß, wo er das Buch herhatte. Dann erinnerte ich mich, daß er immer eines in seiner Tasche bei sich trug, immer dasselbe: Heine.

Ich setzte mich neben ihn. Ich muß wohl ein schreckliches Gesicht gemacht haben, denn er lächelte, blätterte eine Seite um und las:

„Ich weiß nicht, was soll es bedeuten,
Daß ich so traurig bin;
Ein Märchen aus alten Zeiten,
Das kommt mir nicht aus dem Sinn.“

Und lachend fügte er hinzu:

„Egal, wie es übersetzt ist, aber es gibt etwas Entsprechendes bei Verlaine:

Je me souviens
Des jours anciens
Et je pleure . . .“

Er legte das Buch neben sich.

„Na gut, und was ist nun?"

Bisweilen kurz nickend, hörte er mir aufmerksam zu.

„Sie haben recht. Sag ihnen, daß ich sie vollkommen verstehe."

Er stand auf. Ich wußte, daß ich ihn zum letzten Mal sah. Und daß ich niemals dieses Sommerlicht vergessen würde, das das Gesicht meines „Feindes" umspielte. Verfluchtes Gedächtnis. Es war einer der schönsten Frühlingstage, von einer Heiterkeit und Sanftheit, die die Natur durchaus zu einer feindlichen Macht werden ließen.

„Bitte deine Freunde, mich möglichst noch vor Anbruch der Dunkelheit hier abzuholen. Wegen ... der Hygiene. Es gibt hier viel Ungeziefer."

Er schwieg und wartete; zum ersten Mal sah ich in seinem Blick eine Spur von Beklommenheit. Er wagte nicht einmal, die Frage zu formulieren.

Ich weiß nicht, ob ich ihn belog oder ob ich mir selbst etwas vormachte, als ich sagte:

„Sie ist jetzt sicher schon in Spanien. Du kannst ganz ruhig sein."

Sein Gesicht hellte sich auf.

„Uff", stieß er aus. „Das ist nun endlich mal eine echte Sorge weniger."

Ich habe ihn verlassen, und wir sind bis zum Schluß unserer Kindheit treu geblieben: wir haben uns nicht die Hand gegeben.

Tags darauf brachte mir Souba das Heine-Buch und das Medaillon mit Lilas Foto. Den Rest lieferten sie bei der Polizei ab und erklärten, der Maheu-Sohn sei in einer Schlucht nahe Vieille-Source beim Maiglöckchen-Pflücken über den Leichnam gestolpert.

XLIII

Es war auch Souba, der mir bald Nachricht von meinem Onkel gab. Eines Sonntags kam er mich in seiner Kluft, die er selbst als unvorsichtig bezeichnete, besuchen: er träumte von einer Uniform, von einer richtigen französischen Uniform „über Tage", denn er war Reserveoffizier, woran er uns ständig und unermüdlich erinnerte, ohne allerdings den Dienstgrad genau anzugeben, wohl um sich für die Zukunft Tressen nach seinem Belieben vorzubehalten. Mit Baskenmütze, Stiefeln, Reithosen und khakifarbener Bundjacke, dick und mit mürrischem Gesicht wie immer – die Wut, die er bei der Kapitulation empfunden hatte, schien seine Gesichtszüge auf immer und ewig mit einem wütenden Ausdruck gezeichnet zu haben –, setzte sich Souba schwerfällig auf einen Hocker und erklärte mir überleitungslos in schroffem Ton:

„Er ist in Buchenwald."

Ich wußte zu jener Zeit äußerst wenig über die Todeslager. Der Begriff „Deportation" hatte in meinem Kopf noch nicht sein volles Schreckensgewicht angenommen. Aber ich glaubte meinen Onkel unbehelligt in den Cevennen, und die Nachricht war ein solcher Schock für mich, daß Souba mir einen Blick zuwarf und aufstand; ich fand mich mit einer Flasche Calva und einem Glas in Händen wieder.

„Na los, komm wieder zu dir."

„Aber was hat er denn getan?"

„Irgendeine Sache mit Juden", grummelte Souba finster, „mit jüdischen Kindern, soweit ich verstanden habe. Ein ganzes Dorf in den Cevennen soll da mitmachen. Ich erinnere mich nicht mehr an den Namen. Ein Hugenottendorf. Zu ihrer Zeit sind diese Leute sehr verfolgt worden, also haben sie alle den Kindern geholfen und tun es, wie ich gehört habe, noch immer. Na, und selbstverständlich hat sich Ambroise Fleury – es geht ja um Kinder, ob jüdische oder nicht – sofort da reingehängt mit seinen Drachen und alledem."

„Alledem."

„Ja, alledem."

Er griff sich an den Kopf.

„Na gut, wir haben ja im Moment alle einen Spleen. Man muß verrückt sein, um sein Leben für die anderen aufs Spiel zu setzen, wir werden nämlich vielleicht nicht mehr dasein, um das befreite Frankreich zu erleben. Nur daß es bei mir nicht im Kopf sitzt . . ."

Er faßte sich auf den Bauch.

„Es sitzt in den Eingeweiden. Also kann ich nicht anders. Wenn es im Kopf wäre, würde ich schon irgendwie zurechtkommen, wie Duprat. Also, sie haben ihn deportiert. Er hat sich zwischen Lyon und der Schweizer Grenze schnappen lassen."

„Mit Kindern?"

„Das weiß ich verfluchtnochmal nicht. Wegen der Einzelheiten werde ich dich mit jemandem bekannt machen, der von dort kommt. Los, steh auf, ich bring dich hin."

Ich radelte auf meinem Fahrrad hinter ihm her und weinte durch die Nase. Die Tränen bahnen sich immer ihren Weg, es nutzt gar nichts, sie zurückhalten zu wollen.

Im Normand in Clos stellte er mich Monsieur

Terrier vor, der während eines Bombardements hatte fliehen können, nachdem er die Uniform eines getöteten deutschen Soldaten angezogen hatte und dank, so teilte er mir mit, „meiner perfekten Beherrschung der Sprache Goethes, die ich am Lycée Henri-IV gelehrt habe". Nachdem er mir das, was er seltsamerweise „das Lagerleben" nannte, beschrieben hatte, sagte er, daß mein Onkel sich auch unter den schlimmsten Prüfungen niemals zu Verzweiflung habe hinreißen lassen.

„Man muß zugeben, daß er am Anfang Glück gehabt hat . . ."

„Was für ein Glück, Monsieur?" brüllte ich.

Monsieur Terrier erklärte mir, worin das Glück meines Onkels bestanden hatte. Es traf sich, daß einer der Aufseher des Lagers mit den Besatzungstruppen ein Jahr in der Gegend von Cléry verbracht hatte und sich an die Drachen Ambroise Fleurys erinnerte, die die Deutschen bewundern kamen und die sie häufig kauften, um sie ihren Familien zu schicken. Der Lagerkommandant hatte die Idee, die Tätigkeit des Gefangenen zu nutzen, und versorgte ihn mit den nötigen Materialien. Man befahl meinem Onkel, sich an die Arbeit zu machen. Anfangs nahmen die SS-Leute die fertigen Stücke mit, um sie ihren Kindern oder den Kindern ihrer Freunde zu schenken. Und dann hatten sie den Einfall, Handel damit zu treiben. Mein Onkel bekam nach und nach eine ganze Mannschaft von Helfern. Und so konnte man über dem Lager der Schande Drachen in lustigen Farben flattern sehen, die die unerschütterliche Hoffnung und Zuversicht Ambroise Fleurys zu verkünden schienen. Monsieur Terrier sagte mir, daß mein Onkel aus dem Gedächtnis arbeitete, daß es ihm jedoch gelungen sei, einigen seiner Werke die Züge von Rabelais und von Montaigne zu geben, die er so oft angefertigt hatte. Am gefragtesten aber waren die Stücke, die so naiv gestaltet waren wie Kinderbuchillustrationen, und die Nazis besorgten meinem Onkel sogar eine ganze Kollektion von Kinder- und Märchenbüchern, um seiner Phantasie auf die Sprünge zu helfen.

„Wir mochten ihn sehr, den alten Ambroise", sagte Monsieur Terrier. „Natürlich war er ein bißchen sonderbar, um nicht zu sagen: ein bißchen verrückt, denn anders hätte er – in seinem Alter und derart unterernährt, wie wir alle waren – seinen Viechern nicht so unbekümmerte und lustige Formen, Farben und Physiognomien geben können. Er war ein Mann, der nicht zu verzweifeln wußte, und diejenigen unter uns, die keine andere Erlösung als den Tod erwarteten, fühlten sich durch eine derartige Seelenstärke beschämt und geradezu herausgefordert. Immer werde ich das Bild in mir bewahren, wie dieser Unbeugsame in unserer gestreiften Häftlingskleidung, umgeben von ein paar menschlichen Wracks, die nur durch etwas völlig außerhalb jeder Körperlichkeit Liegendes am Leben gehalten wurden, mittels seiner Strippe ein Schiff mit zwölf weißen Segeln lenkte, die über den Krematoriumsöfen und über den Köpfen unserer Peiniger flatterten. Manchmal riß sich ein Drachen los, flog zum Horizont, und wir folgten ihm hoffnungsvoll mit den Augen. Während dieser Monate muß Ihr Onkel wohl dreihundert Drachen gebastelt haben, wobei er seine Themen, wie gesagt, vor allem aus den Kindermärchen schöpfte, die der Lagerkommandant ihm gegeben hatte und die sehr beliebt waren. Und dann wendete sich das Blatt zum Schlechten. Sie haben sicher noch nicht von den Lampenschirmen aus Menschenhaut gehört, das kommt noch. Kurzum, Ilse Koch, diese üble Kreatur, die im Frauenlager

Aufseherin war, ließ sich Lampenschirme aus der Haut toter Gefangener anfertigen. Nein, machen Sie nicht so ein Gesicht: das beweist *gar nichts*. Und wird nie etwas beweisen, wie zahlreich die Belege auch sein mögen. Immer wird ein Jean Moulin oder ein Estienne d'Orves ausreichen, um der Verteidigung wieder das Recht auf Anhörung einräumen zu müssen. Ilse Koch also kam auf eine Idee: sie forderte Ambroise Fleury auf, ihr einen Drachen aus Menschenhaut zu fertigen. Jawohl. Sie hatte eine mit schönen Tätowierungen gefunden. Ambroise Fleury lehnte selbstverständlich ab. Ilse Koch sah ihn einen Augenblick starr an und sagte: ‚Überleg es dir gut.' Sie entfernte sich mit ihrer berüchtigten Reitpeitsche, und Ihr Onkel verfolgte sie mit dem Blick. Ich glaube, diese Feindin hatte begriffen, was die Drachen bedeuteten, und hatte beschlossen, den Geist dieses Franzosen zu brechen, der nicht zu verzweifeln wußte. Die ganze Nacht lang haben wir versucht, Ambroise zu überzeugen: eine Haut mehr oder weniger, so genau nahmen wir es nicht mehr. Der arme Kerl steckte so oder so nicht mehr drin. Es war nichts zu machen. ‚Das kann ich ihnen nicht antun', sagte er immer wieder. Er hat uns nicht genau gesagt, wem er ‚das nicht antun konnte', aber wir verstanden ihn schon. Ich weiß nicht, was die Drachen für ihn darstellten. Vielleicht irgendeine unbesiegbare Hoffnung."

Monsieur Terrier verstummte, etwas verlegen. Souba stand urplötzlich auf und ging den Fall mit dem Chef an der Theke bereden. Ich begriff jetzt.

„Sie haben ihn getötet."

„Oh, nein, nein, in dieser Hinsicht kann ich Sie beruhigen", beeilte sich Monsieur Terrier, mich zu trösten. „Sie haben ihn einfach nur in ein anderes Lager überführt."

„Wohin denn?“

„Nach Oświęcim, in Polen.“

Damals wußte ich nicht, daß Oświęcim in der ganzen Welt später unter einem – wie es sich gehört – deutschen Namen bekannter werden sollte: Auschwitz.

XLIV

Seit mehr als zwei Monaten teilt nun Lila wieder mein Untergrundleben mit mir. Ich schlafe so wenig – und zwar freiwillig, weil dieser Zustand nervlicher Belastung günstig ist für ihre Anwesenheit –, daß es mir gelingt, sie fast jede Nacht kommen zu lassen.

„Du hast mich gerade noch zur rechten Zeit gewarnt, Ludo. Ein Glück, daß Georg uns Papiere besorgt hatte. So konnten wir, meine Eltern und ich, fliehen, erst nach Spanien, dann nach Portugal . . .“

Zwei- oder dreimal wöchentlich gehe ich in die Gemeindebibliothek von Cléry, um ihr noch näher zu sein; über den Atlas gebeugt, den Finger auf der Landkarte, leiste ich ihr Gesellschaft in Estoril und in der Provinz Algaro, die berühmt ist für ihre Korkeichen.

„Du müßtest herkommen, Ludo. Es ist ein sehr schönes Land.“

„Schreib mir. Du sprichst mit mir, beruhigst mich, aber wenn du mich verläßt, gibst du mir kein einziges Lebenszeichen. Du machst doch hoffentlich keine Dummheiten?“

„Was für Dummheiten? Ich mache so viele!“

„Du weißt schon . . . *Ich mußte erst einmal überleben, die Meinen retten . . .*“

Ihre Stimme wird streng.

„Siehst du, du denkst immerzu daran. Im Grunde hast du mir nie verziehen . . .“

„Das stimmt nicht. Wenn ich nicht will, daß dir das noch mal passiert, dann deshalb ..."

Die Stimme wird spöttisch.

„... dann deshalb, weil du Angst hast, daß es mir zur Gewohnheit wird ..."

„Nicht Gewohnheit. Verzweiflung ..."

„Du würdest dich meiner schämen."

„Oh, nein! Es kommt vor, daß ich mich schäme, ein Mensch zu sein, die gleichen Hände zu haben, den gleichen Kopf wie sie ..."

„Wer, sie? Die Deutschen?"

„Sie. Wir. Man muß viel Vertrauen in die Drachen meines Onkels Ambroise haben, um einem Menschen, wer immer es sein mag, in die Augen zu sehen und sich zu sagen: Er ist unschuldig; nicht er hat Jombey zu Tode gefoltert, nicht er hat letzte Woche das Hinrichtungskommando befehligt, als sechs ‚kommunistische' Geiseln unter dem Kugelhagel fielen ..."

Die Stimme kommt von weither.

„Was willst du, man muß erst einmal überleben, die Seinen retten ... Verstehst du, Ludo? Verstehst du?"

Ich stehe auf, ich nehme die Taschenlampe, ich überquere den Hof und gehe in das Atelier. Alle sind sie da, es sind immer dieselben, aber man muß sie doch immer aufs neue zusammenbasteln. Ich mußte wohl an die zwanzig Mal sowohl JEAN-JACQUES ROUSSEAU als auch MONTAIGNE wieder zusammenfügen, und sogar DON QUICHOTE, diesen großen verkannten Realisten, der ja so recht hatte, als er um sich herum, in der scheinbar vertrauten und friedlichen Welt, abscheuliche Drachen sah, Ungeheuer, die so gut gelernt hatten, den Menschen Sand in die Augen zu streuen und sich hinter der äußeren Erscheinung rechtschaffener Leute zu verstecken, „die unfähig sind, einer Fliege etwas zuleide zu tun". Die Zahl der „Fliegen", die dieses beschwichtigende Klischee mit ihren ausgerissenen Flügeln haben bezahlen müssen, dürfte sich seit den Anfängen der Menschheit nach Hunderten von Millionen beziffern.

Schon seit langem hat jede Spur von Haß auf die Deutschen mich verlassen. Und wenn der Nazismus keine unmenschliche Ungeheuerlichkeit wäre? Wenn er *menschlich* wäre? Wenn er ein Geständnis wäre, eine verborgene, verdrängte, versteckte, geleugnete Wahrheit, die auf dem Grunde unseres Selbst hockt, aber doch immer wieder emportaucht? Die Deutschen, natürlich, ja, die Deutschen . . . Diesmal sind sie in der Geschichte an der Reihe, das ist alles. Nach dem Krieg, wenn Deutschland erst einmal besiegt und der Nazismus verschwunden oder verborgen sein wird, werden wir ja sehen, ob nicht andere Völker in Europa, in Asien, in Afrika, in Amerika an seine Stelle treten. Ein aus London kommender Kamerad hatte uns ein Bändchen mit Gedichten eines französischen Diplomaten, Louis Roché, mitgebracht. Er sprach von der Nachkriegszeit. Zwei Verse sind für immer in meinem Gedächtnis aufbewahrt:

Il y aura de grands massacres.
*C'est ta mère qui te le dit.**

Ich knipste meine Taschenlampe an. Die Drachen sind noch da, aber noch besteht das Verbot, sie fliegen zu lassen. Bis auf Mannshöhe, besagt die Vorschrift, nicht höher. Die Behörden fürchten diese Zeichen am Himmel, hinter denen sich Codes, Botschaften, Orientierungspunkte oder Warnsignale für die Widerstandskämpfer verber-

* (franz.) Es wird große Massaker geben. Das ist so sicher wie das Amen in der Kirche.

gen könnten. Die Kinder dürfen sie gerade mal an der Strippe hinter sich herziehen. Aufsteigen verboten. Es schmerzt zu sehen, wie unser JEAN-JACQUES ROUSSEAU oder unser MONTAIGNE sich zu ebener Erde entlangschleppen; es ist hart, sie kriechen zu sehen. Eines Tages werden sie wieder frei und ungehindert sehr hoch in den Himmel steigen und zur Jagd nach dem Blau aufbrechen dürfen. Sie werden uns dann wieder Selbstvertrauen geben können und uns von neuem irreführen dürfen. Vielleicht haben die Drachen keine andere wirkliche Daseinsberechtigung als diese: schönzutun.

Ich fing mich immer wieder. Das war ganz einfach eine Frage des Selbsterhaltungstriebs: Ob der Wahnsinn der Fleurys nur darin bestand oder ob es wirklich heiliger Wahnsinn war – unwichtig. Was zählte, war das Handeln aus Überzeugung. Es gibt keinen anderen Schlüssel zum Überleben. „Verstehst du, Ludo? Verstehst du?“ Ich wischte mir die Augen trocken und machte weiter.

Es kamen noch manchmal ein paar Kinder, um mir zu helfen, ohne Wissen ihrer Eltern, denn La Motte lag fünf Kilometer von Cléry entfernt, und man mußte die Schuhe schonen. Wir fertigten unsere Drachen an und legten sie für die Zukunft beiseite.

Und dann erhielt ich eines Morgens eine Nachricht von der Esterhazy. Sie kam weiterhin regelmäßig ins Clos Joli, trotz des bitteren Verlustes, den sie zu betrauern hatte: Tschong war tot. Sie selbst hatte mir mit noch immer geröteten Augen davon Mitteilung gemacht.

„Ich werde mir einen Teckel kaufen“, schloß sie, in ihr Taschentuch schneuzend. „Man darf sich nicht gehenlassen.“

Wir schrieben den 12. Mai 1944. Zur Mittagszeit

öffnete sich die Tür meines Büros, und ich sah den Kopf Francis Duprés auftauchen. Mit seinen ausgestopften Schultern, seinen pomadisierten Haaren, den übernatürlich langen Wimpern und seinen großen sanften Augen sah er aus wie geradewegs dem Film „Naples-au-baiser-de-feu“ entstiegen und hatte zweifellos eine ziemliche Dosis seines „Medikaments“ in den Venen, denn er war sehr gut in Form. Madame Julie hütete sich offenbar, ihn in diesen immer gefährlicher werdenden Zeiten, wo die Gestapo sichtlich überreizt war, „zu vergessen“; die „Gräfin“ brauchte ihren „hundertprozentig arischen“ Freund wie nie zuvor, und dieser konnte sich auch nicht erlauben, sie zu vergessen. Es fiel schwer, sich eine noch absolutere – und tragischere – gegenseitige Abhängigkeit vorzustellen.

„Wie geht's, junger Mann?“

Er setzte sich auf meinen Schreibtisch.

„Sie sollten vorsichtig sein, mein Freund. Neulich habe ich eine kleine Liste mit Namen gesehen. Manche davon waren mit einem Kreuz gekennzeichnet, aber hinter Ihrem stand nur ein Fragezeichen. Also, sehen Sie sich vor.“

Ich sagte nichts. Er schlenkerte mit dem Bein.

„Ich selbst bin auch ziemlich beunruhigt. Mein Freund, Major Arnoldt, rechnet jeden Moment damit, nach Deutschland versetzt zu werden. Ich weiß gar nicht, was ohne ihn aus mir werden soll.“

„Na, Sie können doch mit ihm nach Deutschland gehen.“

„Ich wüßte nicht, wie.“

„Er wird schon Mittel und Wege finden.“

Ich hätte mich nicht zu einer solchen Gemeinheit hinreißen lassen sollen, denn Isidore Lefkowitz wurde ganz blaß.

„Entschuldigen Sie bitte, Monsieur Dupré.“

„Macht nichts. Ich wußte nicht, daß sie Sie informiert hatte."

„Ich bin über gar nichts informiert. Und was dieses Fragezeichen hinter meinem Namen betrifft ... Ich hab mir nichts vorzuwerfen."

„Das hängt ganz davon ab, auf welchen Standpunkt man sich stellt in bezug auf die Vorstellung, die man von einer Sache hat ..."

Ich setzte den Satz fort:

„... denn auch der scharfsinnigste und umsichtigste Mensch unterliegt nichtsdestoweniger einer Summe von Zwängen, die in diesem Zusammenhang wenn auch nicht wesentlich, so doch durchaus von Bedeutung sind."

Wir fingen an zu lachen. Das war ein absurdes Rhetorik-Spielchen, das alle Gymnasiasten kannten.

„Janson-de-Sailly, Tertia", murmelte er. „Mein Gott, wie weit das jetzt alles zurückzuliegen scheint!"

Mit leiserer Stimme sagte er:

„Sie will Sie sehen. Heute nachmittag um drei Uhr vor dem Sommersitz Les Jars."

„Warum am Sommersitz? Warum nicht bei sich zu Hause?"

„Sie muß Einkäufe machen, und da liegt es auf dem Weg. Und außerdem ..."

Er besah seine manikürten Fingernägel.

„... Ich weiß nicht, welcher Teufel ihn geritten hat, aber der gute Grüber ist völlig aus dem Häuschen. Stellen Sie sich vor, vorgestern hat er es gewagt, die Villa der Gräfin durchsuchen zu lassen."

„Nein!" stieß ich aus. Das Herz klopfte mir im Halse.

Ich dachte an das „Dienstmädchen" Odette Lanier und an unser Sende-Empfangs-Gerät.

„Unerhört, nicht wahr? Reine Routine, selbstverständlich. Ich hatte sie übrigens gewarnt. Die Zeiten werden sichtlich schlechter. Man spricht sogar von einer nahe bevorstehenden Truppenlandung ... Mein Freund Franz ... Major Arnoldt, ist sehr beunruhigt. Die Anglo-Amerikaner werden natürlich – sollten sie es wagen – ins Meer zurückgetrieben. Jedenfalls ist das zu hoffen."

„Der Mensch lebt von Hoffnung."

Wir wechselten einen langen Blick, und dann ging er.

Es war halb zwei. Ich hielt es nicht aus und war eine Stunde zu früh am Sommersitz. Die Trümmer dessen, was einmal das normannische „Türkenstück" der Bronickis gewesen, waren von Gräsern überwuchert und hatten ein seltsam vorherbedachtes Aussehen angenommen, wie von einem umsichtigen künstlerischen Willen in wohldurchdachter Verlassenheit angelegt.

Ich wußte zwar, daß wir aus Mangel an Benzin wieder zu den Zeiten der Equipagen zurückgekehrt waren, aber ich war doch verblüfft, als ich Julie Espinoza in einem gelben Phaeton, hinter einem Kutscher mit blauer Livrée und Zylinder sitzend, ankommen sah. Majestätisch entstieg sie dem Wagen – unter einer vielstöckigen roten Perücke, die Büste als Bug und den Hintern als Heck herausgereckt, in einem Korsettkleid, wie man es nur noch auf Postkarten der Belle Epoque zu sehen bekam. Ihre virilen Gesichtszüge waren von noch entschlossenerem Ausdruck als gewöhnlich. Zusammen mit einem blauen Gauloises-Päckchen in der Hand und einem Zigarettenstummel im Mundwinkel ergab das eine erstaunliche Mischung aus der „Goulue" von Toulouse-Lautrec, vornehmer Dame und Feuerwehrmann. Ich konnte sie nur verblüfft anstarren, und sie erklärte in wütendem Ton, was bei ihr immer ein Zeichen von Nervosität war:

„Ich gebe eine *garden party* im Stile von 1900. Ich glaube, daß dieser Dreckskerl Grüber anfängt, mir zu mißtrauen, und in solchen Fällen muß man sich auffällig benehmen. Ich weiß nicht, was los ist – ein *Kriegsspiel*, laut den Ordonnanzen –, aber alle hohen Tiere der Wehrmacht aus dem ganzen Umkreis haben sich hier eingefunden. Sie sitzen seit gestern im Hôtel des Cerfs zusammen. Ich bin ganz frech hingegangen und habe sie alle eingeladen. Von Kluge ist da und Rommel auch. Von Kluge war in jungen Jahren Militärattaché in Budapest, und er hat meinen Mann sehr gut gekannt . . ."

„Aber dann . . ."

„Was, aber dann? Entweder waren wir noch nicht verheiratet, oder es war nicht derselbe Esterhazy, es war sein Großcousin, basta. Das kommt ganz auf die Unterhaltung an. Glaubst du, daß er Nachforschungen anstellen wird? Er hat mir Blumen geschickt. Die *garden party* findet ihm zu Ehren statt. Ach, das Budapest der zwanziger Jahre, die gute alte Zeit, Admiral Horthy . . . Ich war 29 stellvertretende Chefin in einem der besten Bordelle von Buda, ich kenne alle Namen, auf die es ankommt."

Sie zerdrückte ihre Kippe unter dem Absatz.

„Die Sache mit Grüber war knapp, aber Francis hat mich rechtzeitig gewarnt. Eure Odette und ihr Sender – wenn sie die gefunden hätten . . . Sst!"

Sie fuhr sich mit den zur Messerschneide geformten Fingern am Hals entlang.

„Wo haben Sie sie hingesteckt?"

„Odette habe ich bei mir behalten, sie ist mein Dienstmädchen, sie hat picobello Papiere, aber der Sender . . ."

„Sie haben ihn doch wohl nicht weggeschmissen?"

„Er ist bei Lavigne, dem stellvertretenden Bürgermeister."

„Lavigne? Sie sind wohl völlig übergeschnappt! Das ist doch ein stadtbekannter Kollabo!"

„Eben, eben, jetzt wird er beweisen können, daß er ein echter Widerstandskämpfer war."

Sie lächelte ein wenig mitleidig.

„Du kennst deine Mitmenschen noch nicht, Ludo. Du wirst übrigens nie wirklich über sie Bescheid wissen. Um so besser. Solche wie du müssen sein. Wenn es die nicht gäbe, Menschen wie deinen Onkel Ambroise mit seinen Drachen und dich . . ."

„Wissen Sie, für einen, der – wie Sie mir so oft sagten – den Blick eines Füsilierten hat . . . Wir schreiben immerhin 1944, und ich habe mich gar nicht so schlecht aus der Affäre gezogen."

Meine Stimme wurde etwas brüchig. Ich dachte an den, der nicht zu verzweifeln wußte.

„Er ist in Buchenwald, habe ich erfahren", sagte Madame Julie.

Ich schwieg.

„Mach dir keine Sorgen. Er wird wiederkommen."

„Wird vielleicht Ihr Freund von Kluge ihn dort rausholen?"

„Er wird wiederkommen. Ich fühle es. Ich *will*, daß er wiederkommt."

„Madame Julie, ich weiß, daß Sie irgendwo eine Hexe sind, aber eine gute Fee sind Sie deshalb noch lange nicht . . ."

„Er wird wiederkommen. So was habe ich im Gefühl. Du wirst schon sehen."

„Ich bin nicht sicher, daß wir, Sie und ich, das noch erleben werden".

„Wir werden es erleben. Ich sagte ja, daß Grüber nichts gefunden hat, und er hat sich sogar entschuldigt. Angeblich war es wegen all dieser Bonzen im Hôtel des Cerfs. Sie müssen besondere Vorsichtsmaßnahmen treffen. Und das stimmt ja auch ... Eine nette kleine Bombe da rein, und ... verstehst du?“

„Ich verstehe. Wir werden London benachrichtigen, aber wir selbst können im Moment nichts unternehmen. Das Hôtel des Cerfs ist zu gut bewacht. Unmöglich. Haben Sie mich kommen lassen, um das von mir zu fordern? Dafür sind wir nicht ausgerüstet.“

„Ihr habt recht, eine Zeitlang toten Mann zu spielen. Ich gestehe, daß ich selbst auch erwogen habe abzuhauen. Im Loiret habe ich mir eine Auffangstellung organisiert. Aber ich habe beschlossen zu bleiben. Ich werde durchhalten. Das einzige, was mich ankotzt ...“

Sie mußte wohl trotz allem Angst haben, um so in ihr ursprüngliches Vokabular zurückzufallen.

„... Das einzige, was mich im Augenblick nervt, ist der da ...“

Sie machte eine Kopfbewegung in Richtung des livrierten Kutschers, der mit den Zügeln und der Peitsche in Händen auf dem Kutschbock saß und leicht verdattert blinzelte.

„Er spricht kein Wort Französisch, der Blödmann.“

„Engländer?“

„Nicht mal das. Kanadier, aber dieser Hurensohn ist nicht frankophil ...“

„Frankophon.“

„Deine kleinen Freunde haben ihn mir gestern angedreht, in deutscher Uniform, aber ich habe gesagt, eine Nacht und nicht länger. Seit drei Wochen wird er von Hand zu Hand weitergereicht ... Ich habe ihn mit der Kutsche und der Livree für die *garden party* leicht rausbringen können, aber ich weiß nicht wohin mit ihm.“

Sie warf einen nachdenklichen Blick auf den Kanadier.

„Schade, daß es noch ein bißchen zu früh ist. Man weiß nicht, ob es im Sommer oder im September soweit ist. Sonst würde ich ihn höchstbietend versteigern. Es wird bald viele geben – und du kennst sie –, die viel dafür zahlen werden, um einen alliierten Flieger zum Verstecken zu bekommen . . ."

„Und was soll ich mit dem da anfangen, in diesem lächerlichen Aufzug?"

„Du wirst schon irgendwie einen Dreh finden."

„Hören Sie, Madame Julie . . ."

„Ich habe dir schon hundertmal gesagt, daß es keine Madame Julie gibt, gottverdammt!" brüllte sie plötzlich los wie ein Muschkote. „Es heißt ‚Frau Gräfin'!"

Sie war so aufgeregt, daß ihr Bartflaum bebte. Es ist doch wirklich komisch, wie die Hormone manchmal verrückt spielen, dachte ich. Doch genau in diesem Moment wurde mir – ohne ersichtlichen Grund, vielleicht weil Madame Julie böse geworden war und das bei ihr ein Zeichen von Verlegenheit oder Sorge war – klar: es gab noch einen anderen Grund für dieses Treffen, und der betraf Lila.

„Warum haben Sie mich kommen lassen, Madame Julie? Was haben Sie mir zu sagen?"

Die Flamme mit den Händen schützend, zündete sie sich eine Gauloise an, peinlich vermeidend, mich anzusehen.

„Ich habe eine gute Nachricht für dich, Kleiner. Deine Polin ist . . . na ja, sie ist heil und gesund."

Ich straffte mich in Erwartung einer Hiobsbotschaft. Ich kannte sie. Sie versuchte, mir nicht allzusehr weh zu tun.

„Nach dem Selbstmord von Tieles haben sie sie

verhaftet. Sie hat was durchgemacht. Das muß wohl sogar ihren Geist ein bißchen verwirrt haben. Sie wollten wissen, ob sie von der Verschwörung gewußt hat. Man hielt sie für die Geliebte von Tieles ... Die Leute erzählen ja so alles mögliche."

„Schon gut, Madame Julie, schon gut."

„Sie haben sie schließlich wieder freigelassen."

„Und dann?"

„Tja, was sie danach gemacht hat, weiß ich nicht. Hab keine Ahnung. Da war ja noch ihre Mutter und ihr Idiot von Vater – also der, der hat's faustdick hinter den Ohren! –, und sie hatten nichts mehr zum Leben. Gut, na ja, kurzum ..."

Es schien ihr wirklich unangenehm zu sein, sie wich noch immer meinem Blick aus. Sie hatte mich eben sehr gern, diese Madame Julie.

„... Die Kleine ist schließlich bei einer meiner Freundinnen gelandet, bei Fabienne."

„Rue de Miromesnil", sagte ich.

„Ja, na und, hast du was gegen die Rue de Miromesnil? Fabienne hat sie gefunden, wie sie durch die Straßen irrte ..."

„Auf dem Strich."

Verstehst du, Ludo? Verstehst du? Ich mußte erst einmal überleben, die Meinen retten ...

„Überhaupt nicht, wie kommst du denn darauf? Fabienne hat sie ganz einfach zu sich genommen, anstatt sie auf der Straße sitzenzulassen."

„Na klar, ein Luxus-Puff ist natürlich besser als die Straße."

„Hör zu, mein kleiner Ludo, die Nazis sind dabei, Seife aus den Gebeinen der Juden zu machen, da ist die Sorge um saubere Moral im Moment ... Weißt du, der Chansonnier Martini, der ist vor einem Saal voller Deutscher auf die Bühne gekommen und hat den Arm wie zum Nazigruß gehoben. Die Deutschen haben geklatscht. Und da hat Martini den Arm noch höher gehoben und gesagt: ‚Bis hierhin in der Scheiße!' Also da wirst du doch wohl nicht mit dem Zentimetermaß rangehen. Und außerdem hat Fabienne mich angerufen, weil sie sehr wohl begreift, daß die Kleine dort nicht am richtigen Platz ist. Hure sein ist ein Beruf, bei den besten ist es sogar eine Berufung, das kann man nicht aus dem Ärmel schütteln. Sie fragt, was sie mit ihr machen soll. Also wirst du hingehen und sie zu dir nehmen. Hier, ich habe dir Kohle mitgebracht. Geh sie holen, nimm sie bei dir auf, sei nett zu ihr, und dann kein Wort mehr davon. Jetzt reicht's allmählich mit diesem schwarz oder weiß. Grau ist das einzige, was menschlich ist. Gut, und jetzt geh ich zu meiner *garden party*. Ich habe das Beste, was an Huren verfügbar ist, kommen lassen. Ich werde versuchen, meine Haut zu retten. Und schaff mir diesen Blödmann vom Leibe. Im nächsten Krieg sollen die Kanadier gefälligst Französisch können, oder aber sie sollen nicht auf mich zählen."

Sie ließ den Burschen vom Sitz steigen, raffte ihre Röcke und stieg selbst auf seinen Platz. Sie nahm Zügel und Peitsche, dann zuckelte der Wagen davon und entführte die unzähmbare alte Kupplerin Julie Espinoza zur *garden party* der Gräfin Esterhazy. Ich brachte den kanadischen Piloten in den Trümmern des ehemaligen kleinen Salons unter, ließ Soubabère benachrichtigen, damit er sich um ihn kümmerte, und tat alles, um so schnell wie möglich die nötigen Papiere für meine Fahrt nach Paris zu bekommen.

XLV

Die Reise zur „Féeria" von Madame Fabienne, Rue de Miromesnil, blieb mir erspart. Ein wenig habe ich das bedauert, denn ich hatte meinen ganzen Stolz darein gesetzt, diese Prüfung in „Bedeutungslosigkeit" anzugehen. Am 14. Mai, als ich mit ein paar Kindern im Atelier war, die noch immer mit mir arbeiten kamen und Vorräte für die Zukunft anlegten – für den Tag, an dem die Nazis besiegt wären und uns wieder erlaubt sein würde, unsere Drachen in den Himmel steigen zu lassen –, ging die Tür auf, und ich erblickte Lila. Ich stand auf und ging ihr mit offenen Armen entgegen.

„Na, das ist ja eine Überraschung!"

Glanzlos, leblos, mit stumpfem Haar – einzig die Baskenmütze, die sie durch alle Wechselfälle des Lebens sorgfältig gehütet zu haben schien, war wie ein Lächeln von einst. Die Augen in ihrer aufgerissenen Starrheit, die hohen Backenknochen, die über hohlen Wangen spitz unter einer erdigen Haut hervorragten – all das schrie um Hilfe, aber nicht dieses Elend erschütterte mich, es war vielmehr der ängstlich fragende Blick, mit dem sie mich ansah. Sie hatte Angst. Sie fragte sich wahrscheinlich, ob ich sie nicht rauswerfen würde. Sie versuchte zu sprechen, die Lippen bebten – das war alles. Als ich sie an mich drückte, blieb sie verkrampft und wagte nicht, sich zu bewegen, als würde sie es nicht glauben können. Ich schickte die Kinder weg und machte Feuer; sie blieb auf der Bank sitzen, die Hände gefaltet, mit gesenktem Blick. Ich sagte auch nichts. Ich ließ die Wärme wirken. Alles, was wir uns sagen konnten, kam ohne unser Zutun zur Sprache, das Schweigen bemühte sich emsig darum; als echter und treuer Freund tat es sein Möglichstes. Irgendwann ging die Tür auf, und Jeannot Cailleux trat ein, vielleicht mit einer wichtigen Botschaft, einem zu erfüllenden Auftrag, was weiß ich. Er schien zu stutzen, sagte kein Wort und ging wieder. Die ersten Worte, die sie von sich gab, waren:

„Meine Bücher. Wir müssen sie holen."

„Welche Bücher? Und wo?"

„In meinem Koffer. Er war zu schwer. Ich habe ihn auf dem Bahnhof stehenlassen, einfach so, es gibt keine Gepäckaufbewahrung."

„Mach dir keine Sorgen, ich werde morgen hingehen."

„Ludo, ich bitte dich, ich will sie sofort. Es ist sehr wichtig für mich."

Ich rannte hinaus und holte Jeannot zurück.

„Bleib bei ihr. Rühr dich nicht von der Stelle."

Ich schwang mich auf meinen Drahtesel. Ich brauchte eine Stunde, um bis zum Bahnhof von Cléry zu radeln, wo ich den großen dicken Koffer in einer Ecke fand. Als ich ihn anhob, sprang das Schloß auf, ich verharrte in meiner Stellung und sah mir die Sternstunden der deutschen Malerei an, die Münchner Pinakothek, das griechische Erbe, die Renaissance, die venezianische Malerei, die Impressionisten sowie das malerische Gesamtwerk von Velázquez, Goya, Giotto und El Greco, die sich auf dem Boden ausbreiteten. Schlecht und recht räumte ich alles wieder ein und mußte nun den Weg zu Fuß, den Koffer auf dem Fahrradrahmen, zurücklegen.

Ich fand Lila auf der Bank sitzend, wie ich sie

verlassen hatte, mit ihrer gefütterten Lederjacke und ihrer Baskenmütze; Jeannot hielt ihre Hand. Er drückte mir liebevoll den Arm und verließ uns dann. Ich stellte den Koffer vor die Bank und öffnete ihn.

„So", sagte ich. „Siehst du, es fehlt nichts. Es ist alles da. Sieh selbst nach, aber ich glaube, es ist nichts verlorengegangen."

„Ich brauche sie für meine Prüfung. Im September werde ich in der Sorbonne anfangen. Ich studiere Kunstgeschichte, weißt du."

„Ich weiß."

Sie beugte sich vor, nahm den Velázquez.

„Es ist sehr schwer. Aber ich werde es schaffen."

„Da bin ich ganz sicher."

Sie legte den Velázquez auf den El Greco und lächelte befriedigt.

„Alle sind sie da", sagte sie, „mit Ausnahme der Expressionisten. Die haben die Nazis verbrannt."

„Ja, sie haben grausame Taten begangen."

Einen Augenblick lang blieb sie still, dann fragte sie ganz hilflos:

„Ludo, wie hat mir das alles passieren können?"

„Na ja, erstens hätten wir die Maginotlinie bis ans Meer hin verlängern müssen, statt unsere linke Flanke ungedeckt zu lassen, und dann hätten wir schon gleich zum Zeitpunkt der Besetzung des Rheinlandes etwas unternehmen müssen, und außerdem waren unsere Generäle trottlige Schlappschwänze, und de Gaulle ist zu spät entdeckt worden . . ."

Auf ihren Lippen erschien ein leichtes Lächeln, und da habe ich mich als ein guter Fleury gefühlt.

„Davon rede ich nicht . . . Wie konnte ich, ich . . ."

„Doch, doch, das ist es ja gerade. Bei jeder Explosion gibt es Niederschläge. Sogar das Universum soll so entstanden sein. Es hat eine Explosion gegeben und Niederschläge: die Galaxien, das Sonnensystem, die Erde, dich, mich und eine Hühnerbrühe mit Gemüse, die jetzt fertig sein müßte. Komm. Wir essen jetzt."

Sie behielt ihre Jacke bei Tisch an. Sie brauchte einen Schutzpanzer.

„Ich habe eine herrliche Rhabarbertorte. Sie kommt direkt aus dem Clos Joli."

Ihr Gesicht hellte sich ein wenig auf.

„Das Clos Joli . . .", murmelte sie. „Wie geht es Marcellin?"

„Blendend", sagte ich. „Neulich hat er etwas Wunderbares gesagt. Legendre, der Konditor, jammerte, weil alles verloren sei; auch wenn die Amerikaner siegten, würde das Land nie wieder sein wahres Gesicht annehmen. Marcellin bekam eine Stinkwut. Er hat gebrüllt: ‚Ich dulde nicht, daß man in meiner Küche die Hoffnung auf Frankreich aufgibt!'"

Ihr Blick blieb gequält. Die Hände auf den Knien gefaltet, saß sie ganz steif da. Im Kamin machte das Feuer einen Buckel.

„Hier fehlt eine Katze", sagte ich, „Grimaud ist an Altersschwäche gestorben. Wir werden eine andere bekommen."

„Kann ich wirklich hierbleiben?"

„Du bist niemals fortgewesen, Mädelchen. Du warst immer hier. Du hast mich nie verlassen."

„Du darfst mir nicht böse sein. Ich wußte nicht mehr, was ich tat."

„Darüber wollen wir doch jetzt nicht reden . . . Mit Frankreich ist es dasselbe. Nach dem Krieg wird man sagen, es habe mit diesen gemeinsame Sache gemacht, mit jenen. Es habe dies gemacht, nein, jenes. Das ist doch völlig unwichtig. Du hast nicht mit *ihnen* gemeinsame Sache gemacht, Lila, sondern mit mir."

„Ich fange an, dir zu glauben."

„Ich habe dich noch gar nicht nach deiner Familie gefragt."

„Meinem Vater geht es etwas besser."

„Ach ja? Hat er geruht, wieder zu Sinnen zu kommen?"

„Als Georg starb und wir ohne Lebensunterhalt waren, hat er in einer Buchhandlung Arbeit gefunden."

„Er war ja schon immer ein Büchernarr."

„Das reichte natürlich nicht zum Leben."

Sie senkte den Kopf.

„Ich weiß nicht, wie ich so tief sinken konnte, Ludo."

„Ich habe es dir doch schon erklärt, Liebling. General von Rundstedt und seine Panzer. Der Blitzkrieg. Du kannst nichts dafür. Nicht du bist schuld, sondern Gamelin und die Dritte Republik. Ich weiß doch, wenn man dich nach deiner Meinung gefragt hätte, hättest du Hitler schon bei der Besetzung des Rheinlandes den Krieg erklärt. Schon zu dem Zeitpunkt, als Albert Sarraut von der Tribüne der Nationalversammlung ausrief: ‚Niemals werden wir zulassen, daß deutsche Kanonen das Strasbourger Münster bedrohen.'"

„Du machst dich immer über alles lustig, Ludo, und dabei bist du von Natur aus so wenig spöttisch wie nur irgendwer."

„Man hält viel besser durch, wenn man so tut, als würde man lachen."

Sie wartete einen Augenblick und murmelte dann:

„Und was ist . . . mit Hans?"

Ich öffnete mein Hemd ein wenig, und sie erblickte das Medaillon.

Draußen hörte man die Vögel singen, die schon immer einen Hang zum Idyllischen hatten. Manchmal ist ein bißchen Ironie unbedingt nötig.

„Und jetzt werde ich dir einen richtigen Kaffee machen, Lila. Angeblich lebt man nur einmal."

Sie litt an Schlaflosigkeit und verbrachte die Nächte in einer Ecke sitzend mit ihren Kunstbänden, fleißig exzerpierend. Tagsüber gab sie sich alle Mühe, sich „nützlich zu machen". Sie half mir im Haushalt, kümmerte sich um die Kinder, die jeden Donnerstag, aber oft auch nach der Schule kamen; überall stapelten sich die Drachen und warteten auf den Tag, an dem sie wieder aufsteigen könnten. Unsere Zusammenkünfte wurden vom Direktor der Schule in Cléry drolligerweise als „Praktikum" eingestuft, und der Gemeinderat bewilligte uns sogar eine kleine Subvention – als Vorsorge für die Zukunft. Man munkelte, daß es im August oder September soweit sein würde.

Sie schlief in meinen Armen, aber nach einigen schüchternen Versuchen wagte ich nicht mehr, sie zu berühren; sie nahm meine Liebkosungen widerspruchslos hin, reagierte aber überhaupt nicht. Nicht nur ihre Sinnlichkeit schien verloschen, sondern etwas, was noch tiefer saß, in der Empfindungsfähigkeit selbst. Wie sehr sie von Schuldbewußtsein gequält wurde, begriff ich erst, als ich bemerkte, daß ihre Hände über und über mit Verbrennungen bedeckt waren.

„Was ist denn das?"

„Ich habe mich verbrüht."

Das war nicht sehr überzeugend: die Verbrennungen waren in regelmäßigen Abständen voneinander angeordnet. In der darauffolgenden Nacht wachte ich auf, weil ich spürte, daß ihr Platz im Bett leer war. Lila war nicht im Zimmer. Ich ging zur Tür und lehnte mich über das Treppengeländer.

Lila stand da, hielt eine Kerze in der rechten Hand und verbrannte sich mutwillig die linke mit der Flamme.

„Nein!"

Sie ließ die Kerze fallen und schaute hoch.

„Ich hasse mich, Ludo, ich hasse mich!"

Ich glaube, ich habe noch nie zuvor einen solchen Schock empfunden. Unfähig zu denken, zu handeln, blieb ich auf der Treppe stehen. Dieser schreckliche und kindische Versuch, sich zu bestrafen, zu büßen, erschien mir so ungerecht, so infam – wo doch so viele unserer Kameraden kämpften und starben, damit sie ihre Ehre wiedererlangte –, daß es mir plötzlich die Beine wegschlug und ich das Bewußtsein verlor. Als ich die Augen aufschlug, war Lila mit tränennassem Gesicht über mich gebeugt.

„Verzeih mir, ich werde es nicht wieder tun ... Ich wollte mich bestrafen ..."

„Aber warum, Lila? Wofür? Dich wofür bestrafen? Du bist nicht schuld. Du bist nicht verantwortlich. Von all dem wird nicht die Spur zurückbleiben. Ich bitte dich nicht einmal, zu vergessen, nein: ich bitte dich, gelegentlich schulterzuckend daran zu denken. Oh, mein Gott, mein Gott, wie kann es einem nur derart an ... Bedeutungslosigkeit mangeln? Wie kann es einen so an Menschlichkeit, an Toleranz sich selbst gegenüber fehlen?"

Diese Nacht schlief sie. Und am darauffolgenden Tag stand ihr viel Helle und Fröhlichkeit im Gesicht. Ich spürte, daß es ihr wesentlich besser ging, und bald hatte ich auch den Beweis dafür.

Jeden Morgen nahm Lila das Fahrrad und fuhr nach Cléry einkaufen. Ich begleitete sie jedesmal zur Tür und folgte ihr mit dem Blick: nichts gab mir mehr Anlaß zum Lächeln als dieser Rock, dieses Knie und dieser wehende Haarschopf. Eines Tages kam sie zurück und stellte ihren Drahtesel weg; ich stand vor dem Haus.

„Ich hab vielleicht gerade was erlebt!" sagte sie.

„Was ist denn los?"

„Ich bin mit meinem Korb aus dem Lebensmittelladen gekommen, und da stand eine Frau, die hat auf mich gewartet. Ich habe ihr guten Tag gesagt, ich erinnerte mich nicht an ihren Namen, aber ich kenne viele Leute hier in der Gegend. Ich stellte meinen Korb auf das Fahrrad und war im Begriff loszufahren, als sie auf mich zukam und mich als ‚Fritzenweib' beschimpfte."

Ich habe sie aufmerksam angesehen. Sie lächelte tatsächlich. Es war keines von diesen Lächeln, das man auflegt, um einer Herausforderung zu begegnen oder um nicht zu weinen. Sie verzog ein wenig das Gesicht und strich sich mit der Hand durchs Haar.

„Tja, tja", sagte sie. „Fritzenweib. So einfach ist das."

„Alle spüren den Sieg nahen, Lila, also bereitet sich jeder auf seine Art darauf vor. Denk nicht mehr dran . . ."

„Im Gegenteil, ich muß daran denken."

„Warum denn?"

„Weil es besser ist, sich als Opfer einer Ungerechtigkeit zu fühlen, als sich schuldig zu fühlen."

XLVI

Das war am 2. Juni. Vier Tage später lagen wir zwei Kilometer östlich von La Motte unter dem Bombenhagel auf dem Bauch, und ich bin noch heute überzeugt, daß von den Tausenden durch alliierte Schiffe und Flugzeuge der Operation „Overlord" getroffenen Zielen das allererste mein Fahrrad war: ich fand es zerbrochen und verbogen vor meinem Haus. „Sie kommen", „sie nahen", „sie sind da" – ich glaube nicht, an diesem ganzen Tag irgend etwas anderes gehört zu haben. Als wir am Hof der Cailleux' vorbeirannten, stand der alte Gaston draußen, und nachdem er uns mitgeteilt hatte, daß „sie kommen", setzte er einen Satz hinzu, den er nicht vom Londoner Rundfunk haben konnte, denn de Gaulle sprach ihn erst einige Stunden später aus:

„Mein kleiner Ludo, das ist die Frankreich-Schlacht, und es ist die Schlacht um Frankreich!"

Aber vielleicht ist es mit den historischen Aussprüchen wie mit allem im Leben: das Unmögliche hat zuweilen eine ganz glückliche Hand.

Wir verließen Gaston, der mit seinem einen Bein und seiner Krücke Freudensprünge vollführte.

Es war kein einziger deutscher Soldat in Sicht, aber alle Felder und Wälder um uns herum standen unter Sperrfeuer, das zweifellos den feindlichen Truppenverstärkungen den Zugang zu den Stränden verwehren sollte.

Ich hatte noch nicht gelernt, das Pfeifen der Fliegerbomben von dem der Granaten zu unterscheiden, und es dauerte eine ganze Weile, bis ich begriffen hatte, daß die Hölle – wie es sich gehört – vom Himmel kam. Mehr als zehntausend Einsätze waren an diesem Tag von der alliierten Luftwaffe über der Normandie geflogen worden.

Wir hatten gerade erst knapp ein paar hundert Meter zurückgelegt, als ich mitten auf dem Weg einen leblos hingestreckten menschlichen Körper mit seitlich ausgebreiteten Armen erblickte. Ich erkannte ihn schon von weitem, so sehr war mir sein Anblick vertraut: Jeannot Cailleux. Die Augen waren geschlossen, der Kopf blutbeschmiert – er war tot. Dessen war ich sicher. Ich mochte ihn zu sehr, als daß es anders hätte sein können.

Ich wandte mich zu Lila um.

„Na los, worauf wartest du! Untersuche ihn, verdammtnochmal!"

Sie schien erstaunt, kniete aber neben Jeannot nieder und drückte ihr Ohr an seine Brust.

Ich glaube, daß ich anfing zu lachen. Ich hatte mir in den Jahren ihrer Abwesenheit so oft vorgestellt, wie sie in den polnischen Wäldern Verletzte pflegte, daß ich jetzt von ihr erwartete, sie möge ihre Pflicht als Krankenschwester tun. Und genau so sah ich sie jetzt über den Körper meines Kameraden gebeugt, auf ein Lebenszeichen lauernd. Sie drehte sich zu mir um:

„Ich glaube, er ..."

Im selben Augenblick bewegte sich Jeannot, setzte sich auf den Hintern, und nachdem er drei-, viermal schnaubend den Kopf geschüttelt hatte, grölte er mit noch getrübtem Blick:

„Sie kommen!"

„Du verdammter kleiner Dreckskerl!" brüllte ich vor Erleichterung.

„Sie sind da! Sie kommen!"

Ich nahm Lila bei der Hand, und wir sind beide losgerannt.

Ich wollte Lila in Sicherheit bringen und dann zu meinen Kameraden stoßen. Unsere Aufgabe laut „Grünem Plan" war uns schon lange bekannt: Sabotageakte an den Eisenbahnstrecken und Hochspannungsleitungen, Angriffe auf die Militärkonvois. Wir sollten uns im Orne-Gebiet formieren. Aber nichts lief wie vorgesehen. Als es mir am nächsten Tag gelang, zu Souba vorzustoßen, traf ich unseren geliebten Chef in rasender Wut an. Mit einer wunderschönen Uniform bekleidet – er hatte sich zum Oberst ernannt –, drohte er dem Himmel, an dem die alliierten Flugzeuge kreisten, mit der Faust.

„Diese Saukerle, sie haben alles vermasselt", brüllte er. „Sie haben unsere ganzen Nachrichtenverbindungen zerhauen. Unsere Jungs sitzen völlig aufgeschmissen irgendwo in der Heide rum. Das ist doch wirklich traurig mit anzusehen!"

Um ein Haar hätte er die Landung der Alliierten verflucht. Viele Jahre später noch machte er ein saures Gesicht, wenn man in seiner Anwesenheit die Ankunft der Alliierten erwähnte. Ich glaube, er hätte gern noch weitere zwanzig Jahre Widerstand geleistet.

Jedesmal, wenn eine Bombe uns mit Erde überschüttete, streichelte Lila mir das Gesicht.

„Hast du Angst zu sterben, Ludo?"

„Ich habe keine Angst, aber ich hab auch keine richtige Lust dazu."

Um sechs Uhr morgens von La Motte aufgebrochen, waren wir gegen sechs Uhr nachmittags erst drei Kilometer über die Grenze von Clos hinausgekommen. Hier lagen wir hinter einer Böschung flach auf dem Bauch, die Nase hochgereckt, um möglichst herauszubekommen, von wo die nächste Angriffswelle kommen würde, und hier wurde uns ein Schauspiel zuteil, von dem mir bis zum heutigen Tag nicht klar ist, ob es lächerlich, heroisch oder beides zugleich war. Vier Arbeitspferde, das erste vor einen zweirädrigen Kippkarren, die anderen vor Handwagen gespannt, marschierten im Gänsemarsch an uns vorbei, mit einer Gleichgültigkeit all dem gegenüber, was um sie herum passierte, die sie nur von ihren Besitzern geerbt haben konnten. Die Familie Magnard zog um, auf dem Kippkarren zusammengepfercht, die beiden Töchter auf den Vorratskisten sitzend, der Vater und der Bruder vorn stehend; dahinter folgten die Karren mit dem Mobiliar, Betten, Stühle, Truhen, Schränke, Wäscheballen und Fässer; drei Kühe ergänzten den Zug. Sie rumpelten über den Weg, mit so verschlossenen Gesichtern wie gewöhnlich, ohne einen Blick in den Himmel oder auf den Boden zu werfen. Ich werde nie erfahren, ob die Magnards Rindviecher waren oder Übermenschen. Vielleicht aber hatten sie letztendlich nur ihre eigenen Drachen.

Diese Prozession der Unverwundbaren verwirrte und beschämte mich ein wenig, denn ich schwitzte vor Angst, während Lila lachte. Ich glaube, nach all den moralischen und psychischen Prüfungen, die sie hatte durchmachen müssen, war die rein physische Gefahr für sie geradezu eine Erleichterung.

„Ihr seid doch alle gleich, ihr Polen", brummte ich. „Je schlimmer, desto besser."

„Gib mir eine Zigarette."

„Ich habe keine mehr."

Da ereignete sich ein Zwischenfall, der mir wirklich all meine Hoffnung zurückgab. Hinter uns ertönten vereinzelte Schüsse, gefolgt von einer Salve aus der Maschinenpistole. Ich drehte mich ruckartig um. Rückwärts laufend, kam langsam ein amerikanischer Soldat mit einer Maschinenpistole in der Hand aus dem Wald hervor. Er wartete einen Augenblick, schien beruhigt, befühlte seinen Körper seitlich und besah sich dann seine Hand. Offenbar war er leicht verletzt. Er schien sich darum keine Sorgen zu machen, setzte sich unter einem Busch auf die Erde, nahm ein Päckchen Zigaretten aus der Tasche – und explodierte.

Er explodierte buchstäblich, mit einem Schlag und ohne jeden erkennbaren Grund, in einer Erdgarbe verschwindend, die sogleich wieder zu Boden fiel – ohne ihn. Die Kugel, die ihn verletzt hatte, muß wohl den Splint einer der an seinem Gürtel hängenden Granaten gelockert haben, und als er sich dann setzte, hat sich die Granate vollständig entsichert. Er ging von hinnen.

„Schade", sagte Lila, „es wird keine einzige übriggeblieben sein."

„Keine was?"

„Er hatte ein ganzes Päckchen in der Hand. Ich habe seit Jahren keine amerikanische Zigarette mehr geraucht."

Zunächst war ich mächtig empört. Ich hätte beinahe zu ihr gesagt: „Liebling, das ist schon nicht mehr kaltblütig, das ist schlicht und einfach nur noch blutig", als ich mich plötzlich glücklich fühlte. Ich hatte gerade die Lila unserer Kindheit wiedergefunden, die Lila der Walderdbeeren und der kleinen Provokationen.

Wir blieben fast eine Stunde lang hinter der Böschung liegen. Ich verstand nicht, warum sich die Bomben und Granaten so verbissen auf die Wälder und Felder stürzten, wo weit und breit kein einziger Deutscher zu sehen war.

„Es sieht so aus, als ob sie ausgerechnet auf uns böse sind."

Sie klaubte in aller Ruhe Erdklumpen aus ihrem Haar.

„Weißt du, Ludo, ich bin schon mehrfach in meinem Leben getötet worden."

Die Gründe für diese fast pausenlose Beregnung von ungefähr zehn Quadratkilometern der normannischen Landschaft, weit von den Landegebieten der Alliierten entfernt, erfuhr ich ein paar Tage später von Souba. Eine amerikanische Luftlandedivision war aus Versehen zu weit im Landesinnern abgesetzt und versprengt worden, während eine deutsche Einheit sich von den Küstenregionen zurückzog, um dem vermeintlich vorbedachten Manöver die Stirn zu bieten. Wir standen zugleich unter deren Beschuß wie unter dem der englischen Batterien, die die beiden Orne-Brücken sicherten, während die alliierte Luftwaffe alle Straßen und Eisenbahnstrecken der Region bombardierte.

Wir nutzten eine Gefechtspause, um noch ein wenig in Richtung Orne vorwärts zu kommen, als hundert Meter vor uns in breiter Front deutsche Panzer auftauchten. Es war jene Panzerdivision, die um vier Uhr nachmittags endlich von Hitler den Befehl erhalten hatte, den alliierten Brückenkopf zur Übergabe zu zwingen.

Mein einziger Gedanke: „Sie schießen auf alles, was sich bewegt", entsprang ich weiß nicht welchem Bericht über ich weiß nicht welches Massaker. Ich ergriff Lilas Hand. Wir verharrten reglos mitten im Feld. Keiner meiner gefallenen Kameraden hatte das Glück gehabt, so wie ich eine Hand in der seinen zu halten. Das war sozusagen mein letzter Gedanke. Und die Helle, der kurze Augenblick Sonne zwischen den schweren grauen Wolken, das kleine blaue Stück Himmel, das immer im rechten Moment sein Bestes zu geben weiß. Und Lilas Profil, das blonde Haar im Nacken und auf ihren Schultern, das Gesicht, auf dem die Angst beschlossen hatte zu lächeln.

Ein deutscher Offizier hatte sich im Turm des vordersten Panzers aufgerichtet. Als er an uns vorbeikam, hob er die Hand zu einem kleinen freundschaftlichen Winken. Ich werde niemals erfahren, wer er war, noch warum er uns das Leben gerettet hat. Ich weiß nicht, ob er es aus Verachtung tat, aus Menschlichkeit oder einfach nur, weil er auf Stil bedacht war. Vielleicht hat auch er beim Anblick dieses Liebespaares, das sich bei den Händen hielt, für kurze Zeit einer erhabenen Treue nachgegeben. Ich weiß es nicht: vielleicht hatte er einfach nur Sinn für Humor. Er drehte sich lachend um, nachdem er an uns vorbei war, und winkte uns noch einmal kurz zu.

„Uff", sagte Lila.

Wir waren erschöpft und ausgehungert; vor allem sah ich bei diesem Chaos keinerlei Grund, mir noch Gedanken zu machen, wohin ich gehen sollte. Wir befanden uns nicht weit vom Clos Joli entfernt, das etwa drei Kilometer in Richtung Süden lag; aber gerade in dieser Ecke waren mir die Bombardierungen besonders intensiv erschienen, zweifellos wegen der Orcq-Brücke und der Fernverkehrsstraße; doch wenn von dem Wirtshaus noch irgend etwas übrig war, konnten wir sicher sein, dort etwas Eßbares zu finden, und sei es unter den Trümmern. Als wir auf die Straße nach Ligny kamen, standen wir plötzlich vor einem umgekippten und ausgebrannten Panzerspähwagen, der noch rauchte; neben dem Gefährt lagen zwei tote deutsche Soldaten, ein dritter saß mit dem Rücken an einem Baum, hielt sich den Bauch, verdrehte die Augen und gab ein pfeifendes Röcheln von sich wie ein leerer Siphon. Sein Gesicht erschien mir vertraut, und ich glaubte zunächst, ihn zu kennen, aber ich begriff sogleich, daß das mir Vertraute nur der Ausdruck des Leidens war. Ich hatte ihn schon auf dem Antlitz Duverriers gesehen, als unser Kamerad sich nach seiner Flucht aus dem Gestapo-Quartier von Cléry bis zum Hof der Buis' geschleppt hatte, um dort zu sterben. Ob Deutsche oder Franzosen, in solchen Momenten sind sie austauschbar. Später mußte ich jedesmal daran denken, wenn ich den Ausdruck „Blutbank" hörte. Der Soldat hatte einen flehentlich bittenden Blick. Ich versuchte, ihn zu hassen, um ihn nicht erschießen zu müssen. Nichts zu machen. Das muß in einem drinstecken. Ich hatte dafür keinerlei Begabung. Ich nahm seine Mauser, entsicherte sie vor seinen Augen und wartete, um ganz sicherzugehen. Er setzte eine Art Lächeln auf.

„Ja, gut . . ."

Ich jagte ihm zwei Kugeln ins Herz. Eine für ihn und eine für alles andere.

Es war meine erste Geste deutsch-französischer Brüderlichkeit.

Lila hatte sich – in weiblicher oder kindlicher Gebärde oder in beidem zugleich – die Ohren zugehalten, hatte die Augen zugemacht und den Kopf weggedreht.

Ich spürte dumpf, daß ich mir diesen toten Deutschen zum Freund gemacht hatte.

Sechs amerikanische Flugzeuge flogen über uns hinweg und warfen ihre Bomben über dem Gebiet ab, wo sich die Panzerdivision befinden mußte. Lila folgte ihnen mit den Augen.

„Hoffentlich haben sie ihn nicht getötet", sagte sie.

Ich denke, daß sie den Panzerkommandanten

meinte, der uns verschont hatte. Ich war nervlich so ausgepumpt, daß ich wieder von meiner Lieblingssünde befallen wurde, dem Kopfrechnen – ein Schutzinstinkt meiner Vernunft, der einsetzte, wenn sie sich bedroht fühlte. Ich sagte zu Lila, daß wir mindestens zwanzig Kilometer gelaufen seien, obwohl wir in Wirklichkeit nur fünf oder sechs zurückgelegt hatten, und ich schätzte, daß unsere Chance davonzukommen eins zu zehn stehe. Ich veranschlagte die Anzahl der Granaten und Bomben, denen wir entkommen waren, auf tausend und die Zahl der Flugzeuge, die wir am Himmel gesehen hatten, auf dreißigtausend. Ich weiß nicht, ob ich Lila auf diese Weise den Beweis meiner olympischen Gelassenheit liefern wollte oder ob ich langsam den Kopf verlor. Wir saßen am Wegrand – erschöpft, schweißdurchnäßt, hier und da aus Schrammen blutend, auf das rein physische Sein des Körpers beschränkt. Ein heftiges Bombardement, das innerhalb weniger Sekunden in zweihundert Meter Entfernung den ganzen Wald vor unseren Augen zermalmte, riß uns aus unserer Benommenheit. Wir rannten querfeldein in Richtung Ligny und befanden uns eine halbe Stunde später vor dem Clos Joli. Mich verblüffte, wie unverändert hier alles war. Das Clos Joli zeigte keinerlei Spuren irgendwelcher Verletzungen. Der Schornstein rauchte still vor sich hin. Die Blumen, der Obstgarten, die alten Kastanienbäume waren von einer heiteren Ruhe, die von irgendeiner tiefen Gewißheit zu zeugen schien. Mir stand der Sinn in diesem Augenblick nicht gerade nach Meditation, aber ich erinnere mich, zum ersten Mal seit Beginn dieses Tages das zugleich seltsame wie beruhigende Gefühl gehabt zu haben, daß nun alles gerettet sei.

In der mit ihren roten Vorhängen völlig unveränderten Rotunde war niemand. Die Tische waren eingedeckt, bereit zum Empfang. Das Kristall sang bei jeder Explosion. Das Porträt Brillat-Savarins hing an seinem Platz, etwas schief, zugegebenermaßen.

Wir trafen Marcellin Duprat bei der Arbeit an. Er war sehr bleich, und seine Hände zitterten. Er hatte gerade eine Panade aus drei Fleischsorten, die mehrere Stunden garen muß, aus dem Ofen genommen. Er hatte sich wohl gleich bei Beginn des Schlamassels darangemacht. Ich weiß nicht, ob er in diesen gewohnten Verrichtungen ein Mittel gegen die Angst zu finden suchte oder ob er auf diese Weise mit allem Nachdruck die Beständigkeit verkünden wollte. In seinem aufgelösten, wie verbrauchten Gesicht leuchteten die Augen mit einem Glanz, in dem ich den mir so teuren Wahnsinn wiedererkannte. Ich dachte an meinen Onkel Ambroise. Mit Tränen in den Augen ging ich zu Duprat und umarmte ihn. Er schien von meiner Geste nicht überrascht, und vielleicht hat er sie nicht einmal bemerkt.

„Sie haben mich alle sitzenlassen“, sagte er mit rauher Stimme. „Ich bin allein. Keiner, der die Bedienung sicherstellt. Wenn die Amerikaner hier ankommen, sehe ich ganz schön alt aus.“

„Ich glaube nicht, daß die Amerikaner so schnell hier sein werden“, sagte ich.

„Man hätte mich rechtzeitig in Kenntnis setzen müssen.“

„Über die . . . Landung der Alliierten, Monsieur Duprat?“ stotterte ich.

Er dachte nach.

„Findet ihr es nicht interessant, daß sie sich die Normandie ausgesucht haben?“

Ich sah ihn verdutzt an. Doch nein, er machte sich nicht über mich lustig. Er war verrückt, zum Verlieben verrückt. Lila sagte:

„Sie haben bestimmt den Michelin-Führer studiert und sich das Beste ausgesucht."

Ich warf ihr einen wütenden Blick zu. Ich meinte fast, die sarkastische Stimme von Tad gehört zu haben. Mir schien, daß eine solche Größe heiligen Feuers ein bißchen mehr Respekt oder zumindest Pietät verdiente.

Duprat machte eine Handbewegung zum großen Saal hin.

„Setzt euch."

Er selbst servierte uns seine Panade.

„Kostet mal, kostet. Ich mußte das aus Resten herstellen. Na? Schmeckt gar nicht mal so schlecht, in Anbetracht der Umstände. Ich bin heute nicht beliefert worden. Na ja, was soll sein."

Er ging die Obsttorte aus dem Ofen holen. Als er zurückkam, ertönte ein Pfeifen, das ich inzwischen kannte, und ich schaffte es gerade noch, Lila zu packen, sie zu Boden zu stoßen und mich über sie zu legen. Minutenlang folgte eine Explosion der anderen, aber das spielte sich irgendwo in der Orcq-Gegend ab, und so ging hier nur eine Scheibe zu Bruch.

Wir richteten uns auf. Duprat war mit dem Kuchenteller in der Hand stehengeblieben.

„Hier kann nichts passieren", sagte er.

Ich erkannte seine Stimme nicht wieder. Eine dumpfe, mechanische Stimme: sie kam aus den tiefsten Tiefen der Verweigerung, die zusätzlich von der Starre des Blicks unterstrichen wurde.

„*Sie würden es nicht wagen*", sagte er.

Ich half Lila beim Aufstehen, und wir setzten uns wieder an unsere Plätze. Die normannische Obsttorte ist ganz sicher niemals so wenig gewürdigt worden wie in diesem Moment. Das Clos Joli erzitterte von Grund auf. Die Gläser sangen. Es war jener späte Zeitpunkt, wo Hitler nach eintägigem Zögern den Befehl gegeben hatte, zwei strategische Reservedivisionen zur Unterstützung seiner VIII. Armee in den Kampf zu werfen.

Duprat hatte sich nicht von der Stelle gerührt. Er lächelte, und wie verächtlich und überlegen er lächelte!

„Seht ihr", sagte er. „Es ist an uns vorbeigegangen. Und es wird immer an uns vorbeigehen."

Ich versuchte, ihm zu erklären, daß ich noch vor Anbruch der Dunkelheit Neuvet erreichen und weiter in Richtung Orne gehen wolle, um mich meiner Kampfgruppe anzuschließen.

„Mademoiselle Bronicka kann hierbleiben", sagte er. „Hier ist sie sicher."

„Aber Monsieur Duprat, wo denken Sie hin? Sie werden jeden Moment eine volle Ladung abkriegen."

„Ach was. Könnt ihr euch vorstellen, daß die Amerikaner das Clos Joli zerstören? Das können sie sich gar nicht erlauben. Die Deutschen haben es nicht angerührt."

Ich war sprachlos. Ich empfand beinahe gottesfürchtige Hochachtung vor einem derart irren Vertrauen in seine drei Sterne. Es war offensichtlich, daß in seiner Vorstellung die alliierten Truppen – möglicherweise von General Eisenhower persönlich – den Befehl bekommen hatten, darauf zu achten, daß diese Hochburg Frankreichs heil blieb.

Ich versuchte, ihn zu überzeugen: das Clos Joli würde voll in die mörderischen Kämpfe verwickelt werden, er müsse weg von hier. Alles, was ich zu hören bekam, war:

„Kommt nicht in Frage. Ihr seid mir mit eurem Maquis und eurer Résistance lange genug auf den Wecker gefallen, jetzt werde ich euch zeigen, wer schon immer der größte Widerstandskämpfer Frankreichs war, ist und immer bleiben wird!"

Ich brachte es nicht über mich, ihn so in vollem Delirium zu verlassen; ich war überzeugt, daß er den Verstand verloren hatte und unter den Trümmern des Clos Joli umkommen würde. Ich hatte die Straßen, die Brücken und Eisenbahnstrecken der Gegend genau im Kopf; und ich wußte, wenn die Alliierten nicht ins Meer zurückgeworfen würden, würden sich genau hier die erbittertsten Kämpfe abspielen. Aber Lila war am Ende ihrer Kräfte, und ein Blick auf ihr Gesicht genügte mir, um zu begreifen, daß sie nicht in der Verfassung war, mit mir zu gehen. Ich wußte, wenn es einen lieben Gott gab, wie man sagt, so hatte sie hier dieselben Chancen davonzukommen wie anderswo. Es war dies einer jener Augenblicke, wo man an Gott denkt, der inzwischen ein Meister ist in der Kunst, seine Stunde abzuwarten. Ich spürte auch, daß ich in Wirklichkeit nicht deshalb zögerte, Lila bei Duprat zurückzulassen, weil die Gefahren mir zu groß schienen, sondern weil ich mich nicht von ihr trennen wollte. Ich mußte jedoch unbedingt zu meinen Kameraden stoßen; wir hatten mit zu viel Hoffnung und allzu lange auf diesen Augenblick gewartet, als daß ich jetzt hätte zögern dürfen. Duprat war es, der schließlich den Ausschlag gab. Er schien aus seinem Trancezustand zu erwachen, legte seinen Arm um meine Schultern und sagte:

„Mein guter Ludo, du kannst ganz beruhigt sein, Mademoiselle Bronicka ist hier gut aufgehoben. Ich habe den besten Keller von ganz Frankreich. Ich werde sie an der sichersten Stelle unterbringen, da, wo meine besten Jahrgänge lagern und wo ihr nichts passieren kann. Ich weiß nicht, wer gesagt hat: ‚Glücklich wie Gott in Frankreich‘, aber ich bin sicher, daß der liebe Gott über ihr Wohl wachen wird.“

Diesmal konnte ich ein kleines amüsiertes Leuchten in den Augen unseres alten Fuchses ausmachen. Vielleicht werde ich eines Tages noch einmal ernsthaft über Duprat nachdenken müssen, um herauszubekommen, was er an guter alter normannischer Gerissenheit in seinen „Wahnsinn" einfließen ließ. Ich küßte Lila. Ich kannte mich: ich wußte, ihr würde nichts passieren. Mir war zum Heulen zumute, aber das lag nur an der Erschöpfung.

Es gelang mir ohne große Schwierigkeiten, zu meiner Gruppe zu stoßen. Um ein Uhr früh traf ich beim Durchqueren der Sümpfe auf eine Gruppe amerikanischer Fallschirmjäger mit schwarzen Gesichtern, die sich in der Absprungstelle geirrt hatten und nun nicht wußten, wo sie sich befanden. Ich habe sie nach Neuvet gebracht, wo unser Sammelplatz war und wo ich auch Souba und etwa zwanzig Kameraden traf. Unsere Befehle lauteten, wie schon gesagt, Sabotageakte durchzuführen, aber die Verlockung, mit Waffen in Händen zu kämpfen, war für sehr viele von uns allzu groß. Die meisten wurden getötet. Vom 8. bis zum 16. Juni hatten wir nur ein Maschinengewehr mit hundert Patronen für zehn Leute und zwei leichte MG mit hundertfünfzig Patronen; für die Überlebenden kamen noch die vom Feind erbeuteten Waffen hinzu. Was mich betraf, so beschränkte ich mich darauf, Eisenbahngleise, Brücken und Telefonleitungen in die Luft zu jagen. Ich hatte keine Lust, Menschen zu töten, und bis man einen SS-Mann von einem Menschen unterschieden hat, ist es schon zu spät, da ist er schon tot. Ich glaube auch, daß die Erinnerung an den Panzerkommandanten, der Lila und mich verschont hatte, mich ein wenig lähmte. Aber ich leistete während des Rückzugs der Wehrmacht gute Arbeit im Hinterland.

XLVII

Drei Wochen lang hatte ich keine Nachricht von Lila. Später erzählte sie mir, daß Duprat sich ihr gegenüber sehr nett gezeigt habe, obwohl er einmal etwas tat, was sie sehr erstaunte: er kniff sie in den Hintern. Das schien ihm selbst sehr peinlich zu sein, aber man muß es verstehen, selbst in seinem Alter. Sie blieb vierzehn Tage im Clos Joli, half Duprat, die Amerikaner zu empfangen, und versuchte, die „Frankreichkarte" ins Englische zu übersetzen, was für Duprat nicht vorstellbar war. Dann ging sie nach La Motte zurück, wo ich sie am 10. Juli wiederfand. Tags darauf begaben wir uns gemeinsam nach Cléry. Die Kämpfe dauerten noch an, doch ihr Echo hallte in der Normandie nur mehr wie ein fernes Gewitter wider. Ich klebte die Bekanntmachung an die Rathaustür, daß vom nächsten Tag an das Atelier seine Arbeit wieder aufnehmen werde und daß alle an der „liebenswürdigen Drachenkunst" interessierten Kinder willkommen seien. Lila hatte das Fahrrad und ihren Korb behalten und versuchte, bei den Amerikanern Schokolade für die Kinder aufzutreiben. Sie wollte die Wiederaufnahme des „Unterrichts" in La Motte mit einer richtigen Gala-Vesper feiern.

Was mich betraf, so hatte ein Militärlastwagen, der zum Hôtel des Cerfs fuhr, wo die Amerikaner ihr Quartier aufgeschlagen hatten, mich am Parkeingang abgesetzt. Ich wollte mich von Madame Julie verabschieden, die nach Paris zurückging.

Sie saß weinend und völlig erschöpft in ihrem Sessel neben dem Klavier, wo jetzt die Fotos von de Gaulle und Eisenhower die der ehemaligen „Freunde“ der „Gräfin“ Esterhazy abgelöst hatten.

„Was ist denn, Madame Julie?“

Sie konnte kaum sprechen.

„Sie . . . haben ihn . . . erschossen!“

„Wen denn nur?“

„Francis . . . na ja, den kleinen Isidore Lefkowitz. Dabei hatte ich Vorsorge getroffen . . . Erinnerst du dich an das Papier, das Soubabère mir gegeben hatte, wo ‚aktiver Widerstand‘ bescheinigt wurde und der Name frei gelassen war?“

„Ja, natürlich.“

„Es war für ihn bestimmt. Ich hatte es ihm gegeben. Es steckte in seiner Tasche, als sie ihn erschossen haben. Sie haben ihn zusammen mit zwei weiteren Kollabos der Gestapo – echten, in diesem Falle – auf einen Lastwagen geworfen und abgeknallt. Die Bescheinigung haben sie später gefunden. Izzy hatte sie ihnen nie gezeigt! Er hatte sich aus Angst wohl eine derartige Ladung reingejagt, daß er es vergessen haben muß!“

„Vielleicht war's das gar nicht, Madame Julie. Vielleicht hatte er die Nase voll.“

Sie sah mich entsetzt an.

„Die Nase voll? Vom Leben? Du läufst wohl nicht ganz rund, was?“

„Vielleicht hatte er sich selber satt, seine Spritzen und alles.“

Sie war nicht zu trösten.

„Saubande. Nach all dem, was er für euch getan hat . . .“

„Nicht wir haben ihn erschossen, Madame Julie. Das waren die Neuen. Die erst jetzt, nach dem Abzug der Deutschen, Widerstandskämpfer geworden sind.“

Ich wollte sie umarmen, doch sie stieß mich weg.

„Hau bloß ab. Ich will dich nicht mehr sehen."

„Madame Julie . . ."

Es war nichts zu machen. Zum ersten Mal, seit ich sie kannte, gab diese Unbezähmbare sich der Verzweiflung hin. Ich ließ sie allein – eine weinende alte Frau, die wie der arme Isidore wohl eine Gedächtnislücke haben mußte: sie erinnerte sich nicht mehr daran, wo sie ihre „Härte" gelassen hatte.

Ein Jeep brachte mich nach Cléry zurück und setzte mich in der Rue Vieille-de-l'Eglise ab. Ich sollte Lila an der Place du Jour wiedertreffen, die kürzlich zur Place de la Victoire geworden war. Als ich auf den Platz kam, sah ich vor mir eine Menschenmenge, die sich um den Brunnen drängte. Es wurde geschrien und gelacht, Kinder rannten herum, und ein paar Leute entfernten sich, meist ältere, unter ihnen Monsieur Lemaine, ein Freund meines Onkels, ein ehemaliger Kriegsteilnehmer von 14/18, der seit Verdun ein steifes Knie hatte. Hinkend ging er an mir vorbei, blieb stehen, schüttelte mißbilligend den Kopf und lief brabbelnd weiter. Ich konnte nicht sehen, was sich am Brunnen abspielte. Ich hätte mich auch gar nicht dafür interessiert, wenn ich nicht seltsame, auf mich gerichtete Blicke bemerkt hätte. Leleu, der neue Chef des Petit-Gris, Charviaut, der Lebensmittelhändler aus der Rue Baudouin, Colin, der einen Schreibwarenladen hatte, und auch andere musterten mich mit einer Mischung aus Verlegenheit und Mitleid.

„Was ist los?"

Sie wandten sich wortlos ab.

Ich drängelte mich nach vorn durch.

Lila saß auf einem Stuhl neben dem Brunnen –

mit geschorenem Schädel. Der Friseur Chinot war, die Haarschneidemaschine in der Hand und ein Lächeln auf den Lippen, ein paar Schritte zurückgetreten und bewunderte sein Werk. Lila saß in ihrem Sommerkleid brav auf dem Stuhl, sie hatte die Hände auf den Knien gefaltet. Ein paar Sekunden lang war ich zu keinerlei Regung fähig. Dann aber zerriß ein heftiger Schmerz, ein Aufheulen meine Kehle. Ich warf mich auf Chinot, versetzte ihm einen Schlag in die Fresse, packte Lila am Arm und zog sie durch die Menge hindurch mit mir fort. Die Leute traten beiseite: es war erledigt, vollbracht, man hatte die „Kleine" für ihr Herumschlafen mit dem Besatzer bezahlen lassen. Später, als ich wieder zu denken fähig war, blieb in mir – abgesehen vom Entsetzen – die Erinnerung an all diese vertrauten Gesichter, die ich seit meiner Kindheit kannte: es waren keine Ungeheuer. Und genau das war ungeheuerlich.

Die Erinnerungen tauchen auf, sind gegenwärtig, unauslöschlich. Ich renne durch die Straßen von Cléry, Lila am Arm hinter mir herschleifend. Mir ist, als würde ich nie mehr zu rennen aufhören. Ich rannte nicht ans Ende der Welt: wir waren schon dort. Ich wußte nicht, wohin ich lief, und im übrigen war da nichts, wohin man hätte laufen können, kein Ort, nirgends. Ich brüllte vor Wut und Schmerz.

Hinter mir vernahm ich Schritte, ich drehte mich um und wollte losschlagen. Ich erkannte den dickbäuchigen Bäcker, Monsieur Boyer, er keuchte mächtig.

„Komm mit zu mir, Fleury, es ist gleich in der Nähe."

Er brachte uns in seine Bäckerei. Seine Frau schaute Lila entsetzt an und begann, in ihre Schürze zu schluchzen. Boyer brachte uns ins erste

Stockwerk und ließ uns allein. Bevor er die Tür schloß, sagte er:

„Jetzt haben die Nazis den Krieg wirklich gewonnen."

Ich legte Lila aufs Bett. Sie war starr. Ich setzte mich neben sie. Ich weiß nicht, wie lange wir so verharrten. Ab und an strich ich ihr über den Kopf. Na klar, das wächst nach. Das wächst immer nach.

Die Starre ihrer Augen schien ein unauslöschliches Bild zu bewahren: spöttische Gesichter, die Schermaschine in den Händen eines biederen Dorffriseurs.

„Laß doch, Liebling. Das sind bloß die Nazis. Sie waren vier Jahre lang hier, und sie haben Spuren hinterlassen."

Am Abend tischte Madame Boyer uns ein Essen auf, aber es war unmöglich, Lila zum Essen zu bewegen. Sie saß völlig erschöpft und kraftlos da, mit weit aufgerissenen Augen, und ich dachte an ihren Vater, der sich, wie Lila mir erzählt hatte, mit „Sack und Pack" aus der Wirklichkeit zurückgezogen hatte. Diese Aristokraten! Denn was ist schließlich schon ein geschorener Schädel einer jungen Frau. Harmlose Kinderei, wenn man an all das denkt, was die anderen getan haben, an die Vernichtungslager, die Folter – die anderen eben – aber welche anderen denn?

Die Brüderlichkeit hat manchmal eine ganz schön dreckige Visage.

In der Nacht bin ich aufgestanden und habe das Clos Joli angezündet. Ich habe die alten Mauern mit Benzin übergossen, und als sie einzustürzen begannen, bin ich endlich friedlich eingeschlafen. Glücklicherweise war das nur ein böser Traum.

Monsieur Boyer ging Doktor Gardieu holen, der uns sagte, daß Lila sich in einem Schockzustand befinde; er gab ihr eine Spritze, damit sie schlafen konnte. Als die Tür aufging, hörte ich ein Radio, das über unsere Siege berichtete.

Am Nachmittag wachte sie auf, lächelte mich an und setzte zu der Bewegung an, mit der sie sich immer durch die Haare strich.

„Mein Gott, was ..."

„Die Nazis", sagte ich.

Sie verbarg das Gesicht in den Händen. Man sagt ja oft, daß Tränen einem Erleichterung bringen.

Wir sind eine Woche lang bei den Boyers geblieben. Und ich ging jeden Tag mit Lila aus, wir schlenderten, uns bei den Händen haltend, durch die Straßen von Cléry. Wir gingen langsam, stundenlang, damit sie uns alle sehen konnten. Wir gingen aufrecht unseren Weg, eine junge Frau mit geschorenem Schädel und ich, Ludovic Fleury, dreiundzwanzig Jahre alt, der ich in der ganzen Gegend für mein Gedächtnis bekannt war. Ich sagte mir, daß die Nazis uns sehr fehlen würden, daß es schwer sein würde ohne sie, denn wir hatten nun keine Ausreden mehr.

Am fünften Tag unseres Paradierens kam Monsieur Boyer ganz aufgeregt mit einer Ausgabe von „France-Soir" in unser Zimmer: ein Foto darin zeigte uns beide, wie wir Hand in Hand durch Cléry liefen. Ich wußte bis dahin nicht, daß mein Gesicht zu einer solchen Härte fähig war. Am nächsten Tag wurde unsere Parade von drei Männern mit F.F.I.-Armbinden unterbrochen. Ich kannte sie: sie waren eine Woche nach der Landung der Alliierten „Widerstandskämpfer" geworden.

„Ist nun bald Schluß mit dieser Provokation?"

„Es sollte doch zu sehen sein. Das war ja wohl der Sinn der Sache, oder?"

„Du wirst dich noch mit Blei im Hintern wiederfinden, Fleury. Jetzt ist es genug. Was willst du denn damit beweisen?“

„Nichts. Der Beweis ist schon lange erbracht.“

Sie begnügten sich damit, mich als zurückgebliebenen zu beschimpfen. Ich setzte unseren „Marsch“ noch ein paar Tage fort. Es war Monsieur Boyer, der mich veranlaßte, ihn einzustellen.

„Sie haben sich daran gewöhnt, euch zu sehen. Es macht ihnen nichts mehr aus.“

Wir sind nach La Motte zurückgegangen, das wir erst Ende Oktober wieder verließen, um zu heiraten.

Jeannot Cailleux kam jeden Morgen mit Verpflegung und schenkte uns ein Hündchen aus dem letzten Wurf auf ihrem Bauernhof; Lila nannte den Hund Chéri, was eine Menge Mißverständnisse zur Folge hatte; jedesmal, wenn sie rief, kamen wir beide angerannt. Diese Tage waren jedoch nicht frei von Unglück – das braucht man im Leben, ohne geht's nicht –, denn wir erfuhren, daß Bruno nach einem Luftkampf im November 1943 als vermißt gemeldet worden war. Er hatte siebzehn Abschüsse auf seinem Konto und war einer der meistdekorierten Flieger der Royal Air Force. Vergeblich schickten wir Brief um Brief nach Polen, um etwas über Tads Verbleib zu erfahren.

Lila hatte beschlossen, ihr Studium an der Sorbonne ein Jahr später zu beginnen, um sich besser darauf vorzubereiten. Sie las viel. „Tendenzen der zeitgenössischen Kunst“, „Schätze der deutschen Malerei“, „Gesamtwerk Vermeers“, „Meisterwerke der Jahrhunderte“, „Der Occident im Spiegel seiner Museen“ – diese Bücher stapelten sich rund um den kleinen Tisch, den sie im Atelier vor das Fenster gestellt hatte.

Ihre Eltern nahmen nicht an unserer Hochzeit

teil. All die schwierigen Situationen, die sie durchleben mußten, hatten sie doch nicht ihren gesellschaftlichen Rang vergessen lassen, und sie mißbilligten diese Mesalliance. Die gesellschaftlichen Werte stiegen schnell wieder auf ihren althergebrachten Platz, und Stas Bronicki hatte sich wieder hochgerappelt. Unsere Trauzeugen waren Duprat höchstselbst und die „Gräfin" Esterhazy, die mit der Rückkehr der Demokratie wieder zu Julie Espinoza geworden war und, begleitet von zwei reizenden jungen Frauen, in einem Wagen der amerikanischen Armee vor dem Standesamt eintraf; am Lenkrad saß ein GI.

„Ich bin dabei, mein Netz neu aufzubauen", erklärte sie uns.

Sie war wunderschön mit ihrem riesigen, hoch aufragenden Hut von Christian Dior und ihrer goldenen Eidechse, die sie nie abgelegt hatte und die an ihrer Schulter kauerte.

Madame Julie bedauerte, daß wir nicht in der Kirche heirateten.

Duprat hatte einen Cutaway angezogen, in dessen Knopfloch eine Orchidee steckte. „Life" hatte ihm einen Artikel gewidmet, der noch heute unter dem Bildnis Brillat-Savarins hängt, zusammen mit dem berühmten Foto Robert Capas auf der Titelseite des Magazins: das Clos Joli und sein Herr und Gebieter in Arbeitskleidung vor der Eingangstür, dazu die Überschrift „Eine ganz bestimmte Vorstellung von Frankreich". Der Artikel rief mächtiges Gezeter in der Pariser Presse hervor. Zugegebenermaßen hatte die hohe Kunst des Kochens 1945 im Lande nicht jenen Rang inne, den sie heute einnimmt. Ich weiß nicht, welches die Vorstellungen der Amerikaner über den Platz waren, den sie Frankreich in der Welt einzuräumen gedachten, aber sie bezeugten dem Clos Joli und seinem illustren Besitzer mindestens ebensoviel Respekt wie die Deutschen.

Am Morgen vor der Trauungszeremonie schaute Lila sich lange im Spiegel an und verzog das Gesicht.

„Ich muß zum Friseur . . .“

Ihre Haare waren knapp zwei Zentimeter nachgewachsen. Erst verstand ich nicht, was sie meinte. Es gab in Cléry nur einen Friseur, und das war Chinot. Ich sah sie an, sie lächelte mir zu. Ich begriff. Duprat hatte uns für die Dauer des Tages einen seiner Lieferwagen geborgt, und um halb zwölf hielten wir vor dem Friseur. Chinot war allein im Laden. Als er uns sah, wich er unwillkürlich ein Stück zurück.

„Ich möchte, daß Sie mir die Haare nach der neuesten Mode schneiden“, sagte Lila. „Sehen Sie, sie sind nachgewachsen. Man sieht es nicht mehr.“

Lila bewegte sich auf einen Sessel zu und setzte sich lächelnd.

„Wie letztes Mal“, sagte sie.

Chinot regte sich noch immer nicht. Er war aschfahl geworden.

„Na los, Monsieur Chinot“, sagte ich, „wir heiraten nachher, wir haben es eilig. Meine Verlobte wünscht, daß Sie ihr wie vor sechs Wochen den Schädel scheren. Sie wollen doch nicht behaupten, daß die Inspiration Sie so schnell im Stich gelassen hat.“

Er warf einen Blick zur Tür, doch ich schüttelte den Kopf.

„Na los, na los“, sagte ich. „Ich weiß ja, daß es nicht mehr so viel Spaß macht wie in den ersten Tagen und daß Sie nicht mehr richtig mit dem Herzen dabei sind, aber man muß die heilige Flamme zu nähren verstehen.“

Ich nahm die Schermaschine und hielt sie ihm hin. Er wich zurück.

„Ich habe Ihnen doch gesagt, daß wir es eilig haben, Chinot. Meine Verlobte hat damals einen unvergeßlichen Tag erlebt, und nun will sie auch heute im besten Licht erscheinen."

„Lassen Sie mich zufrieden!"

„Ich habe nicht die Absicht, dir die Fresse zu polieren, Chinot, aber wenn du darauf bestehst ..."

„Es war nicht meine Idee, ich schwöre es Ihnen! Sie haben mich geholt und ..."

„Wir wollen doch wohl jetzt nicht diskutieren, ob ‚sie' es waren, ‚ich', ‚die Unsrigen' oder ‚die anderen', mein Lieber. Immer sind *wir* es. Los, fang an."

Er näherte sich dem Sessel. Lila lachte. Unversehrt, dachte ich. Das bleibt immer unversehrt.

Chinot machte sich an die Arbeit. In wenigen Minuten war Lilas Schädel genauso geschoren wie in den ersten Tagen. Sie beugte sich vor und bewunderte sich im Spiegel.

„Das steht mir wirklich gut."

Sie stand auf. Ich wandte mich zu Chinot.

„Wieviel schulde ich Ihnen?"

Er schwieg mit offenem Maul.

„Wieviel? Ich habe nicht gern Schulden."

„Drei Francs fünfzig."

„Hier sind fünf Francs, einschließlich Trinkgeld."

Er warf die Schermaschine hin und floh in den hinteren Ladenraum.

Als wir zum Standesamt kamen, warteten die anderen schon alle auf uns. Und als sie Lilas rasierten Schädel sahen, trat große Stille ein. Duprats Schnurrbart zappelte ein paarmal nervös. Meine Kameraden von der Widerstandsgruppe „Espoir" machten Gesichter, daß man hätte denken können, die Nazis seien zurückgekehrt und man müsse nun ganz von vorn anfangen. Einzig Julie Espinoza war der Situation gewachsen. Sie ging auf Lila zu und gab ihr einen Kuß.

„Welch hervorragende Idee, mein Liebling! Das steht Ihnen ganz entzückend!"

Lila war sehr fröhlich, und das leichte Unbehagen, das sich der Anwesenden bemächtigt hatte, verflog sogleich. Nach der Zeremonie begaben wir uns ins Clos Joli, und am Ende des Essens hielt Marcellin Duprat eine Rede, in der er bewegt von denen sprach, „die den Fortbestand gesichert hatten", aber ohne jede Anspielung auf sich selbst. Er erinnerte einfach nur an die Prüfungen, „die wir alle, jeder auf seinem Kampfposten, zu bestehen hatten", und dann sagte er einen Satz, den ich akustisch nicht richtig verstanden habe; ich weiß nicht, ob er von seiner Freude gesprochen hat, daß er Frankreich das Clos Joli hat zurückgeben können oder Frankreich dem Clos Joli. Zum Schluß wandte er sich den eingeladenen amerikanischen Offizieren zu und schaute sie einen Moment schweigend und finster dreinblickend an ...

„Was die Zukunft betrifft, so kann keiner umhin, irgendwie Besorgnis zu empfinden. Schon erreichen uns, meine Herren, aus Ihrem großen und schönen Land Gerüchte, die mich das Schlimmste befürchten lassen. Unser Frankreich, dem so großes Unglück widerfahren ist, wird neuen Prüfungen unterzogen werden. Schon höre ich vom hormongemästeten Hühnchen reden und sogar, Gott möge mir verzeihen, von tiefgefrorenen und gar von Fertiggerichten. Niemals, werte amerikanische Freunde, wird sich Marcellin Duprat der Prêt-à-manger-Küche beugen. Ich werde mich denjenigen, die unser Frankreich in einen ‚Futtertrog' verwandeln wollen, in den Weg stellen! *Ich werde durchhalten!*"

Bravos ertönten. Die Amerikaner applaudierten als erste. Duprat hob die Hand.

„Wozu es abstreiten: nach den Jahren, die wir gerade durchlebt haben, wird es eine Flaute geben. Wir konnten ja keine jungen Leute ausbilden. Und dennoch bin ich überzeugt davon, daß das, was ich mit aller Kraft verteidigt habe, sich mit jedem Tag besser behaupten und sich schließlich durchsetzen und in einer Weise triumphieren wird, die wir uns nicht einmal vorstellen können. Was dich betrifft, Ludovic Fleury, der du so wacker für diese Zukunft gekämpft hast, und Sie, Madame, die ich schon als kleines Mädchen kannte, ihr seid jung genug, um sicher sein zu können, daß ihr eines Tages dieses Frankreich erleben werdet, von dem ich alter Mann nur träumen kann, und ihr werdet dann freundlich an mich denken und sagen: ‚Marcellin Duprat hat doch recht gehabt!'"

Diesmal dauerte der Applaus gut eine Minute. Madame Espinoza wischte sich die Augen.

„Noch ein Wort. An diesem Tisch fehlt jemand. Ein Freund, ein großes Herz, ein Mann, der nicht gelernt hatte zu verzweifeln. Sie haben es erraten: ich spreche von Ambroise Fleury. Er fehlt uns, und ich weiß, wie sehr du, Ludo, traurig bist. Aber laßt uns nicht den Mut verlieren. Vielleicht wird er uns zurückgegeben. Vielleicht werden wir ihn wieder bei uns auftauchen sehen, ihn, der mit Hilfe der liebenswürdigen Drachenkunst so unermüdlich auszudrücken wußte, was auf dieser Erde ewig rein und unverwüstlich Bestand hat. Ich erhebe mein Glas auf dich, Ambroise Fleury. Wo du auch seist, wisse, daß dein Sohn im Geiste dein Werk fortsetzt und daß dank ihm der französische Himmel nie leer sein wird!"

Es stimmte, ich hatte mich wieder an die Arbeit gemacht, und unser Atelier hatte seit dem Weggang meines Onkels noch keine derartige Geschäftigkeit erlebt. Das Land mußte sich wieder eine geistige Orientierung erarbeiten, und von überall strömten Bestellungen auf uns zu. Unser Vorratslager hatte sehr gelitten, und wir mußten sozusagen wieder bei Null anfangen. Die meisten Stücke waren verbrannt, aber diejenigen, die mein Onkel bei den Nachbarn hatte in Sicherheit bringen können, gut fünfzig Stück, dienten uns als Vorlagen, obwohl sie mangels Pflege völlig heruntergekommen waren und Form wie Farbe verloren hatten. Ich beherrschte das Handwerk und arbeitete schnell. Die einzige Frage war, ob es mir nach allem, was ich erlebt und gesehen hatte, nicht an Einfällen mangeln würde. Der Drachen erfordert viel Naivität. Es gab auch Materialprobleme, und wir hatten nicht einen Sou. Duprat half uns ein wenig – diese lokale Sehenswürdigkeit mußte, so sagte er, um jeden Preis erhalten bleiben –, aber es war Madame Julie Espinoza, die uns wieder richtig auf die Beine half. Im befreiten Paris leitete Madame Julie den schönsten Teil ihrer Karriere ein, der ihr im Laufe der folgenden dreißig Jahre die uns allen bekannte Berühmtheit bringen sollte. Ich hatte zunächst etwas gezögert, mich fragend, was mein Onkel davon halten würde, wenn er wüßte, daß unsere Drachen in gewisser Weise von der größten Pariser Kupplerin finanziert werden; aber es hat ja immer Mäzenatentum gegeben, und mir schien, wenn ich diese Hilfe wegen ihrer Herkunft ablehnte, würde ich mich auf der Seite jener wiederfinden, die den Arsch heiligsprechen und ihn zur Quelle des Guten wie des Bösen machen. Wir besuchten also Madame Julie in Paris. Sie bewohnte eine schöne, im Louis-XV-Stil eingerichtete Wohnung, die sie hatte beschlagnahmen lassen können. Madame Julie bewirtete uns mit Tee und erzählte von den Schwierigkeiten, die sie mit der Konkurrenz hatte, vor allem von seiten des Chabanais und der Rue de Provence 122; sie war empört, daß Häuser, in denen die Deutschen empfangen worden waren, in Betrieb blieben und nun die Amerikaner empfingen.

„Manche dieser Weiber sind verdammt unverfroren“, schimpfte sie.

Ich gab das um so bereitwilliger zu, als ich tags zuvor eine herrliche Szene zwischen Duprat und Madame Fabienne, Chefin der Rue de Miromesnil, miterlebt hatte. Sie war in Begleitung des amerikanischen Militärattachés ins Clos Joli essen gekommen und hatte die Frechheit besessen, Duprat davon in Kenntnis zu setzen, daß er nicht der einzige gewesen sei, der – wie er sich auszudrücken pflegte – „den Fortbestand gesichert“ hatte.

Duprat war fürchterlich in Wut geraten.

„Madame“, brüllte er, „wenn Sie zwischen einem geweihten Ort der Zivilisation und einem Bordell keinen Unterschied sehen, dann bitte ich Sie zu gehen!“

Madame Fabienne rührte sich nicht vom Fleck. Sie war eine kleine kurzsichtige Frau mit schmallippigem Lächeln.

„Und ich mache Sie darauf aufmerksam“, brüllte Duprat, „daß ich hier, den Deutschen vor der Nase, Widerstandskämpfer und alliierte Flieger bewirtet habe!“

„Tja, Monsieur Duprat, ich habe auch meine Verdienste. Das hat mir übrigens erlaubt, erhobenen Hauptes vor das Säuberungskomitee zu treten. Wissen Sie, wie vielen Jüdinnen ich während der Besatzung das Leben gerettet habe? Gut zwanzig.

Ich hatte zwischen 1941 und 1945 zwanzig Jüdinnen als Pensionsgäste in meinem Etablissement. Als man mich vor das Säuberungskomitee gebracht hat, sind diese jungen Frauen gekommen, um zu meinen Gunsten auszusagen. Als zum Beispiel diese schreckliche Massenverhaftung im Vel' d'Hiv' stattfand, habe ich vier jüdische Pensionsgäste bei mir aufgenommen. Mein Etablissement ist ein Bordell, gewiß, aber wieviel jüdisches Personal haben Sie denn unter den Deutschen beschäftigt, Monsieur Duprat? Und was wäre mir wohl geschehen, sagen Sie mir das mal, wenn die Nazi-Offiziere erfahren hätten, daß sie mit Jüdinnen aufs Zimmer gingen? Ich sage ja nicht, daß ich einen schönen Beruf ausübe, und ich will mir auch nichts anmaßen, aber wo sonst hätten diese jungen Frauen Zuflucht und Hilfe finden können, wenn nicht bei mir?"

Duprat blieb – einmal ist keinmal – der Mund offen. Nach kurzem Schweigen konnte er nur „verdammte Scheiße" grummeln und sich zurückziehen. Ich erzählte Madame Julie von diesem Zwischenfall, und sie schien ziemlich fassungslos zu sein.

„Ich wußte gar nicht, daß Fabienne Jüdinnen das Leben gerettet hat", sagte sie.

Sie teilte mir mit, daß sie mir liebend gern helfen wolle, das Werk Ambroise Fleurys fortzusetzen.

„Dann dient dieses Geld wenigstens einem reinen Zweck", sagte sie.

Madame Julie bezeugte auch viel Verständnis und Wohlwollen Lilas Eltern gegenüber.

„Nichts ist so schlimm wie das Los der Aristokraten im Exil", erklärte sie uns. „Der Gedanke, daß Menschen, die einen bestimmen Lebensstil gewohnt sind, Opfer schwieriger Zeiten werden, war mir immer unerträglich. Abstieg war mir immer ein Graus."

Sie vertraute also Geniczka Bronicka die Leitung eines „hôtel particulier" in der Rue des Marronniers an, das im Laufe der Jahre weltweiten Ruf erlangte. Auf diese Weise konnte Stas seine Gewohnheiten in den Spielklubs und auf den Rennplätzen wieder aufnehmen. Er erlag 1957 einem Herzanfall, und zwar am Roulettetisch in Deauville, als der Croupier ihm für mehr als drei Millionen Francs Jetons zuschob, die er gerade gewonnen hatte. Man kann sagen, daß er glücklich starb.

Die Botschaft des neuen Volkspolen konnte uns nichts über Tad mitteilen. Wir haben nie mehr etwas über seinen Verbleib erfahren. Für uns lebt er noch immer und ist noch immer in der Résistance.

Wir fuhren mit dem Zug nach Cléry zurück, wo wir nach etlichen Halten auf der noch nicht wieder in Ordnung gebrachten Strecke am frühen Nachmittag eintrafen und quer durch die Felder nach La Motte liefen. Nach einem Regen, der die Morgenwäsche des Himmels besorgt hatte, war schönes Wetter. Die normannische Erde trug noch all ihre Verwundungen, aber der Friede des Herbstes befleißigte sich schon, sie zu lindern. Der Himmel über den umgekippten Panzern und den aufgeschlitzten Häusern hatte wieder sein gleichgültiges Aussehen angenommen.

„Ludo!"

Ich hatte ihn schon gesehen. Er flatterte in den Lüften, die Arme v-förmig zum Zeichen des Sieges erhoben. Der Drachen General de Gaulles stand über La Motte, ein leichter Wind half ihm beim Höhersteigen, und er zog heftig an seiner Fangleine, die wohl nicht nach seinem Geschmack war. Ins Dämmerlicht getaucht, schwebte er majestätisch, ein bißchen schwerfällig und schief dahin.

Lila rannte bereits auf das Haus zu. Ich verharrte auf der Stelle. Ich hatte Angst. Ich traute mich nicht. In Paris hatte ich noch einmal an alle Türen geklopft: im Ministerium für Gefangenen- und Deportiertenangelegenheiten, beim Roten Kreuz und bei der polnischen Botschaft, wo man mir bestätigte, daß der Name Ambroise Fleury in der Tat auf der Liste der Auschwitz-Häftlinge stand.

Die Hoffnung ist ein Erschrecken. Mein ganzer Körper war eiskalt, und ich weinte bereits vor Enttäuschung und Verzweiflung. Er war es gar nicht, es war irgend jemand anders, oder Kinder, die uns überraschen wollten. Und schließlich setzte ich mich – unfähig, der Wahrheit ins Auge zu schauen – auf die Erde und verbarg das Gesicht in meinen Händen.

„Er ist es, Ludo! Er ist zurückgekommen!"

Lila zog mich an den Armen hoch. Und dann war da nur noch eine Art Glücksrausch. Mein Onkel Ambroise, der mich nicht umarmen konnte, weil er sonst seinen DE GAULLE hätte loslassen müssen, warf mir einen Blick zu, in dem sowohl die Zärtlichkeit wie die Heiterkeit auf ihre Kosten kamen.

„Na, Ludo, was sagst du dazu? Ist der nicht großartig? Ich habe es nicht verlernt. Wir werden Hunderte davon benötigen, das ganze Land wird danach verlangen."

Er hatte sich nicht verändert, war nicht gealtert. Sein Schnurrbart war noch immer genauso lang und genauso üppig und die Augen noch immer so dunkel, wenn er fröhlich war. Sie können nichts dagegen machen. Ich weiß nicht, wen ich mit „sie" meinte. Die Nazis vielleicht, oder einfach alle, die.

„Ich habe mir Sorgen um dich gemacht", sagte

er. „Und um dich auch, Lila. Das hat mir sogar manchmal den Schlaf geraubt. Stellt euch doch nur mal vor: zwanzig Monate ohne Nachricht ..."

Mensch, dachte ich, er war zwanzig Monate in Buchenwald und in Auschwitz, und da hat er sich Sorgen um uns gemacht.

„Ich bin über Rußland zurückgekommen", sagte er, „wo ich ein paar Monate gearbeitet habe. Nach allem, was sie dort erlebt haben, brauchen die Kinder da wirklich Drachen. Ich habe gesehen, daß du viel gearbeitet hast, aber es ist noch einiges zu tun."

Den ganzen Abend verbrachten wir mit der Bestandsaufnahme, um zu sehen, was uns geblieben war.

„Ein paar werden wir flicken können", sagte mein Onkel, „aber die ganze historische Serie muß überprüft werden. Sieh dir das an!"

Pascal und Montaigne, Jean-Jacques Rousseau und Diderot, die wir von unseren Nachbarn zurückgeholt hatten, hingen von der Decke herab – von Motten zerfressen, über und über mit Flekken bedeckt, abgeschlafft, von den Witterungsunbilden zersetzt.

„Gut, das werden wir wieder in Ordnung bringen, und fertig ..."

Er dachte einen Moment nach.

„Und außerdem, ich frage mich, ob es überhaupt nötig ist, das Vergangene noch mal zu machen. Na ja, doch: *pro memoria*. Aber es wird Neues gebraucht. Wir werden jetzt erst mal de Gaulle machen, da haben wir eine ganze Weile zu tun. Danach müssen wir uns was anderes ausdenken, vorausschauen, uns der Zukunft zuwenden ..."

Ich wollte ihm vom Clos Joli erzählen, von Marcellin Duprat, irgend etwas sagte mir, daß die Zukunft dort zu suchen sei, aber der Prophet gilt ja bekanntlich nichts im eigenen Vaterland, und wir waren uns damals durchaus noch nicht einig.

Die Rückkehr von Ambroise Fleury wurde gefeiert wie ein Nationalfeiertag, und allen war ein bißchen so, als hätte Frankreich sein wahres Gesicht wiedergefunden. Die Kinder halfen uns, heimlich einen Drachen mit seinem Bildnis anzufertigen, und er flatterte einen ganzen Sonntag lang über dem Platz, der heute seinen Namen trägt und der unmittelbar neben dem Drachen-Museum von Cléry liegt, das – wie ich leider feststellen muß – im Ausland bekannter ist als in Frankreich und dessen Reputation bei weitem nicht an die des Clos Joli heranreicht. Man wird allerdings in seinen Mauern nicht den Drachen AMBROISE FLEURY finden können, da mein Onkel es entschieden abgelehnt hat, ein Museumsstück zu werden, was ihm doch – so der etwas bösartige Ausspruch Marcellin Duprats – „ohnehin droht". Das Verhältnis der beiden Männer zueinander ist nicht mehr das, was es mal war. Ich weiß nicht, ob sie ein bißchen eifersüchtig aufeinander sind, aber manchmal könnte man glauben, daß sie einander die Zukunft streitig machen. „Wir werden ja sehen, wer das letzte Wort hat", diesen Satz habe ich den einen wie den anderen oft brabbeln hören. Ich beende nun diese Geschichte, indem ich noch einmal den Namen des Pfarrers André Trocmé niederschreibe und den von Le Chambon-sur-Lignon, denn besser könnte man es nicht ausdrücken.

Aus unserem
bb-Taschenbuchprogramm 1989

Hermann Kant: Herrn Farßmanns Erzählungen
Jürgen Kuczynski: Dialog mit meinem Urenkel
Christoph Hein: Das Wildpferd unterm Kachelofen
Die Liebesprobe. Altdeutsche Schwänke
Es waren zwei Königskinder. Eine Auswahl deutscher Volkslieder
Friedrich de la Motte Fouqué: Das Schauerfeld
Bruno Frank: Trenck
Erich Kästner: Montagsgedichte
Leo Perutz: Sankt-Petri-Schnee
Siegfried Lenz: So zärtlich war Suleyken
Alexej Pissemski: Ist sie schuldig? (Arbeitstitel)
Joyce Marlow: Kessie
Margaret Atwood: Die eßbare Frau
Ray Bradbury: Der Tod ist ein einsames Geschäft
Alison Lurie: Affären
Erotisches zur Nacht. Erzählungen
Romain Gary: Das fliegende Gedächtnis
Françoise Sagan: Brennender Sommer
Armand Lanoux: Wenn das Meer zurückweicht

Aufbau-Verlag Berlin und Weimar

Uwe Timm

Der Mann auf dem Hochrad

Legende

bb-Taschenbuch 562
168 Seiten · Broschur
Best.-Nr. 613 425 8
Bestellwort: Timm, Mann bb

Dies ist ein sehr amüsant zu lesendes Buch über einen originellen Erfinder und Streiter für die Kunst des Hochradfahrens im herzoglichen Coburg um 1890. Die Auseinandersetzungen um das Fahrrad in dem provinziellen Städtchen weiten sich zum Zank um den Fortschritt schlechthin, die Fronten gehen durch soziale Schichten, Vereine und Familien.
Uwe Timm, seinen Lesern in der DDR bereits durch „Heißer Sommer" und „Morenga" bekannt, erzählt eine Familienlegende. Er gibt ein farbiges Bild der Zeit vor der Jahrhundertwende und macht ein Stück deutscher Alltagsgeschichte einsehbar.

Omar Saavedra Santis
Felipe kommt wieder
Roman

Aus dem Spanischen übersetzt
von Ursula Roth
216 Seiten · Leinen
ISBN 3-351-00531-8
Best.-Nr. 613 258 6
Bestellwort: Saavedra Santis, Felipe

In seinem jüngsten Roman läßt der in der DDR im Exil lebende chilenische Autor Erfahrungen und Erkenntnisse einfließen, die er während seines Aufenthaltes 1984 in Chile gewonnen hat. Mit beinahe kriminalistischen Mitteln wird im Laufe des Geschehens einem mysteriösen Felipe nachgespürt. Es ist eine Gestalt, die von den einen verfolgt, von den anderen verteidigt wird. Sie ist ein Synonym für die breite, unterdrückte Masse, die in ihrer Einheit und Geschlossenheit dem diktatorischen Regime als ein unvermuteter Gegner entgegentritt.

Aufbau-Verlag Berlin und Weimar

Friedrich Döppe

Forster in Mainz

Roman

504 Seiten · Leinen
ISBN 3-351-00384-6
Best.-Nr. 612 706 6
Bestellwort: Doeppe, Forster

Mainz 1792. In den Hütten der Tagelöhner, den Handwerkerstuben, den Zirkeln der Lesegesellschaft gibt es nur ein Thema: die Revolution in Frankreich. Der Krieg steht vor den Toren. Das Brot wird knapp, die Feste des Adels aber sind verschwenderisch wie eh und je. Im Herbst erobert die französische Armee die Stadt, und das Volk erwartet die Freiheit. Doch die Revolution hat es schwer: Dummheit, Zwietracht und Verrat hemmen ihre Kraft. In dieser schwierigen Lage erwächst ihr in Georg Forster, dem berühmten Weltreisenden, Naturforscher und Schriftsteller, ein kühner und tatkräftiger Führer.

Aufbau-Verlag Berlin und Weimar

Briefe aus der Französischen Revolution

ausgewählt, übersetzt und erläutert
von Gustav Landauer

Herausgegeben von Gerhard Hendel
Textrevision von Edda Bauer
686 Seiten · Leinen
ISBN 3-352-0036-0
Best.-Nr. 618 378 9
Bestellwort: Landauer, Briefe 1–2

Gustav Landauers Briefauswahl zu diesem Epochenereignis – erstmals 1919 erschienen – ist ein Dokumentenwerk, in dem subjektive Zeugnisse von Repräsentanten der Revolution, von Sympathisanten, Berichterstattern, Konterrevolutionären sowie deren Spitzeln und Handlangern über interessante Einzelschicksale informieren, die in ihrer Gesamtheit ein buntes Mosaik lebensnaher Geschichte sind.

Rütten & Loening · Berlin